曹聚仁文史集萃

曹聚仁 著

万里行记

中国文史出版社

图书在版编目（CIP）数据

万里行记/曹聚仁著 . -- 北京：中国文史出版社，
2023.1
（曹聚仁文史集萃）
ISBN 978-7-5205-3613-4

Ⅰ.①万… Ⅱ.①曹… Ⅲ.①游记—作品集—中国—
当代 Ⅳ.① I267.4

中国版本图书馆 CIP 数据核字（2022）第 146840 号

责任编辑：高贝

出版发行：中国文史出版社
社　　址：北京市海淀区西八里庄路 69 号院　　邮编：100142
电　　话：010-81136606　81136602　81136603（发行部）
传　　真：010-81136655
印　　装：北京新华印刷有限公司
经　　销：全国新华书店
开　　本：787mm×1092mm　1/16
印　　张：25
字　　数：290 千字
版　　次：2023 年 3 月北京第 1 版
印　　次：2023 年 3 月第 1 次印刷
定　　价：68.00 元

前 记

　　许多读者来信，说是羡慕我的行万里路。"行万里路"与"读万卷书"，都是人生的快事；可是这话也得保留着一半，许多"快事"，只是在回忆中这么说，至于在现实中，也是苦多乐少，并不如想象中那么快意的。我的老师刘延陵先生曾替《思痛录》作序，他说，思痛正如身经百战的老将，抚着身上的创痕，英气勃勃，依然想跃马上沙场去。我的"行万里路"，大部分都是在那八年抗战中奔驰往来的。有时快活如神仙，有时饥渴交迫，还得在泥浆中打滚；有时走得脚肿跟破，几乎要倒下去了。可是，后有追兵，还得赶一站才憩得了脚；这对于人生经验是一种体会，若说是乐事，也不见得。我的《万里行记》，也只是把我自己的感受说给朋友们听听就是了。

　　我的书房生活，到了1937年七七事变以后，突然改变了。（以往十多年间的教授与图书馆工作，都丰富了我的史地知识，对于后来的工作颇有帮助。）一改变，便是战地记者工作，如一些朋友所看到的，穿了军服、斜皮带，事实上也有手枪挂着的。说起来，当战地记者也正是富有刺激的生活，是可遇而不可求的。一个特殊的机会，让我一个人独占了东战场右翼的军事新闻，便是留居四行仓库那两个月。但是，朋友们并不知道我心目中所羡慕的是谁，只有珂云，她知道我一心一意要到西北极边去，如瑞典考古探险家斯文赫定那样做亚洲腹地的旅行。我们几乎达成了这一心愿，那时，已经到了洛阳，想出潼关到了西安，再做第二步打算。不意珂云在洛阳病下来了，出不了潼关，仍回武汉去。不过，那是盛世才主新疆时期，也许会如赵丹一样，几乎回不了玉门关的。1943年春天，一位朋友已经内定为新疆主席，我又有到迪化去的机会，而且，我们已经到了重庆；哪知一夜之中，这一决定又完全改变了，我就做不了斯文赫定的梦，一生出不了玉门关呢！前几年，我再三报道北大荒的美丽远景，香港的阿Q论客们，讽刺我只说不做，为什么不到北大荒去。他们不知道我多么羡慕鸟居龙藏的东北亚洲的旅行，假使我有机会到北大荒，一定把满文、蒙文学起来，也和鸟居一样做一回考古的巡游。当然，战地旅行也和考古、探险一样多姿多彩，但人生各有梦想，不到西北、东北的边疆去，在我一生，总觉得不满足的。（读者诸君，有人羡慕我的战地生活，也是心同此理。）

要说考古探险生活，真的值得羡慕吗？在现实圈子中，那真是苦不堪言。别的不说，单说1895年2月中旬，斯文赫定他们从疏勒到达克拉、马康沙漠古城那一回的事。（这古城已埋在沙堆里，但在塔、墙和房屋颓垣中，还到处散留着金银宝物云云。）他们动身时，除他和白××以外，还有三个工役，带了八只骆驼、四只铁水桶、六只羊皮囊（装满了四百五十五个"立特"的水）以及在沙漠里给骆驼吃的胡麻油，各种粮食，如面粉、蜂蜜、干菜、粉条之类，铲子、厨房用的瓦罐。他们还补充了食物：两袋新烤的面包、三只羊、十只母鸡和一只公鸡，计划着供给二十五天吃用。但是，他们于4月10日动身时，一位送行的老人就说："他们永不会回来了！"结果，几乎完全应了他的预言了。到了第二十天，起初是骆驼倒毙，一只挨着一只，然后就轮到他们自己了。那时，他们每天还可分到两杯水，后来连半杯水都分不到了。他们接着在沙堆中爬行，赫定幸而在最后一天得救了。（再过一天，他也活不成了。）所谓"得救"，是说他幸而爬到一个水潭边，喝饱了一肚子水，总算活过来了。他们的旅行队，也就那么解体了，他的最重要的若干旅行必需品，也都丢掉了。他还过了差不多一个月的鲁滨孙生活呢！

如斯文赫定那样从死亡边缘捞回自己的生命，我们读他的回忆录，有如看了冒生死决斗的西部片，刺激极了。可是，你自己有兴趣去这么冒险吗？我相信许多朋友就会迟疑不决，不想这么冒险了。至于我们在战地工作，大义所在，有如在前线作战的士兵，管不了危险不危险的；我也知道"坐不垂堂"的"千金之子"，未必肯冒这样的险。

斯文赫定曾经说过这样的话："如果有我的一位读者设下如次的问题，则我并不奇怪：'你使你的生命、仆人和骆驼的生命以及整个的行装，冒这样大的危险，横渡无水沙漠的长途，这有多大意义呢？'我的回答是：'中亚细亚最好的地图在东土耳其斯坦成问题的部分上指出显然的沙漠，但没有一个欧洲人曾经穿过这里；所以地理学上所要解决的一个问题，就是确定地壳上的这部分实际是怎样构成的。就是在这带地方发现后来完全为飞沙所占领的一种文明的痕迹，这种可能性不要抹掉。我们看见，我的希望最后成功了，我发现了两座古城。正如我上面说过的，我当时就期待着，这两座颓城早晚总得受专家的挖掘和研究。这种希望并没落空，虽然要在十二年后才能实现。英国著名的古物学家，斯坦因爵士（Sir Aurel Stein），得着印度政府的襄助，担任这种劳苦功高的工作。我的古城再也不能落在更好的人的手中了。'后来瑞典地理学会为酬答他的劳绩，给他以里休斯金章。"即是，他们的考古探险工作，有如攀登喜马拉雅山高峰，或探测南北极的冰天雪地，那样的艰苦，却也是那样地对人类有文化上的贡献。赫定那个旅行队终于瓦解了，赫定也仅免于死，但他的先驱工作，对于我们对中亚细亚的研究贡献太大了。西北高原，不仅是我们祖先的发源地，而且是中印文化交流地区，又是中古的东西通道，马可·波罗便是从这儿到东方来的，他也和赫定一样横穿过这沙漠地区的。我当年想要西出玉门关，也正是给赫定所发现的古城所激发了的。

但是，考古探险的兴趣与愿望是一件事，而个人的体力与耐苦的精神又是一件事。如赫定一样跋涉五六千公尺高原，就会生高原病，呼吸困难，头痛呕吐，便不容易适应了。而且白天热得在华氏一百度以上，晚上会冷到零下一二十度，厉害的暴风会把篷幕卷了去，这都不是平常的生活。当赫定第一次向西藏行进时，他曾请了一位青年汉人同行，准备一路走，一路学汉语。那汉人也乐于跟着他们到北京去。可是，走了几天，虽是八月中，气温却落到零下七度了。高山病开始作怪了，那位青年汉人冯适，情形最坏，发了高烧，几乎在马鞍上坚持不住。赫定无可奈何，只好把他送回东土耳其斯坦去了。这就告诉我们：单靠主观的愿望是不够的，不能适应环境的话，如冯适一样，就进不了西藏。二十五年前，我还有雄心西出玉门关，到迪化去实现理想的王国；十年前，我还有意到北大荒，沿黑龙江做满蒙的沿边长途旅行。到了去年，一番雄心，都已消失，既不能长途跋涉，更难于爬过帕米尔高原的了。

即算如抗战时期的战场旅行，也只能在四十以前，吃得了苦，走得了路，才会有那一股傻劲。当年，我走远路的话，每天七八十华里，走上十天半月，还不在乎；我背了四五十斤行囊，每天也还可以走四五十华里山路，而今就不行了。所以行万里路，得肩能挑，手能提，脚能走才行；走山路，尤其是要有长劲。到了如今，万事莫如睡觉好，什么都付之"卧"游；所以这几年，我的笔下，差不多都是回忆的东西呢。

抗战末年，朱自清先生看了我的战地旅行通讯，写信给我说："……抗战以来，常在报上读到您的通讯，您似乎走了不少地方。这期间，一定冒了许多险，吃了许多苦，但一定也增长了许多阅历。最值得钦佩的，是这种事业，直接帮助了抗战。"朱先生是我的老师，他的鼓励，对我是一种安慰；我的工作，能对抗战有直接帮助，这就不虚此一生了。

有的朋友，把我比作徐霞客（徐霞客名宏祖，江苏江阴人，生于明万历十四年，卒于明崇祯十四年，1586—1641）。霞客乃是我所心向往之的前贤。潘次耕序《徐霞客游记》，谓霞客之游，"途穷不忧，行误不悔，暝则寝树石之间，饿则啖草木之实，不避风雨，不惮虎狼，不计程期，不求伴侣，以性灵游，以躯命游，亘古以来，一人而已"。那是不可企及的。看了他的游记，那么笃实，觉得我的报道，多少近于浮夸，要想传世，还差了一大截。明末清初，那些大儒，如顾亭林，如顾祖禹，他们都有用世之心。顾亭林北游山东、直隶、河南、山西一带，查看形势，交结豪杰，并在冲要之处从事垦田，以图恢复。曾五谒南京明孝陵，六谒北京昌平明思陵，最后，定居于陕西的华阴，置田自耕以备复国。顾氏旅行时，照例用两匹马换着骑，两匹骡驮着书跟在后面。到了险要的地方，便找些老兵退卒，问他们长短曲折；倘若和以前所耳闻的不合，便就近到茶坊里，打开书来对勘。他又欢喜金石文字，凡走到名山、巨镇、祠庙、伽蓝的地方，便探寻古碑遗碣，拂拭玩读，抄录大要。那部《天下郡国利病书》，就是这么实地勘察得到的，也正是我的师范呢。

在我的行囊中，顾祖禹的《读史方舆纪要》，乃是我常看的书。陈朝爵为此书作序，谓："顾氏以穷年累世之学，贯穿诸史，融会方志，而其妙尤在经纬互持，纵横并立。历代州域者代为经，而地为纬，立纵以御横者也，京省者地为经而代为纬，立横以御纵者也。两立交午，万变不离，纵之二十一史四千余年，横之两京十三司，若囊之括，若米之聚，此其所以为绝作也。"房龙说："历史是地理的第四度，它赋予地理以时间与意义。"这也开了我们贯穿史地的法门。清儒刘献廷称"梁质人留心边事已久，与辽人王定山善，因之遍历河西地；河西番夷杂沓，得悉其山川险要部落游牧，暨其强弱多寡离合之情，皆洞如观火矣。著为一书，凡数十卷，曰《西陲今略》，前在都中，余见其稿，果有用之奇书也。"可惜我不曾看到过。不过，刘氏接着又说："方舆之学，自有专家，近时若顾景范（即祖禹）之方舆纪要，亦为千古绝作，然详于古而略于今，以之读史，固大资识力，而求今日之情形，尚须历练也。"此语极有见地。二十五年前，范长江先生任《大公报》旅行特派员，遍历西北各地，其专集有《中国西北角》《塞上行》诸书，可与梁质人书相印证。（可看《现代中国报告文学选乙编》，曹聚仁编。）至于边疆之学，拉铁摩尔的研究，更深更广，我的有志于"东北"

与"西北"，一半也是受了他的影响；可恨年已衰老，只能付诸空说了。

二十年前，我初到临川，看了汤若士的玉茗堂，就在若士路上对许多军官讲演"春香闹学"，也颇头头是道。其后不久，回到了南城，又公开讲演"情与理的交叉点"，似乎对宋明理学有了新的交代。到了桂林，先后游七星岩，不下十来次，在港的朋友们，在七星岩睡过觉的颇有其人。但看看徐霞客的桂林七星岩游记，我们都得让他一筹呢。治学之道，凭虚幻设，并不很难，要切切实实写实境实事，真不容易！"高山仰止，景行行止。"我总希望能成为徐霞客呢！

目录

前词

卷一　行万里路

卷四　湖上

卷五　浙东

卷六　金华

卷七　赣闽

前
词

瓢语

二十多年前，我曾经想刊行一本小品散文，题名《瓢语》。朋友们问了我的出处，他们以为是费解。我说，出处见于《逸士传》，说那位隐士许由双手捧水而饮，有人送他一只瓢儿，他就用瓢舀水，饮毕，挂在树枝上。风吹来了，这瓢儿啪嗒啪嗒作响。许由听了厌烦了，又把瓢儿丢掉了。人生许多事，也就像瓢儿一般的；许多文字，说了还是不说的好。其后不久，读到了辛稼轩词，原来他早已说过了。那首词用水龙吟的词调，云：

　　稼轩何必长贫，放泉檐外琼珠泻。乐天知命，古来谁会，行藏用舍？人不堪忧，一瓢自乐，贤哉回也。料当年曾问："饭蔬饮水，何为是，栖栖者？"

　　且对浮云山上，莫匆匆去流山下。苍颜照影，故应零落，轻裘肥马。绕齿冰霜，满怀芳乳，先生饮罢。笑挂瓢风树，一鸣渠碎，问何如哑！

这首词，上下两阕，用了两个瓢饮的故事，后面的便是我所说的许由故事。那一时期，辛稼轩正退隐在上饶，在铅山县东二十五里许得瓢泉，"其一规圆如臼，其一直规如瓢。周围皆石径，广四尺许，水从半山喷下，流入臼中，而后入瓢，其水澄渟可鉴"。他因此填了瓢泉词。

让我注解一下：上半截是用颜渊的故事。孔老夫子对这位居陋巷的弟子是十分赞许的，所以说："贤哉回也。"对于乐天知命，用之则行，舍之则藏，这一份处世道理，一般人是不大明白的。进一步看，这位居陋巷的高足弟子，对于孔老夫子的一车两马，栖栖惶惶，有时是不免怀疑的。这么一想，又变成了楚狂接舆的想法了。下半截，想到人生种种，有时是多一事不如少一事；那位和先主鱼水相得的诸葛亮先生，虽说定了三分，回头一看，五丈原上，星沉魂逝，又何如陇中高卧呢？（"瓢"，一鸣而被打碎，何如哑着不鸣呢，辛氏的看法正是如此。）

有一段时期，虽说是烽火弥天，但我初到上饶这个山城，依然过着隐士般生活。四郊闲步，不时唤起了辛稼轩的词中景物。（稼轩词第四卷，正为"瓢泉之什"。）他有一首《三山戏作》云："记得瓢泉快活时，长年耽酒更吟诗。蓦地捉将来断送，老头皮。绕屋人扶行不得，闲窗学得鹧鸪啼。却有杜鹃能劝道，不如归！"此意，我自以为颇体会得到。

辛稼轩和陆放翁，都是南宋初期的血性男子，其见之于诗词，每多慷慨激昂之语。可是他们最能懂得田家真乐。小女初读书，我便教她念辛稼轩的清平乐（辛氏居上饶时的《村居》词）：

　　茅檐低小，溪上青青草。

醉里吴音相媚好，白发谁家翁媪？

大儿锄豆溪东，中儿正织鸡笼，

最喜小儿无赖，溪头卧剥莲蓬。

前年小女也在北京，她忽然对我说："爸爸，我懂得辛稼轩那首词了！"这也可说是瓢语的一解。启明老人有诗云："幼安豪气倾侪辈，却有闲情念小童。应是贪馋有同意，溪头呆看剥莲蓬。"我想他一定把这首词念给孩子们听了。

中年

　　我的"中年",似乎来得特别早,有如香港的"夏令时间",春天刚开头,便说是"夏令"了。有一天,一位戏剧队队长曾君把我介绍给邻座某君时,某君刚说出"哦,曹老——"时,又把那半句话吞掉了;出乎他的意料,毕竟不是个"老先生",那时,我还只有三十七八岁,没到"中年"。但是,我的心境以及在社会上过久的经历,毕竟早已是"中年"了。大概是由于我在大学教书的年龄太早,而过写稿生活,屈指算来,已经四十多年了;再则,我一直穿蓝布长褂子,像个当铺朝奉,或是三家村塾师,未老先衰。我还记得,在余姚一处旅店中,一群从上海来的年轻学生,在那儿唱抗战歌曲;我也想挤进来和他们一同唱一回;哪知我一走过来,他们就肃然无声,不再唱喊了。我那天慨然有感,我已经不再年轻了;我还没有到中年,别人已经把我当作老人了。我还记起徐懋庸兄的一句话:"你太天真了!别人会把你当作小孩子吗?"

　　大概,在我三十岁左右,便已进入"中年"的大关了。记得

1938 年夏初，我和范长江、陆诒诸兄，一同在运河站等渡船。闲谈之中，长江忽然对我说："你是不同的！"我比长江只长了五六岁，何以不同呢？原来他是青年而我是中年了。我在战地流转了七八年，别人都是把我当作中年人看待，没人会算我是年轻小伙子的。（假使用曹子桓的话来说，我也自可以算作中年的了。）

我有一年在皖南屯溪过春节，住在黄山旅馆。我住在二楼扶梯口第一间；和尽头那一间，隔开约有三四间房子，旅客往来，总从我的窗子前经过。尽头那一间住的 S 君，似乎总踯躅在我的窗口，并非往来经过似的。大约是新正某日，在某先生的春茗席上，彼此相识，而且谈得很好，其后，我们就在走廊上不时闲谈。S 君，他的外文修养非常之深，而且博通社会科学、外交政治，虽说穿了长衫，却是学贯中西的通儒。他对我期望得非常之切，他说："读万卷书是没多大用处的，你自该到处走走，行了万里路，才能让万卷书有点用处！"我才明白前圣所谓"四十五十而无闻也，斯亦不足为也矣"这句话的意义，我以"中年人"的身份在各处走，朋友们就会有这样的期待。当年鹅湖之会，开出了划时代的学术讨论，那时，朱熹四十六岁，陆九渊三十七岁，吕祖谦三十九岁，他们都正值中年，大家都有勇气推寻、研究、分析，对当前问题有个交代。我呢，也敢于从鹅湖下山，在鹰潭重新把"道问学""尊德性"以及"经验学派"的主张加以估量，提出了我自己的观点。

俞平伯先生曾经写过一篇以"中年"为题的小品，说："当遥指青山是我们的归路，不免感到轻微的战栗。（或者不很轻微，更是人情。）可是走得近了，空翠渐减，终于到了某一点，不见遥青，只见平淡无奇的道路、树石，憧憬既已消释了，我们遂坦然常往。所谓某一点原是很难确定的，假如有，那就是中年。……我感谢造化的主宰，若他老人家是有的话。他使我们生于自然，死于自然，这是何等的气度呢！不能名言，唯有赞叹，赞叹不出，唯有欢喜。"这话说得很好。

我的"中年"，大部分都在旅途奔波中度过，到了踏进老年的今日，回忆过去，"四十而不惑"，自以为有了"定见"，到后来，又慢慢把"定见"打碎了。今日的"不惑"，可以说是对于"生命"的体会，顺乎自然而不至于有所"执着"了——"战争"使我认识了生命的意义！

不知老之将至

纵浪大化中，不喜亦不惧。

应尽便须尽，无复独多虑。

——陶渊明《神释》

前几天，我在悼念孙福熙先生的小文中，引用了曹丕的感伤语句："既痛逝者，行自念也。"L兄对我这份萧索的语气表示"遗憾"，他不同意我这样的消极态度。一位爱护我的读者陆永明先生也写信给我说：

> ……昨天，看到先生那篇悼念孙福熙的文章，其中引用云云，同时，你又说："这两年来，我也是每每有日薄西山之感了。"我看了后，心情上也泛起了多少微波，幸而只是一刹那。

> 先生的"未晚亭"这三个字是何等的响亮，落地有

声。我相信有些人会受感动，兴奋起来，振作起来，至少有我一个。因为我认为一个人在这个世界上生存，待人接物，有时总会因认识不清，或者思想糊涂，而犯了一些错误，是值得自我批评的，所谓"行年五十而知四十九年之非"，而今大彻大悟，觉迷途其未远，实今是而昨非，起来改正，愿将自己所剩的余年，全心全意为自己的理想而服务，真是未为晚也。这是多么积极而有意义。

你今天有多少感叹，可能觉得是韶华易去，岁月催人，而不是天明前的黑暗，奴隶改变为主人的困难，对吗？

以前我曾看过一则报道文章：大约是说某闻人，因患不治之症，自知不起，时日无多，他一点没有气馁，而且还在案头写上"夕阳无限好，不怕近黄昏"，以表示仍有勇气做人。我相信先生一定没有宿病的威胁，大约只是老一点，但也用得着这两句话。我爱先生尤爱先生的读者，因此不揣冒昧写了这封信，先生能说我为多事吗？

"天意怜幽草，人间重晚晴"，这封策励我的信，多么有意思！我们那位远远的先祖曹子桓，他年未四十，说了那么感伤的话。他因为"昔年疾疫，亲故多离其灾，徐、陈、应、刘，一时俱逝，痛可言邪"；"顷撰其遗文，都为一集，观其姓名，已为鬼录。追思昔游，犹在心目，而此诸子，化为粪壤，可复道哉？"我呢，那天想到席上的朋友：贺扬灵早在二十年前病逝了，印西也死了十多年，而今孙君也逝世了。当年，我也觉得曹子桓的感伤太早了。我在二十年以后，再引起同样的感伤，也还是给朋友们说是感伤太早了。那位孔老夫子，有几句自赞的话："发愤忘食，乐以忘忧，不知老之将至。"人生的态度自该如此。（我写给知堂老人的信，也曾说起这几年的老怀，也被他笑了一阵，本来，在我的八十九岁老母面前，她还把我看作小孩子呢！）

不过，古人又有一句话："及其老也，戒之在得。"老年人自该识相一点，明白自己是一个老头子才是。前几年，陈光甫先生到台北去，见到了草山老人，老人对他说："我自己真觉得很老了！"当时，还有吴礼卿先生在座，其后不久，吴老先生也就归道山了。那时，我以为草山老人也会有"戒之在得"的觉悟；假使他真有这样的觉悟，不是更好吗？

我的随笔，写了这么一段，便躺在床上看闲书，忽而翻到了郭功甫老人的十拗诗，好似袋底找到一粒花生，颇为高兴。这是一首最有趣的老态诗。他说，人到老年，事事反常："不记近事记远事；不能近视能远视；哭无泪，笑有泪；夜不睡，日里睡；不肯坐，只好行；不肯食软，要食硬；子不惜，惜孙子；大事不问，碎事絮絮；少饮酒，多饮茶；暖不出，寒即出。"大体说来，这十种老态，我快都齐全了。（我要赶上余翁，还得二十多年，不知余翁如何？）有人说我记忆力好，其实，昨天或今晨的事，都忘得干干净净，我记得的，乃是三五十年的事呢。

明徐树丕《识小录》在谈人生五计时，有云："五十之年，心怠力疲，俯仰世间，智术用尽，西山之日渐逼，过隙之驹不留，当随缘任运，息念休心，善刀而藏，如蚕作茧，其名曰老计。六十以往，甲子一周，夕阳衔山，倏尔就木，内观一心，要使丝毫无慊，其名曰死计。"这也是"戒之在得"的注解。也可说是我对 L 兄与陆先生的答复吧。

死生

语云："死生亦大矣。"古往今来，多少哲人思量这一问题。不过，在战场上，即说是"凡夫"，也有他们新的感受，前人又有"死有重于泰山者，有轻于鸿毛者"的说法。这两句话，又有两种不同的解说，一种是从死的意义和价值上说的，"死"要死得有价值，马革裹尸，效命沙场，是好男儿的气概，绝不像妇人女子那样自刭于沟壑中的。又一种是说有时是要把"死"看得重，所以说"慷慨赴死易，从容就义难"，一死报君王的士大夫，他们并未达成报国的任务！有时是要把"死"看得轻，文天祥到了燕京，坦然正其衣冠赴柴市，生死早置之度外了。

不过，我所要说的，又在"死生"的意义以外，我自幼是胆怯得很的，离开我家三里许，通州桥边关公庙中，门内站着那位黑脸长髯拿大刀的周仓，就一直吓得我非蒙着眼不敢过桥的。因此，我的老母听说我要上战场去工作就大为惊讶，她就问我："你从前胆子那么小，现在怎么胆子这么大了呢？"在战争中，"死神"的来访，真太容易了。有一晚，一位营长，他和我们一同吃晚饭；饭后便奉命指挥对北四川路的攻击。他离开四行仓库不过二十多分钟，前线电话传来，他已中了敌人的手榴弹，在宝兴路口阵亡了。"生死决于俄顷"的事，在现代战争中，真是太平常了。可是，我有一位朋友 W 君，他也是步兵营营长，在"一·二八"那天，他就在上海八字桥，中了敌人的枪弹，伤了右手掌。到了"八·一三"的淞沪战役，他又在八字桥边和敌军碰上了，开战那一刻，他又中了枪弹；这颗子弹可真危险极了，从他的左眼角射入，从脑袋穿出，恰好在大小脑交接处穿过，留下性命来了。这样，到了南京保卫战中，他又已出了伤兵医院，参加战斗去了。南京总退却时，敌人是从雨花台这一面涌进来了；他们布好了机枪火网，城中军民要从那儿逃出来，真是九死一生，"活"的比例是很低的。W 营长，他就在雪一般倒下来的百分之一机会中逃了出来，而且过了大江，又突过了敌军在蚌埠的封锁线，经徐州到了洛阳。我在洛阳和他重聚，他又在干训练游击队干部的工作。凭着他的微眇左眼的目力，还能在洛河上打下老鹰来。如他这样一个人，真不容易"死"的。

究竟我们对于"死生"问题如何发付呢？两宋理学家认真讨论过这一问题。张载（横渠）就在佛家（禅宗）道家的观点以外，（佛家以万物为幻有，乃归于"寂灭"。道家寄幻想于现实之外，所以追求"深根固蒂，长生久视之道"。）他认为"生无所得，死无所丧"，提出了一种积极乐观的人生态度，说是"存吾顺事，殁吾宁也"。用不着悲观，更不必消极。他批评二家之说："彼语寂灭者，往而不返；徇生执有者，物而不化。（上句指佛，下句指道。）二者虽有间矣，以言乎失道则均焉。"他建立自己的人生论，道："太虚不能无气，气不能不聚而为万物，万物不能不散而为太虚……聚亦吾体，散亦吾体，知死之不亡者，可与言性矣！"张子又云："太和所谓道，中涵浮沉、升降、动静、相感之性，是生氤缊、相荡、胜负、屈伸之始。""气之聚散于太虚，犹冰凝释于水，知太虚即气，则无'无'。"（《正蒙》）

尼采说："许多人死得太迟了，有些人又死得太早了！这道理说来觉得很奇怪，在适当的时候死去！"在适当的时候死去，这话说来平凡而又十分深刻，什么是一个适当的时候呢？普林纳（Pling）说："自然所赋予吾人之福利中，无过于死得其时，而福利，尤易把握，则在人人皆能自致。"这倒让战场的战士，比哲人更多沾一分光了！

巧遇

语云："无巧不成书！"《拜月亭》的开头，便是蒋世隆带着妹妹瑞莲逃番兵之难，途中失散了。在他叫喊瑞莲时，给一位失散了母亲的王瑞兰听错了，于是，他俩将错就错，在仓皇中一同逃难。天落大雨，两人合用一伞。而那失散的瑞莲，也听错了瑞兰老母的叫喊，只好一同逃难，认为母女。这期间，虽经过了种种曲折，这对因巧遇而一见钟情的男女终于结婚团圆了。这样的事，在战时真的太多了。由于突破封锁线，患难与共，或敌机临头，一同在防空洞受袭，这样结合的姻缘，都足以补唐宋传奇的趣闻。就因为战争把社会生活秩序打乱了，许多不可能的事也成为可能的了。我还记得 1941 年的浙赣战役前夕，我从兰溪回到家乡去，途次香头镇，就在那小镇上，有三对男女，都是早晨订了婚，下午决定结婚了。这样，就把女儿送到男方家去，算作了却一件大事。月下老人在战神的鞭策下，简直忙极了。

我的一位朋友，他是《东南日报》的副刊主编，那时，这家报馆，正迁移到浙东山城江山去。他和一位当地小姐过从很密，却不曾成婚。一天，敌机过境，警报两响过了，他俩匆匆离城到山谷中去，忽然一只长脚黄蜂（这种蜂的刺很长很毒，被刺会痛得要命），停在这位小姐胸前，狠狠地刺了一下。她痛得哭起来，我的朋友急忙替她撕开胸衫，替她从乳房上拔下那支毒刺来，轻轻把药抹在她的乳轮上。这一来，他俩就在第二天中午订婚了。这样的蜂媒记，也都是常时所不会有的。在男女的爱恋中，"巧遇"与"一见钟情"，格外增加了浪漫气氛，所谓"万里姻缘一线牵"也。

不过，"悲"与"欢"，"离"与"合"，在"巧遇"的比例中，或许不只是对半呢！我的一位朋友，他的爱人，抗战初期，留在上海孤岛中，两地相思彼此都很苦，两家父母，也就从权让他俩结合算了。那位小姐，从上海穿过平湖沦陷区，渡海过了余姚，该算已经脱离了危险地区了。哪知，当她从余姚向金华途中，在义乌附近（其地离金华，只有九十华里了）。碰上了日军第一回浙东扫荡战，便下落不明了。这样，男女两家函电往来，探查这位小姐的下落，等到某君自己从重庆赶到金华来亲自访查，已经是第二年的春天了。我也替他尽了许多力，却也找不到确讯，只知道那小姐是已到了离义乌三十里许失踪的，说起来，只是一个下午的行程，而她碰上了黑色命运。更巧的，这位找寻爱人的某君，又碰上了第二回浙东扫荡战，因为赣东也有了战事，他也不免于难了。这一类，仿佛是同命鸳鸯的传奇，不必穿插已经富有戏剧性了。

还有一位朋友，他的老母，战时本来住在浙东家乡，念佛静修，与世无争。1941年春初，他忽然心血来潮，想要接老母到江西去。他的一切安排，都已妥当。哪知那位答应伴送这位老太太出远门的舅父，他要到上海去转一转，再回宁波去伴行。他在上海虽未乐不思蜀，却多逗留了一星期。就在这一星期中，这位老太太就在那小镇上被敌机炸死了，我的朋友，也就抱恨终生，悔之莫及了。

命、相

在我的长期旅行中，有几年，转来转去，总会转到上饶去的。上饶，赣东一个山城，那一时期乃是军事、政治以及运输中心，因此，"官商云集"，很难找住宿的处所。无可奈何时，那家旅馆老板，就打开××山人的命相房间给我住。山人和我，也彼此谅解，他总是表欢迎之意。这××山人，面白无须，年纪很轻，记得是江苏人，上海劳动大学学生，曾经在汉阳兵工厂做过机械师，此刻挂的是"科学论相"的招牌。他从来不和我谈相，我也不研究"科学谈相"是什么；出外靠朋友，彼此心照不宣也。他和徐懋庸是同学，懋庸又是我的老朋友，因此，我们就谈些上海朋友们的旧事。有时，我也旁听他替别人看相，一本正经，像煞有介事；我听了，也只是笑笑而已。

有一回，我在鹰潭碰到一位姓章的朋友，他是吴佩孚的义子，随着民初政海的起伏，他也经历了穷通否泰之境，受着人情冷暖的刺激，因此，感慨很深。以他那样处过"炙手可热"的地位的人，坐在军校技术教官的冷板凳上，当然觉得命运之神戏弄了他。他也对我说了一些朋友们的遭遇，即如那时住在鹰潭的总司令王敬久已经中将级了，他的一位同班同学，功课着实比王敬久好些，如今还只是一个营长地位。说到结局这都是"命运"。（范缜《答竟陵王书》云："人生如树花同发，随风而堕，自有拂帘幌坠于茵席之上，自有关篱墙落于粪溷之中；坠茵席者，殿下是也，落粪溷者，下官是也。"王充《论衡·幸偶篇》："蝼蚁行于地，人举足而涉之，足所履，蝼蚁惨死；足所不蹈，全活不伤。火燔野草，车辚所至，火所不燔，俗或喜之，名曰幸草。夫足所不蹈，火所不及，未必善也。足举火行有适然也。"以范缜、王充之通达，也不免有"命矣夫"之叹！）那时，我笑着对他说："命运之说，好有一比！你看，他们在那儿打牌，开头他们轮着拿来的十三张牌，那是'命'。随后轮着，一张一张拿来的是'运'。有人'命'好'运'也好，很快就'和'了。有人'命'好'运'不好，就'和'不下来了；也有人'命'虽坏，'运'却不错，反而先'和'了。"章君听了，大为高兴，说我把"命运"之理说通了。

我的这番议论，颇得朋友们的赞许。可是，有一回到了桂林，和四弟谈起，他说，他好似听到谁说过似的。但，我和他相别四五年，并未碰过面，绝非我告诉他无疑了。后来，我从桂林回韶关途中，看了王船山遗书，才知道三百多年前，王船山已经这么说了。后来，看了冯友兰先生的《新事论》，才知道他也这么说过。孔孟二圣，他们也有"道之不行也命矣夫"之叹的。冯友兰先生说："人生中有不如意事，亦有如意事。诸不如意事中，有能以人力避免者，如一部分的疾病；有不能以人力避免者，例如死。诸如意事中，有能以人力得到者，例如读书之乐。有不能以人力得到者，例如'腰缠十万贯，骑鹤下扬州'。其不能以人力避免或得到之不如意事或如意事，因为人之所无奈何；即其能以人力避免，或得到者，亦有人不能避免不能得到。其所以不能避免不能得到者，亦非尽因其力不足，非尽因其所以避之或所以得之之方法不合。往往有尽力避不如意事，而偏遇之，尽力求如意事，而偏不遇之者，亦有不避不如意事而偏不遇之，或不求如意事而偏遇之者。人生有幸有不幸，正是如此。"

伴"战神"而来的四骑士，他们把"死"的因素加重得太多了，"幸遇"的想法，在战时更是普遍。我的一位复旦大学同事孙寒冰先生，在平时的话，"老死"的可能性最高，"横逆之死"似乎不会叩他的大门。到了战时，他却死在第三次上！第一次，上海大世界门口那一炸弹，他只差了一分钟，总算没进鬼门关。第二次是在广州，他住在××大厦的四楼，那天早晨，被三楼的一位太太催着出门去讲演，等他讲演了回来，那大厦已经炸完了，那位太太也炸死了。第三次是在北碚复旦大学，北碚离重庆有五十华里的距离，而敌机投弹下来，是炸碎了一块石头，那碎石飞了过来才砸死他的。因此大家不能不归之于命运了！

卷一

行万里路

行

1937 年秋天，我开始抛弃了书斋生活，过"行万里路"的新生活；我的"行万里路"，因为在战时，酸甜苦辣，五味俱全，又是大不相同。（我所行何止一万里，比古人的视野自然更广阔些。）古人之中，"行万里路"的如司马迁，如徐霞客，他们是老老实实步行的多，《浪游记快》的作者沈三白，他也到了许多地方，游了许多山水。我的"行"，大部分是在舟车飞机上，却因为在战时，也就得爬山过岭，日夜步行的。

我在二十岁以前没有坐过轿子，也没骑过马；"行"的速度不算快，也不算慢。十二三岁时，我从家乡到金华读书，相距七十多华里，清晨动身，傍晚到城，也还不怎么困乏。我自度每天可走百华里，假使走长路，天天走，每天就只能走七八十里。我挑不得重担，三四十斤轻担那就每天只能走四五十里了。说到走路，那就得准备鞋子：草鞋最起脚，蒲鞋最舒服，布鞋勉强穿得，皮鞋那就苦了。我们向南涧去那回，因为要往返三不管地区，就得步行；南涧在山谷间，要爬过一条山岭，才到得市场的。途中碰到一队从上海来的男女，她们"行不得也哥哥"，却又不想穿草鞋；走不上几里路，双脚磨出了水泡，连草鞋也穿不成了，只好提着高跟鞋，徒跣而行，这也是街头一景。行路就得耐心，开头急不得，十里停一停，二十里歇一歇，中午好好儿歇中伙，那就不会做"啦啦队"（掉队之意）。走长路的话，开头那几天，得养点余力，这才可以支持下去。古语云："行百里者半九十。"这句话，行了就会明白，走了九十里，最后这十里的担负，和前面九十里正相等，这是经验之谈。我走了这么多路，从来没走"败"过，便是这个道理。

行路的人，"饮"比"食"更重要，饥饿的磨人，我们勉强还可以忍耐得住，干渴可真会枯死人，许多电影中，写渴中得饮的喜极形象，倒是真切的。我是爱饮山泉的，真是一瓢饮，假使世间有仙露，这便是仙露，沁入心脾，浑身为之一快。不过这些享受，也只江南一带有之。有个凉亭，有人烹山泉，撒上一把苦丁茶叶，比龙井还清洌些。我们喝过的山泉，都是陆羽所不曾到过的。我曾花了三十银圆，买了一处山泉，深四五尺，方不及六尺，山泉汩汩，旱涝不绝。依我们评定，不在虎跑之下。只是在深山邃谷中，除了樵夫牧童，谁也不到那儿去；我也只喝过两三回，让它永远在山谷中留着。到了华中一带，这一类自然享受就没有了。行军经过时，村民就把水井封起来，过客就无法找到，那才是苦事。黄河两岸，大多是苦井，不仅是有咸味，还带上一点苦味。大家拿着小盏取水，喝了应急就算了。

吃的事，在前方当然有啥吃啥，这个"啥"的程度，差别得很远。我说过在兰考一带，吃"糊涂"，带几张榆叶也算饱了一餐。假使包饺子吃面，那是一年难得几回吃的。我们在豫西一处人家，吃过三钱油，已是上等享受。所谓"三钱"者，乃是长线上挂了一文钱，向油缸中蘸了三回，大约有五六毫升那么多。江南情形就不同了，我在赣南瑞金一处人家，吃过六十四样菜，最后一大盆，乃是一只烤猪，那是淮河流域的人所想象不到的。不过出门行路，饱其腹是重要的；肚子饱了，天寒地冻，也还扛得住。

吃饱了，喝够了，好好睡一觉，那就是地上神仙了！第二天精神十足，又可以赶路了。有一回，我就在郑家坞（浙赣路小站）的饭店里，吃了一大碗汤面，睡了二十八小时才醒来，才算把三天三晚的疲劳恢复过来了。

行路，用两脚在走，把我们的生活也弄得很单纯了；这也是一种人生乐趣。

车

出远门，走远路，前人的文句中，有"舟车劳顿"的老话。我在抗战时期，因为做了战地记者，真的到处为家；上海已成孤岛，金华老家，也很少回去。直到妻儿在赣州定居了，也是燕子在庐幕上做巢，不知明年又在何处的。在那长时期流转生活中，有一段时期是在陇海路上过的。

幼年时，我就看到过"雅"而"酸"的字眼，即如替来客接风，称之为"洗尘"，表示欢迎之意。何以要"洗尘"？这就不大明白了。直到往来陇海路上，才知道"洗尘"并非虚语。我们从徐州西行，无论开封、郑州、洛阳，一出门，便浑身都是沙尘，而头发苍黄，而眉毛低垂，而满脸尘土，进门第一件大事，就得用掸帚浑身扫一下，接着再去洗脸，才像一个人。我们那回从兰考回来，那三百里的"尘与土"说少一点，也有五六斤。（天津、北京一带，稍微好一点，也是黄沙蔽天，有边塞气象。进门也得掸尘洗土的。）在那黄沙天地中，骡车、马车、牛车，我们都坐过，那就比坐卡车还要多带泥土；刮风的日子，那更不得了；男的女的，用头巾包了起来，风沙交迫，气都喘不过来。我是南方人，到郑州、洛阳一带，总是不对劲，住不惯；从郑州南归，一过了武胜关，浑身松动，说不出的愉快。（北方人，似乎爱骑驴子，这种长耳朵习狡的"中"动物，我们在郑州也骑过，况味和幼年骑牛差不多。看乡下姑娘在驴背上，倒是别有情趣。从兰陵回运河站途中，我们坐过一次牛车，仿佛坐着象车出会，慢吞吞地，总算拖过那一段路就是了。）

到了长江，骡车、马车都行不通了，一种原始交通工具，叫羊角车（四川人称为叽咕车），这种车子，在上海南京路上，也和汽车并行的，除了运货，载人是很少的。战时在适应那破坏了的道路上，有很大用处。那大轮子装在当中，两边坐上两人，再带几件行李，拉车的向前推送，一天也能走七八十里路。我们从江西金溪到临川，坐了三十里木炭车，其余那九十里路，就是羊角车送了去的。有些重要市镇，即如江西鹰潭，那是瓷器、粮食的集散场，四近总有三四千辆羊角车，叽咕之声终日不绝；长期抗战，就把"运输"的任务放在这原始交通工具上的。

在江西，骑马的机会就不少；不过，在战线上除了自行车，还是骑马的好。我们从临川向南昌前线行进时，也是骑了马。那一线上的部队是东北军，本来马匹很多；到了江南，马匹大量减少。我们骑的却是日本马，那是从日军那边夺过来的，样子颇不错。骑马以外，就是坐轿；我们从临川回南城时，Y坐了四人抬的大轿，我步行相随，仿佛送新娘出嫁似的；赣江下流，物阜民丰，大户人家，都有四人抬的排场。我最不爱坐轿。——"轿"，当然有种种样式，那种黑壳轿，仿佛是一座方形小亭，坐在里面，虽不必正襟，也得危坐，最不舒服。有一种叫作"过山龙"，就为着走远路，仿佛把藤榻抬起来，可以睡在轿中，就舒服得多。真正要爬山过岭时，那就坐"山兜"，也就是四川的"活杆"；先前从成都、重庆到云南、贵州，便是靠"活杆"来运送的。我坐轿的日子，仍是走路的多，把行李放在轿上，独自步行，走上三四十里才到轿中去躺一会，等于充分休息，再下轿走三四十里，这样的一天，彼此都相安的。

我们在战时，因为"记者"的职位关系，处处可以找到朋友，没碰上交通上的大困难。不过，"走路"的本钱要充足，真正兵荒马乱时，彼此不能相顾，就非自己健步不可。我的一位姓聂的朋友，他们夫妇俩带了一个孩子，从上海到了南城，碰上了浙赣战役，无可奈何，只好把孩子放在羊角车上，一推一拉，步行了六百里，才到赣南的。他问我："你长年这么转来转去，怎么过的？"我说："我是时时准备着走路的！"

舟

我想起了战时的舟行生活，本来从我们家乡到杭州去，总是顺着水路走，从兰溪下船，乘的是公司船。（公司船，乃是属于轮船公司的驳船。）到了桐庐，再乘小轮船，大约三天，便可到杭州了。从父一辈的人看来，这样的水上交通，真是便利极了。后来，浙赣路通了，从铁桥渡江，到了萧山，从诸暨、义乌到金华，这才冷落了富春江的水路。可是，一到了抗战初期，杭、富先后沦陷，重新又回向富春江水上航路，过了桐庐，还可前进四十华里，便到窄溪，这就是尽头。上南涧去的，就得在窄溪登陆，经新登走旱路了。这样，我在战时，又重新过公司船的生活。公司船，对号入铺位，每日三餐，另卖饭筹，饭菜都不错。我们在船上吃鲥鱼，活鲜可口，那是我一生吃到的最好的鲥鱼。不过，船上有虱子，也是行万里路的应有财富。上新安江（新安江、浦阳江、桐江都是钱塘江的支流；主要的上流，却是兰溪和衢江，并非新安江），那就难以计程。有一回，冬天却涨水，我们从屯溪顺流而下，一天半便到建德，恍若千里江陵一日还，又是例外。我在那一角上，兜过许多回圈子，没有一回相同的。

读冯至先生的《在赣江上》，那情形和新安江上差不多，我却不曾溯赣江而上，那回，从临川乘船，沿江而下，到三江口为止；江面广阔，仿佛是从富阳顺流到了闻家堰，飞雁横空，夕阳在野，唤起了我的儿时旧梦。赣江原是流向鄱阳湖去的，战时，却因敌军攻陷了南昌，中间隔绝了一大截。我们入鄱阳，倒是从鹰潭下余江，到饶州的。胜利那年，我们从乐平回上海，到了鄱阳转乘湖船，湖船仿佛钱塘江口的海船，方船头，前后两支桅杆。船老大有一种使帆本领，无论东南西北风都可用，在湖面上走"之"字形，那才是绝技。到了湖口，进入长江，上驶到九江，再乘上小轮，到了芜湖，再转长江轮船，可说是我在水路上最多变化的一程。我往来赣江、桂林之间，总在韶关中转，虽不曾乘过曲江的船，却在曲江的船上住过。这类小艇，只是水上旅馆，往来客人多，找不到旅馆，就住在艇上了。

战时的火车，有如给车轮碾碎了的蚯蚓，东留一截，西剩一段，即如浙赣路，东起杭州，西迄株洲，转粤汉路，再接上湘桂路，可以直达柳州、金城江的。但杭州沦落，东头就到诸暨为止，后来，金华沦陷了，浙赣全线，只留下鹰潭到江山那么一截。粤汉线，也只留下衡阳到韶关一截。其余，就靠公路来连接了。这样的陆上交通，只能碰运气，我曾经在金华车站睡过三天三晚，后来车开动了，金华、南昌间也走了五天五晚。一到了鹰潭或金城江，那就要看司机（滚地龙）的眼色了。司机对于我，算是特别客气，因为他们一个星期的收入，比我们做记者的一年薪给还要多；他就特别卖个交情，让我乘了再说。

所以战时的行路，可以当作故事来讲，许多离奇的遭遇，信不信由你："一去二三里，抛锚四五回，下车六七次，八九十人推！"这并不算是奇事。而在野店过夜的事，更是平常得很呢！

发思古之幽情

我说过：年轻时，我一心一意想做郑康成（东汉大儒），西方学人则尊敬德国哲人康德，终日在书斋中翻跟斗，虽没吃冷猪肉的意愿，却也想过做"通人"。我第一部动手要编的书，是《诗经》新笺，动了笔就知道"此路不通"，因为草木虫鱼之学，并不是书本上所能解答的。接着，我又想做郑樵（渔仲，南宋史学家）的继承人，他是离开书斋走向田野的学人。后来，我心敬顾亭林和顾祖禹，他们的学问，正从万里路中得来。（我最主张知识分子下乡过农村生活，让他们能知稼穑、辨菽麦才行。）

要说我所到过的城乡，也算很广大了，可是名山大川，游览得并不多，主要因为战时工作，没有游山玩水的情趣。我往来皖南那么多回，却不曾上过黄山顶。前些日子，《新中华》杂志出了《中国名山影集》，翻开一看，我只到过庐山和武夷山。一位朋友问我："武夷山美得怎么样？"他虽是福建人，却不曾到过闽北。我说："从图片上看山水，当然美极了！在画家诗人笔底的武夷，比照片更秀丽些。"

那位足迹遍天下的徐霞客，他游武夷，在六曲登陆，登山眺望，赞叹道："诸峰上皆峭绝，而下复攒凑，外无磴道，独西通一罅，比天台之明岩，更为奇矫也！"说武夷比泰山更挺拔些，本不为过。高伯雨先生述介武夷山，说："九曲之溪，山连水，水抱山，奇境别开。"接着便是大王峰、玉女峰。"玉女峰石色红润，如娟秀好女郎，亭亭玉立。"形容得更好。但今日游武夷的，已经不会溯流而上，如徐霞客那样，在六曲弃舟登陆的。（武夷九曲，曲曲有胜景。）

假使不嫌扫风雅之兴，让我谈谈武夷之游。我们那回上武夷，乃是从铅山翻岭到崇安的，武夷山离崇安县三十余里；当晚就住在武夷宫。画集中的武夷休养院，正是当年的政治学院。走出院门，便仰见大王峰，那天浓雾蔽野，山色迷蒙，玉女娇羞，更是可人！大家觉得在此仙境隐居，真是三生修得，清福不浅。朋友们对孔院长大充兄表示羡慕，孔兄却频频摇头不已。"风雅"和"现实"，本来相差一大截；这道理，我十分懂得。闽北山区，瘴气很重，不宜早起；山农晨间喝姜汤也就是避瘴。夏秋间疟疾流行，武夷山正不宜居。那年夏天，政治学院师生工役，人人病倒，只好逃到鹅湖书院去避难，风雅也就是这么不值钱！

后来，我在鹅湖书院又碰到了孔院长，谈起此事，不禁叹息不已。我说，当年，朱熹讲学正在崇安，他们也在九曲溪上吟咏风月，欣赏清泉。那首"半亩方塘一鉴开，天光云影共徘徊；问渠那得清如许？为有源头活水来"的哲理诗，正是在武夷溪上写的。他们那一群师生，该是怎么过的呢？大抵，他们都是农村子弟，在耕作中锻炼身体，身强力壮，才耐得住瘴气。不像娇生惯养的都市青年，一下子就给瘴气搅垮了的。至于行万里路的徐霞客，他的铜筋铁骨，比行脚僧还健步些，这才欣赏得了奇山异水呢！

史 与 地 的 交 织

　　虽说现代的旅行，比三四百年前的徐霞客、顾亭林、顾祖禹便利得多，可是我们在战时，毕竟不能如顾亭林那样，用两匹骡子驮着书籍跟着走的。在我的行箧中，主要带几份地图，一部顾祖禹的《读史方舆纪要》，一部杜甫的诗，一部《庄子》，还有一些不相干的东西，总以在自己的肩挑得为限度。别人在旅行中的感受如何，我不曾知道；我个人总觉得史地的知识，实在太重要了。

　　有一回，我们是从南平经建阳、光泽到南城去的，和上面我所说的从铅山到崇安，在赤石看日食游武夷山，又是不同的路向。在建阳、光泽途中，车次麻沙；这小小的市镇，在我眼前便很突出。因为在五代北宋年间，蜀版五经和麻沙版经集，乃是中国雕版书籍之始。而两宋的建本，也是有名的宋本的来由。（建阳余氏，以刻书著称于世。）后来，从南城到临川去，途次浒湾，这又是宋元以来著名的刻书之地。我们在南城，看到一种活字版木刻日报，恍若读到一个世纪以前的京报（宋代的朝报）。我们那一次所兜的圈子，正是宋明理学家所往来的地区。那位南宋理学家朱熹，他的家乡婺源，恰好在皖南与赣东北的边区。他从学李侗于延平，后来，他在建阳、崇安、怀玉山先后讲学，也就是我们所往来的路线。（他从婺源，经过怀玉山、广丰到崇安，也就是方志敏当年常走的路。）朱熹的一位朋友，吕祖谦，他正是我们金华人；又一位朋友陈同甫（亮），也是金华（永康）人。和朱氏讨论理学的陆氏兄弟（象山、梭山），乃是江西金溪人。朱氏另一朋友，那位大词人辛弃疾（稼轩），他就住在上饶。吕祖谦替朱陆安排着论道的鹅湖（铅山），在那时，恰好是中心。我在那一带旅行，格外觉得有意义，好似追踪昔贤，听到这几位大儒在那儿论道。我走上峰顶山那天，正是初冬，微明即起，从鹅湖书院步行上山，霜蒙黄叶，茶花皎白，到山顶宏济寺，旭日初出，林壑静寂，这是朱陆悟道的境界。我缓步下山，心旷神怡，在斜塔边上站了好一会，恍然有所悟。在我的一生，这一段游程，乃是不可磨灭的界石。

我在鹰潭，住到残冬；鹰潭，在今日成为东南的交通枢纽，向东南行，通往厦门和福州，向东北通往金华、杭州，在预计的交通网中，它是连接着芜湖和南京的。但在南宋时期，它遥对龙虎山，又成为道教的圣地。我的意想中，朱熹的哲学体系，不能说是和龙虎山没有渊源，而陆氏兄弟以及后来的杨慈湖、王阳明，就和宏济寺的禅宗关系较密切。这对金华学派后裔的我，不能不说是富有启示性的环境。所以，我在鹰潭卧居那几个月，尽可能找康德、叔本华的哲学来读，同时，也把朱熹的《近思录》、冯友兰的《中国哲学史》仔细看了又看。鹰潭乃是我的思想摇篮；那一年，我几乎"一以贯之""空所依傍"了。

我往来南城，总的在二三十次上下，其形势之险要，和上饶、湖口相伯仲。我们翻看曾国藩的书简日记，可以知道他一生作业，前半段就在南城，后半段乃在祁门。我们到了浒湾，自必想起了浒湾之战，乃是二万五千里长征的第一环，这都可以说明南城在军事地理上的意义。我在上饶、鹰潭、乐平、浮梁、祁门、屯溪之间兜圈子，也正是湘军、太平军决定命运的圈子；我们从近代史上可以看到皖南、赣东、浙东、闽北的战事历程；也从这些大小城市看到当年的战迹。

我看了顾氏的《读史方舆纪要》，想到当年朱洪武和陈友谅争天下的历程，也想到以豫章争天下的宸濠，却被那位以赣州成事功的王阳明打垮了。顾祖禹在《江西纪要序》中说："江西之有九江也，险在门户间者也，此夫人而知之也。江西之有赣州也，险在堂奥间者也，亦夫人而知之也。弃门户而不守者败，争门户之间，而不知堂奥之乘吾后者败。弃堂奥而不事者败，争堂奥之内而不知门户之捣吾虚者亦败。……然则何取于江西？曰：以江西守，不如以江西战；战于江西之境，不如战于江西之境外。"这话，直到现代还是有同样意义的。

这也是我在"行万里路"中的一些体会。

军事地理

　　我初到鹰潭，是 1937 年冬天的事；那时，真是蓬头乡女似的，除了独轮羊角车，没有其他交通工具了。那简陋的旅店，只是纸窗茅店，点着菜油灯，确乎一灯如豆。虽说，从南京通过皖南到赣东的火车，准备在这儿和浙赣线接轨，南京一陷落，连铺好的一部分路轨，都拆掉了。（至于从这儿为起点，通往厦门、福州，成为鹰厦路的主要车站，那是近十多年间的事。）"战神"把鹰潭喂得长成了，东边的鹰潭和西边的金城江（湘桂路的终点），有如《乱世佳人》（《飘》）中的"俄狼驼"似的，再三受了战火的洗礼，而新的市镇就在瓦砾上建造起来，一回比一回更广大，更繁荣，独轮车世界，转而为卡车的世界了。"军事"让往来东南西南人士，熟识了这几个小村镇，在广东则有沙坪坝，在河南则有界首，在那儿，产生了许多时代英雄"白瑞德"。

　　这些由军事及战时经济所造成的英雄村镇，也有在五十万分之一的军用地图上所找不到的，那便是"南涧"（我那时身边有一份东南五省的军用地图就没见这一小村落的位置）。其地，在杭州、富阳、余杭、新登四县的交界地区，离杭、富、余都在四五十华里。我们乘船到窄溪，便登陆，步行约九十华里，经过新登，便到南涧附近了。南涧，真是山谷中的三家村，除了茅棚，没有瓦舍，可是，我们到那儿时，已经成为二三十万人衣食于斯的大市场，一眼看去，有如扩大了的上海大世界。假如把香港夜冷市场，扩大一二百倍也就差不多。从南涧到窄溪那九十华里的长途，背负的，肩挑的，手提的，络绎不绝；日日夜夜，有如蚁阵。大概到了金华、兰溪，便是中间站，再运送到西南、东南各大城市去。在丘吉尔封锁滇缅路的时期，这一条长线是物资交流的巨线。一个客人，称之为"南涧客"，那便是跑封锁线的好汉了。我相信今日在香港的"上海人"，多少会记起这一深谷中的小村落来的。

可是，也有军事上极重要的据点，而不为国人所注意的，便是日军所经营的"殷家汇"。本来，我国传统的军事据点，都是城堡所在的名城。即如我们浙东的衢县（旧道署）、金华县（旧府署）都是旧日战略上的据点。因此，抗战初期，名城的陷落，对一般士气的打击是很重的。日军方面，已经接受了壕堑的军事意义，他们的防御重心，并不在城堡，而在郭外的壕堑线，懂得了"野战"的规划。（至于着重"野战"如红军那样，又是更进一步的认识。）即如日军攻取了富阳，防守线并不在富阳，而在城外四十里许的场口，那是一般人所不了解的。皖南皖北名城在长江沿岸的，如安庆、芜湖、贵池、繁昌，都是军事上的重要据点。太平军和湘军的争霸战，几乎就在这几座名城的争夺。直到抗战胜利，日军投降，才知道日军所经营的永久性防御线，乃在"殷家汇"，这一小镇，全部筑成了壕堑线，有如上海的近郊。我也算在东南战区兜了不少圈子，却没听得将领们提到过这一据点。唯一的例外，便是1940年冬天，苏联军事顾问团曾经想集中炮步兵，从祁门进兵，其意乃在殷家汇。那场突破进军，一开始便受日军的打击，突然中止，可见日军防御力的坚强，或许英雄所见略同吧。

我是从军事观点读地理的，所以顾祖禹的《方舆纪要》，对我更有意义。

饭店

——客栈

我们常常度过一个亲密的夜
在一间生疏的房里，它白昼时
是什么模样，我们都无从认识，
更不必说它的过去未来。原野——

一望无边地在我们窗外展开，
我们只依稀地记得在黄昏时
来的道路，便算是对它的认识，
明天走后，我们也不再回来。

闭上眼罢，让那些亲密的夜
和生疏的地方织在我们心里：
我们的生命像那窗外的原野，

我们在朦胧的原野上认出来

一棵树，一闪湖光；它一望无际

藏着忘却的过去，隐约的将来。

这一首十四行式的新诗（冯至作），写的是旅店的一夜，乃是最平常的境界，却是我最爱好的带着哲理意味的新诗。

有一大段时期，我是和唐吉诃德一般，孤独地周游全国各城乡，从一家旅店到一家旅店，仿佛在找寻游魂。（我并没带着"山又邦"，只是一个人在转来转去。）战争把人生历程完全改变了，谁也不知道下一家旅店是什么地方，怎么一种样式了。有一年冬末，除夕的早晨，车子从南城出发，想到鹰潭过年，哪知，弥天大雪，前路茫茫，司机实在不敢前进了，只得歇下来，几乎要在一处凉亭中过夜。又有一回从赣州出发，预定在宁都过夜，哪知走了不到三十公里，车子抛锚了，只好在一处小镇的饭店中住了一晚。

乡镇的饭店，简陋，肮脏，蚊子、苍蝇、臭虫连着鸡屎、牛粪，对于城市文明人是一件头痛的事，可是，没有城市大酒店那种说不得的肮脏。我是住惯了乡镇的饭店，多少还有点喜爱。那些饭铺子，主要的顾客，就是"脚力"（挑担子的）和小贩行商。（看相算命的也在其内。）像我们这样的旅客是很少的。挑脚的，从甲城挑到乙城，或从乙城挑到丙城，日程差不多一定的，这些饭店仿佛是他们的外家，很相熟的。

饭铺的格局以卖饭为主；一锅热腾腾的白饭，锅前摆着现成的熟菜，辣椒炒豆豉、青菜豆腐、黄豆芽炒韭菜、咸菜炒百叶……要带上一碟白切肉也可以，现炒菜色就很少见了。好一点的饭店，也有一味荤素菜，大概和烧杂烩差不多。（九龙有一家杭州菜馆，也卖荤素菜的，这就是饭店的菜色。）这些饭店，也带卖面条（如香港所谓上海汤面）和白粥，也卖酒，酒菜就很少了。睡的地方，大多是通铺，和城中的歇店差不多，影片《孤星泪》中的英国旅店，看来也差不多的。房间独宿是很少的，有时，店主就把他们自己的卧房让给我们住，也和到外家做客的情形相仿佛。

因此，乡镇的饭店，多少给我们一点温暖，我的心中，仿佛回家乡去了。我承认我是土老儿，一直爱乡村，不爱都市的。

客中岁暮

我的"除夕"，年轻时是在金华家乡过的；先父是理学家，他平时即是公私交集，忙碌万分，岁尾年头，稍微清闲一点，心血来潮，就把金刚圈套在我们的头上，凡是新年之乐，我们都没份。除夕要听训，元旦要写文章，接下来便是扫墓贺岁，只要先父带头，便意绪索然。二十岁以后那十多年间，先父已逝世，我们也很少回乡，就在上海过旧年（春节）。我们虽不随俗在繁华世界赶热闹，却也很少有乡愁。到了1937年冬天，我才开始过"岁暮思归而不可得"的除夕，懂得了"乡愁"满腔的情怀。

有一个新年是在皖南屯溪过的，"屯溪"有"小上海"之称，茶市季节，那真热闹极了。现代都市如上海、苏、杭的享受，在屯溪都可以找得到。虽说是战时，南京、杭州、芜湖相继沦陷，屯溪却是车马辐辏，畸形的繁荣。我相信今日沦落香港的军政大员，不会忘记"屯溪王"府中的声色之好的。可是，一到了春节，这个现代化的"小上海"，立刻就回到三百年前的旧市镇去了，全市家家闭户，店店关门，要歇上半个月才择吉开张。屯溪的《徽州日报》，也停刊半月，要大家过羲皇上人的茫无所知生活。我住在黄山饭店，幸而不如孔老二那样在陈绝粮，也算叨了戴戟（孝惺）先生的光，有一顿丰盛的年夜饭吃。

在农村社会，过旧历年是一件大事。大家老老实实把"生活"担子放下来，舒舒服服过一阵子再说。1939 年残冬，我和珂云从江西吉安往赣州，到赣州那天，已是"岁不尽三日"了，住在陶陶招待所，真是举目无亲，我把屯溪的经历告诉了珂云，我们要赶到赣州过年，就因为那是比较大的城市，或许可以好一点的。哪知除夕中午，一位我们所认识的复旦学生张君请我们吃了一顿午饭，他就不理会我们的遭遇了。（他是想不到客中除夕的情况的。）那晚，赣州的青年人，有个集会要我去演讲，珂云在旅店中等我。哪知我讲演完了回旅店，店方已经停炉，中山公园的食堂也已春节休息，全市冬眠，连买一些点心的地方都找不到了。爆竹声声，我俩却饥肠辘辘，不知怎么办才好。想起一篇法国小说，所说的一对青年男女，只好吻了又吻，当作年夜饭，可是，蜜吻也毕竟不能充饥！幸而天无绝人之路，我俩找来找去，总算找到一副馄饨担，吃了三碗馄饨过夜，我的打油诗，有"馄饨三碗过除夕"之句，盖纪实也。元旦那顿饭，是姓高的朋友找我们吃的，初二、初三、初四那三天，我们到了瑞金，总算解决了新正的困难了。赣州比屯溪稍微好一点，只休息七天，初七便开市了。那时赣州的报纸，也只休息一星期，其后三年，连元旦也出版了。

我是到了香港，才知道有所谓"圣诞节"，从"圣诞节"看到了一些所谓洋道理；也从"春节"，看到了古老的中国。

苏东坡，宋熙宁十年，离密州赴京途中，除夜大雪留潍州。元旦早晴遂行，中途雪复作。他的诗中，有"除夜雪相留，元日晴相送。东风吹宿酒，瘦马兀残梦"之句。先前，我就把这诗念了便算了，想不到，我在旅途中，也碰上同样的情景；那是 1944 年除夕的事。

那年冬天，西南战区局势大恶，日军攻陷衡阳、韶关，直趋桂林、柳州、金城江，迫近贵州的马场坪。赣江沿线，赣州、遂川、吉安、泰和也相继沦陷，我们虽说到了宁都，也还是一夕数惊。我们的车子，就在除夕前一日北行，车次南丰，已经风雪弥天，勉强到了南城。大家心意中，总想到鹰潭过春节；虽说到处为家，一种安全感，使我们选定了鹰潭，它在那时是四通八达的交通中心。除夕午前，司机鼓起勇气冒着风雪前进，无奈层云四合，雪洒长空，白茫茫一片，把司机的眼睛迷住了。这样摸索了三十里路，只好回车返南城，在这个陌生的城市过年了。我一下就唤起了屯溪、赣州的旧事，可不能在南城挨饿了；因为我们到赣州去时，还只是两个人，这回，雪中除夕，却带了两个女孩子，急景凋年，不能太亏待了她们。我一下车，便从车站赶到城中去，总算量得一斗米，几斤青菜萝卜；肉店虽说摆着几片肉，都已有了定主，轮不到我们的。我们决定烧青菜豆腐过素年，又是一回有趣的遭遇。想不到，一位在专署工作的暨南同学，临夜时分，还提了一方肉来点缀我们的"客中春节"。那晚，虽说七个人局促在一间小房间中，也算"兹游淡薄欢有余"了。

就是这样"不知明年又在何处"的旅途生活，时常浮上心头，近十多年中，我这个近于王老五的漂泊者，岁时佳节，不仅是鼓不起劲来，也几乎想把它忘记掉。可是旧的记忆咬住了我的心，时常一遍一遍摆动着，又苦于不能有诗为证。爆竹声声，毕竟是孩子们的欢乐；我呢，正如《祝福》结尾的祥林嫂，欢喜之声，于她是更远更远的了！

1957 年的残冬，我突然要从香港回到国内，预计是在上海过旧年的。到了深圳，已有雪意；车过五岭，又是弥天大雪；到了上海，也已滴水成冰。可是，我得到北京去过年，到京那天，又是岁不尽三日了。谁知我迟到了一天，便失掉了前往朝鲜的机会。只好在新侨饭店过春节。那晚，我是找了两侄女来过年的，也喝了一点酒，放了一串爆竹，还上崇文门踏了一回雪。看着成串的燕子，在雪底的泥洞中冬眠，不禁慨然系之！

那一年的春节，北京的朋友特别忙碌；不仅除夕没片刻空闲，连元旦也席不暇暖；许多年轻朋友都是在十三陵水库工地度除夕的。有一位朋友，元旦邀我在康乐酒家吃午饭，预定的十多位客人，有五位便是刚拿起了筷子，接了电话，立刻吐哺去赴会的。他们那天就没有吃午饭，下午三时才吃了几片饼干，到晚上才吃饭的。

这样，我执笔时，总飘荡着怀旧的情绪，串上了淡的深的记忆；读范成大"把酒新年一笑非，鹁鸪原上巧相违……别离南北人难免，似此别离人亦稀"之句，为之惘然！（范诗题有"甲午除夕夜……兄弟南北万里，感怅成诗"语。）

卷二

上海一角

爱俪园之忆

最近，港台朋友都在谈爱俪园哈同夫妇的往事，我也来搭一脚凑凑热闹。1956年夏天，我回到了上海，陈毅市长邀我在中苏友好大厦闲谈。陈氏第一句话就说："你知道这是什么地方吗？"我说我知道，这是先前的哈同花园（爱俪园），诚如孔尚任《桃花扇·余韵》所写："眼看他起朱楼，眼看他宴宾客，眼看他楼塌了！……残山梦最真，旧境丢难掉，不信这舆图换稿。"而今，只有南边大门角上那喷水池是爱俪园旧迹，其他一点影子也没有了。我告诉陈市长，我在爱俪园住过。因为替哈同夫妇造像的程铿兄弟（其弟克猷），都是我的七中同班同学；而爱俪园总管姬觉弥，他本名潘孲，（孲，音劳，苏北人损人的称呼。陈定山说："姬"，女臣也。"觉弥"，以白话文来译，便是"好像一个小和尚"。）苏北人，和我的朋友姚潜修兄是小同乡，因此有住园的机会。

以往在爱俪园住过的，真是各色人等，五花八门。五十四年前，旧历十一月十二日，即1911年12月31日，那位革命领袖孙中山就是从爱俪园启程，到南京去就任大总统职位的。那时，孙中山从国外回来，到了上海便住在爱俪园。其后，1919年，南北议和，集会于上海，北洋政府代表王揖唐南来，也住在那里。这位段派要人，虽不曾完成和谈，却附庸风雅，写了一本随笔式的上海小史，题名《上海租界问题》。他史识不够，史笔更差，却因为答谢园主的情谊，写了一篇比较像样子的《爱俪园记》。

爱俪园在上海静安寺路、哈同路交叉线上，原是哈同及其妻罗迦陵夫妇俩的私园，故曰"爱俪"，"爱俪"犹"爱侣"（杭州还有他俩的私园，名罗苑，在孤山南，今浙江艺术学院院所）。园占地三百亩上下，约及当年跑马厅（今人民公园及人民广场）之一半。亭台池石，备极壮丽，并参以佛寺之式。园分内外，入园第一处为海棠艇，艇右曰看竹笼鹅，前为茞兰室，黄檗山亭在其西，又西曰接叶亭，亭外草地，设垂花门，门对听风亭。其南循路而行，至柳湾，前有桥曰絮舞桥。北立一坊，曰"森立坌来"。临流有亭曰观鱼亭，北有圃，周以小径，径外一亭，石级层折，云气瀹来，曰拨云。升其颠，又有亭曰碧亭，亭下长廊曰蝶隐，有亭曰岁寒。亭西曰"绿天澄抱"。过此入冬桂轩，前曰诗瓢，曰昆仑源。循冬桂轩，又西为串月廊，有桥曰引泉，过桥为九思顾；顾之南为延秋小榭，过榭里廊至飞流界，界之东有挹翠亭，亭之东为芝洞，其间曰方壶，曰小瀛洲。洲之北有石梁，是曰堆碧；前有石塔，为北洞天；循塔洞而行，一舟倚山而泊，鹢首西向是曰慢舸。舸前石峰曰太华仙掌，其后为云林画本。水临于南，桥曰迎仙，崖曰饮蕙。西有阁曰铃语，登斯阁也，园景历历在目，可远眺龙华。阁西曰涵虚楼，乃遥对飞流界，楼下一亭临爱夏湖，有石径曰六鳌远驾。西为平波廊，廊之西南，绕以花墙，有月洞，门额曰大好河山。门外有石峰，状若寿星，上有古松一株，是为苍髯上寿。折而东曰藏机洞，洞之上曰石坪台。自铃语阁回环曲折而来，胜境不穷，其胜处为山外山，有流水一湾，沿岸遍植花，曰逃秦处。其西南为万生囿，东北为赊月亭；亭之西有竹亭，额曰锦秋；其东一桥，曰横云，过桥为笋竿蕨乡；有方塔，七级矗立，池中层层喷水，下注于地，署曰千花结项（即今留存着的喷水池）。塔之南，石笋林立，曰石笋嶙峋。折而北则接卍字亭，亭额曰万籁笙竽。其东种竹千竿，花木蔚蔚。

爱俪园的外园，共有七十五景。我们从卍字亭的竹林曲径向西南为松筠绿荫。其西有山，高下植梅，山顶小茅亭曰梅墅；循行至水心草庐，前有九曲桥，西曰兰亭修禊，前亘长堤曰柳堤试马。西为阿耨池，池北屋三间，曰曼陀罗华室。其东一带松山间，有思潜亭，其麓曰淡圃，圃之北临河一亭曰涉否可，从那儿棹舟可到水心草庐。亭后为万花坞，其南有桥曰渡日，过此曰烟水湾。其北接绛雪海，中有楼曰望云。后有长廊，循廊径横隔一河，有小桥曰玉蝀，通频伽精舍，舍前为养生池，池上有亭曰鉴泓，池后一楼为春晖。其东乃是哈同宗祠。外园亭池，便以此为止。

内园由欧风东潮阁而入，其地以水为界，水通黄浦（苏州河支流）。潮上时琅琅可听，歌曰"黄河涛声"。过此西行为红叶村，村前有倏秋吟馆，上曰待雨楼，四面临空，古树森立。北有长廊，接二茅亭：椒亭与风来啸。南辟大路，竹柏夹道，由此入月在亭，至仙药阿，为主人所居，层楼叠栋，曰无障碍。其前为戬寿堂，堂共五楹，翼然有楼，左右廊宇宏深，曰巢云，曰选胜。迤西曰西爽斋，斋前石峰曰松发，曰寒山砭骨，皆嶙峋有奇致。其南为天演界，剧场也。其东编竹屏，有半面亭曰驾鹤，屏外假山，上有亭曰环翠；亭外草地，花圃参差径接，可通车马。南有池，旧名涌泉，朱栏绿筱，环其前后，中辟一月洞门，曰涌泉小筑；自此以来，皆翠竹粉墙，墙东则九思厩，到了外园了。东西遥隔，水相通，为天然之界线。像刘姥姥初到大观园，也仿佛是昆明湖上的颐和园。那一群清朝遗老名士清客，帮着这位犹太富人风雅起来，确比此间的狮子花园像点局面。那天，陈市长问我对旧楼新厦的印象如何。我说，这倒容易说的，旧园幽美，新厦壮美，各有千秋。不过，三十年后想起往景，昔日的爱俪园，总好像海市蜃楼，几乎不敢相信真的有过这么个去处呢！

哈同（Abraham Hardoon），原是中东伊拉克的犹太人，生于公元 1850 年。早孤，年轻做了错事，被母亲逐出家庭，流浪海外，忽然到了上海，这就成为乐园中最成功的冒险家。哈同身无长物，只好做粗活，受雇于上海沙逊洋行，做看门人。这沙逊洋行，在上海有两家，一家是老沙逊，那是进出口商，以贩运鸦片为主；一家是新沙逊，以营地产为主。哈同服役的那一家，那是老沙逊；他小心谨慎，勤勉服务，很得老沙逊的信任。后来老沙逊年迈退休回国，就给这位年轻小伙子一笔退职钱，叫他另谋发展。那时，哈同只知道贩鸦片的门径，还是熟门熟路，做起老买卖了。贩鸦片可以稳赚钱，赚了钱，又放高利贷，慢慢滚成了大雪团。那时，他姘识了一位咸水妹罗莉莉，便是罗迦陵。她是上海人，地道的上海人，家住上海老西门梦花街，自幼是卖花的。她结识哈同以后，却有那股帮夫运；她劝哈同放下鸦片烟，改做地产业，那是新沙逊的路子。那时南京路迄静安寺一带，乃是郊外草原，地价不高。她就信了虹庙方丈的主意，接连买了南京路一带的地皮。哪知时来运到，南京路一带地价，日长夜大；那一带市面，也日趋繁荣；不过十年，成为上海商业中心区。他们的地产，几乎占了南京路的十分之六，地价涨了千倍上下。他们虽以五千两银子起家，到了民初，已经是千万家财的大富翁了。

哈同相信罗莉莉是他的福星，事事奉命唯谨；爱俪园中，罗氏便是慈禧太后，他自己也和光绪皇帝差不多。园中居然也有一位李莲英，便是那位姬觉弥，他以园中总管自居。

哈同夫妇，这一对从微贱地位爬到富比王侯的高贵层的幸运儿，确乎要关起园门来称孤道寡；园中男女仆役、连着他们所收养的孤儿子女，都要对他们跪接叩头，有如西太后之在颐和园。当清皇室崩溃以后，他们就收养了一批太监到园中来，显得爱俪园真的有着皇宫的气象了。（那位自居李莲英的姬觉弥，年轻时流浪北方，曾在宫中住过些日子，因此颇知宫中仪节及太后生活排场。）我那同学程氏兄弟所雕塑的哈同夫妇铜像就安放在园门口，园中人也必对之跪拜如仪。他们还花了一笔钱，收买了一批遗老、文士、书画家，当作园中点缀品。有一时期，爱俪园就等于遗老博物馆。那儿办了一所仓圣明智大学（周郎称之为苍蝇蚊子大学），校长便是姬觉弥，监督（副校长）便是喻长霖（湖北黄梅人，清末一甲三名进士）。他们所尊奉的不是孔圣人，而是造字的仓颉大圣人。那时，遗老中如罗振玉、王国维诸氏，治甲骨文，就在戬寿堂设立了文海阁，是继乾隆七阁以后又一阁；收存四库所未有的版本，还刊行了《甲骨石丛刊》，如《殷墟书契》前后编，《殷商贞卜文字考》，《殷墟书契考释》及待问编，这是一种风雅。俗所谓"有钱能使鬼推磨"也。

哈同本不知书，罗莉莉也并不识字。不过，她有钱以后，也曾请人教她读写，识得一点粗浅书报，也会写得一张便条。至于风雅的门径，完全得力于那两位真假和尚：乌目山僧和姬觉弥。有人以为姬是乌目的徒弟，那是说错了的，姬之进园，乃是一位耶稣牧师推荐的（姬并未受戒，也未出家，也算不得是个和尚）。乌目山僧，本名黄宗仰，江苏常熟人。他富有才学，擅长诗词，也精通英日语文，同情同盟会兴中会的民族革命，崇敬孙中山；孙氏海外归来，在上海住爱俪园，乃是他所推介的。他皈依禅宗号乌目山僧（常熟有乌目山，故名），也许是一种烟幕。看他过的俗家生活，不戒荤酒，有时也穿西服和服，俨然翩翩俗世佳公子。而其由座上宾成为罗迦陵的入幕之宾，成为爱俪园的工程师，亭台楼阁，草木花石，都出于他的匠心。园成于1903年（光绪二十九年），以爱俪园为名，因为莉莉小字"俪蕤"，其上再加一"爱"字，本意如此。他又劝说了罗女主刊印了一部《大藏经》，根据日本弘教书院本，配上了龙藏续藏，共八千四百十六卷，称为《频伽藏》。园中辟频伽精舍，尊"莉莉"为迦陵夫人。"迦陵频伽"者，梵语为鸟名，《正法念经》云："山谷旷野，多有迦陵频伽，出妙声音，若天若人。"《慧苑音义》云："此云美音鸟，此鸟本出雪山，其音和雅。"

可是，罗迦陵毕竟是凡鸟，她虽尊敬这位自幼相识的高僧，而入幕的机会却让位给那位姓潘的飞仔式的假和尚姬觉弥。迦陵也宠信日专，让姬觉弥做园中总管。园中有这么一幅画像，从这边看去是哈同，从那边看去是姬觉弥，从正面看去则是罗迦陵，正所谓三位一体，迦陵则左拥右抱，得其所哉（这几幅画，也是程锁兄的手笔）。觉弥六根不净，但哈同夫妇却一直没有养个孩子；因此，迦陵收养了许多中西的孤儿寡女，有了十三太保、八姐、九妹之称。哈同先死，迦陵继亡，于是姬总管被逐出爱俪园。为了争遗产，各显神通，爱俪园也就分割成几十家。当上海沦陷时，一场大火，烧得七零八落。抗战胜利，我重回上海，访寻旧园，已破旧不堪了！

傅雷、大世界

　　法国前总理傅雷夫妇昨日重访北京，我在他的名下连上了上海大世界，仿佛他和上海大世界有关。是的，他和上海大世界有关。上回他访问北京，那是 1957 年的事。他到了上海，和上海荣副市长毅仁一同游览，他要荣氏带他到大世界去。荣氏指着延安东路西藏路角上那竖立着"人民游乐场"五字牌坊的所在便是。旧地重游，傅雷兴趣很好。那时，还是陈毅副总理兼任市长，他忽然一转念，"人民游乐场"又重复改为"大世界"了。我知道傅雷在《蛇山与龟山》的记行文中，并没说到这件事；这回，他到了上海，又复会看见"大世界"了。这个"大世界"和他有这么一段渊源。

　　上海的五湖四海英雄之中（所谓"白相人"），有三个最有名的"滑头码子"（头脑灵活，善于投机的角色），创办大世界的黄楚九，也是其中之一。上海的十里洋场，就在北门外城郊慢慢发展起来；今日最热闹的南京路，一百年前，正是野草丛丛，水鸟交鸣的原野。西郊（今日人民广场和人民公园一带先前的跑马厅），更是乡村景色。（在香港，我们都很荣幸地被称为上海国人，在上海，过了苏州河，如北四川路一带，已经是宝山县境，乡人到南京路，就说是到上海去，他们都不承认自己是上海人。）后来洋场越来越发展，黄楚九首先和经仁山创办新世界于静安寺路西藏路口跑马厅角上。后来经仁山病逝了，经大娘子大权在握，一脚踢开了黄楚九；这是那位江湖好汉一生最大的耻辱，他就发了狠心，在跑马厅的另一角，创办了另一游乐场——大世界；除了南北部通地道以外，一切都比新世界的花样更多，规模更大。（黄楚九死后，这份企业，才转到另一江湖好汉黄金荣手中去。）

　　大世界，只要二角钱（银毫子）门票，那就可以上下五层楼到处看世界了。（先前也有变相收钱的办法，就是找了座位，替你泡茶，收茶钱，至于站着看或是坐在场后面那几行，也就不必泡茶。也有另外收钱部门，多少和色情或赌博有关。）进门便是哈哈镜，给我们乡下人开洋荤；进了院子的广场，便是杂耍场，节目不少。楼下也有一处书场，有时也有歌女来清唱。二楼以上，每层都有二三个剧场，从下午一时到夜半十二时，不断有节目上演，如地方剧种、本地滩簧、弹词、说书、话剧、戏法、曲艺、文明戏、电影等，只有京剧，才另设剧场，另售门票，叫作乾坤大剧场。上演的节目，也有第一流的剧种，如传家班的昆曲、淮扬戏，都在那儿演出过。初期话剧名角，如顾无为、汪优游也在那儿上演过。真是老少咸宜，可以看个一整天也看不完的。

　　可是，大世界乃是最足以代表上海风气，白相人天下，蛇鼠天堂，那真是藏垢纳污的所在。一进门，那院子里总有一二百个流莺，二、三、四楼也是川流不息的野鸡群，她们虽不会抬了我们去，只要看她们一眼，就会来和你搭腔了；间接就成为花柳病的传播线，所谓色情世界便是如此。因此，少女们，一过了十岁，就不能再上大世界了；直到大世界变成了人民游乐场，那色情气氛一扫而空，这才有让妇女欣赏民间剧艺的机会。那就是傅雷上回看了后大为惊异的。

说起大世界，想起了黄楚九；说起黄楚九，有人就联想到李裁法，好像他们都是走旁门的海派英雄。有人又觉得黄楚九比较正派些，陈定山许之为一代人杰。傅雷觉得先前的上海法租界富有巴黎气息，大世界也是巴黎型产物。我呢，以为大世界是缩小了的上海，黄楚九是洋场人物。

黄楚九本是眼科医生，他这一手本领还不错，却是以"艾罗补脑汁"起家，后来开了中法、中西两家药房。洋人把我们身体主宰从"心"搬到"脑"，因此，现代化的补药，他说要补脑。楚九找了一位西医朋友，开了一服带磷质的补剂方子，加上一些可口的果汁，让小姐、少爷、老爷、太太们爱吃。他定了一个药名，叫作"补脑汁"，他知道那是崇洋时代，中国医生的方子是不会有人信任的，一定找一个洋人；他就照了一张犹太朋友照片，印在上面，称之为"艾罗"。"艾罗"（Yellow）者黄也，拆穿来还是姓黄的人发明的补脑汁。在月亮还是外国圆的世纪，他就发了财了。

楚九生平做买卖，有两句秘诀：一个钱当十个钱用，一分本钱，配上九分广告，这就成为洋场生意经了。他最懂得望平街的神通广大。他最后一种药，叫作"百龄机"；一句广告叫作："有意想不到的效力！"有人说，他这句广告，比十万字的宣传还有力量。药呢，还是补血汁之类的东西。

他是上海游艺场的始创者，他听了海上漱石生和孙玉声的主意，在浙江路南京路角上，新新舞台（今永安公司）的屋顶，开了一家楼外楼；那是茶室，带着两档说书和林步青滩簧，游客喝茶闲谈，登高望远，生意倒也不错。而且装了电梯，收费一角，也算是开洋荤。他脑子一动，和经仁山在跑马厅角上开新世界，游艺、杂耍、戏曲的花样加多了，而且南北两部有地道可通，这就把东南各城乡的人都吸引过来了；而且，只要两角钱，让你整天看个饱，我们乡下人顶合口味的。我说过仁山死后，那位经大娘子手段太辣了，一脚踢掉了黄楚九。他就心有不甘，在跑马厅角上，又开了一家大世界，花样更多，规模更大，也只收门票二角。而且有像样的乾坤大剧场，连法国的军政大员，都印象很深，可见这位黄老板的手法是不错的。

黄老板的一钱十用论，在企业上表现得很灵活；除了大世界以外，还在对面开了一家温泉浴室；大世界东边，开了一家世界日夜银行，便利走偏门的人存放。他还造了新光大戏院、中国大戏院两座大房子，办了一家烟厂，发行一种"小囡牌"的香烟，广告上写"小囡牌人人爱"六个大字。于是，他从地产上打主意，借了钱，买地皮造房子，又转押给银行，再买再造再押。于是，一发牵全身，如清末东南大富豪胡雪岩一般全部坍下来。给他致命的打击，乃是上海法租界××堂，那是高利贷之父。他一死，大世界也就转手了。其他企业，也都换了主人了。

在海外的上海佬，没到过上海城隍庙和大世界的，怕不会有了吧？连傅雷到了上海，第一句话就问起了大世界，黄楚九也就可以瞑目了。

傅雷，这位法国的来客，他所著的《蛇山与龟山》，我还不曾找到；不知他在1949年以前，到过上海几回？住过多久？他对上海掌故，也颇熟悉。他对荣毅仁氏也说到大世界门前的大炸弹，那是"八·一三"淞沪战事第二天，上海市民所看到的战争面貌。据当时的报纸载，说死伤千余人，一位德国记者说中国的空军闹乌龙，离目标还有好几里呢，真蠢。这倒是新闻报道上最保守的一页，实在炸死了一千一百二十多人，受伤的有二千多人。我们那天，正在新世界的角上，远远看见一颗黑东西掉下来的。报载是五百磅炸弹，大世界门口那一坎口有一丈五尺深，一丈二尺直径大。炸碎了的残肢碎肉，堆在跑马厅角上，有二三丈长，四五尺高。我还看到一只残腿飞到大世界隔邻的青年会的九层屋顶上。在第二次世界大战史上，除了重庆大隧道和广岛原子弹，这一页，该是最惊心动魄的了。至于这炸弹究竟怎么会落在大世界门口，当时还有一种说法，说是炸弹架子，给日军舰的高射炮打中了，因此落了下来。这一疑案一直没人找到过答案。战火扩大，大家也慢慢忘记这战神的第一个礼物了。直到二十多年后才由当时指挥空军的飞虎将军，说到那炸弹有一千磅重，所造成的死伤，比报载多一倍以上；而落弹错误，乃由于那天天气，空军由五千尺高飞改为五百尺低飞，算错了时间，本该落在黄浦江苏州河口的出云舰（日本旗舰）上的，却落到跑马厅来了。这一礼物替黄楚九证明了一句遗言：本来新世界角上是上海最热闹的"通衢"，而今证明大世界门外是上海最热闹的"交会"了。

上回，傅雷进了大世界第一句话就是说："太干净了，太干净了。"这意义包括黑社会人物的完全扫除和流莺、赌徒、小偷、乞丐一类垃圾的肃清。新的大世界，乃是人民游乐场。一位十岁以后没进过大世界的七十岁老太太，带了媳妇和孙女重到大世界，也和傅雷一样眼睛一亮。她说，从前大世界是野鸡世界。那十六岁的孙女问她：什么是野鸡？老太太说："你们年轻的不懂、不明白。"她的媳妇，对着她笑笑说："还是不懂的好。"

1956 年，我重到大世界，以后几乎每年要去一两次。哈哈镜依旧是进门的见面礼。底层大院子那杂耍场，正是第一流杂技团；上回到香港来过的中国杂技团，就在那儿演出过。有一惊人节目，便是驾电单车跑圆墙的，胆小的人吃不住看，可真精彩。二楼以上的剧场、节目情况，大致和 1950 年以前差不多，但却丰富得多，也去芜存菁，真正百花齐放着。我们看过华文公司的《美丽的三江》，其中有大世界的镜头，那儿的淮扬戏剧团，便是最出色的地方剧团；有名的《杨门女将》，便是从淮扬戏的《十二寡妇征西》改编的。

我曾在大世界看过最坏的《雷雨》(文明戏)，但今日的文明戏可真的不错，有名的《七十二家房客》，就是在大世界上演的。新的大世界，也就是新上海的缩影，从"蛇鼠天堂"变成了人民游乐场。

豫园、城隍庙

　　那位法国的来客傅雷，他和荣毅仁氏，看了大世界，接着又看了城隍庙，这是洋人的东方观，仿佛到香港的洋人看了兵头花园，还得看看狮子别墅。洋人心目中的城隍庙，便是湖心亭、九曲桥以及那"老爷花园"，如伊孛尼兹（西班牙小说家，以《四骑士》为世人所知）、芥川龙之介（日本文学家）所写的："那边走着穿漂亮的洋服，缀着水晶的领袖顶针的中国时髦女郎，这面走着戴着银项圈的小脚三寸的旧式妇人，《金瓶梅》中的陈经济，《品花宝鉴》中的奚十一，在许多人里面，这样的豪杰似乎也有着。"这便是现代的中国。

　　依我的说法，古代上海的城隍庙，和豫园两不相干；到了过去一世纪中，豫园才和上海城隍庙二而一，一而二，合为一体，如洋人所看到的；可是最近三四年中，豫园是豫园，城隍庙是城隍庙，划分而二，傅雷重访城隍庙，一定会看到豫园公园的新景了。

　　"城"与"隍"，本来是两种防守性的建筑，"隍"乃是城外护城河；"城""隍"各有其神，流俗合之为一，混称城隍。上海的城隍庙，仿佛苏州的玄妙观、南京的夫子庙、北京的东安市场，那一地区变成了百货杂陈、老幼妇孺交集的大市场。在芥川龙之介眼中，仿佛日本的"缘日"。

上海之有城隍庙，始于宋代；不过那时的庙宇在淡井庙，因为上海还只是一个市镇，属于华亭县；淡井庙所供奉的城隍，乃是华亭县的城隍。到了元代至元二十九年（1292年），上海由镇升为县，它的城隍庙仍在淡井旧地。直到明永乐年间（15世纪初），知县张守约，才将金山庙改建为今上海城隍庙。金山庙，本来是祀奉西汉名臣霍光的，称霍光行祠，乃是三国吴主孙皓所立。因此，金山庙前殿，至今仍祀奉霍光如旧，后殿才供奉那位红面的秦裕伯的神像，那是明代的事了。

说起了秦裕伯，其间就有一段掌故。据秦氏后裔秦温毅所说，这位元末的豪杰之士，乃是宋代文士秦少游的七世孙，世籍扬州高邮，宋末兵乱，才由他的祖父移居上海。秦裕伯在元末，中了进士，做了几处地方官。遭遇世乱，归隐上海，张士诚据苏州，聘他襄助政务，他固辞不就。后来，明洪武建了帝业，命中书省檄请他任职，他又托居母丧，未终制辞就。洪武下了手谕，说："海滨之民好斗，裕伯智谋之士，而居此地，坚不起，恐有后悔。"他只好应命到了京，却又不曾任官。洪武六年，他病逝上海。洪武诏令中说："生不为我臣，死当卫吾土，着即敕封为本邑城隍神。"看起来，可说是有凭有据的了。

本来，上海城隍庙规模很小，清康熙年间在庙东构建东园，凿池造亭，堆叠山石，栽种花卉。上海文士曹一士赋诗纪胜，诗云："神祠北际名园辟，寝庙东偏别殿开。更拟登高望云物，人间重筑小灵台。""何年丹诏起孤臣，云树苍茫旧隐沦。东去题桥有遗迹，固应忠孝作明神。""引水为山十亩间，祈年宴罢此中闲。石坛夜静神鸦集，海上云旗乍往还。""斥卤桑田纵目初，万家耕织杂樵渔。赤氛黑祲年来有，凭仗登台一扫除。"

在我们印象中的城隍庙，就是以城隍庙为中心那一地段，上海城中的商业区。这一商业区，远比后来的英法租界市区早得多。英国的东印度公司，在百五十年前，派人探访上海，城隍庙那一带已经有了外来的洋货，称洋行街。我们时常到城隍庙去，但进庙拜神的机会很少很少。

殿前那一行都是吃食摊子，也有摆了桌椅，像个小店的；即如酒酿圆子、豆浆油条、南翔馒头、油豆腐线粉，各地的点心，在那儿成行成市。南翔馒头皮薄，肉细汤鲜，那是他们的特点。南翔离上海虽说只有四十华里，起意郊游吃馒头，毕竟是一件大事，到了城隍庙就可以过瘾了。而且酒酿常州味，豆浆苏州观前味，左宜右有，要吃什么有什么，真是老幼妇孺皆大欢喜。那儿有家小店，专卖茴香豆，颇有绍兴味；孔乙己把手指一点，说："多乎哉，不多也。"便是这种豆。前些日子，我看见香港的上海南货店就有茴香豆，正是城隍庙来的，可惜年老齿落，已经嚼不动了。那儿也有冰糖山楂、糖葫芦，便是北京城东安市场的红果儿，也是小孩子恩物，我颇爱吃。我们到城隍庙去的，吃是第一。

庙外四围，茶楼很多，最有名的是春风得意楼，这是一句好口彩；每年元旦，进香祈祷的少妇少女，都上楼去吃一杯元宝茶（龙井茶加一颗橄榄）。逢月朔望，长三堂子漏夜前来进香，也在茶楼歇脚，真是美人世界。其他如湖心亭、四美轩、第一楼、春江听雨楼、鹅园、访鹤楼、雅叙楼……都是游人品茶之所；却也人以类聚，成为各业市人的会集所，有的是古董商，有的是茶客，有的是布商木客的生意买卖。好多茶楼是带书场，下午晚上有几档弹唱说书节目，茶客就躺在藤椅上，一边喝茶一边听书，悠然自得。上海的说书人，就从那些茶楼中培养出来的。

我初到上海时，年纪很轻，脚力很健，听书兴趣并不高，吃了点心，就到处闲逛，和洋人一般爱在九曲桥那一带穿来穿去，反正往东向西投南落北，都无不可。兴尽，到处可以上电车找归程的。那一处原是豫园旧地，到今则是形形色色的旧货摊子。也有大小旧书摊，虽没北京琉璃厂的规模，却也有厂甸的样儿，长年如此。那儿的旧书，古今中外都有，讲版本当然说不上，拾遗补阙，大可以到那儿碰机会。我所收藏的第一份上海《申报》，便是那儿找来的。我曾找了一块旧的绸手帕，有一尺五寸见方。上面密密写着蚂蚁大小的字，用放大镜看，也颇端正，字字清楚。一块手帕上，就抄了全部四书，那是从前士子上考场做夹带用的。总之，随时看看找找也颇有意思的。

百货交集在城隍庙附近，也不及一一备举。有一条街，可说是鸟街，百鸟交集，要什么鸟有什么鸟；附带就有鸟笼、鸟粮、鸟杯，成为独一行市；入其街，只听得啾啾切切之声。连着就有白老鼠、小松鼠、兔子、狗仔、猴子、乌龟，小动物的世界。只有一点，和香港不同，在城隍庙买不到活蛇的。

此外，和神殿相应的香烛纸马，和时节相应的灯花，还有小姐所爱戴的白兰花，这便是城隍庙。

1959 年，豫园部分，经过上海市当局的三年整理，恢复四百年前潘家园林旧貌，又从城隍庙分离开来，称豫园公园。我相信傅雷夫妇重到上海，访游城隍庙，又将觉面目一新了。

本来，城隍庙的西园部分，乃是明万历年间潘氏旧址，园主潘允端曾任四川布政司，拓地四十余亩，先后经营二十年（嘉靖三十八年迄万历五年），筑成了豫园，其意在侍奉父潘恩，颐养天年，故曰"豫园"。园内胜景，如玉华、会景、乐寿、容与等堂，如醉月、征阳、颐晚诸楼，如留影、含碧、凫佚、挹秀诸亭，他有留春窝、鱼乐轩、玉茵阁及家祠和一些神祠。当年凿地成池，叠石为山，池沼贯流，山石错列，陆具涧岭洞壑之胜，水极岛滩梁渡之趣，加植名花珍木，布置曲梁阁道，登山遥瞩，荡舟绕游，自是东南名园。潘氏当年自比网川平泉，以"人境壶天"题门前小坊，坊西高埠，还写着"寰中大快"四个大字。

可是潘家胜境，到了明末清初，便已渐次荒废。潘家子孙家境中落，到了乾隆年间，便把荒园出卖给上海城中的绅商集团，以与东园对称，乃为西园。绅商集资续建，花了十多万银两，历时二十多年才完成。据说，当年园基占七十多亩，可是到了同治七年重行清丈，只留三十六亩八分九厘二毫了。西园的意义，也和当年潘家私园不同，大半成为上海工商各业的公墅，园正中为三穗堂，宏敞高耸，乃是公宴朝贺之所。堂北有万花深处、可乐轩、留春坞诸胜，迤逦而东，有花神、听涛两阁；西北便是萃秀堂，右拥大假山。堂东有烟水舫、绿杨春榭、得月楼、玉华堂、莲花厅诸胜。玉华堂前植立的奇石，即系豫园旧物，相传是北宋宣和间花石纲中遗漏在东南的玉玲珑。这是洋人最欣赏的奇石。在石下燃放一支香，只见石洞处处生烟，有如雾中美人。西看胜迹有凝辉阁、挹翠亭、船舫厅、绿荫轩，南看有茶墙酒墅清弟堂、越丹阁、春襫阁及吟雪楼。堂前临大池，构亭架曲梁，夏时红莲盛开，晓起立桥上，面面皆花，绛霞晕目。这些景色，我们读乔鸥村《西园记》及王韬《瀛壖杂志》，能仿佛得之。在那以后，又添建了超然台、迥回楼、点春堂、五老峰诸胜，又改玉华为香雪、万花深处为万花楼，这就是海内外人士所曾记得的了。

西园的兴废，又和过去一个世纪的战乱有关。道光二十二年（1842年），英兵曾占据了城隍庙，九曲桥头的红莲便绝种了。咸丰三年（1853年），响应太平军的小刀会，曾在这儿设立司令部。后来清兵入城，西园便遭火劫，香雪堂、莲花厅、得月楼、花神阁，同付劫灰，只是奇石犹存，池塘无恙，犹存旧日规模。咸丰十年（1860年），太平军入境，英法防兵又借西园为兵营，西园的浩劫，此为第一。同治年间，重新修葺，可以说是另起炉灶。今日的豫园，又在新西园的基础上参照了明代的记述，从西园回到豫园的旧轮廓去。只见古树参天，花木繁茂，回廊曲径，假山池塘俨然是潘老旧气象。上海文史馆诸老曾在这儿雅集，吟诗写画，抚今怀古，觉得豫园的市侩气息已一扫而空了。

四行仓库、八字桥

　　最近，中国电影出版社刊行的《中国电影发展史》，以及几位写回忆录的军政人物，都说到抗战初期淞沪战场的"四行仓库"和"八字桥"，以及送旗到四行仓库去的女童子军杨惠敏；也说到最后移防四行仓库的谢团长和杨营长。那一影片，就叫作《八百壮士》，阳翰笙（华汉）编剧，应云卫导演；由袁牧之扮谢晋元，张树藩扮杨瑞符，陈波儿扮杨惠敏，那是一幕悲壮的爱国写实场面，十分动人。正当武汉会战前夕，更是激奋人心。恰当其时，那位防守四行仓库的杨营长，从上海孤岛脱出，到了汉口，"中制"就请他在片前插演了一幕。那天，杨营长从武昌回来，对我说："曹先生，今天，我可以死得了！可以死得了！"他是流芳百世了，就那么兴奋得睡不着觉。其后不久，他真的病逝宜昌的军医院中了。时经二十多年，中年以上的人，还记得抗战初期曾经在中外报纸占头条地位的"四行仓库"和"八字桥"；要问这两处是怎么一个所在，几乎很少人说得出来；就是那几位写回忆录，也不知当年的女童军杨惠敏后来怎么样，到哪儿去了。

　　我是在四行仓库住了两个月的人。八字桥呢，也是我到江湾上课必由之路。上回到了上海，特地到真如访了旧日暨南大学，绕道北新泾到了闸北，访了四行仓库，转到水电路，看了八字桥，重拾旧梦，再经江湾回来。即算在上海，也已是白头宫女说开元了。

　　说到"四行仓库"，有人以为是中（央）、中（国）、交（通）、农（农民）四行的仓库，那就说错了。在上海银行界，有大四行，即"中、中、交、农"；有小四行，又分北四行、南四行。北四行，即金城、盐业、中南、大陆四行。四行仓库和上海最有名的国际大厦，都是北四行的产业。在四行仓库的东边，便是金城银行的仓库。为什么谢晋元所统率的五二四团（即八百壮士），要移防到四行仓库去呢？原来淞沪战役展开战斗时，孙元良的八八师，负责闸北一带防务，从八字桥北站到沪西一带都在防守线中（王敬久的八七师，负责江湾、庙行一带防务，后来增援的宋希濂三十六师，便在八字桥与江湾间楔人，主要在水电路一带。这便是张治中所指挥的第五军，他的总司令部在南翔）。孙的司令部一直在闸北、沪西，第四迁，才到了苏州河北岸茂新面粉厂；第五迁，才移到四行仓库。其地就在苏州河北岸，贴近西藏路，即是说，过了金城银行仓库，便和西藏北路的商店隔壁邻接了。河的南边，便是上海市煤气库。那位设计移此的参谋处处长，他是下了险棋，料定日本空军不敢向四行仓库投弹的，因为离煤气库太近，日军不会冒天下之大不韪的。果然，住了两个多月，平安无事，也可说是置之危地而后安。

　　师司令部转到四行仓库以后，孙元良将军住在底层，仓库四周都已构筑了防御工事。我和张柏亭处长住在二楼，天天在一起吃饭、睡觉、做事。那是我一个人独霸淞沪战线新闻时期，我的电讯，占了两个月的头条新闻地位（除了平型关战讯到来那天）。我们曾经在四行仓库招待过外国记者，我还陪了他们，上仓库的屋顶，看明白日军的司令部，陪他们上北站第一线去，他们承认我军防线很稳固，日方报道失实了。

到今天为止，研究五二四团为什么要在四行仓库据守？后来为什么突然要撤退？一般人还是不明白的；总之，八百壮士守四行仓库是一个震动全世界的大新闻。

其实，我们在四行仓库招待了在上海的外国记者，一扫日军方所散布的"华军即将撤离闸北"的谣言，在当时的作用是很大的。但，10月8日的攻击，只是佯攻；那晚，闸北守军唯一的收获，是把日军从北四川路的西边赶到北四川路的东边，只收复了北四川路那几丈路的街面而已。在总决策上，便已开始淞沪全线的总退却。不过，从八字桥经北站到沪西这一线，到10月26日晚间，还是兀然不动，和"八·一三"开战那天一样，和日军对峙着的。那天白天，八八师已接上了江湾、八字桥间防线，八七师、三六师都已后撤。因此，五二四团接上了八字桥迄北站防线。那天晚上，八八师全线后撤，到沪西苏州河南岸。五二四团乃是掩护退却的最后部队，要等全师部队安全退却后，该团杨瑞符一营，才接任四行仓库的师部防御堡垒；即是说该营有与四行仓库共存亡的殉国职责。实际上，杨营只有三百七十八人，而以五二四团全团名义作战，乃号称八百壮士。那天晚间，孙氏闲谈中，叫我回租界来，要我第二天到南市枫林桥某地去。我心里明白，相持二个半月的闸北防线，那晚决定总撤退了。那晚，我心中一直放不落，我不相信闸北防线会撤退，我还希望会产生奇迹。27日早晨六时左右，我就赶到西藏路苏州河南角上，用望远镜看四行仓库前门，寂寂无动静，堡垒兀然如旧；我以为奇迹毕竟产生了。哪知过了半小时，日军试探前进的先头部队，毕竟摸索到四行仓库，控制着两边中国银行仓库，开始攻击四行仓库的侧面了。淞沪全线后撤，给上海市民带来了沮丧失望的心理；四行仓库的枪炮声，又激起了一线希望。

当年报纸所载新闻，连我的报道在内，都是虚张声势，夸大其词，不符合实在情形的。不独八百壮士，只是折半充数；连防御战开始时，谢晋元团长也不在仓库指挥作战，指挥作战的就是那位受了伤的杨瑞符营长。谢团长后来怎么进入四行仓库去的呢？在当时是一个大秘密。因为四行仓库连接金城银行仓库，当时据为防守堡垒，再过一间住宅便通到北西藏路一家商店后壁。我们就打开那后壁，通往那两仓库去。谢团长就这么进入仓库，代替杨营长来指挥作战的。陈参谋长也这么进去视察阵地。那儿，有一架通租界的电话，本来是我日夜报道战讯的专线，这时也成为军部指挥作战的通信工具。所以，那位被许为英勇的女童军杨惠敏，也就是这样从那后壁巨穴送旗入营，成为全国人心所寄托的。她到了后方，把故事编造得十分离谱，显得她是怎么不怕死；当然不会把爬后壁的实情说出来。她看见了我就十分难为情。我说："这本来是演戏，让大家看了兴奋就是了！我会同意你的编造；不过，前言要搭后语，编造要有谱，不要自己闹笑话就行。"她不久就代表全国童子军到巴黎参加世界童军大会，周游欧美。后来到了香港，闹了几场笑话，慢慢为国人所忘却了。而今在台北做体育教师，已经结了婚，养了孩子了。

四行仓库的枪声，以及仓库顶上的那面国旗，维持着上海的人心，也给日军的尊严以绝大的打击。市民的热烈支持，和国内外人士对孤军的热望，更是当时皇军最头痛的大事。因此，驻沪日本总领事对公共租界当局加了压力，要英方用外交力量压迫我军退出四行仓库。交涉重心乃在南京，日军方面，限我军于四十八小时中退出，否则，日军将进入租界；他们的汽艇也将驶入苏州河，从仓库前门来进攻了。我军最高当局乃于 30 日晚间，下令总撤退；当时，驻防苏州河南岸的英军司令史摩莱少将协助撤退。接洽之初，英方原说，我军士兵和军械分别运送，士兵即由西藏路上车，直送南市军部。（士兵便是通过金城银行仓库，经西藏路那商店走出，和北、西二面日军绝无关系，英军司令下令将日军探照灯打熄，撤退工作非常顺利。那晚午夜开始，黎明前即已撤退完毕。）可是，租界当局受日方压力，不让英军送我军往南市。因此，八百壮士（三百四十余人）便运往戈登路胶州路集中营，成为国际性俘虏，谢晋元团长也一直留在那边，直到后来被暗杀殉难为止。若干战士，那几年分别从集中营逃出，直到太平洋战事发生，还有一部分又被日军所拘因的。在中日战史上，四行仓库八百壮士这一页，是写得很光辉的。

站在四行仓库顶上，看看当年淞沪战场的轮廓，这倒是研究军事史重要的一页。且说，1932 年 1 月 28 日黎明，淞沪战役第一枪是从八字桥开始的；而 1937 年 8 月 13 日上午，第二回淞沪战争第一枪也是从八字桥开始的。血战八字桥，不仅是新闻记者的题材，也是时事戏剧的题材。在若干战士记忆中，对八字桥的印象都是很深的。

我们知道 1932 年，《淞沪停战协定》订立，我军退出上海，日本海军便在北四川路底天通庵车站附近构筑海军陆战队司令部，这便是日军现代化堡垒线的支柱。司令部系用水泥钢筋筑成，下层系仓库，屋顶有高射炮阵地、窥测所，中层系陆战队营房。从司令部俯瞰天通庵车站及八字桥，遥对闸北北站，一到战时，便是一所要塞。东北和六三花园及日本坟山连成一线（日本坟山就在八字桥东边，六三花园就在司令部东边），西南连接着日本小学、福民医院，沿苏州河而西，又和戈登路底的内外纱厂，梵皇渡的丰田纱厂连成一线。（"八·一三"战役发生时，日军即先占据丰田纱厂，威胁我军在北新泾的防线。）再绕过沪西，和徐家汇的同文书院、祁齐路的自然科学研究所连成一线。由司令部而东，连着日本女学—公大纱厂—汇山码头，成为对虹口的弧形防守线。

因此，两次淞沪战争，八字桥成为中日双方的攻防枢纽，双方几次攻占了八字桥，却也几次丢失了八字桥，终于成为双方相持地区。最剧烈的争夺战，就在那一三角地带发生，日本坟山，上演了戏剧性的悲壮一幕。我在两次战役，凭吊八字桥，只见桥残岸毁，处处枪弹痕迹而已。

上海杂拾

金家巷

　　海外人士，熟于上海掌故的颇有其人；但能说出金家巷的所在的，不一定很多。金家巷并不是冷僻所在，一头接上静安寺路，一头接上新闸路，也可说是很热闹的转角。巷口竖立着一方刻着中英文的界碑，那是 1893 年（光绪十九年）所定的租界线。英国人似乎对这一条成文的界线觉得非遵守不可，于是，沿着界碑两边，越界筑路的已经越得十分阔远，可是，这短短的金家巷，大约有百来丈长，倒还是华界。住在这小巷中，照样有电灯、自来水的供应，只是不必对工部局纳捐，租界巡捕也不能到巷中来行使职权，成为三不管地区。（它已被包围在越界的路线上，上海市政府也不能到巷中来行使职权。）我每回回家，对着界碑总是微笑地看一下。

　　我也说不上上海通，这样三不管地区究竟有几处，我也说不周全，最著名的便是苏州河北的天后宫；那儿，除这所著名的"妈阁"以外，还有规模相当大的总商会。在宫外的河南路、苏州河路，都是当时的公共租界。上了阶石，进入天后宫范围，便是华界，不属于工部局的管辖。我们所召集的爱国运动，历史上有名的五四罢工、五卅惨案，以及救国会的抗日运动，都是在这儿集会，作为号召全市的司令台的。这，也就成为上海的海德公园，有着集会、演讲的充分自由。只是金家巷虽有这样的自由，大家不曾加以利用就是了。

"余生也晚"，住到金家巷时，已经不及晤见那位株守金家巷不踏租界一步的金家老头子了。清末那位顽固守旧的相国徐桐，他的家恰好也在北京东交民巷，和法国使馆对门，他是最讨厌洋人的，却天天非看见洋人不可。他发挥了他的"阿Q"精神，在大门上贴着一副对联："望洋兴叹""与鬼为邻"。这一副对联，大为金老头子所赞赏，有一年贴春联，也写的这八个字。金老，谈者忘其姓氏，其家园亦已败落；我所见的，乃是一家影戏公司在那儿拍片，"西风"太劲，关不住大门了。

友人胡君，他是上海通；他说这副八字排洋的对联，也曾贴在《申报》的楼上。从《申报》顶楼，可以远望海外，而隔邻正是外国坟山。这样一贴，又增多了一种幽默意味了。

霞飞路上

在上海，说到法租界的霞飞路（现淮海路），正如说到公共租界的南京路，虹口的北四川路，每个人都有深刻的印象。我说过我对法国人的印象并不怎么坏，可是，法国的殖民政策以及"放逐"到殖民地上的法国官吏，实在不敢恭维。因此，那些法国的领事、神父、主教，一定要在上海"遗臭"万年；到而今，连"遗臭"的机会都没有了，唯一留着的就是马浪路，而今改为"马当"路。（马当在江西九江以东，那是江上要隘，一般人也不大明白的。因为"马当"与"马浪"音相近，所以谐音改名，并非纪念马当封锁的战役的。）霞飞、福煦和贝当，都是法国第一次世界大战时期的军事将领，可是，到第二次世界大战期中，贝当已经成为法国的国贼了。

我们住在法租界时期，霞飞路乃是我们日常必经之路，但它所以使人怀念，和这位英雄毫不相干。我们印象中，总觉得这一条路上的气氛乃是以"白俄"为基调，掺上了吉卜赛人的流浪情趣，用法国梧桐掩映着的。如阿雪所说，我们在这一条大马路上，随时可以看见这些全装披挂的哥萨克将校，威武地立在路旁。他的胸前满缀着宝星与勋章，闪闪地在放着奇光。（这些勋章的来源，有些说不得的。小当铺，和日本人开的铺子中，都有得出卖的。）依他们所诉说，"大的炮，小的枪，尖的矛，亮的刀，各色旗子，野兽似的人，撕人灵魂的声音，在血与血的交流、人与人的相拼中，他们完成了他们的使命，而由尼古拉二世亲手替他缀上这个勋章的"。这样的白俄，在上海，少说也有几千人。"白俄"在我们面前有两种很深切的印象。（一）他们似乎把西洋人的西洋镜拆穿了。（二）西洋人吃的虽说是"大菜"，实在没有什么好吃，这些高鼻子长胡子的俄罗斯人，终究带了"罗宋汤"和"沙拉"来让我们尝尝西方人的好菜。（厨子呢，当然是山东人。）

白俄少女——她们具有鹰的眼睛，狗的鼻头，狐狸的心机，虎豹的爪，看准了对象就一把抓住，非啃到皮尽骨碎不肯放手。红的胭脂，白的香粉，细细的眉毛，娇小的嘴唇，五颜六色的衣服，浅笑低窥的应酬，再加上做生意的一切本领。她们与一切绅士在赌着，下的注，一方是名誉和金钱，另一方则是肉体。有些说是二十来岁的少女，其实已经快四十岁了；也有的真是二十上下的少女，但她会倒在你的怀里，说她曾在莫斯科歌舞团中献过艺的。这笔账是无从算起的。

不过，在霞飞路逛街看野眼（"逛街"只是溜达，并非"拍拖"；"看野眼"，就是这么闲看，漫无目的地看了一家又一家，不一定买点什么；仿佛街上各店家橱窗里的东西都是我们自己的），踏尽黄昏，自有一种情趣；物我两忘，也不问是巴黎，是圣彼得堡，或是哈尔滨，就是这么荡着荡着。法租界和英租界之别，也仿佛澳门与香港之别，霞飞路上闲逛，多少还让我们透得过气来。

我写了上一节，已经深夜了。睡在床上，翻翻旧文献，霞飞路原名宝昌路。不意这位宝昌（Paul Brunat）先生，也是法国人，还做过六次总董呢。这位法国英雄霞飞，年轻时也曾到过上海，第一次世界大战结束了，曾到上海来过一次。合当补注一下。

"文艺复兴"

在旧上海的金神父路（现瑞金路）和亚尔培路（现陕西南路）的中间，又正在霞飞路的南首，有一家著名的咖啡馆，馆名"Renaissance"（文艺复兴）。在这条最富巴黎情调的街上，这儿更是带上了神秘情趣。"文艺复兴"的意义，我是明白的。我的朋友群中，爱在那儿"泡"上一半天的很多。我呢，一向对于"洋"字辈东西都不感兴趣，有时也奉命陪君子，在那儿附庸风雅。只是那儿出售一种似酒而非酒的麦水，乃是没成熟的啤酒，没啤酒那样的苦味，确实有点酒性，倒成为我爱喝的东西。

久而久之，才知道这位老板所说的"文艺复兴"和我们所理解的完全是两件事。我们是复归于希腊时代的自然情趣。这位老板是白俄，他要复返于沙皇的专制王朝；他们绝不称"列宁格勒"，一定说是"彼得格勒"；正如香港的一些人，绝不叫"北京"，而要叫"北平"的旧称。仔细看去，霞飞路以及这家"文艺复兴馆"，并不是什么巴黎情调，而是白俄情调，加上一点吉卜赛的流浪色彩，一种世纪末的情调。那位托名的"爱狄密勒"，在《上海——冒险家的乐园》中有一大段文字，是记叙这一家神秘的咖啡馆的。我得把"托名"一语注解一下：这本书，原是洋人所供给的材料，商务印书馆叫阿雪整理的，稿子弄好了，却不敢出版；乃托名于"爱狄密勒"这么一位"无是公"，而由阿雪译刊，由生活书店出版。而今已有新刊本，大致和旧本相同。因此，前些日子，有人特地征求旧本《上海——冒险家的乐园》，我也并不想把手边的书借给他。他如知道"阿雪"译，只是托名而已，那就不必找旧本了。

阿雪说："文艺复兴"中的人才真够多，随便哪一个晚上，你只需稍微选拔几个，就可以将俄罗斯帝国的陆军参谋部改组过。这里有的是公爵、亲王、大将、上校。同时，你要在这里组织一个莫斯科歌舞团也是一件极便利的事，唱高音的，唱低音的，奏弦乐的，吹管乐的，只要你叫得出名字，这里绝不会没有。而且就算你选过了一批之后，候补的人才还多得很呢，那些秃头赤脚的贵族把他们的心神沉浸在过去的回忆中，以消磨这可怕的现在。圣彼得堡的大邸高车，华服盛饰，迅如雷电的革命，血与铁的争斗，与死为邻的逃难，一切化为乌有的结局，流浪的生涯，展开在每一个人的心眼前，而引起他们的无限的悲哀。他们歌颂过去，赞美过去，憧憬过去，同时也靠着"过去"以赢取他们的面包、青鱼与烧酒。

有一天，我在诺士佛台（香港）的一家公寓门口，看到"托尔斯泰"或是"拉斯普丁"样儿，一大把胡子的人物在那儿晒太阳，恍然又是霞飞路上的旧情呢！

卷三

东南

吴侬软语说苏州

"上有天堂，下有苏杭，杭州西湖，苏州山塘。"（姑苏风光）

前天晚上，杨乃珍的琵琶一响，呖呖莺声，唱出了七里山塘的风光，使人梦魂中，萦系着三十年前光裕社旧景。一千三百年前，那位坐着龙船下江南的隋炀帝（杨广），他到了扬州，爱好吴语，就无意西归了。尝夜置酒，仰视天文，对萧后说道："外间大有人图侬（吴人自称曰侬），然侬不失为长城公（陈叔宝），卿不失为沈后（叔宝后），且共乐饮耳！"他喝得醉醺醺地，对萧后道："好头颈，谁当斫之！"他的"贵贱苦乐，更迭为之，亦复何伤"的颓废观，也正显出了吴语的迷人魔力。

1932年春天，我从上海乘轮船到了苏州。我这个久住杭州的人，应该怎么说呢？这是老年人的城市；杭州至少该是壮年人的城市。苏州的街巷，一望都是炭黑的墙头，在苏州做寓公，风烛残年，有生之日无多，在这儿安静住着，那是有福的。我在苏州，开头住在工专校舍（暨大中学部在这儿寄住），和沧浪亭为邻。后来移住在网师园（张家花园），乃是明代的名园，后来张善子、大千二兄弟在那儿养虎绘画；要不是我太年轻，真可以在那儿终老了。其后十五年，已经是抗战胜利后二年，俞颂华先生邀我任教社会教育学院，住在拙政园，又是名园胜景。我在苏州住的日子虽不久，吴侬软语的韵味，也算体会得很亲切了。（"阿拉"乃是宁波人自称。"吾侬"才是吴语。"阿拉"顺德人，固是可笑，"阿拉"上海人，同样是笑话。）

游苏州风光，第一件大事，就是上观前街，进吴苑吃茶。观前，有如北京的东安市场，南京的夫子庙，上海的城隍庙，也是百货大市场；玄妙观只是一景，假使真有白娘娘，她一定会和许仙到那儿去烧香的。那儿有许多吃食店，豆浆、粽子摊，老少妇孺，各得其所。我们上街溜达，不知不觉到观前。当年苏州的好处，没有马路，不通汽车，安步可以当车。慢慢地街上的人都似曾相识，不必点头。进吴苑喝茶也是常事；吴苑是一处园林式的茶居，一排排都是平房。那粗笨的木椅方桌，和大排档的风格也差不了多少。可见挤在那儿喝喝茶谈谈天以消长日，也成为生活的一种方式。吴苑的东边有一家酒店，卖酒的人，叫王宝和，他们的酒可真不错，和绍兴酒店的柜台酒又不相同，店中只是卖酒，不带酒菜，连花生米、卤豆腐干都不备。可是，家常酒菜贩子，以少妇少女为多，川流不息。各家卖各家的；卤品以外，如粉蒸肉、烧鸡、熏鱼、烧鹅、酱鸭，各有各的口味。酒客各样切一碟，摆满了一桌，吃得津津有味。这便是生活的情趣。

吃了，喝了，于是进光裕社一类的书场去听书，也是晚间最愉快的节目。即如杨乃珍的评弹，都是开篇式的小品；也有长篇故事传奇式的弹词，即如《珍珠塔》，就是连续弹唱经月才完场的；

《七十二个他》，也可唱上一星期的。至于评话大书，无论《三国》《水浒》，都可以说上一年半载，才终卷的。

我在苏州住的两年间，颇安于苏州式生活享受；因此，苏式点心，也闯入我的生活单子中来。直到今日，我还是不惯喝洋茶，吃广东点心。我是隋炀帝的信徒。

苏州女人，娴静清秀，丰度很好。历史上著名的美人，如陈圆圆、董小宛、李香君以及清末的曹梦兰（赛金花），都是仪态万方，使人心敬的。上海人有句话："宁可跟苏州人吵嘴，不愿跟'阿拉'宁波人白话。""白话"即闲谈之意。拿林黛玉来代表苏州人的病态美，真是楚楚可怜。

苏州的园林，以幽美胜，曲折幽深，亭台楼阁，掩映于苍松翠柏、竹林苔障、小阜清流之间，一幅自然图画，林木花卉，衬得整个院落骨肉停匀。这些建筑大师，胸中自有丘壑。北京那几处大建筑，无论圆明园、颐和园、北海、什刹海，都是借镜于苏州园林，加以变化的。我们说曹雪芹笔下的大观园，乃是北京曹家芷园旧宅，也是南京的织造府，真真假假，有着那么一点影子。它的蓝本，可能还是苏州园林，社教学院学生，爱说拙政园便是大观园，也可以这么说的。

我们自幼读了归有光的《沧浪亭记》，印象中总以为是一所亭子；到那儿一看，原来是一处院落，临水曲榭，颇像西湖的高庄、蒋庄。这样的间架，我们可以在工笔古画中看到。在那样曲榭中，住着沈三白这样的画家，配着陈芸这样的美人，是一幅很好的仕女图。我住过的网师园，其曲折变化，远在沧浪亭之上。其中总有十多处院落，各自成一体系，有如潇湘馆、蘅芜院、紫菱洲、藕香榭，各有各的格局，彼此衬托得很调和。我还记得一处大枣园，后面一排房子，挂着一副柏木的对联："庭前古木老于我，树外斜阳红到人。"配得上"古朴"的考语。我们住的是芍药花的园囿，总有二亩多大。正院那儿的三进房子，虽没天香庭院那么壮丽，也显出宏伟气象。这都得用画家的笔来形容，文字描写，总是不够真切的。

拙政园，那是大局面，大门外照墙崇伟，仿佛刘姥姥所见的荣国府。进了大门，一片广场，夹道廊房，总有一箭之遥。大厅后面，那就是曲折环回的别院，流水萦绕，假山重叠，有的临流小榭，垂柳深深；有的依阜重阁，朱栏曲折。身处其间，总仿佛非复人间尘世了。（我住在拙政园时期，因为是学校，有那么多师生，显得尘俗气味；一部分系庙宇别院，另成一角。近年来，已经重新修整，旧院打成一片，才是旧时拙政园的格局，我们且看《湖山盟》的镜头，显得更雅致宜人了。）

城中名园，游客艳称狮子林，乃是富商的家园。古代狮子林，不知是否这样的铺排？在我们跟前，总觉假石太多，拥在一堆，什么都舒展不开，一个"逼"字足以尽之。城外名园，首推留园，也是大局面。三十年前，坐马车逛留园，也是苏游的一个节目。究竟留园、拙政园，哪一个大些？我可记不清楚。只记得园中有几株大樟树，上栖白色水鸟，千百成群，把那一院子弄得满地鸟粪，斑斑点点，有如一幅花布。抗战时期，为军队所占住，园林渐废，不复成为览胜之地，直到近年，才先后和网师园一般修葺完整，成为游客郊游去处。

洋人到了上海，看了城隍庙，便算到了东方，有人说苏州才是古老东方的典型，东方文化，当于园林求之。

我执笔写沧浪亭景物时，手边没有沈三白的《浮生六记》，而三十年前的旧游印象，觉得非常模糊。今天，找了《浮生六记》，他写他俩到沧浪亭中秋赏月的情况："过石桥，进门，折东曲径而入，叠石成山，林木葱翠，亭在土山之巅，循级至亭心，周望极目可数里，炊烟四起，晚霞烂然。隔岸名近山林，为大宪行台宴集之地……少焉，一轮明月已上林梢，渐觉风生袖底，月到波心，俗虑尘怀，爽然顿释。"这么一说，沧浪亭的轮廓，更是完整了。

归有光的《沧浪亭记》，写的是沧浪亭的人事变迁。从这一角来看苏州园林的人世沧桑，那真是苏州评弹的好题材。即如拙政园，文徵明、恽南田都曾作《拙政园图》，文徵明也曾作《拙政园记》。徐健庵作《苏松常道署记》（道署即拙政园），翁覃溪作《跋拙政园记》，王雅宜作《拙政园赋并序》，吴梅村作《咏拙政园山茶》，这已经是很丰富的传奇。吴诗有"儿郎纵博赌名园，一掷输人等糠秕"之句，据徐树丕（明末人）《识小录》称：拙政园创于宋时某公，明正嘉间御史王某又辟之，其旁为大宏寺，御史逐僧徒而有之，遂成极胜。徐氏曾叔祖少泉以千金与其子博，约六色皆绯者胜。赌久，俟其倦，阴以六面皆绯者一掷，四座大哗。其子惘然，园遂归徐氏，故此中有花园令之戏云。到了清初，园无恒主，初为镇将所据，后由海宁陈相国所得。梅村诗，乃有"齐女门边战鼓声，入门便作将军垒。荆棘丛填马矢高，斧斤勿剪莺簧喜。近年此地归相公，相公劳苦承明宫"的叙事诗。园中有茶花，乃名种，吴梅村诗序中云："内有宝珠山茶几株，交枝合抱，花时巨丽鲜妍，纷披照瞩，为江南仅见。"

不过，杨乃珍所弹唱的就是园林之胜，也不是名园的兴废掌故，而是和西湖比美的七里山塘。苏州和杭州一样，乃是江南水乡，我们的真赏在城外，不在城里，在坡塘，不在园林。日本画家西晴云作江南百题，苏州有专辑，凡十四题，除城中瑞光寺塔、北寺塔、下城陆荣拙政园及沧浪亭外，余皆城外风光。（他所画的沧浪亭，正如我所写的。）虎丘，乃是游人所必到之处；沈三白说他只取后山之千顷云一处，次则剑池而已，"余皆半借人工，且为脂粉所污，已失山林本相。即新起之白公祠、塔影桥，不过名留雅耳"。我也有同感。苏人附会虎丘胜迹到唐伯虎逸事，凿指为秋香一笑、二笑、三笑处，极为可笑，但也可见评话弹词的深入人心。

苏州城外寒山寺，以唐人张继一诗得名，骚客吟哦，夜半钟声，只是一刹那的感受，穿凿追寻，近于刻舟求剑。倒是东南一里半许，澹台湖上的宝带桥，长一千三百尺，桥墩五十三座，正如那位乾隆皇帝所咏的"两湖春水绿如浇，更作吴中第一桥"。

城外名山，沈三白说："灵岩山为吴王馆娃宫故址，上有西施洞、响屧廊、采香径诸胜，而其势散漫，旷无收束，不及天平支硎之别饶幽趣。邓尉山一名元墓，西背太湖，东对锦峰，丹崖翠阁，望如图画。居人种梅为业，花开数十里，一望如积雪，故名香雪海。"这都是我们当年游踪所及。

《浮生六记》掇拾

瀛海曾乘汉使槎，中山风土纪皇华。

春云偶住留痕室，夜半涛声听煮茶。

白雪黄芽说有无，指归性命未全虚。

养生从此留真诀，休向琅嬛问素书。

——阳湖管贻葟题词

　　沈三白的《浮生六记》，世传只有四记（缺《中山记历》《养生记道》二记），乃苏州人杨引传在冷摊上所得抄本［杨氏乃是《循环日报》创办人王韬的妻兄。王氏曾找得阳湖（常州）管贻葟题词第五、第六二首，即系题《中山》《养生》二记者］。以我推想，当时可能有刻本，因此两次寄寓苏州，也曾作此幻想，或者在另一冷摊上找到另一六记全书，亦未可知。终于没能找到，当然是一缺憾。当年那位爱搜集逸书孤本的王均卿，他曾和郑逸梅先生商量，想请郑氏把二记补起来。他认为《养生记道》，可以随便讲，那是无所谓的。《中山记历》的"中山"，乃是琉球的别名。沈三白曾随赵介山出使琉球，介山当时有过日记。均卿藏有此日记，可以用作蓝本。当时，郑氏不曾答应他，王氏也于第二年去世。后来世界书局出版的《浮生六记》却是全本，不知谁的手笔，总是王均卿请人伪托的。

不过，补史之作，我虽不曾动笔，冷摊之求，也不出现什么奇迹；却因我战时游踪，颇可作《浮生六记》的印证，而沈三白所说"凡事喜独出己见，不屑随人是非，即论诗品画，莫不存人珍我弃，人弃我取之意；故名胜所在贵乎心得，有名胜而不觉其佳者，有非名胜而自以为妙者"。此语先得我心。沈三白于乾隆年间，到了杭州，游了西湖；他说："结构之妙，予以龙井为最，小有天园次之。石取天竺之飞来峰，城隍山之瑞石古洞。水取玉泉，以水清多鱼，有活泼趣也。大约至不堪者，葛岭之玛瑙寺。其余湖心亭、六一泉诸景，各有妙处，不能尽述。然皆不脱脂粉气，反不如小静室之幽僻，雅近天然。"那时，他不过十六七岁，也不曾看过公安派袁氏兄弟的游记，不曾听过张宗子的议论，对自然风物，别有真赏，自不可及。说起来，那位自称十全老人的乾隆皇帝所题赞的西湖十景，都没有什么了不得，而断桥残雪、曲院风荷、苏堤春晓，都只是一刹那的感受，各人有各人的会心，如何可以刻舟求剑呢！三白的说法，正是给十全老人的一种冷嘲。我最爱"平湖秋月"（日前中国艺术团也有此曲演奏），夏天的傍晚，骤雨既过，彩霞满天，新月初上；这时，摇一小舟，荡漾于孤山四围，系舟于柳荫中，爱侣在怀，茶香沁鼻，无言相对，这才是人生至乐。

我居杭州六七年，住孤山一年，如三白所说的："旭日将升，朝霞映于柳外，尽态极妍。白莲香里，清风徐来，令人心骨皆清。"
我们体味得很真切。

我读《浮生六记》并不很早，却是好几回用这本书做语文教材，读得很细；我曾用它教英国学生，效果很好。但，我真正了解得透彻，还在做随军记者以后。因为他《浪游记快》所写的差不多都到过。当年，我在上海教书，住在真如多年，也曾到过浏河；那是古代出海漂洋的最大港口。三保太监郑和下西洋（今日的南洋），几回都从那儿起船。我们心里总以为从前人到广东福建做生意，一定乘上海船。哪知并不如此，古代太湖流域大城市商人（如苏、松、泰、杭、嘉、湖）走湖广的，也有坐海船的，大多数还是从运河入长江，到了小孤山，进湖口，穿过鄱阳湖，到了南昌，溯赣江而上，到了南安（古南安，今大庾），登陆过了梅岭，从南雄下船，经韶关到广州的。沈三白所写的，就是这么一条路程；乾隆年间，还是这么跋涉往来的。

三白他们从东坝出芜湖口，入大江，大畅襟怀（我也坐过长江的帆船，自比轮船多开眼界）。小孤山突立江中，三白远远看到，不曾上去过。从那儿便进入鄱阳湖，中经星子、吴城，到滁槎，才进入赣江口。约三百华里，才到南昌。我们乘内河轮船，也要一天半才到，古人乘帆船，顺水顺风，也要七八天才到。那些编造故事的说话人，他们都是井底之蛙，足不出户，说到王勃运来风送滕王阁，一夜之间，从小孤山直送南昌城外，只是幻设，绝无此可能的。不说别的，船到滁槎，顺风也得一整天，那不过是五十公里的事。滕王阁，以王勃那篇《秋日宴滕王阁饯别诗序》而著名，到了那边，看了滕王阁景物，无不大为失望。三白说："至滕王阁，犹吾苏府学之尊经阁，移于胥门之大马头。王子安序中所云不足信也。"他才知道被古人所骗了。本来，王勃到岭南去探父亲，已是十七岁，并非如俗语所称十三岁。这篇序，并非滕王阁序，而是宴滕王阁日赋饯别诗的诗序。序中所写："层峦耸翠，上出重霄，飞阁流丹，下临无地。鹤汀凫渚，穷岛屿之萦回；桂殿兰宫，即冈峦之体势。"都是虚拟，并非实景；那儿看不到西山峦冈的。至于"落霞与孤鹜齐飞，秋水共长天一色"，也是六朝骈文滥调；而登阁极目，看不到鄱阳湖面，"槛外长江空自流"之句，就是这么说便是了。

三白写他们在滕王阁码头换"三板子"，高尾昂道，溯赣江而上，经丰城、漳树到了吉安，那是走大船的江程，仿佛从杭州经富阳到桐庐的水路。吉安以上，经万安到赣州，只能走中型帆船，我们在赣州南门外，还可看到唐代人的系缆石，大概王勃的船也曾在那儿缩住过的。赣州以上，到南安那一路，有如新安江一样，只撑得舴艋小船，船行很慢。到了南安，过梅岭（即大庾岭）到南雄，三白走的是山路，经过梅将军祠。今日公路，用不着爬岭岗，因此，不会经过梅将军祠。我曾在南雄住了几天，曾上过梅岭。梅将军名锅，汉初人，沈三白未读《史记》，所以不曾知道。

岭南风土，和江南大不相同；古人（黄河流域）最怕到岭南，流放潮汕、海南，不作生还之想。所以岭上有"急流勇退""得意不可再往"之碑。

沈三白的世代，和曹雪芹相先后，稍为迟一点。他们的学养，因为家世不同，差了一大截；但，两人的美术兴趣与观点，颇为相近，两人都是自然主义画家，因此，三白的《浪游记快》《闲情记趣》，都可以做大观园的契友。曹雪芹的幼年，正是扬州全盛时代；这一素华景色，三白到扬州时，还有机会看到，《浪游记快》中还保留了一段极珍贵的史料（《扬州画舫录》以外的真实描写）。

扬州衰落已百五十年，现代东南人士，谁都没有见过平山堂及二十四桥胜景，三白以妙笔写其妙眼，可供我们吟味。

我们读《浮生六记》，知道沈三白有一位总角知交石琢堂，名韫玉，乾隆庚戌殿元，出为四川重庆守（石氏生于乾隆二十一年，比三白大七岁）。三白曾经追随石氏，做石氏幕僚，到过荆州、潼关及山东济南，可说是很密切的朋友。我们初以为石琢堂的《独学庐全集》（二十本）中，一定会有沈三白的事迹可寻。哪知翻查全集，其中石氏记少时朋友事迹的文字很多，如沈起凤（戏曲家）、沈清瑞（散文家），他们都是碧桃诗社的社友，独少涉及沈三白生平的。石氏当然也想不到他的二十本《独学庐全集》，在后世寂寂无传，他的姓氏，还靠三白的日记才流传千古呢。

其中涉及沈三白事迹的，只有《题琉球观海图》，诗云："中山瀛海外，使者赋皇华。亦有乘风客，相从贯月槎。鲛宫依佛宇，龙节出天家。万里波涛壮，归来助笔花。"可作第五记的补注。

鸳鸯湖

——嘉兴南湖

千古南湖水，偏宜此夜秋。

清尊邀皓月，桂楫荡中流。

露泾汀花秀，云寒古木愁。

美人天际隔，萧瑟罢登楼。

——徐之福《南湖秋撰》

1932 年春，1937 年秋，我两次过嘉兴，游南湖（鸳鸯湖），都是戎马倥偬，情绪非常坏，意兴索然。可是，南湖的影子一直在我的记忆中，因为吴梅村的《鸳湖曲》，乃是我最爱好的旧诗之一，不独触景生情也。日前，《艺林》刊载吴梅村《南湖春雨图》（上海博物馆藏），朱慧深先生有专文记注，又引起了我的感想。

王象之《舆地纪胜》："鸳鸯湖在嘉兴城南，湖多鸳鸯，故以名之，亦名南湖。"对我们来说，南湖青菱，鲜美清甜，十分可口，荡舟采菱也是韵事。明末文士、复社巨头之一吴昌时，家拥巨财，备极声伎歌舞之乐。鸳鸯湖乃其私家园林，今日的烟雨楼，便是当年演戏的前后台，主人邀客在画舫饮酒、看戏。与会的都是一般文士，酒酣歌热，和歌伎欢乐终宵。歌伎乃是吴氏家蓄，多绝色少女；曲部新声，乃当时名家新谱。我国南曲，海宁一枝独秀，复社文士，对这一方面的兴趣是很高的。梅村《鸳湖曲》，开头那段说：

> 鸳鸯湖畔草粘天，二月春深好放船。
> 柳叶乱飘千尺雨，桃花斜带一溪烟。
> 烟雨迷离不知处，旧堤却认门前树。
> 树上流莺三两声，十年此地扁舟住。
> 主人（指吴昌时）爱客锦筵开，水阁风吹笑语来。
> 画鼓队催桃叶伎，玉箫声出拓枝台。
> 轻靴窄袖娇妆束，脆管繁弦竞追逐。
> 云鬟子弟按霓裳，雪面参军舞鹦鸽。

（这几句是说吴昌时的歌伎在烟雨楼中扮演昆剧。）

> 酒尽移船曲榭西，满湖灯火醉人归。
> 朝来别奏新翻曲，更出红妆向柳堤。

这样游宴色情的生活，又是极美丽的自然景物，真是神仙不啻也；但是吴昌时的名利念重，不忘权势，要入京做官去。曲中接着说：

> 欢乐朝朝兼暮暮，七贵三公何足数。

十幅蒲帆几尺风，吹君直上长安路。

　　长安富贵玉骢娇，侍女薰香护早朝。

　　分付南湖旧花柳，好留烟月伴归桡。

（长安指京都朝廷之意。）

　　吴昌时颇有干才；崇祯十四年，周延儒当相，信用吴昌时，特擢为文选郎中。十六年六月，延儒归里，西台蒋拱宸疏纠昌时同延儒朋党为奸，招权纳贿，赃私巨万。七月二十五日，崇祯帝御文华殿，亲鞫情事，昌时铜夹折胫，一一承认。帝愤恨气塞，拍案叹噎，推翻案桌，迅尔回宫。锦衣官虑时复审，悉系之狱。至十二月初七日五更，昌时弃市，延儒亦赐自尽。他的收场是很悲惨的。因此，曲中转了一语：

　　哪知转眼浮生梦，萧萧日影悲风动。

　　中散（嵇康）弹琴竟未终，山公启事成何用。

　　（借山涛来暗指周延儒）

　　东市朝衣一旦休，北邙抔土亦难留。

　　（北邙在洛阳北郊，此亦借用）

　　白杨尚作他人树，红粉知非旧日楼。

　　烽火名园窜狐兔，画阁偷窥老兵怒。

　　宁使当时没县官（指天子），不堪朝市都非故。

　　朱氏的记注中说："方张溥之居林下也，谋起复周延儒以擢中枢政柄。其居间奔走者，吴昌时也。昌时固复社健者，居铨曹，号摩登伽女，有妖气之目。已先杀薛国观，更谋起周延儒，集巨资以为活动之费，每股万金，阮大铖、冯铨、侯恂（方域父）皆股东也。牛手眼通天，其法为通内，通珰，通厂。通内者纳田妃也，通珰所以通内，通东厂锦衣卫（皇室之特务机构），亦操纵随心，然其败亦在此。"

吴昌时既败，吴氏家园（鸳鸯湖在园中）便抄了家，归了公有；烟雨楼中，也就住了看管的士兵。顺治九年，梅村寓嘉兴万寿宫，又到了南湖，乃感旧作曲。慨然道：

> 我来倚棹向湖边，烟雨台空倍惘然。
> 芳草乍疑歌扇绿，落英错认舞衣鲜。
> 人生苦乐皆陈迹，年去年来堪痛惜。
> 闻笛休嗟石季伦，衔杯且效陶彭泽。
> （吴氏的收场，颇近晋代的石崇，故云。烟雨楼，吴越时钱元璙所建。）
> 君不见白浪掀天一叶危，收竿还怕转船迟。
> 世人无限风波苦，输与江湖钓叟知。

人海沧桑，黄粱梦醒，身与其会的，感慨更深。前几年，我们到了奉化溪口，临武水，对妙高台，我口里念念有词。珂云问我念的什么？我说："吴梅村的《鸳湖曲》。"她也喟然长叹道："我来倚棹向湖边，烟雨台空倍惘然。"古今同慨之处甚多。

梅村还有《鸳湖感旧》律句，前有小序，云："予曾过吴来之竹亭湖墅，出家乐张饮。后来之以事见法，重游感赋此诗。"有"风流顿尽溪山改，富贵何常箫管哀"之句，其意相同。那时，梅村的儿女亲家陈之遴，也有《江城子·鸳鸯湖感旧》词，云："鸳鸯湖上水如天，泛春船，此流连。急盏哀筝催，月下长川。满座贤豪零落尽，屈指算，不多年。""重来孤棹拨寒烟，罢调弦，懒匀笺。交割一场春梦与啼鹃。不是甘抛年少乐，才发兴，已萧然。""交割一场春梦与啼鹃"，也正是梅村的诗意。

吴昌时的身后是很悲惨的，《霜猿集》有诗句，云："一棺归葬松陵后，风雨楼中二女思。"（原注：昌时伏法后，有得其二女，皆绝色。）这两女，便被陈名夏的儿子掖臣所包占。《明诗纪事》有《湖山烟雨楼》诗，云："势去朱门惟坠吻，邸封青岸有垂杨。孤儿亡命移名氏，囊葬归魂还夕阳。"昌时死后不久，明室已亡，到了清初，又是一个局面了。

不过，我在这儿追述这一段和鸳鸯湖有关的掌故，并没有要激起世人对吴氏同情之意。吴昌时那一群文士，即如周延儒那位汲引他的宰相，在乡间也是豪绅恶霸。周延儒的祖坟，便是被宜兴乡民挖了烧了的，可见民众对权臣豪绅积怨之深。吴昌时私人园宅，占有鸳鸯湖的胜景，其豪侈生活，也早为乡民所痛心疾首的了。他的贪污劣迹，首先揭发的，便是浙东山阴的名臣祁彪佳。当周延儒祖坟被挖时，祁氏正巡按苏、松诸府，捕治如法，却对周氏并不表示尊敬。祁氏尝询吴昌时于东林巨公，巨公曰："君子也。"将荐矣，复质之刘蕺山，蕺山曰："小人也。"乃易荐章为弹章（见沈冰壶《祁氏传》）。明末，宫中太监固无恶不作，东南的东林党、复社，也是绅士集团，其鱼肉乡里，搜刮剥削，也是千夫所指的。东林党人党同排异，有许多是非之论都是靠不住的，所以刘蕺山对吴昌时的品评，和东林党人的说法，截然不相同。

最有趣的是那位打击了吴昌时的祁彪佳，在吴氏伏法后两个月，南归到了嘉兴。癸未（崇祯十六年）十月初十日日记："从南湖行经烟雨楼及吴来之园，但遥望而已。过陆宣公桥北，观项氏园，……暂泊于三塔湾。"朱氏说他"当日心情亦甚复杂也"，此意很对。朱氏又说："以祁氏经行诸处推之，则竹亭必在南湖之畔，密迩烟雨楼，而位于去三塔寺道上……吴氏园为明末叠石名家张南垣所构，上引彪佳日记，其前一日有访南垣于西马桥，晤其子张轶凡纪事。祁氏的寓山园，即请轶凡为之布置者。"人世间就有这么多的悲喜剧呢！

> 翁子穷经自不贫，会稽连守拜为真。
> 是非难免三长史，富贵徒夸一妇人。
> 小吏张汤看倨傲，故交庄助叹沉沦。
> 行年五十功名晚，何似空山长负薪。
> ——吴梅村《过朱买臣墓》

我两次到嘉兴，游南湖（鸳鸯湖以与澉浦北湖相对，故称南湖），都在兵荒马乱、心绪极坏的时候，因此，山水景物徒惹人愁。南湖广一百二十顷，可是弯弯曲曲有三十六湾之称；我坐在小船上，就让船娘随意撑来撑去，或停或走都无所谓。（南湖的船娘和寺庵的女尼是有名的，可是战事一起，日机在城中投了弹，湖上也不见人影，只泛着我那只小船，有着乾坤末日之感。）我默默地念着吴梅村的《鸳湖曲》，突然，船娘说是到了东塔寺了。登岸一看，原来是东塔雷音阁，阁后为朱买臣墓；吴梅村也有《过朱墓》的律句。吴氏自注："朱墓在嘉兴东塔雷音阁后，即广福讲院。"（《一统志》称：朱买臣墓在嘉兴县东三里东塔寺后，其妻墓在县北十八里，一名羞墓。东塔寺相传即买臣故宅，梁天监中建寺。）

西汉得了天下的刘邦，是典型的流氓，朱买臣、庄助，也是典型的穷书生。庄助、朱买臣，都是太湖流域人，所以一朝得志，就要回家乡去威风威风，最主要的是要气气他那不甘贫穷离去了的妻子。（旧剧中的《马前泼水》，就是写这一故事。）他们得意时，张汤为小吏，曾经折辱了他；哪知张汤也得意了，他们也倒了霉了。朱买臣的下场，和吴昌时也差不多的。所以吴梅村诗中说："是非难免三长史，富贵徒夸一妇人。"又说："行年五十功名晚，何似空山长负薪。"黄粱梦醒，我们都想借吕先生的枕头的。

船娘又把小船停在另一湾上，说是苏小小墓。我是浙东人，对于苏小小是杭州人还是嘉兴人，她的坟在西湖边还是在南湖边，毫无意见。至于苏小小是南朝人，还是唐朝人，在我们有历史兴趣的人，也只觉得有点可笑，还是让袁子才去刻"钱塘苏小是乡亲"的印子吧。吴梅村有四首无题诗，写他自己的一段浪漫史，第三首云：

> 错认微之共牧之，误他举举与师师。
> 疏狂诗酒随同伴，细腻风光异旧时。
> 画里绿杨堪赠别，曲中红豆是相思。
> 年华老大心情减，辜负萧娘数首诗。

环绕南湖那一带，都是这一类才子佳人的故事呢。

1948年春天，友人们在鸳湖小叙；与会的有邓散木、白蕉、刘郎、余空我和施叔范，他们一时兴起，颇想募化一番，把烟雨楼重修一番，且说好了散木书匾，白蕉写联，刘郎、空我题诗勒石，但他们的话都成虚愿了。（散木已归道山，刘郎在《大公园》，余空我在《文汇报·新风》写诗。）

　　船娘们所不知道的有一件大事：即是中国共产党第一次全国代表大会是在南湖上召开的，那是 1921 年 7 月的事。那时，全国只有五十七个党员，推举了十二个代表在上海集会，其中就有毛泽东、董必武、陈潭秋、何叔衡诸氏。共产国际也派了代表参加。本来，他们准备在上海法租界举行，为租界当局所侦知，追捕甚急。他们临时改计，乘车往嘉兴，乘船在南湖上集会，决定了党的组织原则和党的组织机构问题。语云"星星之火，可以燎原"，今日新中国的大场面，就在南湖一席话开了头的。（那以前，乃是社会主义问题研究会时期。）

海宁陈家

百亩池塘十亩花，擎天老树绿槎枒。

调羹梅也如松古，想见三朝宰相家。

——袁枚《安澜园席上作》

唐宋以来，浙江海盐澉浦乃是通海的四大口岸之一，而海宁看潮，又是两宋以后的盛事。友人唐君，他是海盐人，特地邀我到他们家乡去看潮，我说我一向不爱凑热闹。有一回在江干看夜潮，有一回在城隍山上看午潮，都是十分壮阔的，海宁看潮，只是看人而已。不过，却不了他的盛意，还是在旧历八月底到了海宁，也到了澉浦；访巡了海盐杨家、海宁陈家的故园。

海宁陈家，从明中叶起，已经是簪缨世家；清初还是煊赫得很，乾隆下江南，三次到了海宁，住在陈家安澜堂。因此民间传说，乾隆乃是陈家的儿子，给清雍正帝换了去的。这一传说，和董小宛入宫的传说一样，都是不可信的（孟心史先生有了考证，已成定案）。不过，这样离奇的传说，不仅里巷间这么说，即陈家后裔，晚清时，那位写《庸闲斋笔记》的陈其元，也说了一段神话：

> 余家系出渤海高氏，宋时以勋戚随高宗南渡，住在临安，始祖东园公名谅的，明初，住在仁和（杭州）的黄山，游学至海宁。有一天，疲困得很，偶尔在赵家桥上少憩，忽而坠入水中。桥畔，一位开豆腐店的陈公明遇，白昼小睡，梦见一条青龙盘在桥下，惊起，忽见一男人正落向水中，急救了起来，问明了世族，就留在店中。陈老无子，只有一女儿，便把女儿嫁给他，便成为陈家的儿子。东园公一传为月轩公名荣，便依外祖姓为陈氏，一直开了豆腐店。

这就是陈出于高的来源。接着，陈氏又说了一段神话，说他们的檀树坟祖墓，乃是鬼神所指点的；他们那位月轩公把东园公的骨甕葬在那边。"二世之后，遂有登科者，至今已三百年，举贡进士二百数十人，位宰相者三人，官尚书侍郎巡抚布政使者十一人，科第已十三世矣。初葬时，植檀树一株于墓上。圣祖（康熙）南巡时，闻其异，曾驻跸观焉。"陈氏世代荣发是事实，但他也说错了一句话，康熙南巡六次，并未到过海宁，当然不会到檀树坟去看异迹。乾隆下江南，第三次才到海宁，前两次都不曾去。以陈氏的后裔说陈家祖先故事也这么豁了边，可见谈史事之难。

孟心史先生在考证中说：其前陈氏之贵显，在明为与郊、与相兄弟。与郊之后，虽有科第官职，无与相之后之侈。与郊在明，官至提督四夷馆太常寺少卿，与相官至贵州左布政。子元晖、祖苞同登万历癸丑进士。元晖官至山东左参政。祖苞官至顺天巡抚。这都是明末事。海宁陈氏科第上的奇迹，每每是父子兄弟同登一榜的。这都是明代以来便已如此。到了清乾隆年间渐已不如前了。（孟氏由此证明，陈氏之盛并不由于乾隆的看顾。）祖苞之子之遴，崇祯丁丑榜眼，在明朝官至中允，入清遂累升至大学士。唯一再得罪遣戍，终于死在戍所。弟之暹子凯允，于康熙初为尚书，谥文和。祖苞之后，虽多清贵，已不再登卿相了。元成亦与相子，终太学生，而卿相皆出其后。元成诸子，两子之后最贵。一为之闇，其子元龙为宰相，孙邦彦为侍郎。一为之问，其子诜为礼部尚书，转为刑部侍郎；孙世倌为宰相，曾孙用敷为巡抚。世倌在雍正朝，已历巡抚，至乾隆初，由工部尚书大拜。看了这番叙记，难怪民间有种种传说的了。

> 鸟歌花笑有余欢，新得君王驻跸看。
> 分付窗前万竿竹，年年替海报平安。
> ——袁枚《安澜园席上作》之二

　　经过了孟心史先生的考证，断然判定乾隆皇帝下江南，到了海宁陈家四次，绝对和陈家没有什么血缘上的关系。（海宁冯柳堂氏曾经从相反方面，务欲证明清高宗为陈氏子，且直云乾隆是文简公陈元龙之子，可是，冯氏所提出的证据，恰好是一种反证，更证实了孟氏的定案。）那么，这位十全老人为什么对海宁陈家这么感兴趣呢？"安澜"二字，乃是他的主要缘由。陈氏家园，本来叫作隅园，原是明代陈与郊所命名的；清初，到了陈元龙，乃改为遂初园，到了乾隆在那儿驻跸，乃赐名安澜园。

原来，杭州湾很阔大，钱塘江口却很淤浅；潮浪，不仅秋汛很高，每月月中，照样冲荡；因此，杭州、萧山（海宁的对岸）和海宁的两岸，都靠着海塘来保护。筑堤塘护岸工作，唐代已经着手，吴越两宋，代有修建。元明两代，塘工重点不同，也是时时在兴作。清初，那几位皇帝着眼在东南一隅的文化、经济，康熙、乾隆的南巡，就有着监察民情收拾人心的用意。乾隆第一次（十六年）南巡，渡江到了绍兴；第二次（二十二年）到了杭州便回銮。到了乾隆二十五年，海宁潮信告警，海塘工程有石塘柴塘之争议。二十七年，乾隆三次南巡，乃亲临勘视。三月初二日谕："朕稽古时巡，念海疆为越中第一保障；比岁潮势渐趋北大亹，实关海宁钱塘诸邑利害，计于老盐仓一带，柴塘改建石工，即多费帑金，为民永远御灾捍患，良所弗惜。"他要东南人士知道他如何关心民生经济。（当日，他又谕示："尖山塔山之间，旧有石坝，朕今亲临阅视，见其横截海中，直逼大溜，犹河工之挑水大坝，实海塘扼要关键，波涛冲激，保护匪易。但就目下形势而论，或多用竹篓加镶，或改用木柜排砌，固宜随时经理，加以防修。如将来涨沙渐远，宜即改作条石坝工，俾屹然成砥柱之势，庶于北岸海塘，永资保障。"也表示他对堤工的关切。）皇帝御驾亲督，海潮安澜，这便是"安澜园"的主题了。

本来，乾隆的御诗，虽经过文学侍从之臣加以修饰，总是不十分高明的。独有御制《观海塘志事》诗可读。诗云：

> 明发出庆春，驾言指海宁。
> 海宁往何为？要欲观塘形。
> 浙海沙无常，南北屡变更。

北坍危海宁，南坍危绍兴。
惟趋中小霤，南北两获平。
然苦中霤窄，其势难必恒。
绍兴故有山，为害犹差轻。
海宁陆且低，所恃塘为屏。
先是常趋南，涨沙率可耕。
两度曾未临，额手谢神灵。
庚辰忽转北，海近石塘行。
接石为柴塘，易石自久经。
费帑所弗惜，无非为民生。
或云下活沙，石堤艰致擎。
或云量移内，接筑庶可能。
切忌通旁论，不如目击凭。
活沙说信然，尺寸不可争。
移内似可为，间阎栉比并。
其无室庐处，又复多池坑。
固云举大事，弗顾小害应。
然以卫民心，忍先使民惊。
……
以此吾意决，致力柴塘成。
担水篓石置，可固堤根撑。
柴艰酌加价，毋俾司农程。
补苴示大端，推行宜殚诚。

这首诗说明驻跸海宁的缘由，用不着加以神奇的附会了。

乾隆驻陈氏安澜园,曾有《即事杂咏》六首,其一云:"名园陈氏业,题额曰安澜,至止缘观海,居停暂解鞍;金堤筑筹固,沙渚涨命宽。总厪万民戚,非关一己欢。"诗呢,写得并不怎么好,也把他到海宁的本意说明白了。

> 福地琅嬛主亦佳,留宾两度午筵开。
>
> 逢逢海上潮声起,还道催花羯鼓来。
>
> ——袁枚《安澜园席上作》

十全老人,六次下江南,四次驻跸安澜园,每次都有诗;我在这儿,当然不便多引。且看他第四次南巡(乾隆三十年),驻安澜园《即事杂咏》的第一首:"如杭第一要,筹奠海塘澜。水路便方舸,(前巡杭城,由陆路赴海宁阅塘,今年舟次石门,即从别港水道前进,先驻是园。取便程急先务也。)江城此税鞍。汐潮仍似旧,宵旰那能宽。增我因心惧,惭其载道欢。隔园城角边,新额与重悬。意在安江海,心非耽石泉。乔柯皆入画,好鸟自调弦。有暇诗言志,雕虫不尚妍。"即是说他这位皇帝,重视农田水利,未到杭州,先来看海塘了。(乾隆四十九年,六次南巡,先有谕示:"浙省海塘,前经降旨,将柴塘四千二百余丈,一体改建鱼鳞石塘,为滨海群黎,永资捍卫。"这是他一生大制作,所以念念不忘。)

乾隆对安澜园的印象很不错,所以他回到北京,就在圆明园中仿造了一处,也称安澜园,正如他中意无锡秦氏的寄畅园,也在京中造了一处(今存在颐和园中),如今圆明园中的安澜园,已经在英法联军之役毁掉了;海宁的陈氏安澜园,也在太平军战役中烧掉了。我到海宁,只是凭吊故址。本来陈氏隔园,原是宋封安化郡王王氏（稟）家园故址，因此有六百年老树，乃是南宋故物（也已在太平军战役斫掉了）。前几年，我在故宫博物院，看到《安澜堂图》，也可想见当年陈氏故园的规模。我们再用陈瑄卿的《安澜园记》做参考，更可知当年的结构了。陈氏说安澜园在海宁城的西北隅，到了清初扩充为遂初园，广达百亩。其中楼观亭榭，供憩息可游眺者，三十余处，以朴质胜。乾隆二十七年，因为皇帝南巡，要驻跸园中，又增设池台，供驻跸之地。乾隆赐名安澜，园由是知名。

曲巷深里之中，双扉南向，来游者北面入。入园便是御碑亭，刻着乾隆的御赐五言诗，因为四次驻跸，所以碑阴左右，都刻满了诗（此碑尚存）。稍折而西历一门，中为甬道，道尽为门三楹，御书"安澜园"，榜于楣上。乃更西折入小扉，为廊三折，便到了"沧波浴景之轩"。轩面池，有小石梁，为入园之始径。自轩后东出，左右皆厢，历阶而登为正室，由其左循廊而入，后又有室，左右亦各翼如厢。这内外二室，便是园主人的私居。（园中蓄家伶，园主就在这儿听歌。）小石梁之西，穿过了藤花架，其内为堂，旧名环碧，乾隆赐名为"水竹延青"及"怡情梅竹"。堂后为楼，长廊复道，幽房邃室，甲于一园。楼前曲折而右，便是和风皎月亭。其南数十步，为澂澜馆。别有廊南行，便到了揽藻楼，自古藤水榭西来，为环碧堂。由楼右历山径，便到了天香坞。其东南便是群芳阁，由阁东南行，便到了漾月轩。迤南沿池为堤，过竹扉，转向东行，经一亭，北转至十二楼。由南楼之西，经山路，过小溪，山下有堤，陟山折西而北，便到了群芳阁。如不陟山，缘堤北行，曲折可到筠香馆，这又是乾隆御题的馆名。馆右丛竹中有径东去，北望有层楼耸然，那是陈家的寝宫。宫后一峰矗立，有磴可上，栏俯清流，望隔湖山色。如坐船，便可西入寝室前的大湖。小舟放乎中流，分两道，一道南行，一道东行，又可以回到上面那些亭榭中去。我们从园中梦游，又仿佛是曹雪芹笔下的大观园了。乾隆皇帝游了江南，他回到了北京对臣下叹息道："我虽是做了皇帝，可是宫中享受，还不及江南一富翁呢。"

秦淮河上

孙楚楼边，莫愁湖上，又添几树垂杨。偏是江山胜处，酒卖斜阳，勾引游人醉赏，学金粉南朝模样。暗思想，那些莺颠燕狂，关甚兴亡。

——《桃花扇·听稗》

香港有一大群阿Q文士，一直把"北京"写作"北平"（北平究竟在何处，他们也未必知道）；心目中以为国家首都仍在南京，至于今日南京，究竟怎样了呢？他们也并不知道。我有一位朋友，他曾用《桃花扇》做蓝本，写了《桃花扇底说南朝》的小说，刊在CC的机关报《东南日报》上，恰正预言了蒋氏王朝的末运。此间一位朋友，唐人先生，写了《金陵春梦》，便以南京为背景，写这一代的兴亡。前年上海戏剧学院上演《桃花扇》，小女曹雷扮演李香君，我又看了孔尚任的《桃花扇》和欧阳予倩的剧本。金粉南朝，兴亡相继，抚今忆昔，百感交集，也来写一段《秦淮河上》。

四十年前，我初到南京，正是"残军留废垒，瘦马卧空壕，杖郭萧条，城对着夕阳道"。北洋军阀李纯主政时代，一场雨过，街道汪洋一片，跣足徒涉，简直不成市面。"如雷贯耳，闻名已久"的秦淮河，简直是一道臭水沟；"跨青溪半里桥，旧红板没一条，秋水长天人过少，冷清清的落照，剩一树柳弯腰"，是这么一幅萧条景况。我初到杭州，看了西湖，颇为失望；总没有秦淮河这么不值一看的了。那时年轻，还不知历史的累积是什么。好在夫子庙边上有一排茶楼，有一家六朝居，包饺干丝不错，那时包饺三个铜圆一只，干丝五分一碗，像我这样穷学生还吃得起。六朝居对面，有一家茶园，壁上挂上一副对联，联云：

近夫子之居，食不厌精，脍不厌细；

傍秦淮左岸，与花长好，与月长圆。

此联甚妙；我们土老儿只看重上联的"饮食"，下联的"男女"，即使笙歌满天，也是与我无缘的。所以，那一个月的南京，除了包饺干丝，别的什么印象也没有。

第二回到南京，已经在国民政府建都南京之后，先前一片汪洋的泥潭，已经修建了中山大道，真是王道堂堂，直通中山的坟墓；两边法国梧桐，浓荫蔽日。可是，出了中山门，别道通往明孝陵的，只是凹凸不平的泥路，和柏油马路差了一大截。中山大路乃是蒋委员长天天必经的大道，所以其平如砥；至于委员长看不见的别道，那是"死人也不管"了。这是国民党政治的最好注解。我当时写了一篇小品，说：中山大路通往孙中山的坟墓，几乎闯了大祸（我说的那句话是双关的）。

第三回到南京，已是抗战胜利后的第三个月，和上一回又相隔了十年。战后城市残破，瘦马败车，在马路上踯躅；可是，流民纷纷归来，都带着新的希望。我只过了一个月，又从九江东归，南京市面便大不相同。蒋介石本来打算还都北京的，踌躇了半个月，又依旧回到南京来，这就开始他的末运。

　　第四回到南京，乃是第一回"国民大会"集会"制宪"之时，我在那儿住了一个多月。内战的火焰已经烧起来了。秦淮河上，征歌闹酒，天开不夜，正是醉生梦死的生活。第二年夏天，我第五回到南京，赶上蒋介石当选"总统"的热闹场面，内战已经不可收拾，大家忧心忡忡；党官们却懵懵昏昏，和蒋政权一同败灭；"王气金陵渐凋伤，鼙鼓旌旗何处忙，怕随梅柳渡春江。"南明的末运，正如此。

　　这一切，都已过去了。

　　　　乱石荒街，寒流古渡，美人庭院寻常。灯火笙箫，都
　　归雪苑文章。丛兰画壁知难问，问莺花可识兴亡？镇无言，
　　武定桥边，立尽斜阳。

　　　　　　　　　　　　　　　　——吴瞿安《高阳台》

　　我第一回到南京，实在年轻得很；对于"烟笼寒水月笼沙，夜泊秦淮近酒家"的风味，领略不得。不过，我已经看了吴敬梓的《儒林外史》，又在从南京到汉口途中，看了孔尚任的《桃花扇》，倒把秦淮旧梦慢慢熟悉起来。其后二年，俞平伯、朱自清二先生写了《桨声灯影里的秦淮河》，不管"雅得这么俗"，或是"俗得这么雅"，都使我更懂得"商女不知亡国恨，隔江犹唱后庭花"的道理。

《儒林外史》第二十四回以后，吴氏着力在写文士们的"酸腐"或"风雅"的画面，背景呢，就是秦淮河。他说：这南京乃是明太祖建都的所在，里城门十三，外城门十八，穿城四十里，沿城一转，足有一百二十多里。城里几十条大街，几百条小巷，都是人烟凑集，金粉楼台。城里一道河，东水关到西水关，足有十里，便是秦淮河。水满的时候，画船箫鼓，昼夜不绝。城里城外，琳宫梵宇，碧瓦朱甍，在六朝时，是四百八十寺。大街小巷，合共起来，大小酒楼有六七百座，茶社有一千余处。不论你是到哪一个僻巷里面，总有一个地方悬着灯笼卖茶，插着时鲜花朵，烹着上好的雨水，茶社里坐满了吃茶的人。

那秦淮河到了有月色的时候，越是夜色已深，更有那细吹细唱的船来，凄清委婉，动人心魄。两边河房里住家的女郎穿了轻纱衣服，头上簪了茉莉花，一齐卷起湘帘，凭栏静听。所以灯船鼓声一响，两边帘卷窗开。河房里焚的龙涎沉水，香雾一齐喷出来，和河里月色烟光，合成一片，望着如阆苑仙人，瑶宫仙女。吴氏想象中的明代秦淮河畔，如此如此，实际上乃是清初雍乾年间的南京写景。

近年，吴敬梓的《金陵景物图诗》出来了，此图不知是谁氏手笔，吴氏的题诗，却说了许多当年的实事实景。他说到当年的长桥："图中绘一长桥数丈，曰长桥，今无此桥矣，或云余澹心所作《板桥杂记》，即此桥也。考明朝初年设诸楼，贮妓乐其中，教坊司掌之，以延四方游客。来宾楼在聚宝门外驯象街，重译楼与来宾楼对，鹤鸣楼在三山门外，醉仙楼在三山门内，集贤楼在瓦屑坝西，乐民楼在集贤楼北，轻烟翠柳楼在江东门内，淡粉梅妍与轻烟翠柳对，南市北市在城中武定桥，长桥在其处，所谓'花月春风十四楼'也。"旧时景物这样一勾画,我们才有些了然。至于李香君和侯方域定情的"媚香楼",本来不知在什么地方。1924年,南京修建马路,忽在石坝街发现了媚香楼的界石,才知道此楼去钞库街不远。(石坝街,隔了秦淮河,和夫子庙相对。)当代词人吴瞿安先生就写了那首《高阳台》,下半截结尾有云:"王侯第宅皆荆棘,甚青楼寸土犹香。费沉吟,纨扇新词,点缀欢场。"

在景物图长桥这一页,吴敬梓还题了一首诗云:"顿老弹琵琶,张奎吹洞箫。缕衣去湖湘,垂白犹妖娆。不见朝朝艳,空闻夜夜娇。惟余淮水月,曾照几春宵。"

江南花发水悠悠,人到秦淮解尽愁。

不管烽烟家万里,五更怀里啭歌喉。

——《桃花扇·眠香》

昨天早晨,我又把俞平伯、朱自清两位老师的《桨声灯影里的秦淮河》读了一番。俞先生写的是一首散文诗,月色朦胧,依约迷离,在可把捉与不可把捉之间。朱先生写的是诗的散文,他把一种惆怅的情绪感染给我们,正如他们说的:"我们开始领略那晃荡着蔷薇色的历史的秦淮河的滋味了。"

他们乘的秦淮河的船,是七板子。(秦淮河的船,比北京万生园、颐和园的好,比杭州的好,比扬州瘦西湖的也好。这几处的船不是觉着笨,就是觉得简陋、局促,都不能引起乘客们的情韵。秦淮河的船,有大船与七板子之分,七板子是小船,大船舱口阔大,里面陈设着字画和光洁的红木家具,桌上嵌着大理石台面。窗格雕镂细致,映着红色蓝色的玻璃,玻璃上镂着精致的花纹,使人起了柔腻之感；七板子规模虽不及大船，但那淡蓝色的栏杆，空敞的舱，也足系人情思。舱前是甲板的一部分，上面弧形的顶，两边用疏疏的栏杆支着，里面放两张藤的躺椅。躺下可以谈天，可以远望，可以顾盼两岸的河岸。舱前的顶下，一律悬着灯彩，灯的多少、明暗，彩苏的精细艳晦是不一的，好歹总还像一个灯彩。这灯彩实在是最能勾人的东西。）在他们眼下，是这么一幅图画："夜幕垂垂地下来时，大小船上都点起灯火。从两重玻璃里映出那辐射着的黄黄的散光，反晕出一片朦胧的烟霭，透过这烟霭，在黯黯的水波里，又逗起缕缕的明漪。在这薄霭和微漪里，听着那悠悠的间歇的桨声，谁能不被引入他的美梦去呢？"朱氏说他们的船便成了历史的重载了。

《桃花扇·闹榭》那一出，就是描写秦淮河上的灯船景色："丝竹隐隐，载将来一队乌帽红裙，天然风韵，映着柳陌斜曛。""龙舟并，画桨分，葵花蒲叶泛金樽；朱楼密，紫障匀，吹箫打鼓入层云。"他们曾经即景联句，诗云：

> 赏节秦淮榭，论心剧孟家。
> 黄开金裹叶，红绽火烧花。
> 蒲剑何须试，葵心未肯差。
> 辟兵逢彩缕，却鬼得丹砂。
> 蜃市楼缥缈，虹桥洞曲斜。
> 灯疑羲氏驭，舟是豢龙拿。
> 星宿才离海，玻璃更炼娲。
> 光流银汉水，影动赤城霞。
> 玉树难谐拍，渔阳不辨挝。

龟年喧笛管，中散闹筝琶。

系缆千条锦，连窗万眼纱。

楸枰停斗子，瓷注屡呼茶。

焰比焚椒列，声同对垒哗。

电雷争此夜，珠翠剩谁家。

萤照无人苑，乌啼有树衙。

凭栏人散后，作赋吊长沙。

倒是一篇秦淮河的赞词，可作俞朱二氏的秦淮河纪游的结尾呢。

《儒林外史》四十一回，也有这么一段文字："南京城里，每年四月半后，秦淮景致渐渐好了。那外江的船都下掉了楼子，换上凉篷，撑了进来。船舱中间，放一张小方金漆桌子，桌上摆着宜兴砂壶，极细的成窑、宣窑的杯子，烹的上好的雨水毛尖茶。那游船的备了酒和肴馔及果碟，到这河里来游，就是走路的人，也买几个钱的毛尖茶，在船上煨了吃，慢慢而行。到天色晚了，每船两盏明角灯，一来一往，映着河里，上下明亮，自文德桥至利涉桥、东水关，夜夜笙歌不绝。"千百年来的秦淮风月，就是这么一种画面。

吴敬梓从全椒移家到南京，寄居秦淮水旁，曾赋《春兴八首》，有云：

秦淮三月水，芳草绿回汀。

楼外莺梭啭，窗前渔榜停。

午烟随处满，卯酒未曾醒。

花事知何许，柴门竟日扃。

金陵春梦

念往昔，繁华竞逐。叹门外楼头，悲恨相续。千古凭高对此，漫嗟荣辱。六朝旧事随流水，但寒烟衰草凝绿。至今商女，时时犹唱后庭遗曲。

——王安石《金陵怀古》

到了南京，正如自清先生所说的，给历史的累积所压住了。《古今词话》载北宋词人，用桂枝香调咏金陵怀古的有三十多家，而以王安石这一首为绝唱。在南京这背景上，上演历史趣剧的，当然不从蒋、宋、孔、陈这四大家族开始。王氏词中就引用了杜牧《台城曲》中所说的故事。南朝最后那位陈后主，他自己住在临春楼，张丽华住结绮阁，龚、孔二贵嫔住望仙阁，楼阁之间，有复道相通。那时，隋将韩擒虎已到了朱雀门。后主正和张丽华在楼上打得火热。韩氏直扑南掖门，后主才匆匆从后院逃走，躲到井里去。军士们找来找去找不到风流皇帝，大家向井中叫唤，后主默不作声。韩氏叫军士向井投石，后主才大声答应了。军士放下绳索，把他拉上来，觉得很沉重。拉上来一看，原来除了陈后主，还有张贵妃和孔贵嫔二人，那才热闹呢！杜牧乃有"谁怜容足地，却羡井中蛙"之叹。

于是，柳敬亭弹弦唱一首《秣陵秋》道："六代兴亡，几点清弹千古慨；半生湖海，一声高唱万山惊。"那陈后主躲过的井，叫胭脂井；朝代换了，杨柳还是在春风中飘荡，叮咛莺舌燕语，依旧勾人情思。接下来的南唐李后主，又在上演新的一幕；周后正在病危，还没断气，他的小姨（小周后）已经倒在他的怀中了。"一向偎人颤，相看无限情"，这样的恋爱小喜剧。另一个韩擒虎（曹彬）又等在门口，于是"无言独上西楼，月如钩，寂寞梧桐深院锁清秋。剪不断，理还乱，是离愁！别是一般滋味在心头"；"晚凉天净月华开；想得玉楼瑶殿影，空照秦淮"了。这就是王安石所说的"叹门外楼头，悲恨相续"。

南明福王，在南京先后不过一年，可是，马士英、阮大铖他们就要这位福王扮演陈后主、李后主的旧剧，不管北兵的南下。阮大铖是南曲名家，他写了一部《燕子笺》；弘光帝听了他们的话，就下令按着名单去到旧院征选歌妓、清客来教演（《桃花扇》《董小宛》等剧本就说的这一故事。所以柳曲中有"蛾眉越女才承选，燕子吴歈早擅场，力士签名搜笛步，龟年协律奉椒房"之句）。一方面，马士英、阮大铖得了势，便和复社士大夫作对，公报私仇，侯方域几乎遭了毒手，所以曲中说："五侯阃外空狼燧，二水洲边自雀舫；指马谁攻秦相诈，入林都畏阮生狂。春灯已错从头认，社党重钩无缝藏；借手杀仇长乐老，胁肩媚贵半闲堂。"赵高、贾似道的卑劣手段，二者都在南京出现了。

在南京以北，清兵分道南下。那位忠心耿耿的史可法虽说以身许国，可是他的部属，将悍兵惰，不堪一战。扬州失守，南京也就沦陷了；清兵屠城十日，这一血的记录，直到二百六十年以后才洗刷掉。曲中说：

　　　　龙钟阁部啼梅岭，跋扈将军噪武昌。

　　　　九曲河流晴唤渡，千寻江岸夜移防。

　　　　……

　　　　全开锁钥淮扬泗，难整乾坤左（良玉）史（可法）黄
（功得）。

　　　　建帝飘零烈帝惨，英宗困顿武宗荒。

　　　　哪知还有福王一，临去秋波泪数行。

所以，侯方域口中叹道："你看，碧草粘天，谁是还乡之伴；黄尘匝地，独为避乱之人。莫愁！莫愁！教俺怎生不愁也！"这正是："春雨如丝宫草香，六朝兴废怕思量。"

　　　　湖水千秋有断霞，池边树冷暮啼鸦。

　　　　柳条攀折愁谁诉？帆影沿江几片斜。

　　　　　　　　　　　　　　　——吴荆元《莫愁湖》

南京的名胜古迹，我依着吴敬梓的《金陵景物图诗》一一对照着看，先先后后也差不多到过了。不过，吴氏在南京住得久，熟知金陵掌故，说得更周全些。吴氏在《儒林外史》结尾，说了四位理想人物，第一位是荆元，做裁缝的，南京上元人。其人姓吴名亨，

字荆元，真的是成衣工人，却会写八分书，诗也做得不错，上面这首题莫愁湖绝句，就是他写的。依吴敬梓的理想，一个有用的知识分子，不能如倪老爹那样手不能提，肩不能挑，末路穷途，要卖儿鬻女过活的。荆元这样有自己的生活技能，业余才写写字，作作诗，并不是为的什么风雅，这才是真正的读书人。荆元的诗，才是真情实感的诗。这一点，我是最和吴敬梓同调的。

吴敬梓借杜少卿的口，说了他自己的诗论。有实感才有诗，他的作品中没有酸腐的"无病呻吟"。他大概和荆元一同在莫愁湖边晨昏与共握手谈心过的。他在莫愁湖的图中引说：出三山门（今水西门）外半里许，有莫愁湖，相传妓名莫愁者居此，因以为名。可是梁武帝诗云："洛阳女儿名莫愁。"那就不会在金陵，其所以传闻者，以石城二字。按楚有石城，莫愁居之，却也不是这一石城。湖广数顷，水色萦回，石城横亘于前，江外诸峰，遥相映带。中有园亭，盛夏时轩窗四启，清风徐来，令人忘暑。此湖在明代为徐中山王（达）家园，乃是洪武帝赐给他的。相传，洪武和徐达下棋，洪武输了，就把莫愁湖送给他，因此湖中有楼曰棋胜楼，或许确有其事。中经兴废，清乾隆年间重加修建，增筑郁金堂、湖心亭，栽花植柳，称金陵第一名胜。也就是吴敬梓、吴荆元所游赏目睹的。太平军战后，湖淤园废。民初，我第一次访古，一片荒凉，只落得"幽静"二字。前几年，我重访莫愁，全湖已经修整完工，重建棋胜楼、郁金堂、荷厅、回廊、方亭、水池……辟为莫愁湖公园，湖堤广植垂柳白杨数万株，成为城西的最大公园。正如吴敬梓所咏的：

美人不可见，搔首望天末。

蔓草萦裙带，繁华点妆颊。

> 遥望风潭清，渐见溪堂豁。
>
> 野水飞鸳鹙，乔木鸣鸧鸹。
>
> 当风抚层槛，湖外山一抹。

　　我也和沈三白、张宗子一样，对名园胜迹，不爱赶热闹。我想吴敬梓当年也一定如此。秦淮河东西十里，值得我们留恋的，倒是青溪，有如杭州的西溪。过大中桥而北为青溪。孙吴时，凿东渠通城北堑以泄后湖水，其流九曲，达于秦淮。而今河道从潮沟南流入旧内，所过复成桥、西华门、莲花桥、珍珠桥（陈后主所命名）、元武桥、红桥、竹桥，入濠而色，所谓青溪一曲也。秦淮水亭相连，笙歌灯火，沸地喧天。路入青溪则两岸皆竹篱茅舍，渔唱樵歌互答于冷烟衰草之外。这才有着村乡渔舍风味。吴敬梓曾有青溪诗云：

> 路过白下桥，绿波静如练。
>
> 林中宿鸟安，桥影行鱼见。
>
> 旧内水瘀滞，断垣藤萝罥。
>
> 筑城断淮流，怅然思李昇！

　　至于古代负盛名见之于诗文的胜迹，如城南乌衣巷的王谢故里，城东南谢太傅所隐居的东山，带着美人气息的桃叶渡（王献之婢女渡河处），只能发思古之幽情；眼前所见，只是"城南送夕晖，春风燕子飞"，徒留怅然而已。

> 紫气冒碧峰，草木郁葱蒨。

千磴抱晴岚，松风满台殿。

……

言寻茱萸坞，云深不可见。

策杖下层峦，夕阳山几片。

——吴敬梓《钟山》

　　我们扭开各个电台，不时会听到周璇所唱的《钟山春》，开头便是"巍巍钟山"，她唱的是南京的景物。钟山在城东北十五里，两峰挺秀，北一峰最高，其上有一石泉，孙吴时改为蒋山。（这个蒋山乃是纪念蒋子文的山，和蒋介石毫无关系。蒋子文东汉末年，已经奉祀为神，他是秣陵的地方官。）山为都城屏障，阴阳向背，情态无穷，朝暾暮霭，朱殿掩映，其图尺幅中具有层岩列岫之势。北接雉亭山，明孝陵在焉。

　　出了中山门，顺着宽广平坦的中山大道走去，夹道梧桐交荫，过了蒋介石当年的官邸，不远便到了中山陵了。钟山乃是金陵的主要山脉，山南有中山陵、明孝陵和吴孙权墓，山北有明初徐达、常遇春、李文忠、汤和、吴良、吴桢诸人的墓，看起来仿佛是明初的英雄纪念园。（风水先生们特别夸张地灵人杰之说，所以，孙权墓会和朱洪武陵同一地点。据说，明孝陵初建陵时，挖地得了孙权墓，朱洪武说："孙权也是一名好汉，就留着他吧！"不过，我到南京时，孙权墓已不可见了。）东边巍巍地建造了一处中山陵，即是孙中山的坟墓。孙中山领导辛亥革命，他最伟大的过人之处，就是从封建社会成长的，却抛弃了帝皇思想，迎接民主政治观念到东方来。他的晚年，要唤起民众，接近民众。他所揭示的三民主义，不仅本着民族观念，建立平民政治，还要注意社会民生，他是反资本主义的社会革命。可是他的党徒，要把他安葬在高高在上的冈陵上，和民众远远隔离起来。他的三民主义，也就给他的党徒埋葬掉了。中山陵的前面是一大广场，修剪得齐齐整整的草地，有如一片绿茵；可是这片草地是禁地，我眼见一群小学生走累了在那儿坐一下，就给卫兵用皮鞭打了出去。我听到那位带队的小学教师愤然道："看你们横行到几时！"从底层到中山陵堂，有二千多公尺那么高，走得你脚疲腰酸，可是要进入灵堂看一看孙中山的遗容，那就得看各人的运气了。倒是那位小学教师的预言很灵验，国民党的政权，就从中山陵边搬开去了。前几年我重到南京，再游中山陵，陵墓比国民党时代更美丽了，各国游客也更多了，向孙中山献花的友邦人士，大家都能看到孙中山的遗容。只是卫兵的皮鞭没有了，中山陵和游客之间，没有那么高高在上的距离了。

中山门侧，通往明孝陵的大道，而今也修理得很平整了；今日的南京和长春一样，乃是一大花园，连新街口都是锦绣园林。明孝陵也和北京的十三陵一样，成为游赏胜地。孝陵在独龙阜玩珠峰下，1383年落成，距今已有五百八十年了。那时，原有蒋山寺（即灵谷寺前身）和宝公塔。朱洪武定都南京，为了建造孝陵，才把宝公塔移到钟山东麓，并另建了灵谷寺（便是我们今日游览的灵谷寺）。明孝陵的规模很大，有人如看到过北京十三陵的长陵，便可仿佛当年的规模（孝陵长达四十五里，种松万株，养驯鹿千头）。中经清初的毁坏，再经太平军战役的烧毁，而今只有石人石兽尚完好如旧，此外，只有神功圣德碑以及宝城，还是明代的遗物。

（孙权陵在梅花山，今为著名的梅花圃，除了梅花三十多种，还有碧桃、海棠、紫薇、芙蓉、蜡梅、橘花和大树梅花。）

秣陵春

歌声歇处已斜阳，剩有残花隔院香。

无数楼台无数草，清谈霸业两茫茫。

　　　　　　——孔尚任《桃花扇·听稗》

　　我这儿所说的"秣陵"，又是南京的别名。"南京"究竟有几个别名？有的是一般人所知道的，有的一般人并不知道。"南京"这一名词，并不很久，迄今不过六百年。（一些阿Q论客，并不知道北京在辽叫南京，也叫燕京，金代叫中京，元代叫大都。北京的定名，迄今也不过六百年。）

　　最早的南京，叫冶城，二千五百年前，吴王夫差在此冶铸铁器，所以叫冶城（今朝天宫一带）。到了越王打垮了吴王夫差，便筑城于长干一带，称越城（今中华门外）。南京筑城自此始。战国时，楚国击退了越国，建金陵邑于石头山（今清凉山）。这是金陵名称的开始。秦灭楚，才改金陵为秣陵，与江乘、丹阳同属鄣郡，后来又改为丹阳郡。三国时，东吴孙权在此建都，改秣陵为建业，筑石头城。其后东晋、宋、齐、梁、陈都建都于此。西晋时，曾改建业为秣陵，又分秣陵之一部为临江，不久又改临江为江宁，其后又以秦淮河为界，北为建业，南为秣陵。东晋以后建都于此，改建业为建康。到了隋代，又废丹阳郡，置蒋州。唐高祖时置扬州，改江宁为归化；其后又改扬州为蒋州，改归化为金陵，接着又改蒋州为扬州，还州治于江都（今扬州）。从那以后，扬州就指江北，不再指江南了。到了高祖九年，徙金陵县于白下村，名白下县，与句容、延陵同属于润州。到了唐太宗时，又改白下县为江宁县，又后置丹阳郡。中唐以后，又以江宁县为江宁郡，后又改江宁郡为升州。却又废江宁，置上元县（我上面说吴荆元是上元人，即是这一县）。后来又废了升州，也把上元县属于润州。唐宋又设升州于上元。五代初，杨吴时，改升州为金陵府，下分上元和江宁两县。南唐以江宁府为都城。北宋初后名升州，宋真宗时改为江宁府。高宗南渡后改为建康府，作为留都。元世祖立江淮行省，治建康，后又改为集庆路。明初建都改称应天府，到成祖永乐十九年，移都北京，才改称南京，南京之名自此始。清代设江南省，改应天府为江宁府，仍治上元、江宁两县。我国的历史，也实在悠久，过去二千五百年，南京这一地建置上就翻了这么多的筋斗了。（南京今为南京市，也是江苏的省会，南京市包括江宁、六合、江浦三县。）

接着，我们就在这古城兜一圈吧，我们从中山陵下来，东行便是灵谷寺公园，古称"灵谷深松"，为金陵四十景之一。苍松翠柏，古木参天，红墙碧瓦，殿宇巍峨。吴敬梓所题的《金陵景物图》，也有此幅。他说灵谷，旧名道林寺，梁改开善，明洪武初，徙山之东偏，改名灵谷。自山门入松径，五里乃至寺。其路履之有声，鼓掌则声若弹丝，俗呼琵琶街。如今虽无此幽深，却有此幽静。佛殿不施一木，皆垒甓架洞而成，俗呼无梁殿，规制仿佛大内（原名无量殿，因建筑结构不用梁柱，又称无梁殿）。全殿宽凡五楹，共四十公尺，高二十公尺；建于1381年。后有浮屠，即梁宝志公幻身，改葬于此。塔前有石泉，僧昙隐所得八功德水也。左梅花坞，石泉旁有松偃轩。那儿有三绝碑，碑上刻有梁朝名僧宝志的像及像赞。像出于唐代名画家吴道子手笔，像赞系诗人李白所作，书法家颜真卿所写，故称三绝。碑下刻有元代赵孟頫写的《宝公菩萨十二时歌》（塔高五级，太平军战役中被毁，今为石塔，正面即为三绝碑）。那儿，和国民党有关的有谭延闿墓，和社会革命有关的，有邓演达墓。

缓步上平冈，怀古寻断碣。

其旁冢累累，其下藏碧血。

柳荫酒旗扬，柳色茶烟结。

——吴敬梓《雨花台》

我初到南京时，就知道南京有聚宝山雨花台，因此，第一回到南京，就赶着要到雨花台去。出了中华门，向南看去，一片苍翠的山冈，便是雨花台。东冈便是梅冈，东晋豫章内史梅迹在那儿屯兵，抗御北方胡人的南侵，以此得名。后来，南宋抗金英雄杨邦义也在这山下殉难。太平天国时期，李秀成率队和湘军头子曾国荃相持经年。辛亥革命那年，我们浙江的革命军驰援南京，就从雨花台登高进城，激战经日。我那时只有八九岁，听从战的亲友高谈战史，印象很深。而今雨花台上还有辛亥革命烈士墓。国民党统治时期，共产党战士在这儿牺牲的很多，最著名的有恽代英、邓中夏、罗登贤和孙泽川诸烈士。此外还有我们的乡贤，骂永乐帝而死的方孝孺墓，正如吴氏所说的"其旁冢累累，其下藏碧血"。在抗日战争中，日军攻占了雨花台，从中华门入城；在他们的重机枪交叉火力下死去的，总有几万人。

相传梁武帝时，云光法师讲经于此，感动了天雨，乃降鲜花，那当然是一种怪诞的传说。其冈产细石如玛瑙，故名聚宝。这种宝石，养在水中，有的鲜艳夺目；岁时供养水仙花，多取彩石围砌，另有生趣。台北永宁寺内有清泉，其味清冽。宋诗人陆游品定为"天下第二泉"。泉有两口，亦名永宁泉。从中华门顺着雨花台向南，那一处三角地带，三面环山，而今开辟为烈士陵园，一片草坪，南端便是烈士史料陈列室和纪念堂，佳日良辰，游客很多。

吴敬梓的化身，即杜少卿，他们夫妇俩，同携手在清凉山冈子上走了一里路，手中拿着金杯，背后三四个妇女嘻嘻笑笑跟着，这样的拍拖场合，两边看的人目眩神摇，不敢仰视。在当年是件引起议论的大事。这清凉山在汉中门北，原名石头山。又因楚国的金陵邑、孙吴的石头城都建造在此山上，又叫石城山。南唐李氏曾在此建避暑宫，后来改为清凉寺，又名清凉道场，因名清凉山。（寺的大部分建筑，都已倾圮，仅存佛殿，后院有南唐保大年间古井，北边有南唐殿基遗址，还有前面那一堵照墙。）清凉山形势，北与马鞍（包括古林寺）相接，东与虎踞关、小仓山、五台山、峨眉岭、蛇山相连，西面还有盘山，下面便是龙蟠里，在古代这都是名胜区。（小仓山便是袁枚的随园所在，其先为隋园，那就是曹家织造府旧地，也可说是甄府大观园所在。）

清凉山西麓有扫叶楼，相传为明末清初名画家龚贤（半千）的半亩园故址。龚贤曾绘一僧持帚扫叶，挂在楼中故名。我们登楼可以看到莫愁湖的水光，雨花台的山色，帆影列列在眼底。清末诗人易实甫曾有"最是江南堪爱处，城中面面是青山"之句。清凉山后，一片岩石壁立，曲折回旋，颇像一座城墙，这便是古代最有名的石头城。其中有一处石壁突起，好似一只大面具，俗称"鬼脸城"。此处因江为池，江流直迫城下，乃是军事上险要之地。又，汉中门内，盘山东边，唐代颜真卿曾造了放生池，即乌龙潭。清末叶，魏源住在潭上，筑一别墅，名"小卷阿"，潭中又筑苑在亭。而今都已毁坏不存了。乌龙潭东蛇山前有驻马坡，相传诸葛亮与孙权在此驻马论石坡形势，因此得名，筑有诸葛武侯祠堂，今已不存了。

> 凤凰台上凤凰游，凤去台空江自流。
> 吴宫花草埋幽径，晋代衣冠成古丘。
> 三山半落青天外，二水中分白鹭洲。
> 总为浮云能蔽日，长安不见使人愁。
>
> ——李白《登金陵凤凰台》

这是一首传诵千古的李白诗，他写南京景物掌故，有着很深的感慨；而且他读了崔颢《黄鹤楼》，分量够重，这首诗才足以相比。凤凰台在南京城内西南角上，其右为凤游寺，初名丛桂庵，明神宗时，焦太史澹园易为今名。台在寺内，台已成了一个土堆，寺亦完全倒塌掉了。本来台在花盝冈，城内秦淮、城外护河二水之间。唐代升州城很狭小，因此在台上可登高眺远，如李白所写的。后世对这一土堆的怀念，还是由于李白那首诗的缘故。吴敬梓诗云："酒星亦出没，台空凤难驻。荒葛冒修途，崩榛塞广路。如何划断碑，遽有步兵墓。后先两酒人，千秋动欣慕。"（其地旧有阮籍墓，故云步兵墓。）

《儒林外史》写南京景物，杜少卿夫妇登清凉山饮酒高歌，我已说过了。还有他那位令兄，酷爱男色，在莫愁湖上定花榜，也是空前盛举；说是"风流才子之外，更有奇人；花酒陶情之余，复多韵事"。接着庄征君进京应诏，钦赐了玄武湖，他们一家人就搬到湖中去住。这湖是极宽阔的地方，和西湖也差不多大。左边台城望见鸡鸣寺。那湖中菱藕、莲蓬，每年出几千石。湖内七十二只打渔船，南京满城每早卖的都是这湖鱼。湖中间五座大洲；四座洲贮了图籍，中间洲上，一所大花园赐予庄征君住，有几十间房子。园里合抱的老树，梅花桃李，芭蕉桂菊，四时不断的花；又有一园的竹子，有数万竿。园内轩窗四启，看着湖光山色，真如仙境。那是二百五十年前的景色。过去几十年间，我几回到南京，总是上玄武湖去，记得在那儿吃樱桃，又肥又美，印象很深。前几年上玄武湖，大经修整扩充，迥乎不同了。（玄武湖古称桑泊，又叫后湖，刘宋元嘉时，才命名为玄武湖。北宋熙宁年间，曾废湖为田，元代又修改为湖。明初，在湖中梁洲贮藏全国户口赋税册子，叫黄册库。环湖约十公里，水面约三九五公顷。湖水来自紫金山北麓，下游北面入金川河，绕狮子山至下关入长江；南面由武庙闸入城，经秦淮河入长江。湖中有环洲、樱洲、梁洲、翠洲、菱洲五洲。各洲之间，堤桥相连，水陆游览，都很便利。当前的玄武湖，比先前诗客文士吟咏的仙境还更美丽了。）我们出了玄武门，循着翠虹堤前行，便到了环洲，绿荫中耸立着两块玲珑石，还是从瞻园中移过来的，说是北宋徽宗年间花石纲的遗物。稍北有小山墩，传是东晋"形学家"郭璞墓，因称郭璞墩。全湖此处最高，登墩可以远望全湖，有如西湖的孤山。从绿荫深处过了白桥，就是樱洲；这是一个四面环水，水外环洲，洲外是湖的洲中之洲。此处便是吃樱桃的处所。出樱洲过小桥，沿着穿过小峡口，过了芳桥，便到了梁洲；洲上樱花夹道，雪松桧柏，苍翠成荫。洲上有览胜楼、玄武厅、陶然亭、白苑斗鹤亭诸胜处。从那儿东行过翠桥便是翠洲。此处风光明媚，最为幽静；而今乃是儿童的天地。从环洲折向西行，那就到了菱洲。这儿有一所规模极大的动物园，各种动物二百多种，一千八百多头。

从前有一位南京文士，曾赋《江南好》一百首，中有云："江南好，最好是风筝。折蝶风前舒软翅，磨鹰云际转雄睛，绝技擅江城。"在玄武湖中放风筝，倒是年轻人的乐事呢！

南京余话

石戴土山砠，凌空飞燕子。

孤根荡地轴，不信深五里。

归客一开颜，太息江山美。

亭亭阁上松，淼淼岩下水。

——吴敬梓《燕子矶》

写了几段南京怀旧小记，意犹未尽。

友人陶行知先生二十五年前在南京创办晓庄师范，提倡生活教育；那时，他们又办了一处燕子矶小学，因此，1933 年，我到南京，特地访问了燕子矶。（燕子矶北俯大江，与弘济寺相望，矶之得名，形如燕子。王渔洋曾有《夜登燕子矶》诗："渡江访名山，层巅到曛黑。大江森欲动，浩浩千里色。把炬石燕飞，然犀潜蛟匿。北望灵岩塔，知是专诸邑。悲慨下沾襟，此意谁当识。"〔注：专诸，吴侠客。〕此诗可与吴敬梓《题燕子矶图诗》相印证。）南京城郊北观音山东北，一石吐江滨，三面悬壁险绝，势欲飞去，那便是燕子矶。观音岩怪石累垂，苍黛参差，上接云霄。大江从龙江关西来，直过其下。观音阁亦傍岩就江，凭着栏杆下望，瞰及江流，好似在楼船顶上立。行客至此，入观音港，舍舟登岸，便是关王庙，先至水云亭，入祠，左侧大观亭，坐石磴远望，便觉苍茫无际了。又扪松萝拾级而上，矶巅有小亭名俯江，从石隙下窥，犹见江转矶底。从形势上看，上则采石矶之险，下则金焦北固之胜，北向扬州，便一片平原了。

我初到燕子矶的第一个印象，便是离开城市到了乡村了；如把南京当作上海，燕子矶就仿佛宝山炮台湾。陶氏办乡村教育，选择此镇作示范教学，为教育文化界所注目，却受国民党当局的嫉忌，终于被封闭解散。我原想在那儿尝试做讲史说书，也不能实现。（当年，孙伏园在河北定县，梁漱溟在山东邹平，和陶氏一样各有从乡村教育下手改进旧社会的壮志，陶氏最为激进，为当局所不容。世运迁变之机，早已显露了。）陶氏就陪着我们在大江矶头游览了一回。那儿江流浩荡，对我们仿佛有一种启示：对人生消极的就会奔赴波心。陶氏曾在那儿立过一块碑，上书"死不得，早回头"六个大字。

前几年，我重游燕子矶，也登上矶头，那儿有一座乾隆的御碑亭；我们就在亭阶静坐，眺望大江，烟波浩渺，江涛拍岸，轰轰有声。友人告诉我们：百二十年前英军进攻南京，就从此处登岸，入观音门进至迈皋桥。清廷大惊，乃签订了《南京条约》，决定了香港的命运。这是燕子矶和海外呼吸相通之处。下了矶石，我们向西南行进，就到岩山脚下，沿山奇峰迭起，绵延十余里。岩山原有十二洞，这都是悬崖绝壁，为江水冲激而成。我们到过的，除了观音洞，还有头台、二台、三台各洞。

头台洞在观音阁西，洞口正中为佛殿，殿后石笋排立；洞门外石壁上刻了一个大"寿"字。又西便是二台洞，从山岩筑成的石屋，还凿了一个观音龛。洞中有洞，深不可测。（洞中有吴道子刻的观音像及李言恭写的"般若经"，系明代遗物。）更西便是风景最美的三台洞，从上而下，分为三层。下层最深广，洞内有观音泉，清冽可鉴，上架石梁以通往来。旁有观音画像石碑。由洞口向右，从石缝到了一线天，仰视天光一线，沿木梯而上，豁然开朗，飞阁凌云，又是一个境界——这是今日的滨江花园。

> 我登牛首山，天阙何屡反！
> 上造青云端，下瞰无端倪。
> 壮哉六朝都，佳丽诚在兹。
> ……
> 北眺玄武湖，蒋山亏蔽之。
> 博望峙西南，列戍多旌旗。
> 时清异偏安，凭吊将奚为？
> 落照横江流，万里天风吹！
> 壮心不可已，泪下如缥縻。
>
> ——王渔洋《登天阙望金陵怀古》

近日，我也看看朋友们回忆南京的诗文，有几位在南京住得久，看得也多；只是不免和阿Q兄同样的高论，好似他们走了，风雅跟着也走了。又好像今日的南京，又是一片荒凉的芜城了。谁知今日南京，美丽得比历史上任何一代都风光明媚些。我曾翻看王渔洋的《秦淮杂诗》，替他写点注解，也可以把金陵景色渲染出来，总比不上今日南京的生气勃勃。要写秦淮杂诗，也得从头写起。台北那位大阿Q，他把上海中央银行库存的金银，和南京的故宫宝物搬到台中去，便以为天下财富都归于己有了。殊不知今日南京博物馆所收藏的宝物，远比在台中的多得多。

因此，我们游南京的，便被新的事物所吸引。首先，我们也到了牛首山。山在城南郊，距中华门约十二公里。山顶双峰并峙，有如牛首，因此得名。东晋时，双峰正对着宣阳门，又称天阙山。南宋时，那位名将岳飞，在这儿设伏和金兀术对垒，打退了金兵，山上还有故垒遗迹。这儿的天阙茶是很有名的，前些日子，霜厓先生还特地烹了来款待友人。这儿又是广大的果园，兰花、桃李，春天开得非常茂美，因此南京人有"春牛头，秋栖霞"之语。牛首山南，有梁天监二年（503年）所建立的宏觉寺（刘宋已有过佛窟寺）。唐时称长乐寺，还造了一所七级浮屠（唐塔在大雄殿后，全寺最高处，七级八面，全部由砖砌成，为最古的砖塔之一，距今一千一百八十多年）。南唐改回宏觉寺，宋初改名崇教寺，明洪武年间称佛窟寺，正统年间又称宏觉寺。而今寺毁塔存。

秋天，到栖霞山看红叶，也是古今文士们的雅事。其地在南京东郊约二十公里，山形似伞，也名伞山。山有三峰，中峰最高，名凤翔峰，东峰似龙，名龙山，西峰似虎，名虎山。山中遍植枫树、乌桕和菩提树，入秋经霜，红叶满山，一片彩霞似的。在中峰西麓，远在南齐永明年间，已有了栖霞古寺（山以寺得名），由智度和尚任主持，历代迭有增修，规模极大，与山东灵岩寺、荆州玉泉寺、天台国清寺并称为四大丛林。太平军战役，清将向荣江南大营和太平军相持于此，寺院建筑遭重大的毁坏，直到近十多年，才修建得如旧日的规模。这就是一群阿 Q 文士不及见的了。寺左侧，那块唐高宗御撰的明征君碑，经历了一千多年的风雨，巍然矗立，碑后有"栖霞"二字，也是唐高宗的手笔。寺的左石壁上为千佛岩，那儿有二九四个石龛，凿了大小佛像五一五尊，乃有千佛之称。在千佛岩后有纱帽峰，形如纱帽，一路岩石上，也是布满了石窟和造像，有二五六个石洞，五五一尊佛像。千佛岩前，有一座无量寿佛，连座高四丈，两旁是观音和势至菩萨，连座各高三丈三尺。这也是一千四百多年前的建筑。杜牧诗云："千里莺啼绿映红，水村山郭酒旗风。南朝四百八十寺，多少楼台烟雨中。"于此见之。

在牛首山南五里许，有一座高山，名祖堂山，亦名献花岩，山南麓有石窟为唐代高僧法融所居。山南有幽栖寺，今已残破不堪，只有一座大殿还很完整。从那儿向西南再走三里，便到南唐二陵。二陵均在山南，东为李昇陵，西为李璟陵。

宫柳烟含六代愁，丝丝畏见冶城秋。

无情画里逢摇落，一夜西风满石头。

——王渔洋《石崖秋柳小景》

许多年前有一份刊物的封面上，刊了一张新闻照片：坐在左右两面下棋的，是邵力子和张治中，站在边上看棋的，是李宗仁。他们下棋地点是明故宫飞机场。那天是草山老人（蒋介石）决定下野，从那儿起飞的前一小时。这几位政治人物正在那儿等着送行。有一天，我在北京张治中家中吃饭，也是张、邵二老在下棋，我和刘为章在边上看棋。我谈到那幅照片的事，他们也不禁感慨系之。我曾写了二首小诗：

三十年来只看棋，盈虚消息有谁知！

呢喃王谢堂前燕，百姓人家借一枝。

短梦由来记不真，眼前都是过来人；

剧怜踯躅河边卒，说尽兴亡论过秦。

可是我从北京到了南京，重访明故宫，那儿已经是一个很大很美丽的公园了。新的南京，简直是一个大花园，又是阿Q文士们所梦想不到的。

明故宫在南京城东边，明初建都，原是填平了燕雀湖（前湖）而筑成的，正在钟山之南。皇城有六门，正南门曰洪武门（原址已无存），东南为长安左门，西南为长安右门（外为长安街），西为西安门，东为东安门，北为玄武门（原址也找不到了）。皇城之内为宫城，好似北京的紫禁城，有护城河环绕四周。宫城有六门。南面三门：正南曰午门，中有三孔；也有东西相向的左右掖门（今左右掖门外伸部分早已被拆除，已失原貌）。转而向东曰东华门，向西曰西华门（原址无存）。北曰北安门（原址无存）。午门内曰奉天门，门之左右，为东西角门；内正殿曰奉天殿，为皇帝受朝贺之处。奉天殿后为华盖殿、谨身殿，殿后为乾清宫、坤宁宫，这是明代后寝宫城的轮廓。

明故宫仅存的建筑中，以午朝门为最大。南京市府当局便从午朝门前后改建明故宫花园。这里有护城河二道，内五龙桥在午门之北，并排五拱，跨在金水桥上。其水原与东华门、西华门之水相通，桥板石多系明代物，建筑形式也没有改变。外五龙桥，在午门之南，也是并排五拱，跨在玉带河上，桥板石虽多仍明代之旧，桥栏、桥墩，都是后来修补改建过的。如今这一带都已遍植花木，还在午朝门北奉天门遗址掘出了石砌圆拱、石水缸各二个，大石础十余个，石鼓座六个（有花纹），和方孝孺的血迹石（传说如此）整齐排列那儿。还把英人法雷斯五十年前搬走的明代石刻七块、石狮子大小三对，从下关搬回，布置在原处。在御道两旁，种了十多万株玫瑰，春深花发，真太美丽了。

新中国珍重古代文化传统，处处修整扩展，南京是文化古都，重点保留的更多。现在保存的六朝陵墓，共十八处；陵墓上都有石刻，或为麒麟，或为辟邪，或为华表，或为石碑，雕刻生动，气魄雄伟，而且直刬瓜棱形的石柱，有翼的石兽，表示了中国和希腊、波斯的文化交流。这十八处六朝陵墓，分七组：①栖霞山组，有梁萧家一系五处和失名的一处。②麒麟门组，有宋刘裕、梁萧宏、陈陈蒨墓。③淳化镇组，有梁萧正立墓及其他失名三处。④上方镇石马冲组，有陈霸先墓。⑤笆斗山徐家村组，有失名六朝墓一处。⑥江宁方旗庙组，有失名之六朝墓一处。⑦句容石狮子组，有梁萧绩墓。这都是我国艺术史上的瑰宝。

说扬州

炀帝雷塘土，迷藏有旧楼。

谁家唱水调？明月满扬州。

骏马宜闲出，千金好旧游。

喧阗醉年少，半脱紫茸裘。

——杜牧《扬州》

雨过一蝉噪，飘萧松桂秋。

青苔满阶砌，白鸟故迟留。

暮霭生深树，斜阳下小楼。

谁知竹西路，歌吹是扬州。

——杜牧《题扬州禅智寺》

三十年前，我的一位朋友易君左先生，他写了一篇《闲话扬州》，引起了扬州人的公愤，此事后来不了了之，却留下一副有名的上联：

　　易君左闲话扬州，引起了扬州闲话，易君，左矣。
（"左矣"意即"错了"。）

　　作下联的很多，可是难得对得恰到好处，大约会这么流传下去了。

　　在易先生之后，我在那时的《人间世》上也写了一篇《闲话扬州》。朱自清师看后，写了一封信给《人间世》编者（大概是陶亢德），说：

　　久未能多作稿，歉甚。兹写上《说扬州》一篇，乃见聚仁文而想起者也。敬颂著祺！

　　　　　　　　　　　　　　　　　　　弟自清顿首

　　朱师在文中说："聚仁先生的《闲话扬州》，比那本出名的书有味多了。不过那本书将扬州说得太坏，曹先生又未免说得太好了；也不是说得太好，他没有去过那里，所说的只是从诗赋中、历史上得来的印象。这些自然也是扬州的一面，不过已经过去，现在的扬州，却不能再给我们那么多美梦。从前扬州是个大地方，现在盐务不行了，简直就算个没落的小城。可是一般人还忘其所以，要气派，自以为美，几乎不知天多高地多厚，这真所谓'夜郎自大'了。扬州人有'扬虚子'的名字，这个'虚子'，有两种意思，一是大惊小怪，一是以少报多。总而言之，不离乎虚张声势的毛病。"

　　朱师家世在绍兴，生长在扬州，他说扬州，当然不会如我那么外行了。不过，朱师不知道，我到上海开头那几年，曾在盐商吴姓家做过家庭教师（吴家是陕西人，落籍在扬州），颇知道扬州盐商的生活。我的岳家，原籍广东，祖一辈也是落籍在扬州；岳家叔伯那一辈都会说扬州话。我就是从他们的闲谈中，懂得了扬州豪奢的一面。至于书本上的知识，最初是从吴敬梓的《儒林外史》而来，接着，是沈三白《浮生六记》中所说的乾隆年间盛事。最后才是李斗的《扬州画舫录》，这部地方志，正如田汝诚的《西湖游览记》及《志余》那样渊博精深的。

　　古代的扬州（九州之一）和我们观念中的扬州，区域广狭，那是不可以道里计的。就拿西汉的扬州来说，包括现代的江苏南部，安徽中部及南部，还包括了浙江、福建、江西三省的一部分。枚乘《七发》，说是到广陵的曲江（即钱塘江）观潮，那时的西北人士，就把东南这一角算在扬州的圈子里。隋唐以后，代有变迁，扬州地区慢慢缩小，成为我们观念中的扬州，只有江苏北部那个古代的世界城市了。它曾代表着东方最繁华、最美丽、生活享受最舒适的去处。所谓"天下三分明月，二分独照扬州"，扬州是人间天堂。所谓"腰缠十万贯，骑鹤下扬州"，这是人生至乐，杜牧诗有"十年一觉扬州梦，赢得青楼薄幸名"。张祜《纵游淮南》诗云：

　　　　十里长街市井连，月明桥上看神仙。
　　　　人生只合扬州死，禅智山光好墓田。

　　扬州之成为世界城市，有一千五百年光辉的历史，比之巴黎、伦敦更早。它是我们艺术文化集大成的所在，比之希腊、罗马而无愧色。那么，扬州全盛时代的景物，究竟是怎样的呢？所谓平山堂，所谓二十四桥，朱自清师未见过，生长在扬州的戚友也未见到过，只有乾嘉年间，到过扬州的人，才说得周全。我们且看沈三白在《浮生六记》中的描绘：

……渡江而北，渔洋所谓"绿杨城郭是扬州"一语，已活现矣。平山堂离城约三四里，行其途有八九里。虽全是人工，而奇思幻想，点缀天然，即阆苑瑶池，琼楼玉宇，谅不过此。其妙处在十余家之园亭合而为一，联络至山，气势俱贯，其最难位置处，出城入景，有一里许紧沿城郭。夫城缀于旷远重山间，方可入画。园林有此，蠢笨绝伦。而观其或亭或台，或墙或石，或竹或树，半隐半露间，使游人不觉其触目；此非胸有丘壑者断难下手。城尽以虹园为首，折面向北，有石梁曰虹桥；不知园以桥名乎？桥以园名乎？荡小舟过，曰"长堤春柳"，此景不缀城脚，而缀于此，更见布置之妙。再折而西，垒土立庙，曰小金山。有此一挡，便觉气势紧凑，亦非俗笔。……过此有胜概楼，年年观竞渡于此，河面较宽。南北跨一莲花桥。桥门通八面，桥面设五亭，扬人呼为"四盘一暖锅"。……桥南有莲心寺，寺中突起喇嘛白塔，金顶璎珞，高矗云霄，殿角红墙，松柏掩映，钟磬时闻，此天下园亭所未有者。过桥见三层高阁，画栋飞檐，五彩绚烂，叠以太湖石，围以白石栏，名曰五云多处，如作文中之大结构也。……将及山，河面渐束，堆土植竹树，作四五曲；似已山穷水尽，而豁然开朗，平山之万松林已列于前矣！……九峰园另在南门幽静处，别饶天趣，余以为诸园之冠。……此皆言其大概，其工巧处，精美处，不能尽述。大约宜以艳妆美人目之，不可作浣纱溪上观也。……

三白以画人之笔，描写扬州景色，古今说扬州的，未有出沈氏之上的。

朱自清师在他的文章中说到扬州"出"女人，这个"出"字，即是花花世界闹风情的说法。我们看看《儒林外史》就可以明白那笔风流账是怎么写的。也可以明白为什么要"腰缠十万贯，骑鹤下扬州"了。张宗子的《陶庵梦忆》写"扬州瘦马"，非常传神。他说：想娶妾的，"至瘦马家，坐定，进茶；牙婆扶瘦马出，曰：'姑娘拜客'，下拜。曰：'姑娘往上走走'，走。曰：'姑娘转身'，转身向明立，面出。曰：'姑娘借手睄睄'，尽褫其袂，手出臂出，肤亦出。曰：'姑娘睄相公'，转眼偷觑，眼出。曰：'姑娘几岁了'，曰几岁，声出。曰：'姑娘再走走'，以手拉其裙（看小脚）……曰：'姑娘请回'。一人进，一人又出，看一家必五六人，咸如之。看中者，用金簪或钗一股插其鬓，曰'插带'。看不中，出钱数百文"。（一看中，便可成婚，也就是季苇萧所说的"才子佳人信有之"了。）

诚如朱师所说，我的扬州印象，每多从古人诗赋中得之。最早的印象，乃是鲍照《芜城赋》，变乱以后，这一"廛阓扑地，歌吹沸天"的名城，也就"边风急兮城上寒，井径灭兮丘陇残"，有边塞的气氛。最使我感到衰凉之境的，还是姜白石的《扬州慢》。他在词前小题中说："淳熙丙申至日，予过维扬，夜雪初霁，荠麦弥望。入其城，则四顾萧条，寒水自碧；暮色渐起，戍角悲吟，予怀怆然，感慨今昔。因自度此曲，千岩老人以为有《黍离》之悲也。"

词云：

> 淮左名都，竹西佳处，解鞍少驻初程。过春风十里，
> 尽荠麦青青。自胡马窥江去后，废池乔木，犹厌言兵。渐
> 黄昏，清角吹寒，都在空城。
>
> 杜郎俊赏，算而今重到须惊。纵豆蔻词工，青楼梦
> 好，难赋深情。二十四桥仍在，波心荡，冷月无声。念桥
> 边红药，年年知为谁生？

这是南宋变乱以后的萧条衰索情景。清乾隆年间，盐船大火，
扬州文士汪中，作著名的《哀盐船文》记之。后又经太平军之战，
从此有着一千五百年历史的繁华世界，走向衰落的下坡了。而决定
扬州最后命运的，乃是津浦、沪宁、沪杭三条铁路代替了南北大运
河的交通线。19世纪的国际城市，就由上海代替了扬州。

广陵对

悲夫！丛冢有坎，秦厉有祀；强饮强食，冯其气类；尚群游之乐，而无为妖祟。人逢其凶也邪？天降其酷也邪？夫何为而至于此极哉！

——汪中《哀盐船文》

乾隆三十五年十二月乙卯，仪征盐船火，坏船百有三十，焚及溺死者千有四百人。从那以后，扬州这个世界性大城市，便慢慢地衰落下来。当时扬州文士汪中，写了一篇有名的《哀盐船文》。我们看了，盐船大火，正是古城庞培的末日呢。清代文士，汪中自成一家言，王念孙说："容甫淡雅之才，跨越近代，其文合汉魏晋宋作者而铸成一家之言，渊雅醇茂，无意模仿，而神与之合；盖宋以后，无此作手矣。"乾隆五十二年正月，汪中访谒朱琦（石君）于钱塘（杭州），答述扬州割据之迹，死节之人，作《广陵对》三千言，博综古今，天下奇文字也。章太炎所谓"今人为俪语者，以汪容甫为善"。

从魏晋（纪元3世纪）到清乾嘉年间（纪元18世纪），这一千五六百年间，我们的艺术文化，集中在扬州。南曲的昆、乱以及北方的秦腔，都得朝宗于海，在盐商庭院中献过宝，这才鲤鱼跃了龙门，有了固定的地位。汪容甫的论述，句句都有分量。相传，"扬州盐务，竞尚奢丽，一婚嫁丧葬，堂室饮食，花服舆马，动辄费数十万两金。有某姓者，每食，庖人备席十数类。临食时，夫妇并坐堂上，侍者抬席置于前，自茶面荤素等色，凡不食者摇其颐。侍者审色则更易其他类。或好马，蓄马数百，每马日费数十金，朝自城内出，暮自城外入，五花灿著，观者目眩。或好兰，自门以至于内室，置兰殆遍。或以木作裸体妇人，动以机关，置诸斋阁，往往座客为之惊避。"其先以安绿村为最盛，其后起之家，更有足异者，有人想把一万金一时散去的，其门下客把万金全买了金箔，载到金山塔上，向风飏去，顷刻闲散在空中，飞到草树间，谁也找不回来了。又有人，花了三千金，买了苏州的不倒翁，流放江流中，满江都是。又有喜美女的，自司阍以至灶下婢，皆选十八岁的清秀少女来任事。有的反其道而行之，专找奇丑的，看了不够丑，就特加毁坏，敷以酱汁，有如魔鬼。一时争奇斗异，不可胜记。这些二世祖，过着这样荒淫诡异生活，如何不转入世界末日，也就是汪中写《哀盐船文》的主旨。

不过，"天下三分明月，二分独照扬州"的日子，奇花异卉，有足称者。《画舫录》称虹桥为北郊佳丽之地，《梦香词》云："扬州好，第一是虹桥；杨柳绿齐三尺雨，樱桃红破一声箫，处处系兰桡。"扬州人的游赏以船游为常。"游人泛湖，以秋衣蜡屐打包，茶襦灯遮，点心酒盏，归之茶担，肩随以出。若治具待客湖上，先投柬帖，上书湖舫候玉，相沿成俗，浸以为礼。"

画舫有堂客、官客之分。"堂客为妇女之称。妇女上船，四面垂帘，屏后另设小室如巷，香枣厕筹，位置洁净；船顶皆方，可载女舆。家人挨排于船头，以多为胜，称为堂客船。一年中唯龙船市堂客船最多。"到了灯船客夜归，香轿候久，弃舟登岸；火色行声，天宁寺前，拱宸门外，高卷珠帘，暗飘安息（香名），此堂客归也。《梦香词》云：

> 扬州好，扶醉夜踉跄！灯影看残街市月，晚风吹上笋
> 儿香；剩得好思量。

扬州，自汉以来，或治历阳或治寿春，或治建业，而广陵专其名。《史记》：梦怀王十年城广陵，广陵之名始此。

> 书词到处说《隋唐》，好汉英雄各一方；
> 诸葛花园疏理道，弥陀寺巷斗鸡场。
>
> ——吴伟业《扬州竹枝词》

有一件小事，我在这儿非说实话不可，即算香港的《南北和》编导家看了头痛；我们该明白京戏源于徽班，而四大徽班乃是从扬州去的，并非北方的戏。另外有一位自以为无所不知的女人，连评话与弹词是两件事都不明白，却在那儿大放厥词。要知道近代东南评话的摇篮乃在扬州；直到今日，王少堂的评话，还是独树一帜的。

清初，那位混蛋皇帝乾隆六次下江南到了扬州，扬州既是天下

财富集中之地，扬州官商就把天下财富来供皇帝的奢侈享受。扬州戏台在天宁寺，两淮盐务照例备以花雅两部大戏。雅部即昆山腔（徽班是在弋腔底子上加了昆腔，也可说是昆腔底子上加了弋腔）；花部为京腔、秦腔、弋阳腔、梆子腔、罗罗腔、二黄腔，统谓之乱弹。（花部、乱弹，即今所谓地方戏。这儿所谓"京腔"，和我们所听的京戏不同，乃是清初从南方到北京去的弋阳腔。秦腔是陕西梆子，弋阳腔即高腔，梆子腔指山西梆子。罗罗腔即饶河乐平腔。二黄腔即湖广汉剧，粤剧即由这一派发展起来，其底子是弋腔，也吸收了昆腔；所以粤剧与京剧同源，并非南北异趋。）当时，昆腔之胜，始于商人徐尚志，征苏州名优为二徐班，而黄元德、张大安、汪启源、程谦德各有班。洪元实为大洪班，汪广达为德音班，后征花部为春台班，自是德音为内江班，春台为外江班。后来内江班归洪箴远，外江班属罗荣泰，此皆谓之内班，都是准备侍候皇帝的。（当时巡盐御史还奉旨设局修改曲剧。）后来乾隆八十万寿，四大徽班入京祝寿，就是从扬州送去的。

这一课题的对答，是不能说得太多的，接着且说扬州的艺文异花——评话。康雍乾嘉，扬州全盛时期，全国文人学士，如吴梅村、吴敬梓、郑板桥、余澹心、金北燕……都曾寓居扬州，扬州画派有八怪之称，剧曲别枝有扬州清音、扬州弹词、本地乱弹等种种民间乐曲。"评话"发展成为市民所爱好的艺术。（说话人源出于北宋开封、南京、杭州，到了扬州，可能登峰造极。）明末，有一位驰名朝野的评话家柳敬亭（他本姓曹，扬属泰州人，为避仇改姓为柳。）和诸文士相交游，《桃花扇》也说到他的事。据吴梅村在《柳传》中说："柳生之技，其先后江湖间者，广陵张樵、陈思，姑苏吴逸与柳生四人各名其家。"那时评话这一种新的市民艺术已经很发达了。《画舫录》写道："郡中称绝技者，吴天绪《三国志》，徐广如《东汉》，王德山《水浒记》，高晋公《五美图》，浦天玉《清风闸》，房山年《玉蜻蜓》，曹天衡《善恶图》，顾进章《靖难故事》，邹必显《飞驼传》，谎陈四《扬州话》，皆独步一时。近今如王景山、陶景章、王朝干、张破头、谢寿子、陈达山……亦可追武前人。"人才济济，各成一派。当时的书场，各门街巷皆有之，单是东关一地就有诸葛花园、疏理道、弥陀巷、斗鸡场四处。（我所引的扉诗，即是说当时书场的情形。）

那时书场的情况是这样："大东门书场在董子祠坡几下，四面围坐，中设书台，门悬书招，上三字横写，为评话人姓名，下四字直写，日开讲书词。屋主与开讲人以单双日期相替敛钱，钱至一千者为名工。"李斗说吴天绪仿效张飞据水断桥，先作欲叱咤之状，众倾耳听之，则唯张口努目，以手作势不出一声，而满室中如雷霆喧于耳了！

> 扬州宜杨，在堤上者更大。冬月插之，至春即活，三四年即长二三丈，髡其枝，中空，雨余多产菌如碗，合抱成围……或五步一株，十步双树，三三两两，跂立园中。

扬州的风物、掌故，有《画舫录》在，可说笔不尽书，一时说不完的，我就回过头来谈谈扬州的学风。薛寿说："吾乡素称沃壤，国朝以来，翠华（皇帝的车子）六幸。江淮繁富，为天下冠。士有负宏才硕学者，不远千里百里，往来于其间。巨商大族，每以宾客争至为宠荣。兼有师儒之爱才，提倡风雅；以故人文荟萃，甲于他郡。"张舜徽说："清代学术，吴学最专，徽学最精，扬州之学最通。无吴、皖之专精，则清学不能盛；无扬州之通学，则清学不能大。然吴学专宗汉师遗说，摒弃其他不足数，其失也固；徽学实事求是，视夫固泥者有间矣，但致详于名物度数，不及称举大义，其失也褊；扬州诸儒，承二派以起，始由专精汇为通学，中正无弊，最为近之。"这两段话，说明了"扬学"的特色。

清代三百年的学术，推崇戴东原为宗师（戴氏皖南休宁人）。乾隆二十二年，从北京南归，客居扬州三十四年，和惠定宇（吴学大师）相见于卢雅雨盐署；他在王家做家庭教师，王念孙乃其弟子，后来也是考证学大师。任大椿和戴东原为同事，往还甚密。焦循（理堂）行辈虽稍后，可是一生推尊戴学；戴氏的性理之学，也是在焦氏研究中发扬光大的。戴门的重要弟子，大多是扬州人。（焦循作《考戏曲修订》，作《剧说》，也是戏曲研究的开路人。）我们说扬学是从皖学基础上开拓发展出去，那是事实。焦循作《孟子正义》《论语通释》，阮元作《论语仁论》《孟子仁论》，都是戴学的引申。刘师培说："戴氏弟子，舍金坛段氏外，以扬州为最盛。高邮王氏传其形声训诂之学，兴化任氏，传其典章制度之学。王氏作《广雅疏证》，其子引之申其义，作《经传释词》《经义述闻》，发明词气之学。任氏长于《三礼》，知全经浩博难罄，因依类稽求，博征其材，约守其例，以释名物之纠纷。……仪征阮氏，友于王氏、任氏。复从凌氏廷堪、程氏瑶田问故，得其师说。阮氏之学，主于表微，贯纂群言，昭若发蒙。异于饾饤猥琐之学，甘泉焦氏，与阮氏切磋，……发明大义，条理深密，虽说间邻穿凿，然时出新说，秩然可观，亦戴学之嫡派也。"刘氏也是扬学的后起大师，他这一段话，概举了扬学的流别。扬学的最大成就与独具精神，正如刘毓崧所说的"能见其大，能观其通"，无论经学、小学、史籍、金石、儒家、诸子、骈散文体、古近体诗，都有独到之处，比吴学、皖学都高了一筹。

我这儿借用的小题《广陵对》，已说过乃是汪中的名文。扬学名家中，汪中（容甫，1743—1794）可是一代的怪杰，当时学人文士誉为"识议超卓，唐以下所未有"。"为文根柢经史，陶冶汉魏，不沿欧曾王苏之派"，而"长于讽喻，凌轹一时"。钦佩他的人以为"惊心动魄，一字千金"。我们看他的《述学》，虽是片章零篇，确有独到的见解，为前人所未发，同时学人所不及的。浙东史家章实斋对《述学》有所批评，说是不合著述的体制，那只是文人相轻的心理，汪氏精审汇通之处，有为章氏所不及的。《广陵对》以外，如《哀盐船文》《黄鹤楼铭》《吊黄祖文》，都是犖犖大手笔。太炎先生说："其修辞安雅则异于唐；持论积审，则异于汉；起止自在，无首尾呼应之式，则异于宋以后之制科策论。而气息调和，意度冲远，又无迫窄窒吃之病，斯信美也。"推许得十分高，诚一代之彗星。

扬州人本来习于都市的浮夸，有"扬虚子"之称；而扬学以笃实宏通称，值得我们再加深求的！

闲话扬州

十里长街市井连，月明桥上看神仙。

人生只合扬州死，禅智山光好墓田。

——张祜《纵游淮南》

友人窳君家雇用一扬州女佣；她和乡伴闲谈，指我们这些湘赣浙闽的人，说是南蛮子怎样怎样，我不禁为之讶然。在另一场合，我在讲授《中国文化史》，问在座的同学："百五十年以前，黄浦江两岸蒲苇遍地，田野间偶见村落，很少的人知道有所谓上海。诸位试想想那时中国最繁华的城市是什么地方？"同学们有的说是北京，有的说是洛阳，有的说是南京，没有人说到扬州。自吴晋以来，占据中国经济中心，为诗人骚客所讴歌的扬州，在这短短百年间，已踢出于一般人记忆之外，让上海代替了它的地位；这在有过光荣历史养成那么强自尊心的扬州人看来，那是多么悲凉的事！我曾笑语窳君："现在扬州人到上海来，上海人会把他们当作阿木林，从前我们南蛮子到扬州去，扬州人也会把我们当作阿木林。'十年一觉扬州梦，赢得青楼薄幸名'，便是天字第一号的瘟生。"窳君亦以为然。

易君左的《闲话扬州》，我不曾看过。但照所揭举两点看来，说"全国娼妓为扬属妇女所包办，沪战汉奸坐实为扬属之人民"，该是十分浅薄无聊的。第一点，易实甫（易君左父亲）就要提出抗议，而且扬州人也绝不敢掠"美"。第二点，胡立夫便不是扬州人。这且不去管他，我且说我的闲话。

扬州，它是有过历史上的光荣的，但那是历史上的光荣呀！当一个世家子弟诉说他祖先阔气的故事，该是眉开眼笑的；门前金边的匾额，朱红色的大旗杆，蹲踞在大门外的石狮子，都能引动听者以肃然起敬。至说到墙角上的蜘蛛网，大柱里的白蚁，自瘪嘴老太太以至于毛头小伙子，都说是命运不济。那真是命运不济吗？在钱塘江上游，有一处繁华的小城市——兰溪，绾浙赣闽三省交通之中枢，当其盛也，"廛闬扑地，歌吹沸天"，"交白船"（妓船）聚集至三百只以上；自杭江铁路筑成，水道交通退居次要地位，前年一年间，民船停业七百余艘；自金华至江山段通车，金兰段变成支路，兰溪商业一落千丈。这眼前的小事实，即是扬州中落的写照。从前运河沟通南北，"重关复江之隩，四会五达之庄"，"孳货盐田，铲利铜山"，盐和米决定了扬州的繁荣。海道既通，煤铁棉花代替了盐米的地位；津浦路成，运河绾不住南北的枢纽；再加以太平军几度进退，二十四桥明月，只照见一片荒凉、几树白杨了！以眼前论，盐的命运这样可怕，扬州的命运将随农村破产盐业破产而更黑暗。这事实，扬州人还得请马老先生算定他们的终身。

周作人先生久住北平，以为"北京建都已有五百余年之久，论理于衣食住方面应有多少精微的造就"，终因"随便撞进一家饽饽铺里去买一点来吃，总没有很好吃的点心买到过"，乃"觉得住在古老的京城里吃不到包含历史的精炼的或颓废的点心是一个很大的缺陷"。扬州之为繁华中心，将近二千年；它能给我们吃到一点包含历史的精炼的或颓废的点心吗？著名的酱菜，生姜较嫩，莱菔头较小，虽不用味之素，亦有甜味；扬州菜刺激性很少，又不像广东菜那么板重，颇得中庸之道；扬州戏细腻活泼，介乎昆剧与徽剧之间；用享乐的意味来看，这古老的城市，扬州还是值得人们留恋的。

南朝（宋）鲍照，作《芜城赋》，传诵一时，其尾段云：

> 若夫藻扃黼帐，歌堂舞阁之基；璇渊碧树，弋林钓渚之馆；吴蔡齐秦之声，鱼龙爵马之玩；皆薰歇烬灭，光沉响绝。东都妙姬，南国丽人，蕙心纨质，玉貌绛唇，莫不埋魂幽石，委骨穷尘。

此时此地，扬州人重读此赋，不知作何感想也？南宋张择端作《清明上河图》，追摹汴京景物，有西方美人之思。扬州各界，与其连合控究《闲话扬州》，大不如重做《清明上河图》较为风雅。鲍照为芜城之歌，曰：

> 边风急兮城上寒，井径灭兮丘陇残，千龄兮万代，共尽兮何言！

试看巴比伦沦于蔓草，罗马化作废墟，有些地方，大可不必认真也！

卷四

湖
上

湖上杂忆

梦寻

朋友们看了《苏小小》的影片，人人都说西湖好，此生只愿西湖老了。我这个喝西湖水长大的人，诚如明末清初那位绍兴文士张宗子所说的："西湖无日不入吾梦中，而梦中之西湖，实未尝一日别余也。"

晚明公安、竟陵两派文人，写了好多妙趣的西湖纪行文，如袁中郎的《西湖》（一）说："棹小舟入湖，山色如娥，花光如颊，温风如酒，波纹如绫，才一举头，已不觉目酣神醉，此时欲下一语描写不得，大约如东阿王（曹植）梦中初遇洛神时也。"他是欲把西湖比西子的。中郎嘲讽杭州人不会游湖，道："杭人游湖，止午未申三时，其实湖光染翠之工，山岚设色之妙，皆在朝日始出，夕舂未下，始极其浓媚。月景尤不可言，花态柳情，山容水意，别是一种趣味。"这都说得很好。

公安派抒情写景，得一个"奇"字，竟陵派添上一个"涩"字，有时简直"不通"，但，他们的"不通"，也颇有趣。谭友夏《自题湖霜草》，云："到湖上，既不住在楼阁，也不托足庵刹，把琴樽书札都搁在轻舟上，这就行了。和船老大用不着酬应，一善也。昏晓看得清清楚楚，二善也。访客登山，尽可由我做主，三善也。入断桥，出西泠，午眠夕兴，尽可在湖上兜圈子，四善也。不爱见客的话，时时移掉，谁也找不着，五善也。有时，湖我两忘，属之人乎？属之湖乎，曰不知也。这是他们的真赏了。"（李长蘅的《两峰罢雾图》《冷泉红树图》，短短篇幅，舒展自如，都是好文字。）

写《陶庵梦忆》和《西湖梦寻》的张宗子，他的笔下，以情生文，以文生情，最为我所爱好。他有一段小品，写《西湖七月半》，说西湖七月半，一无可看，止可看看七月半之人，这是大家赶热闹的场面。那看七月半的人，他分作五种，妙极，妙极，等到热闹场面过去了，他们才出来看月，摇了船靠岸，断桥石磴初有凉意，这时候月光如镜新磨，山谷也换了新妆，湖水也格外清秀了。他们一直喝酒到天明，才罢手的。他还有一篇千古奇文《湖心亭看雪》，韵味深长，得一个"淡"字。他写道：

崇祯五年十二月，余住西湖。大雪三日，湖中人鸟声俱绝。是日更定矣，余拿一小舟，拥毳衣炉火，独往湖心亭看雪。雾凇沆砀，天与云、与山、与水，上下一白。湖上影子，惟长堤一痕，湖心亭一点，与余舟一芥，舟中人两三粒而已。到亭上，有两人铺毡对坐，一童子烧酒炉正沸，见余，大喜曰："湖中焉得更有此人！"拉余同饮，余强饮三大白而别。问其姓氏，是金陵人，客此。及下船，舟子喃喃曰："莫说相公痴，更有痴似相公者！"

断桥

《白蛇传》最精彩的一段，乃是白、青二姐妹从金山寺斗法回来，白素贞抬头一看，对青妹说："这不是断桥吗？"这一声凄厉的叹息，响彻在听众的耳边，不论到没到过西湖，断桥的印象总是很深的。五十年前，我初到杭州，那时的断桥，还是如乡村常见的石桥，一级一级叠着的。后来公路铺成了，石桥也就不见了。前年1957年，我重到西湖，那儿就连断桥的影子也没有了；我对那一带的地势，实在太熟悉了，依着昭庆寺的方向看，还摸得一些着落的。

不过如张宗子在《梦寻》中所说："至断桥一望，凡昔日之歌楼舞榭，弱柳夭桃，如洪水淹没，百不存一矣。"可见，三百年前明代的西湖，断桥仍是歌楼舞榭的繁华之地。李长蘅《断桥春望图》说："往时至湖上，从断桥一望，便魂消欲绝。……"壬子正月，以访旧重至湖上，辄独往断桥，徘徊终日。翌日为杨谶西题扇云："十里西湖意，都来在断桥。寒生梅萼小，春入柳丝娇。乍见应疑梦，重来不待招。故人知我否？吟望正萧条。"西湖的热闹在中心地区，虽说南山凤凰岭一带的宋宫，在元代被蒙古人所摧毁。而北山从保俶塔到孤山一带的风月场面，到了明代，还是个繁华世界。

白居易《杭州春望》诗："望海楼明照曙霞，护江堤白踏晴沙。涛声夜入伍员庙，柳色春藏苏小家。红袖织绫夸柿蒂，青旗沽酒趁梨花。谁开湖寺西南路，草绿裙腰一道斜。"看来在唐代，断桥一带，也已有了市面了。

孤山

孤山，小小的山冈，连着白堤成为里湖外湖的隔线。山以林和靖得名。林和靖，北宋真宗年间隐士，"为诗孤峭澄淡，居西湖二十年，未尝入城市"。相传他梅妻鹤子，今日孤山，还有鹤冢。其实他是有妻室有孩子的。他在孤山时，也有童仆应门；那只鹤，有如他的传信鸽，会到处探寻他的游踪的。林诗最能道出梅花的冷幽情趣，有疏影、暗香的名句，其实他的梅花诗，如：

> 吟怀长恨负芳时，为见梅花辄入诗。
> 雪后园林才半树，水边篱落忽横枝。
> 人怜红艳多应俗，天与清香似有私。
> 堪笑胡雏亦风味，解将声调角中吹。

> 小园烟景正凄迷，阵阵寒香压麝脐。
> 池水倒窥疏影动，屋檐斜入一枝低。
> 画工空向闲时看，诗客休征故事题。
> 惭愧黄鹂与蝴蝶，只知春色在桃溪。

都是很清逸的。林氏赏梅，不一定在孤山，湖上梅花，也不一定推孤山梅为最好，只是地以人传，有这么一回事就是了。（林和靖的墓碑倒是南宋贾似道题石，金华王庭所写的。）

隐士，如朱熹所说的："多是带性负气之人。"林和靖的诗，有"卖药比常嫌有价，灌园终亦爱无机""颜渊遗事在，千古壮闲心"之句，正是乐道安贫之意。"乐道"才可以"安贫"，这是旧时代士大夫的一种修养。在今日，箪瓢屡空的生活，该怎么熬过去，也是"岁课非无称"的林和靖所体会得的。我们在孤山，找不到一些儿隐逸的气息了。

我们住在孤山文澜阁时，傍晚，趁着凉风，信步从广化寺、楼外楼、俞楼到西泠印社，到了四照阁，便是一站。而今西泠辟成公园，从后门穿出，便是西泠桥。有时，就沿着湖堤走，不上四照阁，便在西泠桥打尖。从苏曼殊墓走孤山后背，慢慢踱了二三十分钟，到了冯小青墓，便已到林和靖墓的脚下。走上山冈，穿过放鹤亭、鹤冢，再走下来，那儿就是平湖秋月。湖上景物，我最爱"平湖秋月"，楼前小小墙地，几株大柳树俯垂湖面，我们就把小艇缩系在柳荫中，那才真正与世相忘了。那时，我们的闲步，到了平湖秋月，便转向西行，到了罗苑（昔哈同夫人罗迦陵的别墅，今为浙江美术学院院所），便已夜色四动，该回家休息了。

西泠桥

游西湖的路线，古今并不相同。吴越旧城，就有七十多里的周围；南宋建立帝都，南山一带，那是皇宫和六部政治中心地区。（筑城自秦望山，由夹城东亘江干，连着西湖、霍山、范浦在内。）到了蒙古人建都大都（今北京），这一王气所钟的城市，便缩小到三十多里。秦望山、西湖和湖墅、西溪，都划在城外了。元代的里湖，乃是蒙古贵族的院落（南宋时，也是赐给贾似道的私院），行人不许在白堤上往来的。清代湖滨划归旗营，游人当然不许由钱塘门进出。因此，过去三百年间，湖面是缺了最开展的一角。今日的西湖，才回复到明代的情况；新的市面，慢慢从涌金门向南山一带发展，省府也移到了松木场，这才有了南宋的大杭州规模。

我闭着眼想去：湖上旅程，如《白蛇传》中的许仙，从苏堤（大概是茅家埠）乘船，过三潭印月，到涌金门，这一线，可说最古老的路程，唐、五代、宋，就是这么走的了。我们幼年时，便是从涌金门坐船到岳王坟去的。从湖滨公园经过断桥、白堤到孤山，绕到西泠桥，可说是近五十年的新线，也正是南宋的游湖线。那是我们祖先所不曾走过的。好山游的，如明代袁中郎所记者，经过保俶塔（多宝峰头）、葛岭、初阳台；到栖霞岭脚，又是一线。游北山一线的，岳王坟和西泠桥一带，总是打尖的所在，自然而然成了市集。我们舍舟登陆，或是游倦下船，总是在凤林寺前和岳坟的船埠转换着的。

到了20世纪初年，辛亥革命搬开了旗营，开辟了新市场，这才慢慢把西泠"现代化"。灯光添了它的新姿，不过欧化气息，只闯入葛岭。西泠饭店的欧化，和背黄香袋的善男信女不相干的。岭脚的葛岭饭店，虽说是用刀用叉，餐餐吃西菜，看起来，总还是旧日的庭院。后来，天虚我生父子在西泠桥北造了蝶来饭店，欧风才慢慢吹到了湖西，那已经是抗战前夜。近十多年，才从蝶来饭店旧址，扩建到凤林寺一带，矗立着华侨大厦，规模比当年的西泠饭店大得多，也不是陈定山所能想象的。

李长蘅《西湖画记》云："余尝为孟阳题扇云：'多宝峰头石欲摧，西泠桥边树不开。轻烟薄雾斜阳下，曾泛扁舟小筑来。'西泠树色真使人可念，桥亦自有古色。近闻且改筑，当无复旧观矣，对此怅然。"短短几句话，把我所想说的意思都说出来了。当然，而今的西泠桥，早不是明朝当年的石桥；但若保留着古色古香的石桥，苏小小的油壁车又该怎么办呢？

苏小小坟

我们住在西湖文澜阁时，傍晚时分，总是沿着湖边由西泠印社走向西泠桥。桥北堍便是苏小小坟，有一小亭，挂着"湖山此地曾埋玉"的联句，有人在那儿闲坐。我们当然知道这处坟是后人造的，文澜阁中的朋友，满屋是杭州史料，这一点还不明白吗？不过，我很欢喜苏小小的唯美主义的风致，有如小仲马笔下的茶花女。

苏小小，据史载，她是钱塘名娟，南齐时人，其墓盖在江干，即凤山门外南星桥附近。古诗云："妾乘油壁车，郎跨青骢马。何处结同心，西陵松柏下。"当时所谓西陵，便是后来的"江干"，俗称江头，今钱江大桥畔。宋人笔记中，所说司马才仲在洛下梦一美姝，后来游幕杭州，梦中相会，每夕必来。他的同僚告诉他："公廨后有苏小小墓。"可见，宋代的苏小小墓，自在江干，不在湖畔的。沈原理《苏小小歌》：

歌声引回波，舞衣散秋影。
梦断别青楼，千秋香骨冷。
青铜镜里双飞鸾，饥乌吊月啼勾栏。
风吹野火火不灭，山妖笑入狐狸穴。
西陵墓下钱塘潮，潮来潮去夕复潮。
墓前杨柳不堪折，春风自绾同心结。

可见古代文人，一直都有江干苏小小坟的印象的。

苏小小死时，只有十九岁。她冒了风寒，生了重病，医生说她凶多吉少，她的贾姨娘替她十分着急，她却以为做了几年"佳人"，富贵繁华无不尽享，风流滋味，无不遍尝。这样早死，留给人间一个好的印象，倒是天心有在，乐于成全的。她就一直成为古今诗人仰慕的对象。白居易《杨柳枝》词云：

> 苏州杨柳任君夸，更有钱塘胜馆娃。
> 若解多情寻小小，绿杨深处是苏家。
> 苏家小女旧知名，杨柳风前别有情，
> 剥条盘作银环样，卷叶吹为玉笛声。

她在世人心头的印象，是多么深呀。

那么，西泠桥头的苏小小坟，又是怎么来的？沈三白的《浮生六记》中倒有一段记载：

> 苏小墓在西泠桥侧，土人指示，初仅半丘黄土而已。乾隆庚子，圣驾南巡，曾一询及。甲辰春，复举南巡盛典，则苏小墓已石筑其坟，作八角形，上立一碑，大书曰"钱塘苏小小之墓"。从此吊古骚人，不须徘徊探访矣。

其来由不过如此，正如上海的流氓头子，要在那儿竖起"武松墓"是相同的，要说苏小小的人生观，倒是真正的潘金莲呢！

葛岭、初阳台

《老残游记》开场，说到登州蓬莱阁看日出的事，他们是子夜一过，丑末寅初，便爬到阁上去等日出。我还记得当年在初阳台看日出，那时年纪轻，脚劲大，半夜里就出了钱塘门上宝石山，绕过保俶塔爬向初阳台去，不过四更天。本来西湖里，有两处可以看日出，南山烟霞洞和北山初阳台，都是很开阔的。烟霞洞和尚狗眼看人，十分势利，我们穷学生也住不起，打穷主意，只好到北山去。不过，初阳台乃是葛洪炼丹吐纳之地，也是很有名的；葛岭，还是因他而得名。

我们朝东观看，只见海中白浪如山，一望无际，一轮红日缓缓地从海尽头升起，那日头好像比平时大三五倍，红柿子那么红，红光四射，这就是黎明到来了。我们到了孔卯屋便离开高台，曲折到了葛岭，就在一处小亭子里吃野餐，诚所谓晨光熹微，四野静寂，天风海雨，怡我胸怀也。一千七百年前的葛仙翁，他大概就在我吃野餐处住家，我们从高台下来时，他上台去做吐纳工夫的。不过年轻人好动，做了神仙，也不知道这位抱朴子有什么了不得的。后来，我在西湖图书馆做事，那一时期对抱朴子颇有兴趣，还有他那位岳父鲍玄，他们都是治老庄之学，主张无君无治的。他们说："混茫以无名为贵，群生以得意为欢，故剥桂刻漆，非木之愿；拔鹢裂翠，非鸟所欲；促辔衔镳，非马之性；荷轭运重，非牛之乐。诈巧之萌，任力违真。"真是快论。不过，到了那时，已经没有夜半爬初阳台的兴趣；在吐纳炼丹方面，我也不是这位仙翁的信徒。我讨厌那些方士神仙，如讨厌和尚、神父、牧师一般。

我似乎对葛岭特别有好感！那是因为带着主观的因素，每每唤起我们的甜蜜回忆的缘故。有一时期，我们曾在葛岭脚下那公寓住过些日子，就在那些高高下下的亭榭，消磨整个黄昏的。我曾想起那南宋的宰相，贾似道就在葛岭过荣华富贵的淫靡生活，他的园池，包括整个里西湖。他的游艇不只是华丽，而且用活车系长缆，在宝石山绾了轴的。（前些日子，川剧团演出的《红梅记》，便是写他那一段生活的。）当时有人赋诗讽刺他，诗云：

山上楼台湖上船，平章醉后懒朝天。

羽书莫报樊城急，新得蛾眉正妙年。

那时，他曾纳西湖樵家女张淑芳为姬，宠之专房。元明两代，葛岭地区，也都是私家园池。到了清代，旗营就驻扎在湖滨，因此，宝石山葛岭也等于禁地。直到辛亥革命后，才成为公共游赏的场所，有如湖滨公园一般。我们踯躅于葛岭与初阳台之间，颇有"大好湖山归管领"之慨。

岳坟

游西湖的，岳王坟是中心休息站，无论出钱塘门或涌金门，而今是湖滨（杭州人沿旧称旗下）。坐船到岳坟，弃船登陆，正好访灵隐三竺及北高峰。山游回来，在此上船，回旗下，几乎成为惯例。岳王坟前的小小市墟，百货杂陈，正如上海城隍庙、苏州玄妙观、南京夫子庙，春、夏、秋三季都很热闹；只有冬季，门前冷落车马稀，如张宗子那样的雅士，总是不多的。有一年冬天，上海友人过杭相访，因为我们住在泉学园，只好在岳王坟招待一下。天寒地冻，一家饭馆半掩着门，勉强炒了蛋饭一碗酱油汤对付着。于是游西湖吃蛋炒饭，成为友朋间的笑话。一般的想法，总该是上楼外楼吃醋熘鱼的。

那时踏出我们的寓所，便是岳王坟，我又是在西湖图书馆做事，弄弄史学的，但对于岳王的生平说法，也一直不曾摆脱流俗的传统观点。当年，吕思勉先生的白话本国史刚出版（商务），对于岳飞生平，说得更近事实。（目前，岳王坟已经成立纪念馆，根据史实作了岳飞生平事迹图，已经把"朱仙镇之捷"这类传说抹去了。）岳庙前挂的对联很多，题诗更多。据明人田汝成所集，元明二代，就有一千多首。到了现代，该有几千首了。换句话说，大家在那儿写史论发各人的感慨，带着各时代的民族情绪的。最有名的对联是"青山有幸埋忠骨，白铁无辜铸佞臣"，一直挂在那儿；其他的对联，也是"一朝天子一朝臣"，换了一批又一批的。田汝成推许赵子昂诗，诗云：

> 岳王坟上草离离，秋日荒凉石兽危。
> 南渡君臣轻社稷，中原父老望旌旗。
> 英雄已死嗟何及，天下中分遂不支。
> 莫向西湖歌此曲，水光山色不胜悲。

1937年冬天，敌军迫进杭、富，我离杭州的前夕，又游了西湖，上了岳坟，诚有"水光山色不胜悲"之感。我懂得赵子昂的感受。

到了岳王坟前，当然切齿秦桧夫妇，但"南渡君臣"都是轻社稷的，也不能怪秦桧一人。田汝成《西湖游览志》引前人语，谓："高宗虑钦宗之返而攘己也，阳奖而阴憾之。丞相秦桧，揣知帝旨，遂力主和议。"这倒是合实情的。坟前跪着的铁人，明正德年间初铸时是铜的，而今是四人，当初是三人，都指挥李隆所铸。那三人除了秦桧和王氏，还有万俟卨（音墨其雪），这倒是没有什么异议。清初台湾事平，把那些兵器重铸铁人，加了张俊，这就有点问题了。张俊和岳飞，只是不合作，而陷害岳飞的，倒是另外一位张浚，他是宿将，对岳飞很嫉妒的。张浚在宋史上所得的好舆论，还是由于他的儿子张南轩乃是朱熹的好友之故。因此，朱熹晚年也引为恨事。

假使岳飞不死，痛饮黄龙之愿能成功乎？看来也未必成功的；这一点，王船山《宋论》上已慨乎言之了。最主要的，是他们的部队不行，军队风纪很坏。（朱熹、王船山都是这么说的。）

泉学园

在讨厌"西湖十景"这一点上，我似乎是鲁迅的同路人。西湖十景，我都到过，一句话，都不见佳。最讨厌的，每一景都有那位清皇帝乾隆的御碑，和他那不通的诗、肥肥大大的字；他只是附庸风雅而已。景的十种名目，大概宋代已经有了，并不是乾隆的"钦赐"，而是"加封"。虽是自古有之，我还是十分讨厌。有时，我也默默地想："断桥残雪"的"断桥"，那么萦人怀念，可早已没入平坦的大道和广阔的花丛中去了。而"柳浪闻莺"，千百年来，不会有人听到过的。那"曲院风荷"的石碑，仔细去找的话，还立在宝带桥的西边，可是左手给那三层高楼遮住，几乎看不见了，右手便是泉学园，那一回廊和一列平房，勉强算得"曲院"，至于"风荷"，也给西边的岳坟船埠的小艇挤得连荷花吐蕊展叶的空间都失掉了。世间所谓"名胜"，大抵就是这么一回事。只有我们住在泉学园的人，有时和风轻送，莲蕊清香，还有前人所欣赏的境界，此时"南面王不啻也"！

　　泉学园，大概是"曲院风荷"那一景的看守人，化公为私的手法。他们老夫妇，由于生活艰难，就借院舍的北门出入，辟为旅人休养之处，一种廉价的公寓。沿湖是曲院，湖岸成曲尺状，把湖水绕为庭沼，留着旧日的莲叶。我们住的那一排房间，记得有十来间，都是租给我们这一类寒士，在上海只配住亭子间的朋友，却也不穷酸到哪儿去。我们住了两间，隔邻两间，住了吴弗之夫妇，他是我们乡友，名画家，在美术院任教授。这些房间，正是"一板之隔"，轻微咳嗽都听到的。我们也时常叩板喧笑以为乐。西边住的那一行列，有时几乎可以说是肺病疗养院，都是肺病的病人，他们在依靠着自然疗治。

　　湖上的旅客，住别墅的豪富户，自是一等；西湖气候，只宜于春秋二季，夏天如蒸笼，冬天又冷得刺骨，因此，他们的别墅，如刘庄、高庄、蒋庄，都是游客的园林，主人很少来享受。又一等，则是葛岭饭店、蝶来饭店、西泠饭店的主顾，他们多是上海客，也有一半是"洋人"。我们这一种，长年住在湖中的也就很少了。泉学园虽是小小院落，却自有佳景。小艇就搁在我们的房门前，湖沼就是我们的大盆，洗脸、洗衣、洗脚、洗碗，看游鱼在我们脚边穿来穿去，我们就成为鱼的朋友了。船埠游客，到了埠，便匆匆向岳王坟去，游倦回来的，又急急找船回湖滨去，很少人会来看泉学园的，虽说是竖了"曲院风荷"的石碑。

　　张岱（宗子）《陶庵梦忆》，写湖心亭看雪，西湖香市，西湖七月半都是绝妙好文字；我独赏《看雪》一节，拿一小舟独往湖心亭，"天与云、与山、与水，上下一白，湖上影子，惟长堤一痕，湖心亭一点，与余舟一芥，舟中人两三粒而已。"此是何等境界！

丁卯秋，我从上海归杭州，时三更将尽，月色皎白，雇小舟直驶岳王坟，默不作声，任桨板拍碎湖波。那年深冬，黎明，白茫茫的大雾，把西湖整个儿包住了。对面不见人，轻舟从雾袋中穿过；到了湖边，才看见那么一条细痕。湖水真赏，只能这么体会，舌与笔都已穷了。

钱塘苏小是乡亲

自别钱塘山水后，不多饮酒懒吟诗。

欲将此意凭回棹，与报西湖风月知。

——白居易《杭州回舫》

从前有一位诗人，袁子才（枚），他刻了一颗小印："钱塘苏小是乡亲"。这颗印，我没看见过，却很想念它。

有一段时期，我的家住在西湖孤山文澜阁中；傍晚时，我们沿着湖边走去，走过了楼外楼。南宋人诗中的"山外青山楼外楼"，那是一句泛语，这儿的楼外楼，乃是著名吃西湖醋鱼、莼菜汤的所在。到了广化寺俞楼，就得弯向西北，到西泠印社的门前了。在那儿步着斜阳在柳荫下缓步，那真是仙境。真是"缓步"，"缓"得仿佛在拖鞋子。张岱（宗子）有《西湖梦寻》之作，我们仿佛在寻梦。有兴趣的话，从西泠印社穿过去，在四照楼小坐，那真"一片湖山归管领"了。社北便是西泠桥，桥北境便是钱塘苏小小墓。

相传，北宋司马才仲初在洛下，昼寝，梦一美姝，牵帷而歌曰："妾本钱塘江上住，花落花开，不管流年度！燕子衔将春色去，纱窗几阵黄梅雨。"才仲爱其词，因询曲名，云是《黄金缕》。后五年，才仲因苏东坡推荐，应制举中式，遂为钱塘幕官。为秦少章道其事，少章为续其后，词云："斜插犀梳云半吐，檀板轻敲，唱彻黄金缕。梦断彩云无觅处，夜凉明月生南浦。"顷之，才仲又梦见美姝，迎笑入帏云："夙愿谐矣。"遂与同寝而处。这真是美妙的梦。

（李贺《苏小小墓歌》："幽兰露，如啼眼。无物结同心，烟花不堪剪。草如茵，松如盖。风为裳，水为佩。油壁车，久相待。冷翠烛，劳光彩。西陵下，风吹雨。"）

我们走过了西泠桥，在苏小小的坟前，呆呆地看着；只觉得如此湖山，不可无此点缀。至于晋软？唐软？还是两宋呢？都不十分干我们的事，因为她只是一个美丽的梦，一个十九岁的佳人，巫山云雨，伴着我们立尽黄昏而已。

前几年我们又到湖头，重拾旧梦。我也曾写过几首小诗，诗云："一别西湖二十年，旧堤新柳喜重看。潭边往日鹚鹚影，照处双瞳扣小舷。""我来湖上看西施，葛岭山前山日低。双影暗从垂柳出，一舸泛过岳王祠。""青春杳似云边雀，无限绮思记不真。一碟杨梅君记取，鲜红似血是侬情。"

苏小墓在西泠桥侧，土人指示，初仅半丘黄土而已。乾隆庚子，圣驾南巡，曾一询及。甲辰春，复举南巡盛典，则苏小墓已石筑其坟，作八角形，上立一碑，大书曰"钱塘苏小小之墓"。从此吊古骚人，不须徘徊探访矣。余思古来烈魄贞魂，湮没不传者，固不可胜数，即传而不久耳，亦不为少。小小，一名妓耳，自南齐至今，尽人而知之，此殆灵气所钟，为湖山点缀耶？

——沈三白《浮生六记》

苏小小，这位南齐的佳人，我曾比之为小仲马笔下的茶花女。从前文人骚客都说她花容月貌，是一个美丽的梦。她当二七年华，天天坐了油壁车在白堤上逗引行人，马上就有许多"豪华公子，科甲乡绅，或欲娶为侍妾，情愿出千金，不惜纷纷来说"。你想，有琼楼可住，有油壁车可坐，写写意意做大人先生的宠儿，岂不是好？她的贾姨娘就来劝她道："姑娘不要错了主意，一个妓女嫁到富翁人家中去，虽说做姬做妾，也还强似在门户中朝迎夕送，勉强为欢。"你知道苏小小怎么打主意的，她说："我最爱的是西湖山水，若一入樊笼，只可坐井观天，不能遨游两峰三竺间了。况且富贵贫贱皆系于命，若命中果有金屋之福，便不生于娼妓之家；今既生于娼妓之家，则非金屋之命可知。倘入侯门，荣华非耐久之物，富贵无一定之情，入身易，出头难；倒不如移金谷之名花，置之日中之市，嗅于鼻谁不爱色？若能在妓馆中做一个出类拔萃的佳人，岂不胜似在侯门内随行逐队之姬妾？"她梳栊了以后，把男子在手掌中打转，她若倦时，谁敢强交一语？到她喜时，人方踊跃进词。从没人突然调笑，率尔狂呼，以增其不悦。故应酬杯盏，交接仪文，人自劳而她自逸，却妙在"冷"字。从中偶出一言，忽流一盼，若慰若藉，早已令人魂销。有一回，孟观察在西湖叫了楼船，请了宾客，限定苏小小去陪酒，苏小小三番四次地推却。孟观察勃然大怒，要饶她不过，府县都替她暗暗担惊。谁知苏小小一到面前，一颦一语，把孟观察直喜得眉欢眼笑。后来，苏小小冒了风寒，生了重病，医生来看，都说"凶多吉少"，她的贾姨娘替她非常着急。她却以为做了几年妓女，富贵繁荣，无不尽享，风流滋味，无不遍尝。这样早死，留人间一个好的印象，倒是天心有在，乐于成全。她死时只有十九岁。

以上的话，我的说法，乃是借用《西湖佳话》，和茶花女的观点相合的，乃是唯美主义的观点。这样的说法，当然也出之于文人的想象，却也合上千古风雅之士的意境。元遗山《苏小小图词》云："槐荫庭院宜清昼，帘卷香风逗。美人图子阿谁留？都是宣和名笔内家收。莺莺燕燕分飞后，粉淡梨花瘦。只除苏小不风流，斜插一枝萱草凤钗头。"

从苏小小墓过了西泠桥，桥北堍便是苏曼殊墓。曼殊亦情僧，亦诗人。我到香港，才看见"情僧"的绰号带在贾宝玉的颈上，所谓"情僧夜访潇湘馆"是也。大观园中怕不会有这回事吧？曼殊才算得是情僧。他有《何处》诗，云："何处停侬油壁车？西泠终古即天涯。捣莲煮麝春情断，转绿回黄妄意赊。玳瑁窗虚延冷月，芭蕉叶卷抱秋花。伤心怕向妆台照，瘦尽朱颜只自嗟。"可以作为《苏小小》影片的题词。

从苏曼殊墓东行，便到了冯小青墓。此人也是痴情人，她读了汤若士的《牡丹亭》，不觉痴倒，曾有"人间犹有痴于我，不独可怜是小青"之句。"精诚所至，金石为开"，她对于杜丽娘的遭遇，十分同情；这位被大妇所逐的少妇，就在孤山别业中，过着孤寂生活。她病危时，叫画师图像，自奠而卒。这样的女性，又于苏小小、白娘娘之外，别创一格。大抵在浓重的礼教空气中，被压迫的性心理畸形变态，转为自影恋，乃是常事。从冯小青墓转出了孤山，再向东步着白堤，便到了传说中最有名的"断桥"。白娘娘是典型的贤妻良母，却被那妖僧用传统的雷峰塔罩住，成为旧社会妇女的象征人物。我说过，从西泠桥走向断桥，乃是从唯美主义走向唯情主义的道路，苏曼殊地下有知，一定有个交代的。

新联影片中的苏小小，是唯美主义加上了唯情主义。白娘娘的灵魂，在苏小小的躯体复活了，使她更富有人情味。编导为李晨风先生，也指出这是中国的茶花女。她的时代，比传说中更移后一点，有着热烈的爱国民族情绪。影片的背景，已经有了那位照耀千古的岳王坟，而苏小小所引为知音的落魄书生鲍仁，他的琴中，就是《满江红》的"悲切"情调。苏小小已经不是一个玩世的女子，她洗脱了游戏人间的气氛。牺牲自己来成全宁竹铭与柳翠云的痴恋，她助成了鲍仁的壮志，达到用世的目的。而她的一片痴心，在阮郎死后，也相随于地下了。她那义侠、敢作敢为的风格，使我们觉得更可爱，更可敬了。

游子他乡，西湖是我永远的梦。（我曾在上海戏院看过苏联的《生路》，影片一开场，便是莫斯科春天的早晨，四围看客，都在那儿呜咽流涕。故国山河之感，太动人了。）影片中，几乎每一处都有过我们的足迹。南北高峰、苏堤、白堤、花港观鱼、曲院风荷，我的心魂就跟着它走入梦中去了，西湖实在太美了！康伯可《长相思·游西湖》词云："南高峰，北高峰，一片湖光烟霭中，春来愁杀侬。郎意浓，妾意浓，油壁车轻郎马骢，相逢九里松！"此意得之。

孤山一角

文澜阁

最近，某刊物有人在谈文澜阁和《四库全书》的故事，勾起了我的回忆。或人并未到过文澜阁，也不曾看过《四库全书》，因此，他只知道文澜藏书，一部分毁于太平军战役，却不知道战后丁氏兄弟补抄了大部分，到了1927年，单不庵先生主馆务时，已经根据文渊阁本完全补齐了。（我们都在这一工作上做过一些事。）在清代，文澜阁是藏书圣地，一般人是不能进去的。民国以后，圣因寺西北，建筑了省立图书馆分馆，这部《四库全书》，也就移入新馆。文澜阁一直空闲着，后来划归分馆，作为馆员的宿舍。1927年，北伐军某部队留住在此，我们这些馆员，只好散住在泉学园、圣因寺一带。一天，馆方通知，赶一个下午，大家都住了回去，因为某部队刚调开，我们赶紧收回失地。

阁的东北角上，有一别院，自成小天地。那是单不庵先生的住宅。第四进、第三进，住了几家同事，我只记得陆仲襄先生住在第三进的右厢。第三进前面，有一方池，四围梧桐匝立，池水黝黑，仿佛很深沉似的。第二进，便是我和曹礼吾兄分住之所，东西厢各有两大间，很宽敞似的。第一进是大厅，前面是假山庭院。小亭竖着石亭石碑，上书"文澜阁"三大字，碑阴系乾隆御诗。乾隆乃是我生平最讨厌的古人之一，他的诗都是酸腐不堪的。大门紧闭，我们都从侧门进出。出了大门，便到了罗苑的后门了。（罗迦陵的湖上别墅，她是犹太商人哈同妻子。而今哈同花园化为尘土，罗苑仍在，一直是美术学院的校舍。）在一般朋友想象中，我们住的是帝王家院落，一定是神仙侣了；其实，并不那么理想，只是很有趣。那时，我和礼吾都年轻，跟着单、陆诸老过着发霉的生活，因此，我们的精神每每老过我们的年纪。有时，也如蛀虫似的钻在古书堆中要做"饱学之士"。那梧桐庭院的假山中，也就变成鸡群的巢穴。母鸡在找寻不到的山洞中，生下它的蛋，累积起来，直到它孵育了一群小鸡出来，才引起了我们的惊异。池中，据说在藻萍下有很大的鲤鱼，我却没看到过。那年夏天，礼吾就在桐荫下过着盛夏，他曾看到两头蛇在池畔爬行，可惜，我也无此眼福。后院那树绿梅，依礼吾的说法，乃西湖上最珍贵的梅花；可是，我们那位单师母，她是把"风雅"当柴烧的，孩子们的衫裤袜子每每晒在梅枝上趁夕阳；单师也只摇了一下头便走开了。总之，在乾隆皇帝的"石文"招牌上，涂上这些泥灰，也是有趣的。

近二十多年，那儿已经辟为西湖博物馆，一进门便是那条大鲸鱼，又是对乾隆的小讽刺。文澜阁只留下那石碑，后院的绿梅，也真的当柴烧了呢！

楼外楼

南宋绍兴、淳熙之间，世俗康裕，君相纵逸，耽乐湖山，无复新亭之泪。士子林升题一绝于旅邸云："山外青山楼外楼，西湖歌舞几时休。暖风熏得游人醉，直把杭州作汴州。"此讽语也。其后就有楼外楼酒楼，以西湖醋鱼著称。我们住在广化寺、文澜阁时，楼外楼恰在隔邻，闲步过楼前，看柳荫下木栅中，青鱼泛鳞，呷水作声。它们并不知道"末日"在眼前，如叔本华所说的其"乐趣"是完整的。提着活鱼，让食客过了目，那就躺到砧板上去了。醋鱼之味在鲜嫩，鱼片只是在滚水烫一转，就熟了，加上佐料就行了。宋人笔记称："宋五嫂者汴酒家妇，善做鱼羹，至是侨寓苏堤，光尧召见之，询旧凄然，令进鱼羹。人竞市之，遂成富媪。"醋鱼或许是从这一脉传下来的。香港有一家天香楼，他们的"乾隆御席"，只是骗骗"洋盘"；可是，他们的西湖醋鱼，独沾一味，犹有楼外楼风味。

今日，苏白二堤只是垂柳夹堤，并无什么酒家，可是南宋时，苏白二堤都有酒家可买醉，规模还不错的。据《西湖游幸》载："淳熙间，一日，御舟经过断桥旁，有酒肆颇洁雅，中饰素屏风，书'风入松'一词于上。光尧停目称赏久之，宣问何人所作，乃太学生俞国宝醉笔也。其词云：'一春长费买花钱，日日醉湖边。玉骢惯识西湖路，骄嘶过沽酒楼前。红杏香中歌舞，绿杨影里秋千。''暖风十里丽人天，花压鬓云偏。画船载得春归去，余情付湖水湖烟。明日重携残酒，来寻陌上花钿。'上笑曰：'此词甚好，但末句不免酸寒'，因为改作'明日重扶残醉'，即日宣命解褐云。"看起来，就和现在的楼外楼差不多，只是那时的酒楼，还有歌舞女郎的。今日的楼外楼，也有题诗素屏的，我曾看了马叙伦、许宝驹二氏的题诗。

聂大年《苏堤春晓》诗，有"绿窗睡觉闻啼鸟，绮阁妆残唤卖花。遥望酒旗何处是，炊烟起处有人家"之句，可见明代的苏堤，也有酒家的。

1949 年初，蒋介石的军事命运已经日薄西山，他就通电宣告引退。那时，到南京迎接蒋氏归杭的正是陈仪（公洽）。他们到了杭州，陈氏便陪着蒋氏到楼外楼吃午饭，醋鱼既上，酒杯再举，陈氏因又向蒋氏进了"英雄出处，磊落光明，要提得起，放得下"的忠言，这才引起蒋氏的疑心，而陈氏杀身之祸，即伏于此。许宝驹楼外楼题诗云："山河如此昼沉沉，白眼看天觉泪深。已误当年蔡州雪，湖楼滞酒近来心。"可移作悼陈之词也。

前年（1957 年），我们又到了西湖，征衣初卸，便买舟到楼外楼去，友人徐君最称赏"呛扁笋"，与醋鱼并美。楼外楼的肴菜，得一"淡"字，不妨说："淡得好！"此意，也可向蒋氏再说一回的。

俞楼

在孤山西南隅，靠近西泠印社、广化寺处，有一所小楼，那便是"俞楼"——俞曲园（樾）先生之寓楼，有时也寄寓一些避暑的文士，或许和他们俞家有关系的（俞平伯先生，便是曲园老人的孙子）。我在那儿吃过几回酒。

昨晚，翻读一部书信选集，读到曲园老人与杜小舫的信。（杜小舫，名文澜，浙江秀水人，俞氏挚友，也以文辞著称。）信中说：

别后由苏寓寄到手书，知台候胜常为慰。仆于九月初，携老妻至湖上小楼，倚槛坐对全湖，晴好雨奇，随时领略。至夜则月色波光，上下照耀，两三渔火，明灭其间，光景尤清绝。前日乘篮舆至天竺灵隐礼佛。是日为月尽日，香客稀少，游屐亦罕。与内子坐冷泉亭上，仰观山色，俯听泉声，一乐也。亭中悬平斋（吴云）所书"泉自几时冷起"一联。内子谓问语甚隽，请作对语。仆因云："泉自有时冷起，峰从无处飞来。"内子云：不如竟道"泉自冷时冷起，峰从飞处飞来。"相与大笑。随笔及之，博故人抚掌也。

曲园老人，字荫甫，浙江德清人。晚清经学大师，于训诂名物，多有创见。其苏寓即曲园，在苏州马医库。我们从他的小简，可以体会得他的真赏以及俞楼的景物。游赏西湖，我说我最赞许马二先生拔脚向城隍山顶爬上去，可以目有全湖。到北高峰韬光庵去"楼观沧海日，门对浙江潮"，自是壮观，可不是一般人所想去的，而且爬上北高峰，也真得喘几阵气才行。面对湖光，到西泠印社四照阁去，最为便捷；我们就在阁右的亭子中打过午盹，虽羲皇上人不啻也。曲园老人所说的倚槛坐对，我们在四照阁中一样领会得到。至于湖上夜色，也只有我们寄寓在湖楼中才享受得。我还记得寄寓广化寺时，有一晚，一直在回廊上坐到四更时分才回房中去的。湖上最可恶的，也是那些狗眼对人的和尚，世所传"茶，泡茶，泡好茶；坐，请坐，请上坐"，乃是真事，并非故意讽刺他们的。曲园老人，一代名士，又是富贵中人，所看见的和尚笑脸虽多，我想他也不会怎么领受的。因此，曲园老人的禅家机锋，只能老夫妇相互酬答，此外就写给知交去共同体会了。"泉自几时冷起"的对边是"峰从何处飞来"，在禅家只是一种觉境，本不求解，说"泉自有时冷起，峰从无处飞来"，固是多事；即说"泉自冷时冷起，峰从飞处飞来"，只是巧解而不是解脱的。当日，南宗六祖惠能初寻师至韶州，闻五祖宏忍在黄梅，他便充作火头僧。五祖欲求法嗣，令诸僧各出一偈，上座神秀说道："身是菩提树，心如明镜台。时时勤拂拭，莫使有尘埃。"惠能在厨房舂米，听了，道："美则美矣，了则未了。"因自念一偈曰："菩提本非树，明镜亦非台。本来无一物，何处惹尘埃！"五祖便将衣体传给了他。曹雪芹借薛宝钗启发贾宝玉的话来表达他自己的觉解，此意近之。

西泠印社

今年是西泠印社的六十年纪念。杭州西湖，古称西泠湖。孤山西北角上有西泠桥，那位有名的南唐诗妓苏小小墓，便在桥北堍。桥南堍，那山冈的一角，便是西泠印社，今为西泠公园（"泠"即是庄子"泠然御风"的"泠"，平声，不是"冷"。"冷"，仄声）。

我年轻时在杭州读书，闲时踯躅湖头，最爱去的便是孤山，走过长堤，无论经山前或山后，上西泠印社歇歇脚，最为理想。因为岳王坟，变成了市场，太热闹；那些寺庙不论灵隐、天竺、玉泉、广化、净寺，我虽非吴庭艳的党徒，却觉得天下和尚都可杀，因为他们那一对势利眼可恶透了。后来，我的师友信佛成为和尚的颇有其人，也有许多和尚和我往来成为朋友，但我仍不变我的和尚可杀论。正如鲁迅所说的"一本正经的和尚，不想女人，他们都是孤僻得可怕；而想女人的和尚，却又荒唐得出奇"。我的和尚可杀论并非反佛教，立此存照。我这样的穷学生，上西泠印社的四照阁一坐，游目畅怀，岂不快哉！顶多泡一碗茶，莲藕粉都不必吃的。

后来，在文澜阁做事，图书馆书楼，就在西泠印社的隔墙东角上。我们住在文澜阁，也就是西泠印社的东邻。晨昏闲步，信步走去，就会走到西泠印社，隔邻便是广化寺和俞楼。西泠印社也就等于我的外书房。那时，我还年轻，不懂得什么是风雅，对西泠印社的艺文掌故，不发生兴趣。只知道那个站在山洞里的石像是吴昌硕（缶庐），一位当代大书画家。和我们有关系的，乃在进门石级上的"印冢"，那是我们老师李叔同先生的印石（即后来的弘一法师）。他出家以后，把先前的印石都葬在那儿。至于为什么要出家？出家为什么要把俗缘断绝？那都是我们所不了解的。

似乎刻印在我们一师圈子中，颇成一种风气。我们的校长经子渊先生和夏丏尊先生，还有一位徐道政先生，都是研究说文、钟鼎篆刻的名家，他们都是浙派刻印家，和西泠印社有关。我自己对这一门不发生兴趣。和我同班的一位同学，叫叶天底（在校时，名叶天瑞），他是艺术家，善刻石治印。有一天，我借了他的印泥一用，一不小心，印盒掉在地下碎了，他很慷慨，就把那盒印泥送给我。我这乡下人，真不知艺术轻重；西泠印社的印泥，上品比黄金还要贵重些呢！

叶天底，便是流行一时的那部《情书一束》的主角之一。那位吴曙天女士，本来是天底的爱人，后来她到了北京，爱上了章衣萍，天底便失恋了。浪漫主义的爱情和浪漫主义的革命，可以说是从同一炉火铸出来的。我看了囚首丧面，也看了短衣草屦的天底，他从失恋转到社会革命路上去了。

1927 年秋天，我正在文澜阁工作，忽见报载："浙东暴动总司令叶天底已于今晨四时在陆军监狱执刑"。我悲从中来，不禁号泣。第二天清晨，惘然地走到钱塘门外，徘徊久之。我回到了文澜阁，找出了天底替我刻的印子和那盒印泥，一同包了，就在西泠印社的一角埋了下去。前几年，我重游西湖，再访西泠印社，看见那青苔蒙笼，印冢依然，天底所舍身的革命大业已完成，天底也可瞑目了。

我在孤山文澜阁工作那一年，也慢慢懂得一点"风雅"了。"印"章，说起源流来，那是很古的（古称玺节）。本来是为了商业上在交流货物时作为凭信的实用品。郑康成云："货贿用玺节。"到了秦汉以后，印章即被法定为表征当权者权益的法物，使用范围随之扩大，为当权者所掌握。而且规定天子用的称"玺"，其材用玉；其余的臣民，只能称"印"，其材不能用玉。——在这儿，我不想多谈印章的制度，只指出古代所有的官私印章，大都是白文，这样打在泥封上比较清楚些（泥封就等于今日邮件上的火漆印）。东晋以后，印章打在纸帛上，白文渐少，改作朱文，和后世的印章相同。

印章的材料，除了玉石以外，铜铁铸成的很多。我在开封，买了一颗铁铸的"曹"字，那是元代的姓氏章。也有金银铸成，加上雕刻的。有的官章，已是金制的。到了隋唐以后，印章成为艺术雕刻品，和其他艺术品（书画）结伴，成为美的点缀品。一幅画一张字，不配上好的印章，好似一张脸缺少了眉毛似的。这类印章，材料以"石"为主，于是田黄、鸡血，成为上品，有的也和黄金同价。西泠印社乃为篆刻艺术的俱乐部，欣赏篆刻的，不独对篆隶笔法有种种讲求，同时也讲究刀法、间架以及分朱布白的结构。

同时，和印章相伴的，要讲究那书画的用纸质地、色泽，以及印泥的光彩、颜色。西泠印社，不仅是书画、碑帖的总汇所在，而且是纸张、印泥、砚墨这些美术副品的制成所。这一来，我们从湖山胜景转到内在美的领会，这个世界，也就更大了。

我说我对于篆刻这一门艺术，完全外行。不过，要说明西泠印社的发展过程，不能不简括地把往史追叙一下：宋末元初的赵孟頫，首先对篆刻艺术加以提倡，他竭力提倡复古，主用玉筋小篆，以圆转之法来矫正当时官私印信流行已久的九叠文。这种刀法，为后来篆刻家所取法。接着吾丘衍写了《学古篇》，阐述篆刻艺术的法度。明初王冕（1287—1358），发明以石刻印，在篆刻上，产生了新的条件。印章的雕刻，从篆文到雕刻，合而为一，完全由篆刻家自己掌握；这一转变，使篆刻艺术又跃进了一大步。

明代文徵明和他的儿子文彭，最先师承汉印，经过他们弟子何震的发扬，开出皖派（即徽派，世称文何），一变典雅秀润之风，而成为流利苍古的格调。这派名家很多，到了明末汪关、汪泓父子出，一变何震之法，刻立了工整流利的风格，以汉印为宗，篆法、结构和运刀能得自然之致。印文的并笔及破边之法也是他们所创。到了清代，皖派更加辉煌了。

到了清康熙、嘉庆年间，皖派在印坛称盛一时，杭州的丁敬（1695—1765），以浙派的雄姿崛起于浙江，作家辈出，如黄易、蒋仁、奚冈、陈鸿寿、赵之琛、钱松等，世称西泠八家，这就是西泠印社的开山祖。丁敬的篆刻艺术，冥会众长，发展了秦汉玺印的传统，质朴浑厚，自开浙派。皖、浙二派，正可比之于绘画上的南北宗，书法上的碑学和帖学。过去二百年中，正是浙派的印章时代。

浙派篆刻艺术，自丁敬以后，绵延了二百多年，其间也曾出了以邓石如为首的革命异军（邓石如的再传弟子吴熙载，在刻印上参以碑碣刀法，把邓派艺术提高到了顶峰）。到了晚清，则有赵之谦，在邓石如以小篆和碑额入印的启发下，更把所取资的领域扩充到了连权量诏版，钱布镜铭，瓦当石碣等，凡有文字可以取法的，都运用到他的腕下来。其源流都出于浙派，却又融合了皖派的刀法；如赵之谦，已可以说是新浙派，其成就又超越了丁敬和邓石如了。他在篆刻上提倡有笔有墨，使他的作品更见其生动活泼，风韵婀娜。他初试了以单刀直切，影响了后来的齐白石。晚清诸家，都从复古思想中解放出来，到了新的自由的天地，这就产生了新的篆刻家，如吴昌硕、黄士陵诸氏。

吴昌硕（1844—1927），是晚清最后的大艺术家，诗、画、书、印，都有很高的造诣。他富于创造性，能把诗、书、画、印冶于一炉，作品中有着古拙浑厚、苍劲郁勃的风格。他的篆刻，得力于石鼓瓦甓，以及印封和将军印。他对于石鼓文的研究，得其神理，形成了写意刻法。他用钝刀切石，更显得淳朴古趣。他的篆刻，也影响到后起的赵石、陈衡恪、齐白石这些艺术家。

清光绪二十九年（1903年），金石书画家丁辅之、吴石潜等发起建立西泠印社，公推吴昌硕任社长。吴氏谦辞不获，乃书一联挂在社前，联云：

印岂无源？读书坐风雨晦明，数布衣曾开浙派。

社何敢长？识字仅鼎彝铃镐，一耕夫来自田间。

联意，即是说西泠印社的源流，自浙派大师发展过来，而他自己深得石鼓、钟鼎的启发，别有会心的。吴氏，浙江安吉人，生长于孝丰，遭逢太平军战乱，逃难外乡，过着孤苦流浪生活。二十一岁时，从皖、鄂辗转回到家乡，村中人烟寥落。"亡者四千人，生存二十五。"他们一家，只留了他们父子两人。他刻苦求学，读于场屋，入泮后，便绝意功名，致力文艺。因以自成一家（他曾到杭州，在尊经精舍师事俞曲园）。他有一段时期，在苏州上海卖画，生意也很清淡，任伯年为作《饥看天图》。吴氏自题诗句云："生计仗笔砚，久久贫向隅。典裘风雪候，割爱时卖书。"盖纪实也。西泠印社石龛，塑着吴氏铜像，石壁上刻了这一幅《饥看天图》，有杨岘山题诗，云：

> 床头无米厨无烟，腰间并无看囊钱。
>
> 破书万卷煮不得，掩关独立饥看天。
>
> 人生有命岂能拗，天公弄人示大巧。
>
> 臣朔纵有七尺躯，当前且让侏儒饱。

我和西泠印社有着这样亲密的关系，而且结邻相处了一年，我的师友，又和这一派的篆刻艺术相接近，但我对于篆刻艺术稍能欣赏之日，却已垂垂老矣。今日的西泠公园，把印社的后墙，另开大门，穿过石龛直通西泠桥，那位热爱拜伦的诗人苏曼殊，也就在公园的北邻；说起来，整个孤山，可以当作一个大公园看了。今日的游客，对吴昌硕的艺术如何欣赏，那是另外一件事；但吴氏毕竟是他们的朋友呢！

最近看到一本很完备的弘一法师李叔同先生年谱，勾起了许多回忆。编者把我也列入李师的入室弟子之列，那是很惭愧的。李师的高第弟子，自当说及丰子恺、刘质平、李尊庸诸君，我于艺术简直是外道，对于佛法也不是从李师处学习而得的。在李师心目中，我只能算是阙党童子。

我曾经写过李叔同先生，那已经是李师削发成为弘一法师之后十多年的事。我自己在社会上混了一些年月，慢慢懂得李师的胸襟，我曾说："李师之于人，不以辩解胜，微笑之中，每蕴至理。"那位侍候他的校工，简直心悦诚服，有如他的儿子。所谓感化，所谓悟，便是如此。我也敬重单不庵先生，但我并不把单师看作是教主的。

李师出家以后，就把他在俗世时候的印章封存起来，葬在西泠印社的岩壁间，凿有"印冢"二字，表示"从前种种譬如昨日死"，与俗世断绝关系了。（西湖本名西陵湖，亦名西泠湖，因此，浙派刻石家有西泠印社的名称。）李师出家后，在玉泉寺住了一些时日，那时，他为了要断念，开列条款，不接见师友亲属，也不披阅信件，断绝一切文字酬应。他承认自己未免动念，所以切断外缘种种。我在玉泉寺几次看到他，只是微笑点头而已。

我在文澜阁工作时，单师原是李师的旧交，我们也时常在西泠印社闲坐，那儿几乎等于我们的走廊，看了印冢也就说到李师的事。依沈仲九先生的说法，李师是忠实于社会人生的人，他是彻底入世的；因为世代太苦闷了，所以要出家。要是五四运动早发生几年，李师或许不会出家的。单师也是对于社会人生很认真的人，但他并不求解脱。

我们从李师习音乐时，他有几首境界很高的歌曲。一首是《落花》，其中说道："览落红之辞枝兮，伤花事其阑珊！人生之浮年若朝霞兮，泉壤兴废；朱华易消歇，青春不再来！"这是他中年后对于生命无常的感触。苦闷、寂寞、无所寄托，李师原想在艺术的境界寄托他的心灵，也正是一种精神的升华作用。李师是现代中国最伟大的艺术家之一，但他并不在那儿住脚，他静悟到另一境界，那便是《月》所代表的境界！

仰碧空明明，朗月悬太清；瞰下界扰扰，尘欲迷中道。惟愿灵光普万方，荡涤垢滓扬芬芳。虚渺无极，圣洁神秘，灵光常仰望。

他从这超现实的想望，把心灵寄托于彼岸，顺理成章，必然走到《晚钟》的境界去了："惟神悯恤敷大德，拯吾罪过成正觉。誓心稽首永皈依，瞑瞑入定陈虔祈。……钟声沉暮天，神恩并存在。"我们唱这些歌曲时，当然不了解李师的心怀；等到我们懂得这些歌曲的境界，李师已经行到"彼岸"了。在"觉"的境界，这才是"以后种种譬如今日生"的。

涌金门外

涌金门外柳如烟，西子湖头水拍天。

玉腕罗裙双荡桨，鸳鸯飞近采莲船。

——于谦《夏日忆西湖》

前天，和一位女孩子看《白蛇传》影片，片中许仙和白娘子她们乘船到涌金门去。她问我："涌金门在哪儿？"我说："你是杭州人，涌金门在哪儿，还要问我？"我问她："知道不知道明代的政治人物于谦？他是杭州人。"她也摇摇头。我就翻开于谦的诗给她看，这位在山西关塞边主持军事的统帅，他一想到杭州家乡，就想到涌金门外柳如烟的景物。不独明代如此，从五十年前到一千二百年前，出城游湖，主要埠头之一就是涌金门。许仙他们游湖回来在孤山或苏堤乘了船，要进城也是靠了涌金门。

有名的西湖十景之一"雷峰夕照"，香港的东南人士，即算到过杭州，未必看到过。要看"雷峰夕照"，就得到涌金门外去。

五十年前，我第一回下杭州，民国初建，新市场（湖边）刚开辟，涌金门外，不像后来那么衰凉。靠着西湖边上，这是南宋年间最热闹的游人船埠，那时还有三家卖茶的茶居。历史最悠久的是藕香居，挂着一副清代乾隆年间文士写的集苏联句：

欲把西湖比西子，从来佳茗似佳人。

茶居的前门和右方，对着西湖；左方和后面，那是藕花荡。盛夏六七月间，荷花盛开，莲叶田田，凭栏饮茶，花香扑鼻，更觉得雅韵欲流。我是住过"曲院风荷"（西湖十景之一）的小院子的，仍觉得藕香居楼头，格外幽静些。

藕香居的左边，有一家三雅园，右边有一家仙乐园，历史虽不悠久，却也占尽了湖光山色。刘大白师时常和朋友在仙乐园品茶吟诗。刘师说过一段富有诗意的话：抬头看去，便看到一肥一瘦的两座宝塔。左瞻保俶，仿佛是一个瘦削的美人；右仰雷峰，仿佛是一个颓然的醉翁。我们常常这么想：它俩这样相对站立着，该是恩爱夫妻吧，至少是似曾相识，未免有情的一对恋人吧！它俩永远这样隔着一个湖面对立着，相思相望，处在无可奈何之天；傍晚时分，射在雷峰塔上的夕照；清晨时分，映在保俶塔山上的朝暾，它俩也许借着朝暾、夕照来互通缠绵的情愫吧。

刘师想象雷峰塔上的磊砢不平，似乎把它胸中满贮着的垒块都给表现出来，英雄迟暮，苍茫独立，没有一个慰藉它的伴侣！倩影亭亭的保俶塔，会给它以无限的安慰吧。

有一天，刘师从岳坟（涌金门对面的船埠）叫了一只划子荡到对湖来。那时，骤雨乍晴，还带着渐沥的雨梢，北高峰和湖边两面，早出现了青天；只有宝石山和南屏之间，正驾了一道虹桥；这一虹桥，仿佛从保俶塔上，伸过一条玉臂来，隔着湖面，把雷峰塔给抱住了。它围住了雷峰塔的腰，把雷峰塔的塔顶露出云臂的上面，映着那从湖西云隙里射出的一道夕照。那云臂是灰白色的，夕照是玫瑰色的，有了灰白色的云臂衬着，那夕照越显得红艳艳地可爱了。在刘师的诗囊中，永远活动这一幕恋情的虹彩。后来，雷峰塔倒坍了，那瘦削的保俶塔，过着寡居的生活，显得更寂寞了。

> 憔悴一身在，孀雌忆故雄。
>
> 双飞难再得，伤我寸心中。
>
> ——李白《双燕离》

我在杭州读书五年，1921年离开杭州。1927年，重回杭州做事，雷峰塔已经完全倒坍，只留下一堆黄土了。雷峰塔的倒坍，乃是1924年9月间的事。那天，孙传芳的军队刚进入杭州，不到一小时，正午时分，隆然一声，这所千年历史的古迹便解体了。这位五省联帅，他的心头一直有这么一个疙瘩，据说他立志要把它重建起来。但他的事业，很快随着国民革命军的北伐，也完全垮台，雷峰塔也只留在一般人的传说中，不再重返人间了。

据田汝成《西湖游览志》南山胜迹称：雷峰者，南屏山之支脉也。穹隆回映，旧名中峰，亦名回峰。宋有道士徐立之居此，号回峰先生。或云有雷就者居之，又名雷峰。吴越王妃于此建塔，始以千尺十三层为率，寻以财力未充，姑建七级；后复以风水家言，只存五级，俗称王妃塔。以地产黄皮木，遂讹黄皮塔。俗传湖中有白蛇、青鱼两怪，镇压塔下。其傍旧有显严院、雷峰庵、通玄亭、望湖楼，并废。（陆次云《湖坝杂记》："宋时法师钵贮白蛇，覆于雷峰塔下。"）

雷峰塔倒坍以后，一些文士着手考证，找寻了一些史实。才知道王妃塔的来由以及后来的变迁。塔初建成时，上有楼宇及回廊，有如今日的六和塔，可以登临览胜的。中经战乱，各层楼廊失火焚毁，就留着那泥砖的壳子。我们看去好似蜂巢的塔堆，到了跟前，只见黄土凹凸，隐隐有砖块出入；杂草蔓生，小雀飞潜，又是一番景象。越走越远，远远看去，有如颓然醉翁，替湖山添胜。说起来，雷峰塔是集众力而成，吴越王妃登高一呼，万众各献微力，完成这么大的胜业。可是，民间传说雷峰塔一掬土，可保佑信男信女的平安吉利。千千万万到湖上焚香拜佛的信士，礼拜了净慈寺诸佛，都到雷峰残塔来抉一掬土回去。累月经年，细水长流，集众力来破坏，终于把那么一座宝塔挖坍了。（恰好垮于孙军入城之日，也只是巧合而已。）

塔坍了，那些砖块暴露出来了。大家才知道这些砖块，乃是万人所奉献的。砖块上有信男信女的姓名，砖的一头有一小孔，中藏各人所抄的经卷（大多是《心经》）。这些经卷，大部分转到上海古董市场，成为宝物；其保留在浙江图书馆的，已经很少了（我看见过几份，其为五代吴越王时写经无疑）。

俚巷传说，和史学家所研究的，完全不相同。《白蛇传》宣传的力量太大太普遍了。他们相信法海禅师把白素贞放在钵里，压在雷峰塔下，还留了四句偈语："雷峰塔倒，西湖水干，江潮不起，白蛇出世。"如今雷峰塔倒了，白娘娘应该出世了。这一传说，几乎遍及全国，比那些砖经更引人注意些。我重到杭州，特地重访雷峰塔，只见黄土隆然一堆，仿佛一个山冈，砖块已经完全挖去，除了黄土，什么都没有了。斜阳淡淡，黯然无语，真所谓"色即是空，空即是色"也！

旧日雷峰塔传奇，并无"白娘娘生子、得第、祭塔"的蛇足。世俗替白娘娘抱不平，一定要替她团圆收场；作者黄图珌示不满，说是"被俗气儿薰倒了胜景雷峰"，其愤慨可知！

　　　　放生鱼鳖逐人来，无主荷花到处开。
　　　　水枕能令山俯仰，风船解与月徘徊。

　　　　献花游女木兰桡，细雨斜风湿翠翘。
　　　　无限芳洲生杜若，吴儿不识楚辞招。

　　　　未成小隐聊中隐，可得长闲胜暂闲。
　　　　我本无家更安住？故乡无此好湖山。

此苏东坡《六月二十七日望湖楼醉书》诗也。古代的西湖景物，北山线外，也繁荣了南山一线，从涌金门外向净慈寺、雷峰塔，都是风物宜人的地区；坡老所写的，——都在我们眼前。就在明代，望湖楼虽已圮废，王阳明还写了如次的诗句：

　　　　掩映红妆莫谩猜，隔林知是藕花开。
　　　　共君醉卧不须扇，自有香风拂面来。

真的，坡老写了那么多西湖诗，他倒是恋恋于涌金门外的风光的。他在常润道中，怀念着杭州，寄陈述古，诗云：

浮玉山头日日风，涌金门外已春融。

二年鱼鸟浑相识，三月莺花付与公。

剩看新翻眉倒晕，未应泣别脸消红。

何人织得相思字，寄与江边北向鸿。

后来，他到了丹阳，又写了一首《行香子》，寄述古词云：

携手江村，梅雪飘裙。情何限，处处销魂。故人不见，旧曲重闻。向望湖楼，孤山寺，涌金门。

寻常行处，题诗千首，绣罗衫，与拂轻尘。别来相忆，知有何人？有湖中月，江边柳，陇头云。

民国初年，满人迁出了旗营，湖滨初建新市，我初到杭州，还看见涌金门外风光。其后游览中心，在旗营旧地发展起来，我也眼见涌金门外的衰落。那几家茶楼，先后歇业。年轻一代的杭州人，也就忘记了涌金门所在，只知故事中有这一个门而已。

就这么冷落了三十多年，南山线随着浙赣线的发展又复繁盛起来。前几年，我重到杭州，住在大华饭店，仔细想去，这正是涌金门外望湖楼旧地，湖头市区，浑成一片，又是一番新景象。今日的杭州，才回复到吴越、两宋时代的盛况。诚如坡老所说的："故乡无此好湖山。"——写到这儿，那女孩子问我："影片里的涌金门，船埠上就是这么一棵大杨树，你看过吗？"我笑着说："这是穿了木屐的西湖，东洋化的涌金门。连我这样恋旧的人，也唤不起旧日的影子来了。"

大概在雷峰塔崩圮以后，戏曲的场面和影片中的画面，把我们从浪漫的幻境结合到现实的湖山来；俚俗人在幻想白娘娘的再世，我们也找寻一些传说的线索。湖心亭，自宋、元到明初，鹄立湖中，三塔鼎峙。相传湖中有三潭，深不可测，"西湖十景"中之所谓"三潭印月"者指此。又传有西湖三怪，时出迷惑游人，故法师做三塔以镇之。我们轻舟荡漾于三潭印月、湖心亭之间，恍然有所悟，这该是《白蛇传》的雏形吧？

月下老人祠

愿天下有情人，都成了眷属。

是前生注定事，莫错过姻缘。

在《老残游记》二十回结尾上，老残是写了这一副西湖月下老人祠中的对联作结的。

月下老人祠在西湖的南湖，雷峰塔附近，这是善男善女最向往的去处。俞平伯先生曾作下诗：

君忆南湖荡桨时，老人祠下共寻诗。

而今陌上花开日，应有将雏旧燕知。

祠中的签语，富有暗示意味，因此，每一游客都引起兴趣。我在热恋时期，曾在祠中求得一签，句云：

隔帘花影动，疑是玉人来。

　　这类语句，是可以作种种解释的，因此大家都满意而归去。

　　船从三潭印月驶向南屏山脚，在净寺附近的漪园靠岸，便到了月下老人祠。这是一般香客所不到的庙宇，却有另外一群信士，如我们这样做着梦的人。老人祠前后两院落，中建小屋三楹，龛内老人披半旧红袍，丰颐微须，面浅赪色，神仪俊朗，佳塑也。前后四壁，挂满了匾额对联，最有名的，便是上述这一联，这一联，切题得有趣。

　　抗战时期，西湖成为禁地，游客绝足。那时，里湖、南湖都是日军的军事区域，只有湖边通岳坟，过了岳坟，也是禁地。湖亦只限巳午未申八小时可游船，很受拘束。因此，老人祠也就倒败了。胜利后，不曾修整过，近十年，西湖面目一新，净寺这一角，正在修葺中。我们到月下老人祠访旧，只见苍苔没径，寂无行人，月下老人也和其他残破桌椅挤在后楹一堆，神柜歪斜，一边黄绸帘帐也封在厚尘中，他老人家，这一回是寂寞了。

　　"月下老人"的神话，究竟怎么一个来由呢？李复言《续玄怪录》中《定婚店》便是说这一件事的。杜陵韦固，少孤，思早娶妇，可是多次求婚，都不成功。元和二年将游清河，旅次宋城南店。友人替他介绍了潘家女儿，相约期会于店西龙兴寺门。固以求婚心切，一早就去了，斜月尚明。有老人倚一布袋，坐在阶上，向月光翻查书卷。固就进去看看，那书卷上的字，简直不认识，既非篆文、八分或蝌蚪文，也非梵文。他问道："老父，你所看的是什么书？我少小苦学，也读了种种书，世间之字，无有不识得的。梵文佛典，我也懂得，何以你这本书，我一字也不识？"老人说，这不是世间书。他说他是管婚姻的，所以叫作月下老人。固因而问到自己的婚姻，老人告诉他："你的妻子，今年才三岁，到十七岁那年，才嫁给你，你等着吧。"老人手边还有一只布袋，他告诉韦固："这一袋是红绳子，用以系夫妻之足。我替你们系了起来，虽仇敌之家，贵贱悬隔，天涯地角，吴楚异乡，此绳绾系了，那就会结合在一起了。"这也是一种姻缘凑合的前定说法。

杭州一角

贡院·明远楼

前几天，贾景德老人在台北逝世，我本来想写一段悼念文字。贾老是清末最后一科的翰林，前几年，他曾写过一本谈科举制度的小册子。同时，商老衍鎏也写了一本更详赡的谈科举制度的专著，商老系清末最后一科探花，今尚健全。二老都是在贡院中应秋闱试的，科举时代的人。我呢，并不曾赶上科举时代，却在贡院住了五年，那所明远楼又做过我的办公处和编辑部，和他们所了解的大有不同。

我所说的，乃是杭州下城的贡院，贡院者贡士（即举人）应试的场所。清末，废除科举，兴办学校，便拆毁了旧号房（即考生食宿作业之所），建筑了新校舍，初为两级师范，民初改为浙江第一师范，我的中学课程，便在那儿修习的。拆毁贡院的把旧房子拆得太彻底了，并不曾保留旧制度的号房，只是从大门外表看来，门外照墙，门口石狮子，东西辕门的牌楼，还是贡院模样。杭州人一直把我们的学校叫作贡院，大家知道是怎么一回事。进了大门，只见那巍巍矗立在宿舍后进的方楼，看起来总有三层楼那么高，便是当年主考办公的明远楼。这座方楼还是保存原来构木而成的建筑，粗大的柱子，依旧髹着深红色，层檐四角飞起，有如紫禁城的城楼。那长长的楼梯，有如衰翁老叟，摇摇欲坠，走起来"皆皆"作响。有一时期，楼下为阅览室，楼上为调养室，有一回，我生疟疾，在那儿住了半个月。后来，学生自治会成立，那儿便是我们的办公室。我编刊《钱江评论》时，就把楼上一部分划分为编辑部。乡试主考，为天子取英才，饮食起居，都很威风的；鸣锣开道，旗盖相继，还有乐队伴着进膳。不过，这些仪仗、乐器，早都不见，只留下这么一个空架子了。

在明远楼后，约有半里路远的校园中，有一座小小的石屋。据说原在教室前面的，建校时才搬到这荒草堆中来的，乃是狐仙庙。据说，时常显灵作怪，我在一师五年，却没曾碰到过。此外，有一些鬼怪的传说，说是半夜里在操场上出现过白衣女人，我们也不曾看到过。其他也就找不到什么科举时代的遗迹了。

直到后来，我到了南京，才看到号舍旧址。而今保留在南京大学的两间号舍，乃是南京拆除贡院，照原样移到那边去的。每号外墙高八尺，门高六尺，阔三尺。号门之内有小巷，阔约四尺。每号约有号舍五六十至近百间。号舍，每人一间，深四尺，宽三尺，日间作为台椅，晚间铺平为床铺。闱中生活正是如此。我看了南京号房，才把杭州贡院旧印象唤了起来。真正是《儒林外史》中所写的读书人生活呢！

拱宸桥——运河的终点

　　介庐先生说到拱宸桥的跳虾儿，我也就来谈谈对拱宸桥的印象。拱宸桥在杭州东北部约三十里许，那是运河的终点。我们从上海苏州河北岸，河南路天后宫附近乘内河轮船往杭州，便在拱宸桥登岸，转车往城站，才算进了杭州城。在19世纪末期，这是沪杭间交通的主脉，那时沪杭甬铁路还不曾动工。那时的拱宸桥，如介庐先生所看到的种种，乃是日本租界，也可说是特区。

　　这儿就有一段掌故：《马关条约》订立后，不仅割让了台湾，同时还允许在上海、汉口、天津、扬州、苏州、杭州等市划设了日本租界。后面这三个城市，都是南运河沿岸的重要商业城市，日本当局当时想在中国内地建立经济网，抓住运河这条历史性运输大动脉，乃是最有用的一着。想不到日本的敌手英国，棋高一着，从南京往北通京津的津浦路，撇开了扬州，就结束了这一千五百年古名城的经济命运；而京沪、沪杭路，都撇开了苏州阊门和拱宸桥，也就把日本人的打算，全部吊空了。沪杭路入城终点是城站，只筑了一段支线通拱宸桥，供运货之用而已。

　　日本人经营拱宸桥租界，自设邮局电报局，自成一世界。上海《民国日报》以宣传革命为北洋政府所禁止，便由日本邮局代为递送。总之，藏污纳垢，无恶不作，可以说是最坏的码头。我第一回到拱宸桥，只有十三四岁，上午跟着几位生意人，他们是我的至亲长辈，在杭州卖火腿的。在一家茶楼吃茶，就看见姑娘白天拉人。后来，我们在上海看到四马路青莲阁、八仙桥的野鸡群，穷凶极恶样儿，我在拱宸桥早就看到了。所以拱宸桥的公娼，乃是日本租界的玩意儿，和杭州市府不相干的。（那时，还是杭县。）

拱宸桥是有那一座大桥，不过杭州的大桥很多，我们一师校边的梅东高桥，就比它还要高，因此我的印象并不深。只是桥东堍却有一座坟墓迎面挡住，往来车辆，只好绕路让它。说是那一端原是城郊坟地，修建杭拱支线时，把其他坟墓都挖掘搬掉了，只有这座坟墓挖不得，一动锄就会死人，只好留着作为神灵，说是香火很盛。那时年轻，不知道考证缘由，只见桥头便是一座圆坟则是真的。

我在拱宸桥，做了一件"胆大妄为"的事，便是五四运动狂潮到来，全城各校游行宣传，我们那一班分配到的地区是拱宸桥。我们居然拥入那些姑娘拉人的茶楼去"抵制日货""打倒日本鬼"，这是我生平第一次在四方桌上的公开演讲。我只听得有些茶客窃窃私语，说我们都是吃了老虎胆的人。

从"反日"到"抗日"，从"五四"到"七七""八·一三"，居然把日本军阀打倒了，这也是我们那些吃老虎胆的人所想不到的！今日的拱宸桥已经和湖墅区成为教育文化区，气象当然大不相同了。

西溪道中

不见施叔范这位诗酒又兼短胡的怪人，已经十多年了。昨天，偶尔翻看他的《听潮夜话》，所写景物的感想，颇多先得我心的。他有一时期，在一处旅行社工作，跋涉名山大川，胜景佳迹，发之于诗文，可诵亦可传。杭州的佳山水，或歌颂湖光，或喜九溪十八涧的山色，我和叔范相同，寻幽探胜，自推西溪为最宜人。

我们乘车出钱塘门，北行至松木场（今为浙江文教区，省政府已移至此处），这一支从北高峰纵脉秦亭山发源的溪流，便是连上了苕溪的西溪。当年我们第一步停脚的便是东岳庙；（东岳乃是我国最古老的神灵，也已带着道教和佛教的气息，因此，也有天上星宿和十殿阎王，有地狱的示象布景。）比之他处的东岳宫，这儿的活无常，躲在门角后，有活动机关。香客一碰上那方踏脚板，他就双臂带着索子扑了过来，大家会吃一惊的。我对云预先说了这件事，因此推开边门，看看这位戴着高帽子、腰系草索的老朋友，也颇有趣。我说："生命本无常，他的请帖到了，也就欣然就道了。"东方的地狱，和但丁笔下的地狱，颇有点不同，在我看来，也只是黑暗政治面的写照而已。我当时曾写了一首绝句：

> 十殿阎王一笔勾，层层地狱自优游。
> 阿芒牛首都无语，为有维那在上头。

最后一句，用但丁《神曲》的原意。俗传，勾魂使者为牛头马面与佛说不合，当为"阿芒、牛首"也。

在东岳庙西南，有一道里许长的山谷，那是先前最著名的花坞，其间有三十六个尼庵，有的带发修行，有的舍身出家，大体上，和弹词中所说的庵堂差不多。出家的尼姑，也是有血有肉的活人，免不了如申贵生那样的艳遇的。我们在那儿吃午饭，素菜很精致，不在烟霞洞之下，只是佛家的事，很难斤斤计较，游客只能多花一点，她们也就合十道谢了事。我倒在那儿讲过一回《心经》，向尼姑讲经，观音居然点头，云也颇为满意。花坞的尼庵在抗日战争中多已破败，今已开辟为大规模的苗圃了。

西溪主流沿宝石山绕秦亭山而北流，曲折十八公里，其间名胜古迹甚多，以秋雪庵、菱芦庵为最著。我们就在东岳庙那一船埠下艇，有如吴用进了芦花荡，艇子尽自在青青的芦苇中穿来穿去，只看见一片绿浪，把溪岸也遮盖住了。有时，水鸟惊起，渔歌四应，才显得这是江南水乡。秋深芦白，浩浩乎弥望皆白，可作"秋雪"的注解。秋雪庵密藏在丛芦深处，我们登弹指楼一看，我们已经落在无边无际的"青海"中，此处本应有诗为证，可是弹指楼前挂着一副朱疆村集的联句，说："词客有灵应识我，西湖虽好莫吟诗。"叫我们怎么办呢？楼上有诗龛追祀唐宋以来两浙诗人一千余家，懿欤盛哉！依郁达夫的考证，南宋词人姜白石，他载了小红，是从这儿归杭州的。我们且诵："自喜新词韵最娇，小红低唱我吹箫。曲终过尽松陵路，回首烟波十四桥。"此情此景，当于烟波娇韵中求之。

西湖杂话

西湖十景

如鲁迅所说的，我们中国的许多人，大抵患有一种"十景病"，至少是"八景病"。西湖十景即是其中之一，而"十大罪状"之类，也就是从这一方面衍化出来的。（点心有十样锦，菜有十碗，音乐有十番，阎罗有十殿，药有十全大补，乾隆自称十全老人。）

我却不是一开头，便被西湖十景吓住了的。我初到杭州那年是 1914 年，在我这个十几岁的孩子眼中，西湖不过如此，有什么好的？从浙东山水胜处到杭州，西湖山水，本来平平无奇，张宗子说西湖不及鉴湖，更不及湘湖，自是确论。（张氏谓其弟毅孺，常比西湖为美人，湘湖为隐士，鉴湖为神仙。他则以湘湖为处子，鉴湖为名门闺淑，若西湖则为曲中名妓，声色俱丽。真赏各有不同。）那时，我最爱上城隍山，年轻时脚健，爬山登高自有乐趣。上了城隍山，一面看钱塘江，一面看全湖，小茶馆吃茶，嚼芝麻饼，如马二先生那样，过着穷酸乐趣，不必受那些势利和尚的闲气，也是精神上的自得其乐。

在杭州一师读书那五年中，东跑跑，西走走，屈指一算，已把西湖十景都走到了，我们还赶上了"雷峰夕照"的暮年。"十景"，大概是唐宋以来的文士所逐渐认可了的，说起来，都只是一刹那的感受，如"柳浪闻莺""南屏晚钟"，对于中年人有深刻的印象，我们年轻人实在漠然无所感。而"断桥残雪""平湖秋月""苏堤春晓""曲院风荷"，都带着季节感，也不是年轻人所感兴趣的。一般游客，只是矮子看戏，随人说短长耳。乾隆皇帝的说法，也只是把前人的话钦定一回而已。对西湖的"真赏"，自当推及白居易和苏东坡。苏氏《饮湖上初晴后雨》："水光潋艳晴方好，山色空蒙雨亦奇。欲把西湖比西子，淡妆浓抹总相宜。"这是千百年来对西湖最好的赞颂。我离开杭州，在上海尘嚣中住了几年，第一次回到杭州。初夏薄暮，又值阵雨初霁，浮轻舟于"平湖秋月"间，这才领略到苏东坡所谓"晴方好，雨亦奇"的佳境。到了中年，把南北高峰留作屏风，在雨雾迷茫中去看，把小舟当作摇椅，漫无目的地任其东西漂浮，这才是真正的享受。太明朗的湖光山色，也实在减少了兴趣，最好是晨曦初上，暮霭低迷，或是微雨蒙蒙，斜月三更，这时的西子，才显出浣纱溪上的风韵，实在太宜人了。

我是住到西湖中去那一年，把十景抹掉了一大笔，只留下苏、白二堤，平湖秋月和那"湖中湖""岛中岛"的三潭印月，再把三面青山当作托子，大抵是月中、雪中、雨雾中，默然相对，就是这么一景便是了。昔王洪有《西山晚翠》词云："斜日照疏帘，雨歇青山暮。白鸟鸣边一半开，香霭和烟度。楼上见平湖，影隔青林雾。吹断鸾箫兴未阑，月照芙蓉露。"此意得之。张宗子谓善游湖者莫若三余：冬、夜、雨。如贾似道、孙东瀛，虽在西湖数十年，其于西湖之性情、风味，实有未曾梦见者在也。

浙江潮

西湖北高峰韬光寺，门挂"楼观沧海日，门对浙江潮"一联，传系宋之问出边，作对句的系当时潜逃的骆宾王。在韬光寺看潮，和城隍山看潮，不如上江干看潮那么热闹，所看江潮则一也。到海宁看潮，总是在八月十七、十八日，那是赶热闹。我到过海宁，却不是看潮。

南宋吴自牧《梦粱录》载："郡人观潮自八月十一日为始，至十八日最盛，盖因宋时以是日校阅水军，故倾城往看，至今犹以十八日为名，非谓江潮特大于是日也。是日，郡守以牲醴致祭于潮神，而郡人士女云集，僦情幕次，罗绮塞途，上下十余里间，地无寸隙。"他已说得很明白，看潮不必是八月十八日，也不一定八月的月半，每一月的月半都有潮可看。有一年十月十六日夜半，月色皎白，海潮排山而至，在我一生中，那一晚的大潮，比以往任何一回都显得壮观。《梦粱录》所记乃是杭州江干（南星桥）的情况，所谓海宁观潮，也就是如此。那样的看潮，主要还是看"看潮的人"，和潮的大小是不相干的。前几年友人某君也曾乘专车从杭州到海宁看潮，说是潮浪并不大，这也是常事。

汉代辞赋家枚乘在《七发》中，写吴客劝楚太子将以八月之望，与诸侯远方交游兄弟，并往观涛于广陵之曲江，即扬州之钱塘江。他写道：

其始起也，洪淋淋焉，若白鹭之下翔；其少进也，浩浩瀺瀺，如素车白马帷盖之张；其波涌而云乱，扰扰焉如三军之腾装。其旁作而奔起也，飘飘焉如轻车之勒兵；六驾蛟龙，附从太白。纯驰皓蜺，前后络绎，颙颙卬卬，椐椐彊彊，莘莘将将；壁垒重坚，沓杂似军行；訇隐匈礚，轧盘涌裔，原不可当。（中间夹杂了许多怪字。）

他是到过浙江，看过潮，形容得相当真切的。依我个人的感受，即是初冬晚潮奇观来说，苏东坡有几句诗颇真切，诗云：

万人鼓噪慑吴侬，犹似浮江老阿童。
欲识潮头高几许，越山浑在浪花中。

开始是"一线初看出海迟"，排墙而进，好似一片数丈高的白墙头向海堤移进，等到浪花扑堤，潮水便和堤岸相平了。

人类自有冒险的兴趣，狂潮既来，弄潮儿便大显身手，如东坡所说的："吴儿生长狎涛渊，冒利轻生不自怜。"驾着一叶扁舟，向大潮驶去，船头有一把大木斧，劈浪而上，其驶如飞。亦一壮观。前人有看弄潮诗云：

弄罢江潮晚入城，红旗飐飐白旗轻。
不因会吃翻头浪，争得天街鼓乐迎。

西湖船

近年来记忆力日就衰退，有如周亮工所说的"老人读书只存影子"，抓不住一点着实的把柄。我也谈了一些湖上故实，总记得有人说过南宋时代的西湖船，样式很多，也有极华丽的。可也说不上出于何典。昨天，看了梁章钜《浪迹丛谈》，才知道朱竹垞的《曝书亭集》，就有一段见闻记录（厉樊榭也有《湖船录》）。

朱氏云："西湖船制不一，以色名者曰游红。"申屠仲权诗："红船撑入柳荫去。"释道原诗"水口红船是妾家"是也。这一类船，我民初到杭州时，已经看不到了。以形名者，为龙头，白乐天诗"小航船亦画龙头"是也。为鹿头，杨廉夫诗"鹿头湖船唱赧郎"是也。有形色杂者，中为百花十样锦，钱复亭诗"又上西湖十锦船"是也。大概，我们所看见的画舫，方头方尾，有盖有窗有门，装成房间形式，便是十锦船的遗风吧。（有以姓名者，如黄船、董船、刘船。）大者谓之车船，盖贾似道所造，棚上无人撑驾，但用车轮脚踏而行，其速如飞。小者谓之瓜皮船，欧阳彦珍诗"瓜皮船子送琵琶"，张大本诗"瓜皮小船歌竹枝"，周正道诗"瓜皮船小水中央"是也。（今时最著者为总宜船，盖取东坡居士"淡妆浓抹总相宜"之语，李宗表诗"总宜船中载酒波"，凌彦翀诗"几度涌金门外望，居民犹说总宜船"是也。）我所见的大型船，都是载货运泥之用，只数很少；贾府所用的车船，当然没有了。常见也常用的就是瓜皮船式的游艇，满湖都是，有时也张开布篷，遮蔽烈日微雨。风雨一大，不独有篷张不得，连游艇也行不得，赶紧找一处去躲避一阵再说，否则不为落汤鸡也就难了。舟子最懂得看风色，天色一变，他们就收篷回棹了。

有一年夏天，那时，白堤还不曾铺平，断桥还是石桥老样子。午后，天色突变，暴风雨来得太急，收篷都来不及。舟子冒着急雨把我们送到中山公园石牌坊前靠岸，大家淋着雨躲到亭子中去。哪知，雨却越来越急，一直到深夜，还没法开船。大家又饿又湿，勉强从城中叫了一些黄包车来，才算回到城中。后来，才知道那天摇到湖心亭躲雨的比我们更狼狈，就在风雨中坐到第二天黎明，才算逃到中山公园，安了心的。湖上的船，不独游船，连画舫也只能在风平浪静时候容与波头的，一有风雨，就"行不得也哥哥"了。我们前年到西湖时，停泊在大华饭店边上，有了一只电船，那当然可以冲冒风雨过去的。但，这样现代化的水上工具，总和这闲静的湖光山色不十分调和。我们也不曾坐过。（张靖之《题戴文进西湖景》云："宿雨住还滴，朝云烂不收。阴明犹未稳，船在断桥头。"此意甚好，好得切题也。）

1937年冬天，战云日紧，湖上就没有一只游艇，我坐车到昭庆寺，才在船埠找到了挤在一湾的游艇，舟子也都散掉了，诚所谓"游湖无人艇自横"也。我雇了一艇，母女二人，替我摇了一整天，我的沉思和她们的叹息，也只能以诗为证。第二天我们就离开杭州，一别便是七八年，直到重回西湖，那成千的游艇，剩余的不过一百多只了。

西湖诗

昨天，偶在书摊上看到一本《西湖百咏》，其中实在没有很动人，很出色的。西湖之景，天下所稀，题咏诗篇，当以千万计，好句都给白（居易）、苏（苏坡）二家说尽了。《扪虱新话》称："苏东坡酷爱西湖,其诗云:'若把西湖比西子,淡妆浓抹总相宜。'已曲尽西湖情态。又诗云:'云山已作蛾眉浅,山下碧流清似眼。'是更与西子写真也。"宋时有张秀才者,江西人,乍见西湖,不禁赞叹,道:"美哉!奇哉!青山四围,中涵绿水,金碧楼台相间,全似一幅着色山水。独东边无山,乃有百雉云连,万瓦鳞次,殆天造地设之景也。"这虽是几句粗语,却把西湖面目勾画出来了。明正德年间,有日本使者经过西湖,题诗云:"昔年曾见此湖图,不信人间有此湖。今日打从湖上过,画工还欠费工夫。"虽是俳语,却有韵致。

南宋时,蜀人文及翁登第后,期集游西湖,一同年戏之曰:"西蜀有此景否?"及翁即席赋《贺新郎》词云:

> 一勺西湖水,渡江来,百年歌舞,百年酣醉。回首洛阳花石尽,烟渺黍离之地,更不复,新亭堕泪。簇乐红妆摇画舫,问中流击楫何人是?千古恨,几时洗!
>
> 余生自负澄清志,更有谁磻溪未遇,傅岩未起。国事如今谁倚仗?衣带一江而已。便都道,江神堪恃。借问孤山林处士,但掉头笑指梅花蕊。天下事,可知矣!

语中含着很深的感慨,在当时自会激起国家兴亡之感。

就在南宋时,还有一位江西词人刘改之(过),他到了杭州,时辛稼轩帅越,闻其名,遣介邀请,适以事不及行。他效辛体作《沁园春》一词附缄往。词云:

> 斗酒彘肩,风雨渡江,岂不快哉!被香山居士,约林

和靖，与东坡老，驾勒吾回。坡谓西湖，正如西子，浓抹淡妆临镜台。二公者，皆掉头不顾，只管衔杯。

白云天竺去来，图画里、峥嵘楼观开。爱东西双涧，纵横水绕；两峰南北，高下云堆。逋曰不然，暗香浮动，争似孤山先探梅。须晴去，访稼轩未晚，且此徘徊。

自是妙语快人心意！

我们住在湖楼时，也常写点小诗；这类小诗，也只写给我们自己几个人看，也只有其时其地的朋友懂得，有时拊掌微笑。因此，我们都不是诗人，最主要的，所谓西湖十景和我们毫不相干。我爱那句"西湖虽好莫吟诗"，诗还是写给知音的人看，不必题给知音以外的人看。即白香山、苏东坡的诗，也只是写给那几个人看的。我们所理会的白、苏诗，和他们自己的感受有大的距离。我们也不妨说，我们所写的小诗，白、苏也未必懂得。

《儒林外史》作者吴敬梓，自是第一流大手笔，他的诗很有境界。但，他写湖上赋诗那几位诗翁，赵雪斋、严致中的铜臭、卫体善、随岑庵的迂腐，支剑峰、景兰江的酸寒，再加上看了一夜《诗法入门》无师自通的匡超人，物以类聚，说是到了湖上，不可无诗，要如李太白那样穿着锦衣夜行。吴氏的笔，写到支剑峰被监捕分府抓了去便顿住了。遥遥地要接到杜慎卿到了南京，那位萧金铉说是今日聚良朋，不可无诗，要大家即席分韵。杜慎卿笑道："这是而今诗社里的故套，小弟看来，觉得雅的这样俗，还是清谈为妙。"才点明了本意。慎卿也曾对萧金铉说："诗以气体为主，如尊作这两句：'桃花何苦红如此，杨柳忽然青可怜。'岂非加意做出来的？但上一句诗，只要添一个字，'问'桃花何苦红如此，便是贺新凉中间一句好词。如今先生把他做了诗,下面又强对了一句,便觉索然了。"这番话,好似他对乾隆的西湖十景诗的总评。写西湖的诗,数以万计,可传的能有几句?我不是说我们到了西湖,不可作诗,只是不必如乾隆皇帝的"雅的这么俗",就好了。

林和靖的疏影、暗香,以清逸为世人所知;可是,他有一首《长相思》词,云:"吴山青,越山青,两岸青山相对迎,谁知离别情?君泪盈,妾泪盈,罗带同心结未成,江头潮已平。"多么富有人情味。(南宋康伯可《西湖长相思》词,云:"南高峰,北高峰,一片湖光烟霭中,春来愁杀侬。郎意浓,妾意浓,油壁车轻郎马骢,相逢九里松。"亦有情致。)我颇体会得鲁迅所谓"淡淡的哀愁",这是一种可解不可解的境界;因此,我最爱陆放翁的"小楼一夜听春雨,深巷明朝卖杏花"的诗句,体会得深,难以用言语形容的。

卷
五

浙东

山阴道上

我国古代文化，一直在黄河流域的黄土地区，生根抽芽开花，那一地区文士，视野不很远大；华岳嵩高，伊洛泾渭，已经算是不得了的了。东晋王室南渡，文士们才有机会领略东南山川之胜。顾长康（恺之）从会稽还（会稽山阴即是绍兴），人问山川之美，顾云："千岩竞秀，万壑争流，草木蒙茏其上，若云兴霞蔚。"王子敬（羲之之子）云："从山阴道上行，山川自相映发，使人应接不暇。若秋冬之际，尤难为怀。""山阴道中，目不暇接"，也就成为千古流传的成语。他们都是以山谷间居民的眼光来欣赏江南风物的。

浙东山水，富春、四明、天台、雁荡，各擅其胜。我们江南人，却从水乡景色来接受，会稽山阴，有如威尼斯那么醉人。有一回，一位北方人要远游浙东，周作人氏写信给他说："我要说的，是一种很有趣的东西，这便是船。……船有两种，普通坐的都是乌篷船，白篷的大抵做航船用；坐夜航船到西陵（萧山）去，也有特别的风趣。但是你总不便坐。……乌篷船，大的为'四明瓦'，小的为脚划船，亦称小船。但是最适用的，还是在这中间的三道，亦即三明瓦（三明瓦者谓其中舱有两道，后舱有一道明瓦也）。……你如坐船出去，……出城走三四十里路，来回总要预备一天，你坐在船上，应该是游山的态度，看看四周景色，随处可见的山，岸旁的乌柏（即桕树），河边的红蓼和白苹，渔舍，各式各样的桥；困倦的时候，睡在舱中，拿出随笔来看，或者冲一碗清茶喝喝。……你往杭州，去时可于下午开船，黄昏时候的景色正最好看……夜间睡在舱中，听水声、橹声、来往船只的招呼声，以及乡间的犬吠鸡鸣，也都很有意思。"这才是十足的水乡情调。也正是清末诗人李慈铭所谓："藻影浮空动，荷香入定深。橹摇鱼跃际，都是故乡音。"

绍兴自古多文士，代有诗人名家。南宋陆放翁，自是大作手，他眼底的山阴道上，写得最为入神，且看《舍北晚眺》诗云：

> 红树青林带暮烟，并桥常有卖鱼船。
> 樊川诗句营丘画，尽在先生拄杖边。

（杜牧，晚唐诗人，有《樊川集》。宋画家李成，别号营丘，善画山水。）

> 日日津头系小舟，老人自懒出门游。
> 一枝筇杖疏篱外，占断千岩万壑秋。

（筇杖：竹杖，"筇"音穷。）

他还有四首《小舟游近村舍舟步归》诗，其一云：

数家茅屋自成村，地碓声中昼掩门。

寒日欲沉苍雾合，人间随处有桃源。

　　放翁的《稽山行》，也就是徐蔚南氏所写的"山阴道上"。开头总括四句："稽山何巍巍，浙江水汤汤。千里亘大野，勾践之所荒。"（"汤"音伤，"荒"即开辟之意。）下接写道：

　　　　春雨桑柘绿，秋风粳稻香，
　　　　村村作蟹椴，处处起鱼梁。
　　　　陂放万头鸭，园覆千畦姜，
　　　　春碓声如雷，私债逾官仓。
　　　　禹庙争奉牲，兰亭共流觞，
　　　　空巷看竞渡，倒社观戏场。
　　　　项里杨梅熟，采摘日夜忙，
　　　　翠篮满山路，不数荔枝筐。
　　　　星驰入侯家，哪惜黄金偿？
　　　　湘湖莼菜出，卖者环三乡。
　　　　何以共烹煮，鲈鱼三尺长，
　　　　芳鲜初上市，羊酪何足当。
　　　　镜湖滀众水，自汉无旱蝗，
　　　　重楼与曲槛，潋滟浮湖光。
　　　　……

　　我初次到绍兴，那是民国初年的事，距今差不多五十年了。暮春天气，菜花正黄，夹杂着紫色苜蓿花，一片锦绣，一阵阵风送麦叶清香，仿佛回到我自己的家乡；所不同者，船从田垄中穿过，一片清香气息，掩盖了小船舱外耳。其后二十五年，1937年冬天，间道经曹娥江返杭州，从百官下船，时逢急雨，沙沙打窗，脚划船声声打桨；我静静躺着，听船底潺潺水声，知道船在向绍兴驶去。第三次到绍兴，那是抗战第三年（1939年），依旧从余姚、上虞，渡江到百官，也乘了脚划乌篷船到绍兴，先后住了一个月，这才对山阴道中的人情风俗，有进一步的了解。虽是战乱时期，也曾访寻历史上的绍兴胜迹：禹陵、快阁、兰亭、柯岩、吼山以及百草园，缅怀往烈，想见他们的生平。第四次到绍兴，乃是1957年夏天的事；这一回的行程，自西而东；既不是坐在乌篷船中卧游，也不曾乘上杭州、宁波间火车。我们坐了汽车，过了钱江大桥，沿公路经绍兴直驶奉化溪口到宁波，中间有一段近百公里的山路，大概是晋代文士王子猷雪夜到剡溪访戴的程途，山行有山行的妙趣，却非我们坐汽车的人飞驶而过所能领略。

直到1958年，看了《祝福》影片，绍兴是祥林嫂的生活背景，于是，水乡风物，鲜明地浮在我的眼前。祥林嫂走出了卫家山，第二天早晨日出，小船荡过河面，她从桥头走向河埠，她在埠石边掬水自饮，抬头看见了鲁镇。她在鲁镇乡绅家做工，在河边淘米，把鱼肠扔给鸭子……这正是我们所最熟悉的。本来，祥林嫂再嫁山农贺老六那一段，正可取景于剡溪山谷中。大概为了摄影工作上的便利，那段山农生活背景，他们才取景于西湖南山的九溪十八涧中，但一般人的印象，确乎看作是在山阴道上了。

我虽非绍兴人，对于绍兴戏的爱好，还在周氏兄弟之上。我在上海时期，已经是绍兴戏的戏迷，吴昌顺和小凤彩的印象，不在谭鑫培、梅兰芳之下。到了绍兴，又看了吴昌顺的《四进士》，他唱调的苍凉，扮演的利落，自可与周信芳并驾（我所说的绍兴戏，乃是有了六百年传统的高腔，并非年轻剧种在上海生根的越剧）。不过坐船看戏的风趣，我还是从鲁迅的《社戏》得来。"……渐望见依稀的赵庄，而且似乎听到歌吹了……那声音大概是横笛，宛转，悠扬。……最惹眼的是屹立在庄外临河的空地上的一座戏台，模糊在远处的月夜中，和空间几乎分不出界限，我疑心画上见过的仙境，就在这里出现了。这时船走得更快，不多时，在台上显出人物来，红红绿绿的动，近台的河里一望乌黑的是看戏的人家的船篷。""月还没有落，仿佛看戏也并不很久似的，而一离赵庄，月光又显得格外的皎洁。回望戏台在灯火光中，却又如初来未到时候一般，又缥缈得像一座仙山楼阁，满被红霞罩着了。吹到耳边来的又是横笛，很悠扬……"夏天，月夜，坐着小船停在水边看戏，该是多么富于诗意的生活。

从我的记忆中，把过去五十年，四次旅居绍兴或久或暂，所得的印象，嵌成一幅山阴道上图，当然和陆放翁的诗篇，主副浓淡，大有出入。

龙山横在城中，好似一个马鞍。大善塔和褒忠塔，矗立在城的南北，山峰上立着"观海""风雨"二亭，一眼看去，就是这么一个东南水乡大城市（那天，我在香港大会堂看《西施传》，各方面都很满意，只是看起来，不像是绍兴——古越国）。"山南亘鉴湖，北连江海，周数里，盘屈江湖之上，状卧龙也。"相传，越王勾践的大夫文种，死后葬在山上，那就有了二千五百年的历史。大善寺和塔，相传南朝梁武帝时代的建筑，也有了一千七八百年的久远记录。我初到绍兴时，寺中香火很盛，每年也有庙会，仿佛南镇殿的香市。春秋时代，那位勾践谋臣范蠡，曾在观海亭所在，造过一所高达十五丈的飞翼楼，那是防吴的瞭望台。后来，又改名"鼓吹楼"，到了南宋，才在遗址上造了"观海亭"。而今海岸迁移，在龙山望海，有点浩渺不可见了。新的纪念所在，山麓有越王台，使人想起了二千五百年前吴越争霸往事，如《西施传》所说的。南面则有风雨亭，便是纪念那位革命女战士秋瑾的新建筑（秋瑾殉难处在轩亭口）。

海外朋友，或许不知道绍兴在历史上出现，比杭州早得多，或许越王勾践称霸浙东之日，杭州还是一片海滩，并无市墟。还有更早的历史，便是那位治水的大禹；他是山西人，死后却葬在绍兴（现代史学家，考证禹迹，可能他是南方的传说中人物，所以绍兴有大禹陵）。从绍兴五云门，踏着石板路，约五六里，便到南镇殿，香炉峰便在眼前了。穿过村庄，过了石桥，就到禹庙大门（乘船的也直泊到大门埠上）。

由于王羲之那篇《兰亭集序》，我十几岁时就已经熟悉了"此地有崇山峻岭，茂林修竹，又有清流激湍，映带左右，引以为流觞曲水……"的文句，像我这样的土老儿，当然不懂得"曲水流觞"是怎么一回事；但我们一到兰亭，实在失望极了！据说，晋代的兰亭不在其地，还要再过去二里多路。兰亭代有修建，清乾隆年代的新建，最为完整。我们在民初所看到的，却是一位布店老板所造的，其人是干净的，却把兰亭修建成"布业会馆"，王羲之在地下，即使不气死，也要笑死，一句话："俗不可耐。"这"布业会馆"之外，有一条一丈多宽的小溪，溪上跨小桥，过桥便是文昌关。过了文昌关，后面便是王羲之大书的"鹅池"二字的石碑。池北便是流觞厅，厅外清流曲折。"布业会馆"中有"兰亭"二字石碑，左面是墨池和墨华亭。所谓"修禊"，一般人是不懂的，而魏晋文士的风雅，也不是后世文士所了解的。只见亭上有人题壁，句云"看景不如听景好"，倒是实话。

鉴湖、绍兴老酒

> 轻舟八尺，低篷三扇，占断苹洲烟雨。镜湖元自属闲
> 人，又何必官家赐与！
>
> ——陆放翁《鹊桥仙·华灯纵博》

到了绍兴，便喝上鉴湖水了。鉴湖，乃是萧山绍兴间的极大蓄水池，本来周围有百多里大，开辟于东汉年间。过去二千年间，四围土田逐渐被侵蚀，没有疏浚，面积缩小到后来，只剩下十五里长的清水湖了。这便是绍兴老酒的摇篮。

说到鉴湖的源流，张宗子就指出从马臻开鉴湖，由汉及唐得名最早。到了北宋，西湖夺取了它的宝座（西湖开辟于唐代）；鉴湖之澹远，自不及西湖之冶艳了（这是张宗子的评语）。至于湘湖（在绍属萧山），则僻处萧然，舟车罕至，因此，韵士高人，谁也不曾着眼过。

在唐代，鉴湖和一位隐士贺知章有过一段因缘。贺知章字季

真，号四明狂客，会稽人。官秘书监，天宝初请为道士，求周宫湖数顷为放生池。有诏赐镜湖剡川一曲。放翁那首词中的话，就是从这一故事翻出来的。（贺知章有一首《回乡偶书》诗："少小离家老大回，乡音无改鬓毛衰。儿童相见不相识，笑问客从何处来？"乃是一直传诵的诗篇。）在我们记忆中，陆放翁与鉴湖的因缘，更是密切。我们出了绍兴偏门再向南走，便到了鉴湖，顺着湖边走三里路，便到了南宋诗人陆放翁故居"快阁"。那是放翁晚年饮酒赋诗之地。本来有些假山、石桥和春花秋水楼、飞跃处等胜地，还有藏书满架的书巢。我们曾经在快阁逗留过一晚，可是在抗战后期，日军进占绍兴时，"快阁"也就被破坏，化为陈迹了。放翁在《书巢记》中说："……吾室之内，或栖于椟，或陈于前，或枕藉于床，俯仰四顾，无非书者。吾饮食起居，疾痛呻吟，悲忧愤叹，未尝不与书俱。宾客不至，妻子不觌，而风雨雷雹之变有不知也。间有意欲起而乱书围之，如积槁枝，或至不得行，则辄自笑曰：'此非吾所谓巢者耶。'"这倒是我所最欣羡的去处。

南宋淳熙八年（1181 年），放翁从江西回山阴，正月到家，这就是他经营快阁的开始，他曾写《小园》诗云：

小园烟草接邻家，桑柘阴阴一径斜。
卧读陶诗未终卷，又乘微雨去锄瓜。

历尽危机歇尽狂，残年惟有付耕桑。
麦秋天气朝朝变，蚕月人家处处忙。

村南村北鹁鸪声，水刺新秧漫漫平。

行遍天涯千万里，却从邻父学春耕。

放翁的另一遗迹，便是绍兴禹迹寺。故址上的沈园，那是他和被迫离去的妻子唐琬重逢之地，"伤心桥下春波绿，曾是惊鸿照影来"，有名的《钗头凤》悲剧，就在那儿上演的。"春如旧，人空瘦，泪痕红浥鲛绡透"，我们的耳边，一直响着这一段哀歌（鉴湖，乃是放翁酒泪的伤心地）。

一楫兰溪自献酬，徂年不肯为人留。
巴山频入初寒梦，江月偏供独夜愁。
——陆放翁《龟堂独酌》

我们翻看陆放翁的《剑南诗稿》，他有很多饮酒、醉中独酌的诗篇，这位诗人是会喝酒的。他颇欣赏金华兰溪的老酒，如这首诗所说的。在酒的历史上说，金华府属的义乌、兰溪，好酒的盛名，还早过了绍兴，唯一的反证就是那位葬在绍兴的大禹王，他是恶旨酒的，或许四千年前，绍兴已经酿酒了。放翁平常喝的，当然是绍兴本地的酒，他在《游山西村》中说："莫笑农家腊酒浑，丰年留客足鸡豚。"绍兴农村原是家家酿酒的。

绍兴酒是用糯米做的黄酒，和用麦或高粱做的烧酒，一辛辣，一醇甜，自是有别。绍酒之中，一般的叫花雕，坛上加花，原是贡品。（十斤装的叫京庄，专销京津；二十斤装的叫行使，专销湖广。目前小坛装的三斤，大坛装的二十五斤，上海南货店都有出售。）加料制造的，有善酿、加饭、镜面各品，酒味更醇。还有一种女贞酒，富家育女，便替她做酒加封，藏在地下，作为出嫁日宴客之用，故名女贞。酒越陈越香越醇，十年五年埋着，如《儒林外史》所写的杜家老太爷埋藏二十年的陈酒，镶了新酒，那几位酒翁，喝了才过瘾。

绍兴府属各县，都有绍酒酿坊，西郭、柯桥，沿鉴湖各村镇，散布很广；以东浦为最上，阮社次之，据说东浦以桥为界，内地也有上下床之分，那只好让行家去鉴别了。阮社村到处都是酿坊，满堤都是大肚子的酒坛，一眼看去，显得这是醉乡了。绍酒所以特别好，行家说主要条件之一是鉴湖水好。我的朋友施叔范，他是诗翁，也是酒伯。他说：真正的佳品，必须汲湖水酿造；水的成分不要过清，也不可过浊；清则质薄，日久变酸，浊则失掉清灵之气。鉴湖水，源出会稽，有如崂山泉，所含矿质，恰合酿酒之用，因此绍酒独占其美。（我个人的看法，金华酒并不在绍兴之下，只是产量不多，行销不广，让绍酒占尽声名而已。）

做酒是一种艺术。酿酒行家，叫缸头师傅。这种师傅我们家乡也有。首先把糯米浸了，再放上饭蒸（一种大木桶的蒸具）去蒸，蒸熟了，摊在竹垫上，等它凉下来，再拌上酒药；酒药的分量得有斟酌，多则味甜，少则味烈。接着把它放在大缸中"作"起来（"作"即是发酵之意）。究竟"作"多少日子，那就看缸头师傅的直觉判断了；总是听得缸中沙沙作响，有大闸蟹吐沫似的，看是"作"透了，再由酒袋装入酒架，慢慢榨出来。这榨入缸中的酒汁，一坛一坛装起来。再用泥浆封了口，一坛坛放入地窖中去，普通总是半年十月，就可开坛了；一年以上，便是陈酒，市上出售的，大多是一年陈的。我不会喝酒，却懂得做酒，因此，看看别人的描述，觉得不够切实。

"作"酒时期，我们也可喝连糟酒，称之为"缸面浑"，其味较醇，却不像"酒酿"那么甜。酿了头酒以后，还可再酿一次，其味淡薄，我们乡间，称之为"旁旁酒"（不知究竟该怎么写）。

杜甫的《饮中八仙歌》，那八位酒鬼都很有趣。不过，他们喝的不是绍兴酒，汝阳王李琎，他要去的是"移封向酒泉"（今甘肃），并非到绍兴。我不会喝酒，要喝还是喝绍兴老酒。

绍兴老酒，我说过是一种糯米酒，味儿醇厚，黄澄澄的。我喝过一坛十五年陈的枣酒，那简直像酱油一般。我们一想到茅台、大曲、汾酒、高粱那股辛烈的冲劲，就觉得冬日跟夏日的不同。我们喝绍兴酒，总是一口一口地喝，让舌尖舌叶细细享受那甜甜的轻微刺激，等到喝得醉醺醺时，一种陶然的心境，确乎飘飘欲仙。我们从不像欧美人那样打开了瓶嘴，尽自向肚子灌下去，定是要喝得狂醉了才罢手的。鲁迅曾在一篇小说中，写他自己走上了一石居小酒楼，坐在小板桌旁，吩咐堂倌："一斤绍酒。——菜？十个油豆腐，辣酱要多。"他很舒服地呷一口酒，酒味很纯正，油豆腐也煮得十分好；可惜辣酱太淡薄。这就是酒客的情调了。在绍兴喝酒的，多用浅浅的碗，大大的碗口，一种粗黄的料子，跟暗黄的酒，石青的酒壶，显得那么调和。

要说绍兴酒店的格局，鲁迅在《孔乙己》那小说的开头，有过如次的描写：当街一个曲尺形的大柜台，柜里面预备着热水，可以随时温酒。做工的人，傍午傍晚散了工，每每花四文铜钱，买一碗酒，靠柜外站着，热热地喝了休息；倘肯多花一文，便可以买一碟盐煮笋，或者茴香豆做下酒物了。店的后半雅座，摆上几个狭板桌条凳，可以坐上八九十个人，就算是很宽大的了。下酒的东西，顶普通的是鸡肫豆与茴香豆。鸡肫豆乃是白豆盐煮漉干，软硬得中，自有风味，以细草纸包做粽子样，一文一包，内有豆二三十粒。茴香豆是用蚕豆即乡下所谓罗汉豆所做，只是于煮加香料，大茴香或是桂皮，也只是一文起码，亦可以说是为限；因为这种豆不曾听说买上若干文，总是一文一抓；伙计也很有经验，一手抓去，数量都差不多，也就摆作一碟。此外现成的炒洋花生，豆腐干，盐豆豉等，大体具备。但是说也奇怪，这里没有荤腥味，连皮蛋也没有，不要说鱼干、鸟肉了。我们家乡的酒店，也是这么一个格局，假使《孔乙己》要上演，这样布局是不可少的。

说到孔乙己喝酒的咸亨酒店，周启明先生还写了几段小考证：咸亨酒店开设在东昌坊口，坐南朝北，店堂的结构与北京的大酒缸不相同。在上海一带那种格式大抵是常有的。——当街一个曲尺形的大柜台，柜台边有一两人站着喝碗酒。那情形也便差不多了。在绍兴吃老酒，用的器具与别处不大一样，它不像北京那样用瓷茶壶和盅子。店里用以烫酒的都是一种马口铁制的圆筒，口边再大一圈，形似倒写的"凸"字，不过上下部当是一与三的比例。这名字叫作窜筒，读如生窜面的窜，却是平声。圆筒内盛酒拿去放在盛着热水的桶内，上边盖板镂有圆洞，让圆筒下去，上边大的部分便搁在板上。这么温了一阵子，酒便热了。一窜筒的酒称作一提，倒出来是两浅碗；这是一种特制的碗，脚高而碗浅，大概是古代的酒盏吧。

绍兴人喝黄酒，起码两浅碗，即是一提；若是上酒店去只喝一碗，那便不大够资格。

绍兴师爷

南宋政论家叶水心谓："今天下官无封建而吏有封建。"顾亭林乃在《郡县论》里引申叶氏之义谓："州县之敝，吏胥窟穴其中，父以是传之子，兄以是传之弟，而其尤桀黠者，则进而为院司之书吏，以掣州县之权，上之人明知其为天下之大害而不能去也。"这就把绍兴师爷的内幕揭露出来了，他们不是几个才智之士，而是一个集团，他们也和封建组织一般，父子相承，师徒相继，有他们的传统势力的。冯桂芬说："吏户兵工四部，每部不下千人之多，其渠数十人，车马宫室衣服妻妾之奉，埒于王侯，内外交结，隐语邮书，往来旁午，辇金暮夜，踪迹诡秘，莫能得其赃私都数。尝与一绍兴人拟议，吏部四司，岁约三百万，兵部官少而费更大，户部有盐漕，工部有河工，计四部岁不下千万。外省大小衙门，人数尤众，婪赃更多，更不止千万。究银所自来，国家之帑藏居其三，吾民之脂膏居其七。今天下之乱，谁为之？亦官与吏耳，而吏视官为甚。"大家都已明白，"绍兴师爷"不只是一个政治集团，也是一个贪污集团，"六部，书吏窟穴其中，渔利舞文，往往舍例引案，上下其手。""各省院司书吏，多与部吏勾通，其各府州县衙门书吏，又往往勾通省吏。"造成了积重难返的情势。最近从美国回到台北的陈立夫，他们兄弟主持中央政治学校，就想网罗天下的专署、县、区的科长、科员于一家之手，造成新的"师爷集团"，所以他虽离开国民党的政权十多年，而其声势一直不衰。

吏胥的地位，几乎一代低于一代，但他们操纵把持的力量，却一代增于一代。他们把持时政，广纳财货，由来久矣。顾亭林《日知录》吏胥条："唐郑余庆为相，有主书滑涣，久司中书簿籍，与内宫典枢密刘光琦，相倚为奸。每宰相议事，与光琦异同者，令涣往请必得。四方书币贽货，充集其门，弟泳官至刺史。及余庆再入中书，与同僚集议，涣指陈是非，余庆怒叱之。未几罢为太子宾客。其年八月，涣赃污发，赐死。宪宗闻余庆叱涣事，甚重之，久之，复拜尚书左仆射。韦处厚为相，有汤铢者，为中书小胥，其所掌谓之孔目房。宰相遇休假，有内状出，即召铢至延英门付之，送知印宰相。由是稍以机权自张，广纳财赇。处厚恶之，谓：'此是半装滑涣矣'，乃以事逐之。"吏胥弄权，可以左右宰执，甚至可以打击宰执；权势如此，"师爷"诚不可为而可为的呢。

五种"师爷"之中，"刑名钱谷"二者最为重要。可是县政得失，每在疏忽小处，发生了大漏洞。我的一位朋友，就是在"挂号"的方面出了毛病，以至于丢官，几乎入狱的。汪辉祖在《学治臆说》中说："刑名钱谷，动系考成，尽人而知，其当重矣，抑知赋繁之地，漏催捝搁，及大头小尾诸弊，实皆征比核之，而词讼案牍，刑钱多不上紧，全在号友稽查催办，至书启庸拙疏忽，亦足贻笑招尤，无一可以易视。"他是经验丰富，确有所见的。

我在绍兴城中，看了吴昌顺主演的《四进士》。那位见义勇为打抱不平的宋士杰，把一位老讼师的风度恰如其分地表达出来了。"讼师"与"绍兴师爷"是同一窟的狐狸，他们的权谋术变，也很相近。不过，旧中国的政治，乃是半儒家、半法家而采用术治的政治，因此，国家的法律，藏之于官府，并不公之于天下，让老百姓共同知闻的。一个地方官，与当地巨室朋比为奸，那是常事，但逃不过"恶讼师"的明眼。因此县官上任，捉拿讼师，也算是政治手法之一。宋士杰年纪老了，决定收山了，但激于正义感，不能不出来主持正义，这就得冒充军入狱的危险。《四进士》这剧本，是同情有正义感的讼师宋士杰的。做"盾"的唯恐伤人，做"矛"的唯恐不伤人，这便是"讼师"与"师爷"的两面。在我的幼年还是"讼师"时代，到了我的少年，已经是"律师"时代，民主政治的法律观念已经改变了。

绍兴杂拾

衙前、平水

我的一师同学之中，诸暨人最多，其次则是萧山人。在社会革命前期担当前驱工作的徐白民、宣中华，他们都是诸暨人，但他们都是萧山衙前这一洪炉锻炼出来的。有一时期，我颇想用衙前做背景写一本表达知识分子思想变迁的长篇小说；可是，此间（香港）有一位妄人，却说有种种挂碍，因此，没曾写下去。

民国初元，衙前有一位火辣辣的人物沈玄庐先生，他是屠格涅夫一型的地主，满清末年还做过几任知县大老爷，可是投身革命，和刘大白、沈仲九、邵力子诸先生，都是当时的激进分子。辛亥革命成功，他是浙江省议会第一任议长。才气纵横，散文、诗歌，富有煽动性。他在五四运动时期，主编《星期评论》和北方的《每周评论》，同为新文化运动的讲坛。我的一点新观念，还是受他们的熏陶而得的。后来，他创办了衙前小学，实在是鼓吹社会革命的东南据点。这位最为绍兴乡绅所头痛的沈老爷，就和泥脚朋友平起平坐，颇有旧俄民治派风度。在他的感召之下，那位为农民运动而牺牲的李成虎，乃是现代社会革命的第一个战士，真正的农民，揭竿而起的。刘大白师还写过这么一首悼诗：

> 成虎，一年以来，你的身子许是烂尽了吧。
>
> 然而你的心是不会烂的，活泼泼地在无数农民的腔子里跳着。
>
> 假使无数农民的身子都跟着你死了，田主们早就没饭吃了；
>
> 假使无数农民的心都跟着你的身子死了，田主们却都可以永远吃安稳饭了。
>
> 然而不会啊！
>
> 田主们多吃了一年安稳饭，却也保不定还能再吃几年的安稳饭。
>
> 你的身死是田主们的幸，
>
> 你的身死心不死，正是田主们的不幸啊！

大白先生，绍兴平水人。平水镇在香炉峰的脚下，山陵平衍，成为一大平原，四山环翠，溪流交错，那儿的"平水茶"和"龙井茶"一样，同为世人所爱好。在那山区，有云门、平阳、寿圣三寺，正是唐人所谓"南朝四百八十寺"的名寺的一部分，以云门寺为最著，岩间石刻，留着大书法家智永的遗迹。相传大禹治水，到此水平，乃称平水；大禹，大概是越民族的古代传说人物，因此，他的坟墓也在绍兴，绍兴城中也有禹迹寺。他所治的水，大概是钱塘江，不一定和黄河的洪水有关。

据唐代大诗人元微之《长庆集序》："尝山游平水市中，见村校诸童竞习诗，召问之，曰：'先生教我乐天微之诗也。'"这山水明秀之乡，乃是诗人的园地呢，大白先生的"白屋"，也就在小溪之右。他曾有《白屋说诗》之作，也是现代文学史上的故实。

大禹陵

我第一次游大禹陵，乃是四十多年前的事。庞然一大堆土，竖着一块石碑，实在看不出什么。陵前大禹庙，也是古老黯淡得很，只有一印象很深，总有无数的蝙蝠，满殿飞舞，吱吱作声，张起翼来，有车轮那么大。它们栖息殿梁上，积粪遍地，有的还躲在大禹神像的耳朵里。禹像垂旒搢笏，容像庄严，约有二三丈高，看起来好像各地的城隍菩萨。殿侧高处有空石亭，石高五尺如笋尖，中有断纹，上有空穴。志载石上有东汉顺帝时刻文，已漫漶不可辨识了，宋刻文尚可读。石旁有两碑，一曰禹穴，一曰石纽，篆势飞动。庙门外那有名的岣嵝碑，系乾隆时所摹刻的。

大禹治水的故事，流行得很早。说他疏九河，凿龙门，九河自以黄河为主体，他所凿的龙门，便是今日黄河水利重心地区三门峡。但据水利专家地质专家如丁文江氏的研究，龙门乃是天然冲成的，不是人工所做得到的。大禹治黄河，只是传说中的人物而已。不过，大禹，这位脚步很健的工头，他生长在西北，为什么要死在浙东，葬在会稽山呢？这就使人怀疑他只是古代越民族的传说人物，他所治的水只是钱塘江，并非黄河。此一说也。大禹生平事迹中，有一件大事，便是会诸侯于涂山（今安徽怀远东南八里），显然又是淮河流域的传说人物，他可能治的是淮河。此又一说也。（《汉书·地理志》："其君禹后，帝少康之庶子云。封于会稽，文身断发，以避蛟龙之害。"）

由于古代社会民族文化的研究，我们才懂得若干传说中人物，乃是一种部落的"图腾"；因此，许多史学家，就联想到"禹"（《说文》云：虫也），如顾颉刚所说的，或是九鼎上铸的一种动物。王伯祥说：禹或是龙，大禹治水的传说，与水神祀龙王事颇相类。这样解释，本来很通，古越民族以"禹"为"图腾"，禹乃成为治水传说中人物，由南而北，普及全国，已经言之成理的。这一来，在当时，触了一位文士刘永济的大怒，他写了七首《沪战杂感》（沪战即一·二八战役），其二云：

仲尼无父禹为虫，大圣玄言总凿空。

今日上邦文物尽，有谁流涕叹为戎！

这位刘诗人，颇有叶德辉的口吻，他说："晚近学风，务反旧说，自命新奇，颓波所被，举凡先圣典谟，可以行己立国者，皆视为陈腐迂阔，尽扫而空之。于是礼防大毁，人欲横流，虽无外侮，已无以立国，一旦祸发，安得不仓皇失措哉！失地辱国，特其必食之果耳。"如他所说的，日本进攻沈阳、上海，乃是国人说仲尼是私生子，大禹是爬虫的缘故，这样的推论，实在想不明白的。

大禹传说之中，还有"禹恶旨酒"的说法，这位历山泽的工头，他在草里走、水里浸，不喝点酒怎么行？或者，他是说要喝高粱、大曲、茅台，不喝绍兴酒；因为绍兴酒太甜，进口容易，醉了也不明白的缘故，偏生他自己的坟墓，又恰好在酒乡之中，岂非自我讽刺？一笑。

溪口、雪窦寺

上月底，草山老人在台北过生日。他老人家避寿如仪，他的部属祝寿也如仪。台北有几家报纸刊载奉化溪口专栏，兼及雪窦寺。那位写掌故的芝翁，似乎对溪口情况也不很熟，眼前的溪口，他又不曾到过，说起来十分隔膜。溪口本来是我的旧游之地，前几年，又去看了一回山水胜景，门庭依旧，只是梁上燕子飞入平常百姓家了。今日台湾人士，当然不会知道溪口新景；海外人士，也很少到过今日的溪口。因此，一位朋友，出了题目，要我谈谈今日的溪口。

上回，我幽默地说天下和尚都可杀，至少花和尚鲁智深一定拍手赞成。至于寺院和尚带着势利眼，有"坐，请坐，请上坐；茶，泡茶，泡好茶"的对联可证，并非我诬陷他们。且说奉化雪窦寺的方丈太虚法师，就是一个政治和尚，和那位洋和尚于斌，瑜亮一时，算得一对活宝贝的。有一回，我们到了雪窦寺，太虚恰好到印度去了，他的高足弟子××在那儿主持寺务。他很客气地请我们喝茶（当然是泡好茶了）。我问他："法师，一个叫花子到寺中来，和蒋委员长到寺中来，像你这样道行很高的法师，有差别相？无差别相？"他说："无差别相。"我说："口中无差别相，心中有差别相，是差别相？非差别相？"他一脸通红，说不出来。我笑道："又何必难为情呢？你何妨说：有差别相，是世间法；无差别相，是出世间法。蒋委员长来了，太虚如不出来迎候，只怕雪窦寺早已开不成了。"当然，像我这样的新闻记者是有差别相的。

有人以为雪窦寺的名声，乃是草山老人的光辉，那真小看了雪窦寺了。雪窦寺在晚唐已负盛名。陶谷《五代乱纪》云："巢既遁免，祝发为浮屠，有诗云：'三十年前草上飞，铁衣着尽着僧衣。天津桥上无人问，独倚危栏看落晖。'"又《僧史》言："巢有塔，在西京龙门，号翠微禅师，而世传巢后住雪窦，所谓雪窦禅师即巢也。明州（宁波）雪窦山有黄巢墓，岁时邑官遣人祀之至今。"可见雪窦寺已有一千多年的历史。（《雪窦寺记》，宋淳化三年，赐御制赋诗。祥符三年，仁宗梦游此山；淳祐五年，理宗御书赐四大字："应梦名山"。）要说雪窦寺和草山老人有什么关系，那只有种种无稽之谈，有的说老人原是雪窦方丈的孩子，有的说老人的老父，乃是雪窦寺的伙头，传信传疑，无从考证的。

雪窦寺自古为林泉胜境，其地有妙高台、藤龛、含珠林、锦镜池、石窦、千丈崖、瀑布泉、桃花坑、龙隐潭诸胜。而以妙高台、千丈崖为最著。草山老人归溪口时，总是住在妙高台的多。台前有一联，云：

　　　　台前飞瀑长留，激浊扬清，淡泊能明高士志；
　　　　窗外孤峰特立，居高临下，鞠躬须识老人心。

目前，这是溪口招待所，我们到溪口时，就住在妙高台。那天，我就引用了于右任先生的诗句："风虎云龙亦偶然，欺人青史话连篇。中原代有英雄出，各苦生民数十年。"另一首云："无聊豫让酬知己，多事严光认故人。面上征尘衣上血，千秋赢得一沾巾。"

和雪窦寺有关的史迹，我们可以重看《雪窦寺记》，但莫德惠所提到的王阳明，却和雪窦寺无关。我知道读者诸君，对雪窦高僧的圣迹，并无兴趣。阳明山虽在台北代替了草山的徽号，又知道台湾人士也未必对王阳明有什么印象。我不妨在这儿提一提的，倒是那位长时期囚居在新竹，近年静住阳明山的张学良，他的囚居第一站，却正在溪口雪窦寺。张氏梦魂中，对雪窦寺的印象，一定比老人深得多。西安事变后，张氏待罪随着老人到了南京，军事法庭判处其十年徒刑。老人以父辈管教子侄的说法，把他送到自己的家乡溪口去。张氏就住在雪窦寺旁边的中国旅行社。（在溪口的中国旅行社有两处，一处在镇西武岭公园，一处在雪窦寺。）当时，也曾在寺的另一边，构筑新居，准备张氏久住。新居未成，而卢沟桥战事发生，接着又起了八·一三淞沪战争。张氏奉命内迁，便结束雪窦寺的囚居生活，先后不及一年。

张学良在雪窦寺的囚居，只能算是画地为牢。沿武水泛排而下，可以到镇口文昌阁一带，那是尽头了。沿武水可以上登四明山，不过，他不会有机会上相量岗，极目杭州湾的云烟的。他们的行迹，除了雪窦寺，可以跋涉青龙潭、千丈岩、和尚坟那些山川胜迹，就是不能再上妙高台了。那时，千丈岩边住着一位东北籍的寂光和尚，乃成为张氏的方外交。张氏是一个爱热闹的人，突然要过这样枯寂的幽居生活，当然心有不甘；因此，他找寻种种方式来发泄心胸的苦闷。有时游水，有时打网球，有时骑马射箭，有时买了大批鞭炮，点燃发放，噼啪声满山谷，引以为乐。雪窦寺前，有一株高达八九丈的参天大树，浓荫远蔽，那就是他们的运动场。张氏的精神，就是在那一天地中慢慢磨炼净化的。

千丈岩的清泉，原是雪窦寺那一股山水泻注而来的；春夏之间，春雨狂泉，直注岩头，瀑布高悬，蔚为奇观，虽不如雁岩、天台，却也和庐山三叠泉媲美。这样壮美的自然境界，容易引我们超乎自然，如李白所咏"遥见仙人彩云里，手把芙蓉朝玉京"的诗境。千丈岩正如鹅湖的舍身崖，历来有人在那儿投崖的。有一回，张氏在那儿扶乩消遣，召来一个冤鬼，自称"李进，明末人，在奉化做驿丞的"。（驿丞，仿佛是中国旅行社的主任或总干事。）张氏问他住在哪儿，他说就住在千丈岩底，一定是投岩而死的冤鬼。可惜，今日的张学良，还没有机会写回忆录，否则这一段雪窦寺囚居录，一定十分动人。

清《一统志》言：雪窦山和瑞峰山，都是从天台山发脉，向东北一百三十里，涌为二百二十峰，中有三十六峰，绵亘奉化、慈溪、鄞县、上虞、嵊县、宁海诸县境，上有方石，四面如窗，通日月星宿之光，故曰四明。从雪窦寺上山，我们到过海拔一千余公尺的天宫峰，天宫峰的南部，为相量岗。那儿，一座五开间的平楼，才是蒋经国回国后在乡静居修习之地。在岗上，东北引望，可见镇海的洋面，东南可以遥见象山港的帆影，转向北面，又可以看到杭州湾的烟云。这么一想，溪口在军事地位上，可以看出它的重要性了。十六年前，当草山老人从南京引退到溪口休养时，解放军的四明支队，已在相量岗一带有所活动，真的卧榻之际，有人在那儿伸足了。

溪口镇，就在武水的口上。武水亦称剡溪，水浅不能通船，山农以竹排往来其间，也可说是最简朴的水上交通工具。口上那临流山阜上的文昌阁，倒和过去的国民党政权有密切关系。九·一八国难发生，汪精卫带着腰中的子弹在这儿住了一些日子；京粤合作的局面是在阁中商定的，接着乃有一·二八的淞沪战役，又接着订立了淞沪停战协定。我知道桂系若干政要，也在那儿住过，蒋桂合作的局面，也在文昌帝君昭鉴之下达成。镇口右岸那所庭院，便是武岭学校。我所认识的朋友，在那儿住过的很多。奉化水蜜桃，其种来自上海龙华，却比龙华更驰名世界，每年都有大量到香港来。对于除虫、接种、罐装工作，武岭颇尽了一点力。溪口另一特产，便是竹笋。溪口实在是山区，宁波如生厂的油焖笋，一部分就是武岭山农所供应的。武岭学校也在这一方面做了一些事；武岭只是一个职业学院，分农、商二科。主持这一学校的教育长，先后都是农业专家。

溪口地处交通冲要，水陆交通，战时集中在那儿，沿溪商店林立，战后依旧很繁荣。全镇近千户人家，草山老人这一族姓蒋的是镇中大族。镇西那一头，都是山农。我曾访问过一回，他们都是从台州来的山农，以开山为业的。所谓开山，就是种竹挖笋，砍柴烧炭为生，镇中人叫他们烧炭佬。他们和蒋族没有多少关系，因此，草山老人有什么政治上大波动，和他们绝无影响。他们才是鼓腹而歌，说"帝力何有于我哉"的羲皇上人。

草山老人，在政治上起伏的波动很大，可是，溪口镇上人，连蒋姓的人受影响并不很大。前几年，我重访溪口，那位刻着"蒋委员长舅父"头衔的舅父，依旧在那儿自食其力。老人的私宅，依然如旧，私宅那一圈房子，有一所平房，那就是蒋母生前起居之所，使我们想见百年前蒋家的境况。

本来，溪口镇西的武岭公园，和蒋母墓园，乃是游人最感兴趣的所在。公园已毁于日军侵占时期。草山老人先前在墓园所布置的石碑墙刻，还是二十年前的旧景。只是游客们不知道国民党政权的内部矛盾，如何在那儿反映着了。

富春江上

  最近，许多从大陆观光回来的朋友，都到了新安江；他们并不知道"一滩复一滩，一滩高十丈；三百六十滩，新安在天上"的往事，只知道在新安江水坝上蓄水池泛舟，可以乘小轮到屯溪。他们并没有到屯溪，也不明白皖南人会把这件事看作人类史上的奇迹。不过，他们这回到新安江去，并非乘浙赣路车经金华转向兰溪支线通往淳安，而是沿富春江岸公路线，经富阳、桐庐、建德前往的。因此，罗兄回来，不断赞叹富春江上的景物；一个生长在阳朔桂林山水间的文士，而推许富春江秋色，其风光媚人，可想而知。

  本来东晋南朝文士，从西北黄土层来到东南水乡，已经觉得山阴道上，目不暇接。可是，那时文士吴均，到了富春江上，写信告诉友人朱元思道：

> 风烟俱净，天山共色，从流飘荡，任意东西。自富
> 阳至桐庐，一百许里，奇山异水，天下独绝。水皆缥碧，

千丈见底，游鱼细石，直视无碍。急湍甚箭，猛浪若奔；夹岸高山，皆生寒树，负势竞上，互相轩邈；争高直指，千百成峰，泉水激石，泠泠作响。好鸟相鸣，嘤嘤成韵；蝉则千转不穷，猿则百叫无绝；鸢飞戾天者，望峰息心，经纶世务者，窥谷忘反。横柯上蔽，在昼犹昏；疏条交映，有时见日。

这一幅图画，罗兄必定有先得吾心之感。吴均这一封信，仿佛是一首散文诗，音律铿锵，几乎难于做适当的话译，我们还是从讽诵中求之。

钱塘江自富阳以下，江面宽阔；范成大所谓"富春渡口明人眼，落日孤舟浪拍天"是也。富阳以上到桐庐桐君山下长糕洲边，这一百里许，便是严子陵隐居游钓之地。严光，字子陵，是浙东余姚人。少时和东汉第一位皇帝刘秀是同学。刘秀做了皇帝，他改变姓名，隐居不见，披羊裘钓于泽中。刘秀思念他，寻访得之，三请而后才来，除官谏议大夫，坚持不就，归隐富春山，耕钓终其身。他的舟居生活，就在这一百里江面上，当然不会上钓台去钓鱼的。大家请恕我这土老儿说傻话，我第一回到杭州，觉得西湖并没有怎么了不起的美。进一师第一个月，国文教师叫我读这篇吴均写给友人的信，我想到富春江上的景色也不过如此，这番小孩子的话，当然不敢说出来。后来才知道古代文士写的都是一时直觉；七里泷中，又是一番景色。而兰溪横山、金华八咏滩，在诗人笔中也是如画如绣。即说我们家乡的挂钟尖，也够得上和桐君山、独秀峰争胜的。金华山水，本不在富阳、杭江之下，难怪我这土老儿一眼就把西湖看低了。

有一年秋天，霖雨经日，飙风时起，我们的轮船从桐庐下驶，过了富阳，就在滔天白浪中打旋，连闻家堰都靠不拢，只好弯向临浦镇停泊。拖轮一直腾起暴落，终宵在澎湃中起伏。大家瞠目结舌，紧握着拳头，好似等待被海神吞下去。那一晚，我才体会到壮美的场面，那是我们乡居人所不曾经历过的。又有一回，我们的帆船驶下长糕洲，已经三更时分，远看桐庐，渔火点点，桐君山只是那么一个庞然黑影，有如老僧入定。回看七里泷中，山高月小。耳边只听得轻桨打水，拍拍作声，有如乳母鸣儿入睡。我忽然体会到这是静美的境界。境与情遇，心随物转，有时物我两忘，这才体会到"天地之悠悠"，不禁怆然而涕下的。

钱塘江的海潮泛滥，潮汐就到富阳城外为止。富阳以上，便是清冽的淡水。海中鲥鱼，黄梅泛中，上溯淡水区产子，直入七里泷；因此，富春的五月鲥鱼，自是珍品。鲥鱼离水即死，前人有人生五大恨事之语，其一便是吃不到活的鲥鱼，只有在富春江上，才买到鲜活的鲥鱼，我曾吃过好多回，亦一快事也。海外上海菜馆所吃的鲥鱼，大多是从镇江、九江来的，当然经过冰封；好在鲥鱼味美在鳞，雪藏也没多大关系；比之富春江吃活鱼，自差得多。有一回，船过七里泷，看见江上渔舟正网得一尾鲥鱼；舟子替我们买了来，立刻动手剖洗，在锅上蒸起来，正是"一尺鲥鱼新出水，松枝炊火味无双"。舟子的蒸法是这样，洗干净了，用荷叶包着，摆上冬菇，隔水炖着；炖好了，用葱姜蘸着吃，其鲜美，非言语所能形容。我在洛阳吃过黄河鲤，在吉林吃过白鱼和丰满的鲫鱼，在香港吃过石斑，在西湖楼外楼吃过醋鱼，总觉得不及那一回的好；用一句乡间语来形容，几乎把自己的舌头吞下去。这是该献给皇帝吃的美味，不过，迢迢万里，不要说八百里驿马，兼程入贡，即算用飞机运去，也总得打折扣了。我想严子陵当年一定吃过，这一点，就比汉光武的口福好得多了。

我少年时期，浙赣路未修筑，从家乡到杭州，年年往来富春江中，真是严子陵的同路人。也正如那位山阴道上大诗人陆放翁所写的：

> 桐庐处处是新诗，渔浦江山天下稀。
>
> 安得移家常住此，随潮入县伴潮归。

（南宋淳熙七年，放翁从江西放归，途经桐庐渔浦返山阴时所作。）

我对于桐庐、富阳这一带江村有特殊的感情。桐庐在桐江口上，那是通往于潜、昌化、天目山一带的支流，和新安江一样清浅。钱塘江上的小轮，到此便是终点。我们要到钱江上流的，便从此转乘定期帆船两天可到兰溪。桐庐乃成为航程中的转换站，上下钱江，一定在这儿歇脚。桐庐之于我，真是十分亲切；桐江水中，也有着我的乡愁别情。桐君山在桐江北岸，仿佛苏东坡所游的石钟山，庞然巨岗，有如石钟兀坐。渡桐江便到山麓，盘旋而上，长林夹道，上有一庙，一般游客以为是桐君，其实是张王庙，或称张大帝。张王即唐代张巡，宋、元、明代香火遍及东南。自关王庙兴，张王便声名暗淡下去了。庙中藏有梁启超题诗，他们到七里泷，访严子陵钓台回来，经此登山庙时所作，并无新意。庙僧只有这么一点诗卷，可见文士游客之稀少。

从桐庐上驶约十华里，过了长糕洲，便是七里泷口。泷中夹岸危崖陡立，江水深碧，总有七十华里的长泷，出了泷口，便是建德。舟子谓泷中顺风顺水的话，仿佛七里；逆水逆风，就是七十里。在长泷中本可行驶小轮，只因北口浅滩，难以行驶，因此，小轮以桐庐为终点。出泷就看见一颗圆形的巨石，有如馒头，因以为名，那就到了有名的乌石滩。滩有乌金石，故名，乌金其实就是钨矿，石质坚硬而沉重。滩水浅，群石突兀，从滩到严州东关，不过五华里，水浅时，就得拖挨了半天一天才上得去。到了严东关，那就到了新安江入口处了。严东关离建德只有五华里，路程不算远，而且水行还利便。我们上下旅客总在东关歇脚，有一时期，那儿市面也还不错。

我们知道严子陵的生活圈，在富阳、桐庐之间；他或许棹渔舟进入七里泷，未必在那一带安身。这位隐士，他有着光武帝那样的阔朋友，同床而睡，把脚搁在皇帝的肚皮上，也就被千古文士赞叹不已。后世纪念他的严子陵祠堂和严子陵钓台，却在七里泷中，把他的生活圈移到富春江上半截去。那位写祠堂记的范仲淹，就有了"云山苍苍，江水泱泱，先生之风，山高水长"的赞词。

严子陵钓台，在长糕洲南约二十五华里，离严东关约四十五华里，那是富春江的西岸。山脚为严氏祠堂，曲折上山，山径陡而狭，半山有一危崖，平广数丈，便是钓台，离山脚总有二十多丈高。严先生当年是否上过这一台，并无证明。可是好事之徒，总说严先生要爬上半山钓鱼，而且替他设计一种钓竿和钓丝。往来旅客，千千万万，议论很多，却很少有上过钓台的，连那些诗翁，也只是过钓台远望有感而作，除非专程上山，做一天的打算，才会有俯视江流。我是乘了上水船在山脚夜泊，才上过一次山。山脚只有一家严氏后裔，要投宿也很难的。"风雅"一类的事，只能远看而不可近观，我想，再傻的渔翁，也不会上钓台去的。现代严子陵，他们都摇船往来泷中，蓄养鱼鹰来代替丝纶了。我们看见过两只鱼鹰扛起一条活鲥鱼，这是渔夫的实际生活。

钓台其实是两部分，东台与西台，远看好像是一处；近看其实是二台相对峙，也隔开四五丈那么宽。东台便是纪念严先生的；西台呢，江上过往人等，连船老大在内，一口咬定，说是姜太公的钓鱼台，而且说九江的鲥鱼，就是姜太公钓得的鲥鱼，一甩脱了钩，晃过了富春山，落到长江里去了。那位山东佬，为什么要到我们浙江来钓鱼，我心中总觉得有点离奇；可是在夜航船中，这类辩论是犯众怒的，还是算作姜太公钓鱼台的好。其实那西台，比严氏东台还有名些。宋末元初，那位爱国志士谢翱（皋羽）和遗民吴思齐、冯桂芳、严侣等在西台上设文天祥神主，号泣祭奠，击筑而歌，所谓"西台痛哭"者是也。说起来，西台比子陵台更有历史意义。谢氏《西台哭所思》云：

残年哭知己，白日下荒台。

泪落吴江水，随潮到海回。

故衣犹染碧，后土不怜才。

未老山中客，惟应赋八哀！

（谢氏有《西台痛哭记》，文长不录。）

他们当年上西台，也不是住在台上的（在台上简直难以生活的）。谢氏，福建霞浦人。他们到七里泷来，和朋友们先期到芦茨方凤家聚会（方凤和吴思齐是好友，也是宋末志士）。芦茨和将军岩相近，棹舟到子陵台，下行四十里左右，顺水二三小时可到。在台上行祭礼，傍晚下山，仍回芦茨过夜。那是他们集合的地区，其地离我家也只有四十华里，我倒走过许多回。南宋亡国痛，到了明代复国，已经淡了，因此，后世人只记得严先生的风雅，忘了谢翱的悲鸣。和谢皋羽同时，有一位温州诗人林景熙，他曾写了《酬谢皋父见寄》诗：

入山采芝薇，豺虎据我丘；
入海寻蓬莱，鲸鲵掀我舟。
山海两有碍，独立凝远愁。
美人渺天西，瑶音寄青羽。
自言招客星，寒川钓烟雨。
风雅一手提，学子屦满户。
行行古台上，仰天哭所思。
余哀散林木，此意谁能知？
夜梦绕勾越，落日冬青枝。

我希望经过七里泷的过客，先领会这首诗的微意。

新安江的黎明

一滩复一滩，一滩高十丈；

三百六十滩，新安在天上。

——黄仲则《新安江滩》

昨天两位带苏北口音的朋友，在电车上看报。看见报纸上的大字标题："新安江的黎明。"甲问："新安江在哪儿？"乙呢，哎了一声，也没接下去。

大概四五十岁上下的上海人，抗战时期，在东南一带跑过码头的，一定知道新安江在哪儿。可是，他们又会问了："新安在哪儿？"一千多年前，那位大诗人李太白，就到过新安江，他写道："清溪清我心，水色异诸水。借问新安江，见底何如此？"南宋诗人陆放翁也在这儿做过地方官。

钱塘江（浙江）上游，过了兰溪，到了严州（建德）便称严江。过了七里泷，过了桐庐，以下便称富春江。那支从严州汇入富春江的便叫新安江。可是，"新安"这一由来，就得仔细说一说。一千八百年前，这儿是新安郡，包括皖南、浙东的一部分，郡城在今淳安县。今日的新安江水库，正在古新安郡城，即淳安西北。可是，历代建置，隋代郡城，移到了休宁，后来又移到了歙县（徽州，改属安徽）。所以清代诗人黄仲则诗中，所说的"新安在天上"的"新安"，是就徽州而言。新安江也有徽江之称。

我们从杭州上行，轮船只能驶到桐庐为止（九十公里）；桐庐以上，只能通行帆船，定期帆船二天可到兰溪，也是九十公里。进入新安江，上行到休宁（屯溪）或徽州，也是百八十公里，帆船无法通行，只能行驶小舴艋。日期就难以预定，冬日水浅，每天行十里八里都不一定，有时四五里，半月二十天到徽州，算是顺当；有时船只运货，一个月四十天，也说不定。"天上"二字就是这么来的。中间七十二滩，煤滩、米滩最长最险；徽帮学徒，出门学生意，十年八年不回乡，也是常事。古代文士咏叹赣江、新安江，说是有如长江三峡呢。

自从浙赣路通，从杭州到金华，不过三四小时；而杭徽公路既通，朝发午至，不独新安江很少行客，即富阳、桐庐、建德、兰溪、金华的轮运帆运，也只以运货为限。大家连富春江七里泷都忘掉了。可是，抗战中兴，杭、富先后沦陷，桐庐以上，又恢复了帆船。日军再陷金华、兰溪，浙赣通道，要转经新安江，于是浙东淳安、皖南屯溪，一时成为冲要市镇。多少朋友，都从新安江到过淳安，西南大后方，也牢牢记住这一大动脉了。

海外朋友，或许不知道兰溪和屯溪的盛况，让我说一个小小的故事。有一位绍兴大乡绅，他的儿子，偷了二千块银洋逃出家门去了。乡邻告诉他，他那宝贝儿子逃到兰溪去了。他老人家大为放心，只要他儿子不到杭州、上海去，二千块钱花不了的。哪知他赶到兰溪，他的儿子已把这批大钱差不多花完了。兰溪的茭白船（花姑娘船）在百艘以上，再多的钱也花得了。他到了兰溪，才知道在天上的新安（屯溪），一样可以花掉；上海与杭州的享受，在这两处山城，都可以找得到的。

岸上行人莫叹劳，长年三老政呼号。

也知滩恶船难上，仰踏桅竿卧着篙。

——杨万里《过招贤渡》

南宋诗人杨万里作《过招贤渡》诗，题下有小引："余昔岁归舟经此，水涸舟胶，旅情甚恶。"招贤渡在衢州、常山之间，那是钱塘江另一支流，水浅船小，和新安江情况完全相同。我也乘过那一段的小船，身受之感相同。替杨万里诗作注的周汝昌先生，要算古今替诗词作注的第一能手，他也说得不分明。"长年"便是撑船的篙工，亦称老大。撑上水船，一篙下去，便曼声呼号，号喊了就不伤身体。一篙着底，篙把顶在肩上，船行了一段，就全身伏在船舱上。这是我们常见常听的。过了建德，滩便多了，浅了。就拿淳安东门外那一小滩来说，离城只有五华里，却整整撑了一天。因为舟工出建德时，便和上水船结成了帮，到了滩尖，那十只八只船就停在一起。大家下了水，把船一只一只抬了上去。抬一程，撑一程，因此，五里路就有五十里那么长。我们上岸过岗入城，上午九时半已经到淳安，那只船，直到晚上八时半才到埠。

这样"滩恶船难上"的新安江，却是皖南徽帮商人、文士到杭州、上海去的必由之道。因此，胡适、陶行知、汪原放、章衣萍、汪静之，他们这些皖南人，也和我们金华人一样，当年出门，必得经过七里泷下了新安江，到建德会合的。他们才是真正的"新安"人。中国这样一个大国，千百处大中城市，做生意的却让山西、徽州两帮商人做尽了。明谢肇淛所著《五杂俎》称："富室之称雄者，江南之称雄者；江南则推新安（即徽州），江北则推山右（山西）。新安大贾，鱼盐为业，藏镪有至百万者，其他二三十万则中贾耳。山右或盐或丝，或转贩或窖粟，其富甚于新安，新安奢而山右俭也。"中古以来，千五百年间，天下商业财富集于扬州、苏、杭一带；但商业中心就操在"山西佬"和"徽骆驼"的手中。一部《儒林外史》，写的便是徽州商人背景的东南文化。而那位可怜的沈三白，他在扬州欠的也就是"西"债（山西佬放贵利）。

一方面，新安江由于是皖南、浙东的大动脉，严州（建德）、淳安虽是贫瘠的山区，每年的粮食，不及供应五分之三；但在东南文化上，却占了重要的地位。从皖南到扬州去的朴学，也是这些小船运载了去的。皖南藏书之富，可与苏、杭、扬、泰并存，雕版之精，也为全国之冠。

就在今日新安江水库（淳安西北街口附近），明清之间有过一所大寺院（偶忘其名），先后就藏了一部《大藏经》（佛家经典，大小二经各为一藏），正续二藏总有七百三十函，每函十三册，共九千四百九十册，这是一部大书，佛家宝藏。那位清末民初的康圣人康有为，就因为到了西安，盗买了一部《大藏经》，给陕西人轰出来，咒他："国家将亡必有，老而不死是为。"我的朋友，杭州抱经堂老板C君，却在淳安那山寺中买到了这部大藏经，只花了银圆三百元，连应酬及运费，共花了一千元。他就在这部书上发了财，大概售价五万元。一转手说是十五万元，我就不十分清楚了。

偶翻看明人笔记，张瀚《松窗梦语》(瀚字子文，浙江仁和人），也说："宣、徽之民多仰机利，舍本逐末，唱棹转毂，以游帝王之所都，而握其奇赢。休（宁）、歙尤伙，故贾人几遍天下，良贾近市利数倍，次倍之，最下无能者逐什一之利，其株守乡土，而不知贸迁有无，长贫贱者则无所比数矣。"新安贾人，在明代已经势力遍及全国。商人重利轻别离，新安江上小舟，也不知载了多少离人泪，不过，时势太平或战乱不同，风雨季候不同耳。我曾从屯溪下船，一夜之间，便轻舟过了万重山，第二天早晨到了建德，走完这一百八十公里的新安江，却也曾从淳安上陆步行，走过了威坪到街口，才宿下来。当时，我们当然想不到今日的新安江水库，就在街口安坝筑库发电的。大概三十年前，也有几位谈水利的朋友，说是在衢港筑坝，可以发电供全省之用；又有人说七里泷也是水电的筑坝理想所在。直到 1956 年 7 月，才知道我们第一个水电厂，正在新安江中段，我所步行的一段上——从安徽屯溪到浙江淳安铜官峡谷，街口上面几公里许，水位天然落差上下达百米之巨，江流湍急。水库于 1957 年筑坝，1960 年 4 月开始发电，今年 10 月 1 日全部完工，新安江也就进入它的黎明期了。

也许有人对于我说新安江水电厂，是第一个水电厂，打上一个问号。那个驰名世界说是远东第一大水电厂，不是在东北吉林小丰满吗？是的，那是日本人所设计、所建造，完成五分之三左右，日军投降了，工程停顿了。后来经过长期内战，等于搁浅。直到 1949 年，才开始修整，重新建造，到 1951 年完成。那一水电厂，可发电四十五万千瓦，供吉林、抚顺、鞍山、沈阳那些城市之用。在当时，该说是远东最大的电力厂了。1950 年以后，各地建筑的水电厂，如官厅水电，发电三万千瓦，都是小型的。电源最大，而由我们自己建造的，正是这一处新安水电厂，可供电五十四万千瓦，比小丰满的还多了九万千瓦。它的电力，除了供应浙江全省、皖南城乡，即安徽的南半，还可以供应上海及苏南一部分城乡，它带来的光明，就有这么广阔。这也是三十年前所想不到的。（今新安水电，共六十二万千瓦，比原定多了八万千瓦。）

那儿一座高达一百零五米，长达四百六十二米的大水坝，储水五百八十平方里，把七十二个险滩，大半淹掉了。从街口到屯溪这百十公里，已经可以通行小轮船了。这一面，浙赣路支线，从兰溪延伸到街口，达五十六公里。我们从杭州到淳安去，既不是水路，也不是公路，就乘四小时火车，朝发杭州，午到淳安，真是我们乡下人所梦想不到的（我的家乡，离新安水库，只有六十公里）。

前几年，我从天津经秦皇岛，出山海关，到东北那些大城市巡游，处处碰到了"新安江"，有的替它造汽锅，有的替它装马达，有的替它编电缆；而且都装配在新安江上，替东南半壁放光明的！

屯溪风月

　　新安江的另一头，接上了"屯溪"，那是"茶"的市场。新安江水库筑成以后，新安江上游，便可以通行小轮船，直达屯溪了。

　　屯溪只是一个皖南大市镇，属休宁县，离县城五十华里。休宁和金华相仿佛，是一个淳朴的古城；屯溪却是现代城市，和兰溪一样，赶上了现代化水准。又三十华里为岩寺，那是通往黄山的大道。中国旅行社在黄山设有分社，屯溪有黄山旅馆，也和中国旅行社一样现代化。

　　皖南茶叶，可说是出口的主要商品之一，沪杭茶业都掌握在徽商之手，程、汪两族，称雄东南。当年，程霖生以"地皮大王"在上海煊赫一时，起先便是经营茶业。汪裕泰也是茶业一霸。文化界朋友所共知的汪原放，他所创办的亚东图书馆，五四前后，为新文化重心，也是茶业中心人物。屯溪，就因为是茶叶集散场，乃成为皖南商业中心；正如兰溪为火腿集散场，成为浙东的商业中心。金华人既不出火腿，也不做火腿买卖的。

暮春孟夏，新茶登场。茶农、茶商云集屯溪。茶叶经初摘、二摘、三摘，有粗细之分。所谓"明前"，即系清明以前所摘；"雨前"，即系谷雨以前所摘。绿叶有加色焙制、熏制及发酵的手续，即青茶、红茶，由此而分。因此，茶农把茶叶送到茶庄，庄中雇用千百妇女做加工工作。屯溪也有茶娘，却和兰溪的点心妹不同，就是这些应节的加工少女。茶商既多金，徽室每多怨女，她们的丈夫既是重利轻别离，经年不返，闺中少妇，不独对杨柳而怀春；因此，结织私情，在屯溪就和兰溪那样浓得化不开。她们当然并不布施，却也一半是性饥渴的满足，一半是天真的心怀，款款深情，俨若情侣。而当时当地的社会风俗，不把男女私情看得太严重，对候鸟式的茶商是最好的旅伴。

　　屯溪的繁荣，当然不只是依靠着茶叶。中古以来，皖漆、徽墨、宣纸也是运送湖广的大买卖，而徽骆驼就从全国各城市拖回许多资金，因此，皖南的城镇乡村，房屋建筑得相当高大。那些巨厦之中，多少都有几位怨女，对花兴怨，见月生愁。礼教纲常，都堵不住那道缺口。

　　茶业繁荣了山城屯溪，把千百村姑娘吸引到城市来，呼吸了都市文明，打扮得颇为入时；他方游客，也正恋恋于这份天真初凿的痴憨情趣。可是，凿破这种混沌山城，把她卷入"摩登"时尚中的，还是军事和政治的力量。

　　"屯溪"这个"屯"字，原是"屯营"之"屯"，当年，孙权兴兵，屯营于此，故称"屯溪"。清代史学家顾祖禹论徽州形势（即新安合歙县、休宁、婺源、祁门、黟县、绩溪等六县而言），谓："厚金陵之锁钥，控江浙之要领，山川险阻，襟带百城，摇足而定饶、信，运肘而慑杭、严，择利而动，无不可为也。且土沃民殷，资储易给，控御三方，战守足恃。"即是说，假使防守重心在南京，皖南乃是重要的外卫。假使控制了皖南，伸足赣东，便可以攻取上饶（饶、信）；沿新安江东下，北进可以攻取杭州、富阳，南旋便控制了金华、衢州，所以说"战守足恃"。从军事形势说，苏南、皖南、浙西、赣东、浙东，乃是一整体。当年，太平军在南京建国时，湘军统帅曾国藩便在祁门设统帅部，皖南各城便是双方争夺的第一线。抗战初期，日军攻陷了南京，第三战区长官部便在屯溪指挥作战。朱洪武起兵淮泗，渡江后正从这儿扩展到赣东，击破了陈友谅，进据浙东，和张士诚对峙于苏、杭；他的帝业，可以说是从皖南生根的。十多年前解放军从芜湖渡江，一面攻饶、信入福建，一面取金、衢，下杭、富，才包围了上海的。因此，屯溪近百年间，一直是军事重地，她的繁荣，正是军事所助长的（抗战八年中，屯溪并不曾受到战祸）。

在这样的社会经济园地上，也开出了文化艺术的鲜花。文房四宝之中，宣纸、徽墨，已占其二。沪杭两城的胡开文、曹素功笔墨庄，也是文士所共知的。徽墨有了一千多年的历史，松烟、桐烟、漆烟，都是歙县、休宁的特产；直到近半个世纪，才被洋烟所代替。但制墨工作，依旧是徽州人的专利（和这些文房工具相辅而发展的，有刻版印刷业，还有天算学的副产品，日晷及罗盘针，也是皖南的特产）。

南宋理学大师朱熹，即是婺源人。他的一生，往来延平、建阳、铅山、上饶、金华之间，鹅湖之会，乃是理学史上最重要的一页。朱陆同异，乃千古不可无之同异。因此，皖学源于朱学，戴震（东原）之先，婺源汪绂、江永，一直继承朱学的余绪。清初，梅氏兄弟（文鼎、文鼐）以历算震烁一时，开出了徽宣间天算之学。

戴东原，休宁人，师事江永，开出皖学规模，为清代三百年主流。其弟子金坛段玉裁、高邮王氏父子（念孙、引之），甘泉焦循，其乡人歙县凌廷堪，绩溪三胡（匡衷、培翚、春乔）都能光大戴学，为一代师。和皖学相先后，相颉颃，南曲主流之一徽剧，雍、乾以后，结合昆弋及秦腔的声技艺，在扬州发扬声光，以四大徽班入京，成为后来京剧的主流——京剧始于程长庚，他是徽剧的大师。我们说近代中国的学术文化，皖南乃其主流，非虚语也。

达夫诗词中之浙江山水人物

富春江上

郁达夫先生埋骨海外，他的诗词也为海外人士所爱好。但，他的诗词所写的景物，多是他自己家乡（浙江）的影子，并不是属于"上海人"的范畴，或许是海外朋友所隔膜的，姑且谬托知己，笺注一番。

那条蜿蜒穿过浙江省境的主要水流，钱塘江（亦称之江、浙江），从桐庐以下到江口闻家堰那一段，称之为富春江。我的朋友施叔范，也是一位诗人，曾说：这条江，好似穿山剖岭而流的，苍翠为岸，水色常清，一路瞻眺，左首峰势未下，而右边危峦又起，湾环围抱，不离杉篁；"青山之与船低昂"，这是人的感觉，"咬定青山不放松"，那是江的姿态。在有些转弯，分明已绝巘当前，船进无路，可是远望空青低触的斜角里，却飞出一匹匹的布帆，像成群白马，自树梢奔驰而来。总之山回峦转，另换了境界。这样的愈变愈奇，层出不尽，便是富春山水，魏晋文士迷醉了的大画图。达夫就是富春江南岸富阳城中生长的孩子。

钓台题壁

达夫曾有一首《钓台题壁》诗："不是樽前爱惜身，佯狂难免假成真。曾因酒醉鞭名马，生怕情多累美人。劫数东南天作孽，鸡鸣风雨海扬尘。悲歌痛哭终何补，义士纷纷说帝秦。"（1931 年作）看起来，只是他个人的感怀，和严子陵钓台不十分相关的。其实，严子陵钓台，并不只是严子陵的钓台，史载严光只是披了蓑衣、戴了笠帽在富春江上游钓，并非在那高高悬岩上垂纶的。倒是南宋末年，义士谢翱和遗民吴思齐、冯桂芳、严侣等登西台，设文天祥神主，击筑悲歌。所以达夫说"悲歌痛哭终何补，义士纷纷说帝秦"，才有了着落。

"夕阳红树照乌伤"

1933 年，郁氏杭江小历纪程有《过义乌》绝句："骆丞草檄气堂堂，杀敌宗爷更激昂。别有风怀忘不得，夕阳红树照乌伤。"乌伤，便是义乌。骆丞，即是说骆宾王写讨武后檄的故事。宗爷便是北宋末年留守开封的宗泽。他是用义乌的古代人物来写文士的抱负。

这首诗可与他的《闽子山武毅公祠题壁》词（调寄满江红）合看。词云："三百年来，我华夏，威风久歇。有几个，如公成就，丰功伟烈。拔剑光寒倭寇胆，拨云手指天心月。到于今，遗饼纪征东，民怀切。会稽耻，终当雪。楚三户，教秦灭。愿英灵，永保金瓯无缺。台畔班师酣醉石，亭边思子悲啼血。向长空，洒泪酹千杯，蓬莱阙。"这也是义乌人的故事。

义乌文士和海南关系颇深的，还有朱一新先生，那是达夫所不知道的。

"浅水芦花共结庵"

郁氏夫妇在杭州住了好多年，所以他的诗歌写西湖景物的很多。（他也是杭州之江大学的学生，乃有皋亭山的诗。）他毕竟是诗人，他心中所向往的却是西溪的茭芦庵。所以他病中示内诗说："生死中年两不堪，生非容易死非甘。剧怜病骨如秋鹤，犹吐青丝学晚蚕。一样伤心悲薄命，几人愤世作清谈。何当放棹江湖去，浅水芦花共结庵。"依他的说法，姜白石从苏州载小红归杭州，是经过这儿的。清初诗人厉樊榭娶了诗姬月上归来，也是经过西溪的。他呢，和王映霞正相痴恋，才子佳人之梦已圆，也要在弹指楼边写一页韵事。

凤凰山

达夫有一首《凤凰山怀汤显祖》诗，诗云："瀔水矶头半日游，乱山高下望衢州。西江两岸沙如雪，词客东来一系舟。"汤显祖，明代大戏曲家，以"玉茗堂四梦"著称，他是江西临川人。凤凰山在浙南衢州，瀔水便是钱塘江上流，衢州、兰溪间的称谓。汤显祖谈情而不宗理，与清初李渔同一观点；达夫的人生观，也正和他们同一路子，所以他的怀汤显祖，乃有尚友古人之意。

卷六

金华

金华杂话

金华

目前，有人询问朱自清先生的籍贯，或答以浙江绍兴人。这不能说答得不对，却也不能说是十分对。因为朱先生出生在扬州（江都），他的父亲、祖父也是住在扬州，再以前则是江苏东海人。依朱先生自己说法，该以扬州人为是。至于祖籍浙江绍兴，那就难说得很。正如周恩来总理，他的祖籍也是浙江绍兴，但他是生于江苏淮安，该说是苏北淮安人的。（依法令，则是住在何地，满了三年，便算是某地人，所以籍贯的事，应该怎么说，还得确定一下才是。）

有人问我的籍贯，我常说我是浙江金华人。其实我是在浦江出生的（浦江系金华府八县之一）。但，我们自幼便被浦江人指为"金华人"（正如在香港被指为外江佬似的）。先父在世时，再三提醒我们："记住，我们是金华人，不是浦江人。"这在别人看来是十分平淡的事，先父却看得那么认真，若非身受其痛，是不会明白的。（最近，建置上又有改变，浦江南乡，我们那一区，又划归兰溪县属，不能算是浦江县了。）原来，我的家乡（蒋畈），恰在浦江、兰溪二县的边界，和金华县属也贴邻。明代正德年间，我们的先祖，从金华东乡洞井移到浦江南乡，到了先父，已经四百多年了。可是，山谷地区，地瘠民贫，一直很少读书的。先父是第一个读了书到浦江县去应考的，浦江的童生就说先父是金华人，不许在浦江应试，拒绝他进场；先父吞声回家，气愤得很。后来，还是背了曹家宗谱，到金华去应试，中了秀才的。这一来，浦江的年轻人，总是对我们指指点点，说是金华人。因此，我们对着别人，总说我是金华人的。到了五四运动以前，才知道这一类封建观念是可笑的，诚如刘大白先生所说，"放开世界眼光，始觉同乡欠大"的。有一回，我在福州，又被许多浦江朋友，一定拉作浦江人，我只好微笑不答了。

不过，这一意外的刺激，倒使我很早对"金华"发生兴趣；这不是因为有了"金华火腿"，而是为了"金华学派"。从浙东的建置说，东阳最早，自古金华府属各县，连着绍兴府属的一部分，都属于东阳郡，秦汉间便已如此。南宋以后，金华的吕东莱（祖谦），和永嘉叶水心（适）讲求经济之学，和朱熹、陆九渊的"尊德性""道问学"，同为理学的三大派之一。用现代语来说，陆九渊是唯心的，朱熹是心物二元的，金华学派则是唯物的；所以朱陆鹅湖之会，朱陆之间，固有同异，吕祖谦则于朱陆之外，又有同异。南宋、元、明之间，金华有"小邹鲁"之称，即是说东南沿海这一角上，孕育了理学的浙东学派，金华的唐仲友，永康的吕祖谦，永嘉的叶水心，乃是南宋的三大家。而何（基）、王（柏）、金（履祥）、许（谦），号称"金华四先生"，在宋元之间，为婺学大师。

先前，金华城内刘某，自谓继四先生之后，串而名之曰"何王金许刘"。别人缀上几句"鼋鼍蛟龙鳅，凤凰麒麟牛，江海河淮沟"。讥其不自量也。到了明初，刘基、宋濂、方孝孺，后来都成为王者之师相，都是浦江郑氏的家庭教师。总之，金华学派，便在那三百年间盛极一时，和朱陆鼎足而立的。

浦江

"浦江"，浙江的小县，以浦阳江得名，那是我的家乡。不过，外地朋友，知道这小县的实在太少了，他们总以为是黄浦江，或者是浦东，有人以为是浦口。（南京下关的对岸，津浦路的终站。）无可奈何，只好说是金华人。最近，商务印书馆六十五周年纪念，提到一位和现代中国教育有关，也和商务编务有关的朱经农先生，他的儿子朱文长替他作传，说到他们的祖父朱其恕，曾在我们浦江做过知县。朱经农是生在浦江县署中的。

浦江郑义门曾由明太祖题赠为江南第一家，在当时是了不得的。他们这一家从南宋初，直到明中叶正德以后，十几代同居；据说，全家四五千人过日子，过着公社式的生活。他们的家长或族长，有着最高的权威。相传，那家长提着旱烟管出来，全家便肃静无声。而且，一家之中，被推选为家长的，即算有公职在身，也得辞官回家，执行家长的工作。他（她）们一家人穿一样的衣服，吃一样的东西，即算是宰相女儿，皇家公主，嫁到了郑家，就得一切归公，所有嫁奁都是公有的。人无私财，所有财富，都归公有，听由家长分配的。没有一个媳妇可以保留私有的享受，连郑义门的狗群，都是这么礼让为先的。朱洪武曾经送了两只雪梨给他们郑家的人，无论男女、老小，都公平吃到一口梨汤。他（她）们的郑氏规范，即是一部宪法，乃是郑姓儿女所必须遵守的。家长之下，分设主记、新旧掌管、着服长、掌膳、知宾等名目，由子弟分任其职。（和郑氏同时，还有金溪陆氏、江州陈氏，也都推行氏族共同生活。如陆氏一家，家长下岁迁子弟分任家事、田畴、租税、出纳、厨、爨、宾客，各有主者。这样的氏族共同生活，唐、宋、明各代，几乎成为全国性的社会制度，而以浦江郑家为士大夫所推许。）

郑氏家中，朔望岁时，皆由家长主祭。对于违犯族规及不服仲裁的族人，族长有惩罚的权力。郑家（文嗣、文融兄弟）庭内懔然如公府，家人稍有过，虽已发白，也得受笞的。（某种过失，受某种责罚，均见家规。）族居时代，人口众多，关系极为复杂，极易引起冲突。他们就在家法之中，维持了一家的秩序。这样的"齐家"，可以说是很旧的，却也可以说是很新的。

"浦江"，曾经有过这样的光辉时代，它之所以为世人所知，就由于郑义门的共同生活制度。

永康方岩

我的家乡，可说是浙东偏僻山区，外来人是很少的。男女婚嫁，也就是四近三五十里人家，要说八九十里外的邻县，那就等于异邦外国了。偶尔也有候鸟似的外县人，到我们那一带来的，就是东阳的泥水木匠、永康的铁匠，挨村挨户，这么做过去。到了某一季节，也就回去了。因此，我幼年时，也就对东阳、永康人有点印象，至于知道东阳的蒋记雪舫的火腿，还是以后的事。不过，对永康方岩的印象特别深，诚所谓心向往之，念念不忘的。这并不由于永康铁匠们的传说，而是乡人对方岩胡公的信仰。依我们乡间的习俗，每人到了十岁、二十岁、三十岁……，总而言之，到了十的整数那年，都得上方岩拜胡公的。为什么要拜胡公？他们也说不出来，只是一生的大事，非如此不可。他们动身去拜胡公以前，就得斋戒沐浴，带着诚心去礼拜的，一路也得吃素。直到拜了胡公，才可以开荤。从我乡到方岩，总有九十公里，他们都是徒步往来的。对我们这些孩子们有一最大的诱惑，那是拜胡公回来的，都带了花花绿绿的泥制纸糊的小玩具回来，亲友们都得分送一点作为小礼物。偏巧先父梦岐先生是理学家，不许进庙烧香拜佛的，只是我们兄弟几人，没有拜胡公的机会，也可说是一生最大的遗恨。

后来我进了金华第七中学，和程克猷昆仲是同学，他们是方岩脚下人。他们告诉我：每逢香汛，方岩脚附近人家，无论贫富，男男女女，都是用布蒙头，向香客募化，靠胡公保佑的。不过，他们也不知道胡公是什么人，只是很灵验就是了。这一拜胡公的风尚，不仅金华县人如此，连邻府的人也有来拜胡公的。后来年纪大了，这一疑问，我终于找出答案来。这位胡公，姓胡名则，北宋仁宗、神宗年代的人，他是那时代在永康做正直地方官的人，并非什么菩萨，也不是什么胡公大帝。正直之谓神，乡人尊之为胡爷爷。他也不是佛门法师，和僧道不相干的。先父可惜不知其人，说起来倒是志同道合。而拆穿了西洋镜，更使我们失望的，是那些拜胡公回来的香客，徒步往来，不耐负重，那些送亲友的小玩具，也都到了家乡相近的市镇上买来的，最多是从义乌佛堂买来（佛堂距我家九十华里）。世间的传说大体如此。我的幼年的梦，也就这么打碎了。

到了抗战第二年，浙江省政府移到了金华，黄绍竑主席家住罗店，即双龙洞下面。其他厅、会等机关，移到了永康方岩。我曾在黄氏那儿吃了顿饭，这才游览了梦魂中萦回了几十年的"圣地"。其地岩深水秀，可以躲避空袭，也和双龙洞那样足以消长夏。胡公的影子，也就从我们的记忆中淡下去了。

金华二三事

火腿

前几天，友人柳岸先生曾经谦辞推介，说我的关于金华火腿的知识，比他们一群朋友的总和还要多。但，我之于金华火腿的知识并非由于我是金华人，而是由于我腌过火腿，在杭州一家最大的火腿进出口行——隆昌腿行住过，我是实践得来的知识，即使此间经售火腿的南货店老板，也只好点头的。

有一回，从奉化溪口回到金华去的公路车，途次东阳上蒋站，许多上海来的旅客，落了车，抢着要买"上蒋"火腿。我笑着说："你们何必这么起劲呢？'上蒋'哪会有好火腿呢？"他们当然不相信，后来到了金华，我拉了一位熟悉的旅客到金华南货店去问，店中对他说："金华、兰溪不会有上等的好火腿；上等好火腿，都到了杭州、上海、香港，那叫作'洋装'。'上蒋'当然更没有好火腿了。"我对那朋友说："好的火腿叫'上蒋'，但'上蒋'的火腿不一定好。"这话怎讲？那是我在隆昌腿行眼见的。那儿时常有三五十家火腿客运腿来，各客的数量不等。行中也不管张三、李四、王五、赵六的腿，他们的大师傅用竹签对每只腿下过鉴别，分上、中、下三等，一等有一等价格，五十年前，大约是上等每担八十元，中等每担五十元，下等每担三十元。行中把那些上等火腿，一律洗去原来的店招牌，另外盖上"上蒋"二字，作为"洋装"；所以，每只火腿，隐隐看去，"上蒋"以下还有原来的招牌，招牌以下，还有另外的招牌，因为那腿客也是别家趸购来的。所以，我说好的火腿叫作"上蒋"。

何以隆昌腿行老板特别照应"上蒋"的腿客，把他们的腿推介给"洋装"客人呢？因为，腿客和隆昌，都是逢节算账的，有一年年节算账，行中多算一千元（银洋）给"上蒋"腿客，那客人老老实实退还给行中，隆昌老板大大感动了。（五六十年前，一千银圆，不是一个小数目。）他就说：我以后凡是上海客人来，一定特别推介"上蒋"的招牌给他们，于是"上蒋"就成为上等火腿的别名。信用一出，行中就把所有上等火腿盖了"上蒋"招牌，以至于世界闻名。究竟"上蒋"火腿的品质如何？我只能说"过得去"，其中也有"上""中""下"之分。依火腿行家的说法，"陈发祥"的火腿最好。不过，陈发祥是我的姑母家，那几位姻伯姻亲都是腌火腿能手，他们绝不肯把诀窍告诉我们的；我们腌火腿，也是自己找诀窍。我们浦江，有一位留美学生，以腌火腿得博士学位，可是他回到了浦江，腌了火腿，却是臭的（浦江县也只有我们南乡，是做火腿生意的，他是东乡人）。他不懂得用皮硝（皮硝只要抹过皮层就是），又不知道去了盐卤的精盐，不适用来腌腿的，所以闹了笑话。

据明末清初的张宗子说，火腿以浦江竹叶腿为第一，他是识货行家。不过，一般南货店的竹叶腿，并不是张宗子说的那种。"金华火腿"，虽说挂上了金华的标记，恰巧金华府属八个县，金华县并不腌火腿的。东阳、义乌、兰溪、浦江做过这宗大生意，但杭州市上，就没见"兰溪"字样，上海才有。一方面，即算是义乌、东阳的朋友，不是这一行的，也只是道听途说，不一定知道内情的。我之所以要这么说，就因为我是这一行的"实践"得来的知识，并非"谣言"。

在我们家乡，腌火腿乃是冬天的事，所以叫作"冬腿"，过了立春，那就歇手；腌出来的叫春腿，容易变味发臭。立冬以后，肉店收购猪腿，开始腌制。腌制时，先用皮硝在腿皮上抹了一层，这就会透入肉层，色泽鲜红。再铺上食盐，搁在竹架上，一只一只平摆着，好似排了队的士兵。腿师傅的技术，就在他的直觉鉴别，看盐味入肉，透了没有。过多太咸，过淡也会变味，总之，恰到好处，就取下来，洗了、晒了，晒透了，才动手术，把腿形修正起来，那就是南货店里挂着的样式。腌火腿和腌菜不同，并非浸在一只大缸里；每一条腿都各自躺着各不相干的，所以每缸加一只狗腿的传说，只能算是传说，实际上是不会有的。"狗腿"，我在江西赣州吃过，腌得并不坏，那是名厨的手笔，却也不怎么好。

金华火腿，驰名世界以来，以一隅的产品，供世界市场的需求，当然不够的。这一来就有兰溪腿客动了脑筋，到大量产猪的苏北地区，收购冬腿，在那儿腌制，运销上海；于是上海市场上的金华火腿，苏北制造的占五分之二以上；有如绍兴龙井，比杭州龙井的茶叶多得多，一般人都作龙井看待，也是势所必然的。不过，不论谁人或谁家的火腿，绝不能一律都是上品，头等好手即如陈发祥家的，也偶尔有些次货的，这又得凭腿师傅用竹签来鉴别了。三签好的是上品，二签好的是中品，一签好的是下品，三签都坏的，那就一钱不值了。这凭竹签来鉴别，那只能让我来称行家，连南货店老板也只能对我说实话了。金华兰溪的老板，一定会说："三签好的上等火腿，这儿是不大有的。"

我的金华的至亲好友，都是火腿世家，但我从来没有说过，金华火腿最有名、最好。我在吉安，吃过江西的安福火腿，并不坏。我在重庆，吃过云南的宣威腿也不错。只有外国火腿实在不高明，只是咸肉，不是火腿。

在金华八县中，只有浦江南乡官岩山脚三十华里范围以内，有一种"风肉"，那才是肉中上品。每年冬至后，就把猪肋条，一条一条在檐下挂着，让风吹干（不用腌制），这就行了。到了第二年春天，就可蒸着吃，用糖蘸着，其味无穷。我没吃过如此鲜美的肉类食品。可是，只能在这三十华里内风干，出了这圈子就不行。我的家已在三十华里边沿上，就比山乡差一点。再则第二年夏初就得吃，一到六月就发霉变味了。究竟什么缘故？我不敢乱猜。

有人以为金华出火腿，金华人一定时常吃火腿的，那才是大笑话。我们金华人，一千人中，不会有一个人吃过火腿的，这本不足为奇。我也曾在亲友家中吃过火腿，即如陈发祥是我的姑母家，他们的火腿也蒸得并不鲜美。直到在杭州、上海、苏州、扬州的大户人家，那才有上品"蜜炙火方"吃。因为头等火腿，也是越陈越香，蒸炙前，就得把整只火腿在水中浸两三天，才动手把外边变色变黄肥片割掉，只留下鲜红洁白那一截，有时整个琵琶头都割掉了。这样，割成一品锅，用蜜糖抹了，再加冰糖蒸了。你说，我们那位九十七岁的亲家婆肯这么请客吗？

"蜜炙火方"，乃是乾隆下江南到了扬州，吃了有余味的好菜，那厨子张东官是苏州厨子，受了赏识，被带到北京宫中去的。

斗牛

说起斗牛，海外朋友一定想到西班牙的斗牛，人与牛斗，一方红布，挑动了牛性，于是剧斗开场，有时刺杀了牛，有时人被牛触死或伤，总之，够刺激就是了。金华斗牛，历史可能比西班牙还要早，却是牛与牛斗，其热闹刺激，不在西班牙之下。早年前，上海租界百艺杂技交集，有人想到金华斗牛这玩意儿，也就搬到上海来。那时，严独鹤先生小病，鹤声先生代编《新闻报·快活林》，找我写了一篇谈斗牛的文字。那时，《快活林》乃是老一辈文士的园地，我这二十多岁的孩子居然在《快活林》写稿，真是光荣之至。想不到这篇随笔，先后被一些文士称引，虽不曾用作教材，看来是会传之后世。

金华斗牛，地区就是金华、浦江、义乌三县。本意是在酬神；有的是庙神的社期，有的是民间完愿，比如说某甲病了，家人向神许愿，如某甲蒙神佑病愈，社日当送"操牛"完愿（"操"，系我乡土音，盖从"触"字转来，意即"斗"）。有钱的好事之徒，也养了"操牛"参加社赛（某君不识"操"字之义，替我改作"标"字，那是错误的）。社日，各神庙各有规定，大多是"十三"日，如五月十三、六月十三、八月十三、九月十三都是极热闹的场面。这类出赛的都是"雄牛"，其中经过挑选而来，也和赛马、赛狗一般，有牛中的英雄。其头等角色，各有徽号，如我们知道的以乌龙枪、麒麟挂、狮子挂为名，这种徽号，也代表它们所用的战术，"枪者刺也，挂者压也"。远近闻名，其身价也高出十多倍，有千元一头的。富户豪绅，各争光荣，相持不下，这就使得场面热闹起来了。

社赛之日，各家的牛，都牵送到场去角赛。那些大角色，就多绾纤绳，二人或四人，多至八人或十六人，仿佛港人的拉马。牛背饰以红布，或特制木架，上插令旗，标了牛名，仿佛戏台上大将的登台。这样的角赛，就牵及牛主的声名了。即如牛是我的，我的牛角输了，全场大叫："曹某人逃了输了！"我忍不住气，就把这牛杀了。而斗赢的牛，其家必鸣锣奏乐，在场中穿过，显他们的威风。好事之徒，从旁煽动，输家就再搜求名牛来参加下一场的社赛。有时牛斗输了，就由两家亲友开始白刃相见，仿佛香港黑社会的开场，因而结成世仇的。记金华斗牛事的，在我以前，有过陈其庸的随笔。那是一篇有名的散文，他在结尾说："其畜牛也，卧以青丝帐，食以白米饭，酿最好之酒以饮之，亲朋相访，主人款之，呼酒必嘱曰：'慎毋以饮牛之酒来！'乍闻者以为敬客之意。殊不知饮牛酒乃是上上品，客不得而饮之也。牛所买来之家，呼之曰牛亲家；豢牛之牧童名之曰牛大舅；其真正儿女亲家，反不若与牛亲家亲。"这是真事实，并不夸张。我的至戚某君，他的父亲喝了饮牛之酒，某君大怒道："你知道吗？这是牛吃的酒呀！"

黄大仙、智者三洞

似乎该解题一下，黄大仙乃是《列仙传》中的黄初平，不是那位做过张良老师的黄石公。黄石公已经是老头子，他在战国末年该已到凡间来，山东谷城县人，那是北方人。黄初平却是小孩子，只有十三岁；他的家在浙江金华，修道在金华北山。智者三洞，双龙、冰壶、朝真一带。他比黄石公至少迟了三四百年，南方人。事实如此，不能乱搅南和北的。

金华山（在我的家乡，叫五盘山；它在我家的南面，也叫水牛背；到了金华，他们叫它北山，它在金华府城的北面。它离我家三十多里，离金华府城四十里上下，离兰溪城也三十多里），如徐霞客（明末史地家，江苏江阴人）所写的，横峙东西，南面系金华府城，浦江在其北，西面垂尽处是兰溪，东边便是义乌。婺水（金华江）从永康经金华南门，自西北流到兰溪，与衢江合。这么一说，黄大仙家乡的轮廓该十分清楚了。黄大仙的家，在金华山北，他修仙所在，却在金华山南，相距约十华里。

徐霞客当年路途不熟，到了兰溪，又乘船到了金华；途中遥见金华山，心想要上金华山，用不着到金华府城去的。他的判断很对，中途如在竹马馆上岸，只要十里路便到山脚了。他到了府城，又回到西北，十里至罗店。北山之麓为鹿田，古代有寺。从那儿东下，南峙为芙蓉峰，西下南结三洞，洞的西边，便已到了兰溪地界。罗店东北五里许，便是智者寺，寺在芙蓉峰西，宋代智者大师说法讲道之所。有南宋陆放翁所撰寺碑，碑阴刻着陆氏与大师的手牍，寺已废败，只有石碑残存。因此，北山三洞，也叫智者三洞。

从智者寺西北登山，约五里许到北坞，再上，便是杨家山。绕西面上山顶平坞，那是我们乡人所谓五盘山，村名盘前，那是避暑胜地。东北石累累蹲伏平莽中，名为石浪，便是黄大仙（初平）叱石成羊处。相传，这位年轻仙人，家境贫苦，牧羊度日。有一回，这孩子率了一群羊出去，到晚不回家，第二天还是没有影踪，他的哥哥到处追寻，后来在十里外的鹿田，才找到这个小弟弟。他问他怎么不回家，他说他在这儿修仙学道，不再还俗了。哥哥问他那一群羊所在，他指指洞外广场。他哥哥只见白石累累，并无羊踪。初平手执草鞭，随鞭一拉，那白石都是活泼泼的肥羊，所以传说黄初平叱石成羊。在香港说来，我是黄大仙最邻近的乡人，黄大仙乃是从金华来的神圣。

石上便是鹿田古寺，其东二里为斗鸡岩，岩东下数里为赤松宫，那是通府城东门的通道。岩北即北山顶，乡人所谓水牛背是也。农民早晚看水牛背云雾吞吐，判断天气晴雨。山顶有棋盘石，说是神仙下棋之处。山顶水流，由东玉壶、西玉壶分出。西玉壶之水，南下经棋盘石，北下从里水出兰溪北。东玉壶之水，南下的由赤松宫出金华，东下的出义乌，北下者出浦江。一府分流，此其高脊。可惜，港九焚香礼拜黄大仙的，都不曾到过金华北山，也不曾游过智者三洞！

天下名山很多，名洞也很多。如西南人士所乐闻的桂林七星岩，从前到后，步行须一小时左右，洞中可容十万人，这也是人间奇景。东南人士盛称宜兴善卷洞，层楼叠室，备极幽深，亦一胜景。我们金华人，则争说黄大仙修道的金华三洞，也是七十二洞天之一景。

从鹿田村登岭，约里许，一石耸出峰顶。沿石东畔行，可达玉壶峰。过了玉壶峰，其北便是朝真洞。洞口在高峰之上，西向穿然，下临深壑，壑中一些住户散处其中，那便是双龙洞外的山农。北山从玉壶西来，中支到这儿已是尽头。接上来，又生了一支，西走兰溪。其层分向南，一环为龙洞坞，再环为讲堂坞，三环为玲珑岩坞，到这儿，金华界也就到了尽头了。玲珑岩以西，又一环为钮坑，再环为白坑，三环为水源洞，崇崖巨壑，也就在这儿完结了。后支层绕中支，中支西尽处，颓然下坠。初辟为朝真，中坠为冰壶，最下及谷底为双龙，所谓三洞也。洞门皆西向，层垒而下，相隔各一里许，山势崭绝，俯瞰仰眺，各不相及，而洞中水流，实在是层相回注的。

五十年前，我在金华中学，曾游北山，也曾在罗店小休，历时既久，总觉得是梦境。直到二十五年前，金华重到，才从黄绍竑氏的罗店寓所，唤起五十年前的旧影来。家妹有一时期，寓住鹿田，在洞中避暑，她也曾和我谈起盘前一带景物。但北山的明确轮廓，还是从徐霞客的游记重新组织起来，自叹亲见亲闻，也难于说得层次分明。徐记真是不可及。

朝真洞门很高大，内洞稍洼下。点着灯进去，走了很深一截路，左有一隙如夹室，宛转随之，走过了夹室，有一缕水滴沥不绝。出了夹室，直穷到底。巨石高下其间，仰望觉得更高了。从石隙攀跻而下，又得一石夹，有光一缕，那便是一线天。洞顶高达千尺，石隙一规，好似半月形。出了内洞，其左复有两洞。下洞不很深，上洞婉转，也如夹室，右有悬穴下窥这一洞，山农也很少到过，他们总说是通往东海的。

出了朝真洞，从突石峰头南下，折而西北，便到了冰壶洞；洞门仰如张吻。洞中黝黑不可测，攀隙倚空而入，听得水声轰轰；电光照到处，原来洞的中央有一股瀑布，冰花玉屑，四处飞溅。洞比朝真更深，屈曲稍差一格。出洞，直下里许，便是双龙洞，这便是今日游北山的人常到之地了。洞辟两门，一南向、一西向，都是外洞，很轩旷宏爽，好似一处厅堂，没有什么曲房夹室了。水流从洞后穿内门西出，一直从外洞流下，这便成为水帘了。我们游洞的，得坐在木盆里，推过了水帘，进入洞厅，可以坐卧其间以消长夏。

那儿有简陋的日常用具，如石几石凳，也有炊爨的灶头，可是，洞中十分寒凉，盛夏时分，也如深秋；中了暑湿，也会病发的。

从双龙洞出来，循溪南出罗店，过了山坞，北入东转；约五里许，又上山半里许，为讲堂洞。也有二门，一西北向，一西南向，轩爽高洁，可居可憩。抗战初期，有人想到那儿去避难，哪知日军进了金华城，首先控制了金华北山，这些神仙洞穴，都是他们的碉堡，把黄大仙轰到海外来了。

呜呼！鬼神之事，难言之矣！有人问我，黄大仙为什么显灵在海外？而且除了港九以外，只有金华一带，才让黄大仙显灵，又是什么道理？这就要交白卷了。妈祖，仿佛是一位女性海神，这才香火遍及有华侨的世界；黄大仙可真与风霜雨雪，毫无关涉，说起来，只能算是道教中最早的一位神仙而已。

我们金华的神圣，并不是关公第一，也不是吕祖最尊，自从我有了知识，听了便肃然起敬的，倒是永康方岩的胡公，我们称之为胡爷爷。假使我们金华人要推荐神灵，总该以胡爷爷为先，还轮不到黄大仙的。

东南各地的神圣，明代以前，并不是关公最显威，岳飞更是后来的事。最为男妇敬奉的乃是蒋子文，称为钟山神。他是东汉末在南京做地方官的，其人好色嗜酒，作为神圣来说，并无足取（关云长也是好色的，但，尊他为大帝的，把这一节掩盖起来了）。因为他为了守卫地方，与贼战而死于钟山，乃成为神。吴孙权时，曾显现神迹，遂奉为尊神。南京的钟山，也就称为"蒋山"。历南北朝隋唐以迄元明，蒋子文为香火最盛的大神，不料关云长出了头，靠着《三国演义》的宣传，清皇帝的推尊，蒋子文便被冷落下来了。在海外有人在这儿礼拜黄大仙，更无人提及蒋子文，香港的上海佬，总算不少，却也说不出一种道理来！

我在周游天下的行程中也看了不少庙宇，宿了不少寺院，有几处很大的神殿，如桐君山（桐庐）的张公庙，鄱阳湖的吴城庙；仔细一看，他们祭奉的乃是张巡、许远二神，再回想起来，我们家乡的乌龙太子庙，实在也是张巡庙。张、许守睢阳，虽是城破身死，却屏障了东南，为东南民众所敬仰，奉之为神。据说，太平洋战争发生前，港九奉祀的大神，也是张王庙。近二十年，才由黄大仙代替了张巡、许远。

在神灵项下，大仙大王本非美名，其与妖怪相去一间。我们乡间，祀奉黄大仙的，都是押赌花会的男女（花会，乃是一种以三十六门为押注对象的赌博，类似轮盘赌，以一赔三十；每门都有神名，也有种种征象）。他们就在神座前宿梦，凭着梦来购票，也有中彩的。

黄大仙那一圈子中，靠解签、扶乩、看相、算命过活的，数以千计。那儿的签语，实在庸俗得很。可是，岁时佳节，焚香礼神的，不啻灵隐道中。港九各庙宇及阴阳摊头，都附带做解签买卖。黄大仙的神灵，居然超过了天后妈祖，我这个大仙的乡人，与有荣焉。

兰溪

——李笠翁的家乡

　　钱塘江上流，一支从新安江（徽江）到了屯溪，一支从严江到了兰溪，这两处都是千山万壑中的现代化城市，也都是徽骆驼的天下。四五十年前，海内外知道有金华这样的城市，那时的金华，还只是乡村少女，兰溪早已是"摩登狗儿"，像上海那么"摩登"，"小小兰溪比苏州"，非虚语也。钱塘江上流，那么多城市，只有兰溪，才有商务印书馆的分馆，亦一证也。金华，直到抗战前夕，由于浙赣路的通车，才慢慢现代化，比之兰溪，已经落后三十年了。

　　人杰地灵欤，地灵人杰欤？苏州、成都、福州，都是山明水秀，不让浣纱溪的。而兰溪上接衢江，下连富春，如吴均所说的："风烟俱净，天山共色，从流飘荡，任意东西。……奇山异水，天下独绝，水皆缥碧，千丈见底。游鱼细石，直视无碍。"就是这样美丽的自然景色。南宋诗人杨万里（江西吉水人），他有一回，从赣东应召往杭州，沿衢江而下，过兰溪，写了许多诗。其一《江水》诗云：

水色本正白，积深自成绿。

江妃将底药（底，什么），软此千里玉。

诗人酒未醒，快吸一川渌。

无物燕清甘，和露嚼野菊。

其二《下横山滩头望金华山》诗，这一横山，便是兰溪西门码头对面的长沙滩，当年有名的茭白船都停在这一带，诗云：

篙师只管信船流，不作前滩水石谋。

却被惊湍旋三转，倒将船尾作船头。

山思江情不负伊，雨姿晴态总成奇。

闭门觅句非诗法，只是征行自有诗。

（黄山谷诗："闭门觅句陈无己"，状作诗之艰苦。）

兰溪离金华，五十华里；金华山离兰溪，二十五华里。因此，在横山滩头，可望见金华山。注杨诗的周汝昌氏，他没到过这一带，因此他在选集中，注出处的多，注实地风物较少。我是这一带成长的，因此句句都在眼前。

其三《宿兰溪水驿前》诗云：

水色秋逾白，山光夜不青。

一眉画天月，万粟种江星。

小酌居然醉，当风不觉醒。

谁家教儿子，清诵隔疏棂。

这位重实感的诗人，他把我们所感受的都勾画出来了。他写《过白沙》《夜宿东渚》，便已进入严江，到了新安江口了。

兰溪，我特地指出，它是李渔（笠翁）的家乡。近四五十年中，东方的中国人，介绍给西方去的，有沈三白（复）和李笠翁。三白便是《浮生六记》的主人公。李笠翁的一家言，一种以道家老庄哲学为主的人生哲学。林语堂把它当作美国闪电人生的清凉剂来推介，译为《生活的艺术》；因此，西方人知道了三百年前，有这么一个兰溪人。其实，李笠翁乃是三百年前的戏曲家，他的《闲情偶寄》，其中《词曲部》和《演习部》，可说是戏曲史上最有系统最深刻的理论批评著作之一。他的十种曲，以《蜃中楼》（即《柳毅传书》)、《怜香伴》《凤求凰》为最著称，还有《玉搔头》，便是近代盛行的《游龙戏凤》。他的传奇、布局往往出奇装巧，非人所及。前人称其词为"桃源啸傲，别存天地"。

明末清初，可说南曲全盛时代，赣东、浙东又是南曲孕育新派的摇篮。在金华、兰溪、义乌一带流行的婺剧，乃是在弋阳腔、宜黄腔的底子上，加上了昆腔的新风格，李笠翁正是这一戏曲的保姆。可惜，笠翁的最大成就，林语堂不了解，因此，西方人士也只知道李笠翁是魏晋清谈家的信徒而已。

在近代戏曲家之中，李笠翁不仅是剧作家，而且是最好的剧评家和导演。明、清二代，赣东、浙东、皖南原是南曲的摇篮，汤若士、蒋士铨、李笠翁三大作家，先后继作，他们都是唯情主义的倡导者。

或许我该提一句：浙东的兰溪，和湖北的兰溪，那是名同地不同的两处城镇。湖北兰溪，那是一个市镇，苏东坡谪居黄州，他所到过的兰溪便是地临大江，景色也很秀丽的。

卷七

赣闽

鄱阳湖的画面

我国的社会经济，从 8 世纪以后，重心已经慢慢地从黄河流域移到长江流域来了。到了 10 世纪，赵宋的政权，虽然仍在河南开封，但国家的经济，就依靠着江南的粮食、丝麻的供应。在北宋的政治史上，有着北人、南人明争暗斗的痕迹。所谓"南人"，则指当时的江南东西路的人士。晁以道言："本朝文物之盛，自国初至昭陵（仁宗）时，并从江南来。二徐兄弟（铉、锴）以儒学显，二杨叔侄（亿、铉）以辞章进，刁衍、杜镐以明习典故用，而晏丞相（殊）、欧阳少师（修）巍乎为一世龙门。纪纲法度，号令文章，灿然具备。庆历间人才彬彬……皆出于大江之南。"新旧党的政治冲突，其中就有新旧思想的分歧。王安石的主张，便代表着南方人的激进派新思想，和北方的守旧主张相矛盾的。

笔者进入江西，乃是从浙东沿着浙赣路西进的，这和中原文化自北南迁的路向，并不相同。经过了两晋南北朝、五代十国，以及辽、金两宋的长时期民族战争，北方人士，包括河北、河南、山西、山东一带的汉人，就带着中原文化（生产工具、方式）到东南一带生了根，而且抽了条，长了叶，开花结果。男耕女织，本来是农业社会的基本条件；天下财富，本来是集中在关中，泾渭流域的粮食，乃是帝业的基础。而今则天下粮食，以太湖流域为中心，鄱阳盆地、洞庭盆地和成都盆地次之，宋、元、明、清各代的赋税，北方变成无足轻重了。古代的农业，河南、山东的麻桑，乃是丝布的主要产品，而今蚕桑首推江浙，鄱阳湖盆地大量产麻，也是纺织的主要原料。西方人心目中的东方物产，丝茶素来并称；鄱阳湖的四周，正是产茶的地区。浮梁（景德镇）在它成为"瓷都"以前，早已成为"茶都"了。

中国的陶瓷器，到了唐宋，已经进步到手工业的顶峰；北宋的定窑（在河北定县），出品已经十分精细。南宋以后，瓷器就移到鄱阳盆地来。说起来，浮梁是瓷都，其实星子、祁门的泥土，配上了浮梁的釉，这样才完成了瓷器的体系，而沿信江及鄱阳东岸，都是陶器的世界。代表近代中国文明的印刷（刻板及活字），鄱阳湖南边的浒湾（属抚州），就是刻板的中心地区之一。江西省内的四大镇，浮梁系瓷都，其他三镇，河口镇系米粮中心，樟树镇系药物中心，吴镇系木材中心。在农业手工业社会，鄱阳湖盆地显然居于最重要的地位。那位写手工业技术经典——《天工开物》的宋应星，他便是江西人。

中原人士渡江而南，在江南各地定居下来，有一线索是很明显的。那位语言学家罗常培氏，在山东青岛碰到一位江西临川青年学生，他一听这学生的语音，就知今日的临川音，正是古代的中原语音。于是，从客家的语音，追寻客家人迁移的路向。原来，南迁的中原人士，在鄱阳盆地定居以来，沿着赣江而南，到赣州以后，又沿贡水以上到了瑞金，越山到了闽西、闽南，再由粤东沿海南下，发展到广东各地的。我们说鄱阳湖乃是近代中国文化的摇篮，并不为过。

中国戏曲界，曾经隆重纪念过那位明代戏曲家汤显祖（若士）。汤氏，江西临川人，他的时代，正和西方大戏曲家莎士比亚相同；（莎翁1564年生，1616年卒。汤氏1550年生，1616年卒。）他的"玉茗堂四梦"（《还魂记》《邯郸记》《南柯记》《紫钗记》），正和莎士比亚的戏剧东西相辉映。原来，南宋以后，源于浙东的"温州杂剧"，乃是南曲的先河。史缺有间，到了我们所能溯源的阶段，南曲已经形成了"昆腔"与"弋阳腔"两大支流。昆腔之先，便是海盐腔，其先乃是渡海而东的余姚腔。我们推测，从温州向西南，经陆路而入赣东，在鄱阳湖盆地成熟的便是弋阳腔。但"昆""弋"分途，并不是像姊妹一样嫁出去就算了的。到了明中叶，一位江西宜黄的大司马谭纶，他驻防浙西海盐，对于澂川杨氏（杨梓父子）所蓄养声伎的海盐腔十分欣赏（他又鄙弃了弋阳腔的粗野）。把海盐子弟带到宜黄去，和弋阳腔结合起来，产生了新的弋阳腔。（也正是宜黄腔。）汤显祖的《玉茗堂》曲本，也正是海盐腔、弋阳腔结合后的新作品。弋阳腔本来流传得广，在鄱阳湖盆地发展的乐平腔，向皖南伸展，则有徽腔，渡江则成为楚调、黄梅调，入湖南则为湘戏，入福建则为闽戏。它和昆腔互相争雄，互相渗透，从血缘上看去，无论粤剧、桂戏、川戏，都有密切关系。（徐文长《南词叙录》："今唱家称弋阳腔者，则出江西、两京、湖南、闽、广用之。称余姚腔者出会稽，常、润、池、太、扬、徐用之。称海盐腔者，嘉、湖、温、台用之。惟昆山腔止行于吴中。"可足佐证。）我们说鄱阳湖盆地乃是孕育近代中国戏曲的摇篮，并不为过。

欧阳予倩先生说："弋阳腔源出江西，它传布的地域很广，所

有的大型的戏曲，可以说没有不受弋阳腔影响的，没有不包含弋阳
腔成分的。现存的高腔也就是弋阳腔系统。另外，弋阳腔和安徽的
各种曲调相结合，便又起了各种不同的变化，从吹腔、四平、拨子
等曲调，还看得出一些衍变的痕迹，弋阳腔跟安徽的曲调相结合，
便由独唱帮腔而为笛子伴奏。后来用笛子伴奏的腔调，如四平，拨
子之类，又都改用胡琴伴奏。这样的变迁，使弋阳腔原来的面貌逐
渐模糊，可是它因此而传播更广，它和陕西、山西的梆子腔也结了
姻缘。至于昆腔，尽管它曾和弋阳腔对立争霸，可是，它还是接受
了弋阳腔的成分；乱弹方面，那就更不用说了。"在笔者心目中，
认为在太湖流域那充裕的农业经济条件中，孕育了昆腔，而在鄱阳
盆地这样的农业社会孕育了弋阳腔，并不是偶然的！

　　笔者在赣东巡游时期，曾经到过朱（熹）、陆（九渊）论道的
鹅湖，也曾到过道教圣地（张天师家乡）龙虎山，前年又到了朱熹
讲道的白鹿洞，王阳明证道的天池。当年也曾到陆九渊的家乡金
溪，王安石的家乡临川，洪迈的家乡鄱阳。原来，一部近代中国思
想史，正是一部鄱阳盆地文化发展史。我到临川那一个月，踯躅于
玉茗堂前，恍然有所悟；所以就借一处军官座谈会把我一肚子的话
说出来，不管他们对社会人生作何种看法，我总要一吐所怀而后
快。（我那回夜宿鹅湖，晨登峰顶山回来，就在信江中学讲演现实
主义的人生哲学。）鄱阳盆地，乃是孕育我的思想体系的新天地。

　　谈中国哲学思想史的，总以为鹅湖之会，显得朱陆的同异，依
然存在；章实斋且说朱陆同异乃千古不可无之同异。直到今日，朱
陆同异，依然不能作解答的同异。其实，不独朱、陆有同异，金华
学派对朱、陆之间也有同异。但，从峰顶山和鹅湖的距离看来，朱
陆同异，又算不得什么了不得的大事。我到了龙虎山，不禁哑然失

笑，因为，无论从峰顶山或鹅湖看来，龙虎山总是最荒谬不经的。但，龙虎山的阴阳五行之说，又代表着朴素的唯物论，他们是最荒谬的，却又是最科学的。朱陆之间的同异，在葛洪的心目中，是不存在的。

到了临川，我倒觉得王安石的功利主张，和浙东的金华、永嘉学派却相符合。程氏兄弟和王荆公的同异，事实上也正蕴含着朱陆同异的本质。这也是中国思想史上有趣的课题。我在玉茗堂前，恍然有所悟；汤若士这位戏曲大师，他并不仅是新弋阳腔的作手，而是面对着"朱陆同异""儒佛同异""佛道同异"这些思想尘雾团，投下了"唯情主义"的照明弹。他不相信宋明理学家已经在"儒佛同异"上解决了什么。他认为宋明理学家，已经远离儒家本质，理学家虽说和佛法相对立，却受了佛法的深重影响，变成否定人生的泥塑木雕那般没有人性的人了。他的《牡丹亭》，一开头就在讽刺带理学家面具的迂腐老儒陈最良。丫鬟春香替那春心已动的小姐杜丽娘，向陈老夫子问：《关雎》诗中窈窕淑女，君子为什么好好去求她的道理。孔老夫子明明说情之所至，圣人不禁；那位陈老夫子，却气得要打人了。那段趣剧写出情与理之矛盾冲突，这是朱陆鹅湖之会所不曾讨论的课题，也是峰顶山与鹅湖所不敢触及的问题。所以汤氏朋友们非难他，说他为什么不把他自己的才学向理学去发展，专干无关圣学的勾当——戏曲呢？汤氏便严正地说："诸公所谈者理，区区所谈者情，各有千秋，不必相溷！"他在《牡丹亭记题词》中说："情不知所起，一往而深，生者可以死，死可以生……嗟夫，人世之事，非人世所可尽，自非通人，恒以理相格耳；第云理之所必无，安知情之所必有邪？"他对理学家所下的挑战书，使我们更想起西方那位大戏剧家莎士比亚的《仲夏夜之梦》来！

风雨说鹅湖

长松夹道摇苍烟，十里绝如灵隐前。

不见素鹅青嶂里，空余碧水白云边。

氛埃乍脱三千界，潇洒疑通十九天。

五月人间正炎热，清凉一觉北窗眠。

——喻良能《鹅湖寺》

一位学生写信给我，问我："鹅湖在哪里？鹅湖之会是怎么一回事？"

鹅湖在江西铅山县东北，周回四十余里，诸峰联络，若狮象犀貌，最高者峰顶三峰挺秀。"山上有湖多生荷，故名荷湖"。东晋人龚氏居山蓄鹅，其双鹅育子数百，羽翮成乃去，更名鹅湖。唐大历中大义智孚禅师植锡山中，双鹅复还。山麓有仁寿院，禅师所建，今名鹅湖寺。

这是古代道士修道之地，也是禅宗胜地。宋明理学家朱（熹）、陆（九渊）两氏论道于此，鹅湖之会乃是近代文化思想史上最重要的一页。和年轻朋友谈哲理，"卑之无甚高论"，也还是隔了一层，难以契悟。且说说我一生的感受，这是一个六十岁老头子，对十六岁青年的闲谈。

我的孩子们都是城市里长大的。雷女八九岁时，我教她念辛弃疾（稼轩）的词《清平乐·村居》：

> 茅檐低小，溪上青青草。醉里吴音相媚好，白发谁家翁媪？大儿锄豆溪东，中儿正织鸡笼；最喜小儿无赖，溪头卧剥莲蓬。

那时，辛稼轩隐居在鹅湖一带，他所写的景物，和我们家乡的十分相似。前几年，雷女到乡村去了几回，写信给我，特地提到辛氏这首词，可见她所得印象之深。假使要谈鹅湖，我就请他们念念辛氏的词。

辛稼轩还有一首《鹧鸪天·鹅湖寺道中》词，云：

> 一榻清风殿影凉，涓涓流水响回廊；千章云木钩辀叫，十里溪风稏稏（稻名）香。冲急雨，趁斜阳，山园细路转微茫。倦途却被行人笑，只为林泉有底忙！

在这样的幽静天地中，他有时悠然自得，有时却也焦思劳人。所以他说："倦途却被行人笑，只为林泉有底忙！"（"底"，"什么"之意。）所以他在另外一首中写道："明画烛，洗金荷，主人起舞客齐歌。醉中只恨欢娱少，无奈明朝酒醒何？"他和他的朋友，都是心切家国兴亡，虽是买得青山好，却恨归来白发多的。

我到鹅湖，是1938年冬天，景物当然和辛稼轩所写的春夏锦绣画图，截然不同。只是一片雪白的茶花，点缀在苍松翠柏丛中，盎然有生气。朝阳初升林梢，万丈深谷，为雾衣所蒙，作浓睡态；老杉也像是很倦似的，倒挂在那儿。我一步一步跋涉上山，依崖石小休。自然景物，引我入于深思，恍然于宋代哲人在这儿高谈论道的精神，或许我也会插嘴谈论，作惊人之论的。

抗战初期情势，也和南宋当年康王构流转于两浙东西，穷戚江左差不多。和辛稼轩相往来于鹅湖一带的，仍是陈同甫、朱熹、吕祖谦那些朋友，论学固是切身事，论世更是刻骨痛，我们该记取"郁孤台下清江水，中间多少行人泪"的。

　　树犹如此堪重别，只使君从来与我，话头多合。行矣
置之无足问，谁换妍皮痴骨？但莫使伯牙弦绝。九转丹砂
牢拾取，管精金，只是寻常铁。龙共虎，应声裂。
　　　　　　　　　　——陈同甫和辛稼轩《贺新郎》词

南宋孝宗淳熙十五年（1188年），在中国学术思想史上，是很重要的一年。有名的朱陆同异之争，为了周敦颐的《太极图说》，双方又做全面的检讨。那年，朱熹已经五十九岁，他开始用《太极图说》《西铭义解》教授弟子。朱子和陆氏兄弟主张固不相同，和他的友好吕祖廉，以及浙东学派诸大师如陈同甫（亮）、叶水心也不相同；又过几年，朱氏提出了种种批判。那年冬天，陈同甫访辛稼轩于上饶（信州），辛氏赋《贺新郎》，记两人的肝胆相照。词前有一小序，云：

陈同甫自东阳来过余（东阳，金华属县之一），留十日，与之同游鹅湖，且会朱晦庵于紫溪（紫溪在铅山县南，那时朱熹在福建建阳讲学）。不至，飘然东归。既别之明日，余意中殊恋恋，复欲追路，至鹭鸶林，则雪深泥滑，不得前矣（鹭鸶林，常山小镇）。独饮方村（上饶小镇），怅然久之，颇恨挽留之不遂也。夜半投宿吴氏泉湖四望楼，闻邻笛悲甚，为赋"贺新郎"以见意。又五日，同父书来索词，心所同然者如此，可发千里一笑。

他们这两位爱国志士，"憩鹅湖之清阴，酌飘泉而共饮，长歌相答，极论世事"。身在江湖，恨切胡虏，所以辛词中说："剩水残山无态度，被疏梅料理成风月。两三雁，也萧瑟。"辛词寄了，陈同甫便写了和词，辛氏又和了前韵，陈同甫又和了两词。在朱熹心目中，既把道统绝学看得更重，所以他既未应约往紫溪，也不曾写《贺新郎》歌词。

朱熹，皖南婺源人，幼年随父在建阳，他幼年的学识和闽学李延平关系很深。朱氏也曾在信州南岩寺读书，又曾在仁寿寺（鹅湖书院）讲学，因此，他和鹅湖的渊源，正是宋明理学的投影。在我的记忆中，鹅湖书院在仁寿寺的左边，仁寿寺的鹅湖塔，又在鹅湖书院的左边，因之，书院恰好在寺与塔之间。在鹅湖后面为虎山，前面为狮山，右下为象鼻山，左上为龙山，合称鹅湖山，顶尖为峰顶山。信江自东而西，北绕鹅湖山约十里许，西流入鄱阳湖。灵山与鹅湖山，复隔信江而对峙。

鹅湖斜塔，抗战初期，虽已残破，还是存在的。这一斜塔，行人可以沿斜行而上；我借月光，走到三楼只得住步了。到了抗战后期，这座斜塔，便坍毁了。据传塔基下为石廓，廓中有石柜，柜中有铜盒，盒中有金盒。金盒中乃是大义禅师的"舍利子"。"舍利子"是高僧火化后爆出来的精灵。可是，石廓犹在，其他都不见了。

又传，鹅湖书院四贤祠后院中，有"白夫人狐仙之墓"，这位狐夫人，她本来是要来迷惑朱熹这位道学大师，使之失性的；后来却受了朱氏的感悟，成为他的保护神，诸妖远避，朱氏也修成了正果。这些话，只能姑妄言之、姑妄听之的。

那天，我一清早就上了鹅湖峰顶山。（在古代，峰顶山的寺该是鹅湖寺；后来，山顶的叫峰顶寺，山脚则有仁寿寺和鹅湖书院。）辰刻便下山，午间经石溪，回到上饶。那晚，真是万念如潮，有许多话要说。我总不能对着墙壁叫喊，恰好信江中学请我演讲，我就对那些中学生谈我的鹅湖观念——"现实主义的哲学"。（信江中学，也有高中学生，而且那儿中学生年纪比较大些。）

我说我到鹅湖以前，以为鹅湖只是朱（熹）、陆（九渊）论异同之地。到了鹅湖，我知道我的想法是错误的。固然，朱、陆之间有同异，朱、陆与吕祖谦、陈同甫之间也有同异，在现代人看来，这一同异，比朱、陆之间的同异，还要大些。我疑心朱熹没应陈同甫之约到紫溪去，或许和他的决意讲论《太极图说》有关（或许天气不好）。还有一点，我觉得鹅湖并不属于理学家的天地，而是禅宗大义禅师的摇篮。相传大义禅师（浙江江山人）在长安做了国师，倦游回来。到了鹅湖，那飞走了一千年的天鹅也飞回来了。这当然是神话。可是，鹅湖处处有大义的踪迹（他的舍利子，就藏在鹅湖塔下）。我们走上大义桥、舍身岩（新罗僧慕法来此，舍身岩下），似乎英灵不泯；至少，朱、陆的理学思想有着禅宗的底子，在佛、僧之间的同异，比朱、陆同异更吃重些，我们得听听大义的说法。

鹅湖之会（1178年）[①]后六百年，乾隆四十二年（1777年），朱熹的后学戴东原（清代朴学大师）在北京逝世。浙东史学家章实斋特地写了《朱陆篇》，说："……宋儒有朱陆，千古不可合之同异，亦千古不可无之同异也。末流无识，争相诟詈，与夫勉为解纷，调停两可，皆多事也。"这话，我以往一直不懂得，从鹅湖回来，我懂得了。即是说大义有大义的观点，朱、陆有朱、陆的观点，吕、陈有吕、陈的观点，各是其是，各非其非，是不必调停两可的。

但是，我在鹅湖后步行下山时，日机从空中隆隆飞过，我们知道日军离开鹅湖不过几百华里，假使日军沿着浙赣路冲过来了，试问大义、朱、陆，有何办法？实在还是陈同甫、辛稼轩在鹅湖所说的合乎实际，这是民族最危急的时候，"道统"又有什么用？所以，宋明理学虽是昌明，却无补于国家的安危。我对那些青年说：鹅湖之会是重要的，也可说是不重要的。我当时写了一首诗，中有"千古异同空朱陆"之语。

抗战末期，时势更加艰难，民生也更困苦。重庆大学教授马寅初先生高声疾呼，杀孔、宋以谢国人，触犯了禁忌，被拘囚于贵州息烽。其弟子李寿雍，商请转移马先生于鹅湖，他在前贤论道之地住了一年多，直到抗战胜利。我往来匆匆，不及和马先生谈论他的感受，一直惦记着的。

---

① 此处有误。鹅湖之会发生在淳熙二年，即1175年。

陆羽茶山寺

上环德辅道（香港）中，一条横街上，有家陆羽茶室。在香港说，这家茶室的茶最好，也最贵，至于陆羽自己来喝，怎么说，我就不敢说了。广州也有一家陆羽茶室，规模很大。不过，我知道陆羽其人，却在二十多年前，旅居赣东上饶，城北有茶山寺，陆羽隐居之地，寺有陆羽泉。当年，我很浅陋，以为陆羽著《茶经》，总是一个隐士，其实不是，他是中国第一个伟大的农民艺术家。

陆羽字鸿渐，他是无父无母的弃儿，真的"不知何许人也"。复州（湖北沔阳）竟陵僧积公收留他，抚养在寺中，自幼叫他做些扫寺地、洁僧厕、践泥汗墙的贱务，还叫他牧三十只牛。客人来了，他就扫叶烹茶奉客。他听着和尚念经，也就慢慢识些字，会看书了。可是，他无钱买纸，只好以竹画牛背为字。有一回，他向一位读书人请教，那人送他一篇张衡《两都赋》，他实在念不下去，只好呆呆地看着，喃喃作音，好似诵读。这个可怜的小和尚，样子既难看，又带着口吃的毛病；积公要他走向佛门，他却驰骛外道。

师徒争辩了好几回，积公发怒了，把他关在寺中，专做砍柴的苦工，派寺中和尚看着他。他一面做工，一面心记文字，灰心木立，过日不动手。那和尚说他懒惰，鞭他，骂他。他呜咽流泪，那和尚又怪他记仇在心，又鞭他的背，打得那竹条都断了。这么一来，他便决意出走了。

这位小和尚，离开那礼佛诵经的小天地，跳向出将入相的花花世界。他投奔一位替皇家演戏的伶工，那时，那位三郎皇帝是个大戏迷，朝野伶工结党引类，颇有声势（伶党在晚唐是件大事，也是一个和政治有关的集团）。陆羽读书虽不多，自己虽不会演唱，却有戏剧创作、导演天才。他就替那位伶工编写了三本参军戏，自为伶正，弄木人、假吏、藏珠之戏。有一回，宜昌有一场大宴会，邑吏找他做总导演（伶正之师），演出非常精彩。那时河南尹李齐物也在场，大为赞许，收他做弟子，教以诗歌，这才完成了他的文艺修养。那几年，崔国辅出守竟陵郡，陆羽出入门庭，游处三年，他的戏剧修养也已成熟了，那时，还只有二十七八岁。襄阳太守李憕送他一匹白驴、一头乌犁牛，卢黄门侍郎送他一部《文槐书函》，那时，他已经成为文士的宠儿了。他可以进入宫中，做过唐明皇的导演，可是，"渔阳鼙鼓动地来"，明皇西奔，他就逃难到江南来，隐居乌程杼山妙喜寺，和当时的文士颜真卿、张志和、皇甫湜、萧存辈都有亲密往还，而一代高僧皎然乃是他的至交。于是，积公当年只怕他慕了外道，而今他周历繁华，备经世变，官场本是戏场，他还真返璞，有出世之想。（陆羽曾著《教坊录》，记宫中伶工生活；又作《四愁诗》《天之未明赋》，感激之时，行哭涕泗。）

陆羽三十以后，过游方僧生活。游踪所及，品评天下名泉，许无锡惠泉为天下第一泉，济南趵突泉为天下第二泉，杭州龙井虎跑泉为天下第三泉。有好泉才有好茶，有好茶才显得好泉，那横街上的陆羽茶室，说来说去，就缺少一个"天下第四泉"。

　　泉水既已停当，才摊得开陆羽《茶经》。若问茶山寺的陆羽泉是天下第几泉，这话也很难作答，因为我说那无名泉是天下第一泉，陆羽也压不到第二去的。评品好茶，一般人脱口而出，说是"龙井"；这只是现代人的想法。宋欧阳修说："两浙之茶，日铸第一。"王龟龄说："龙山瑞草，日铸雪芽。"前人就有前人的看法。那位喝茶专家张宗子，他找了一批徽州佬，到日铸，扚法、掐法、挪法、撒法、扇法、炒法、焙法、藏法，一如松萝。他用别的泉水泡了，香气不出，用禊泉来泡，只是一小罐，香又太浓郁。他就加了茉莉，再三较量，用敞口瓷瓯淡放之，候其冷，旋以滚汤冲泻之，色如竹箨方解，绿粉初匀。他称之为兰雪，与松萝并驾。松萝乃是皖南名茶，犹今人之称龙井也。前几年，我们游庐山，买了云雾茶；这又是晋唐人们赞许的上品好茶，无论黄山云雾或庐山云雾，这"云雾"二字正是好茶的自然条件。

　　世间的极品好茶，陆羽当年隐居赣东，不知可曾喝到过？他那时期，怕的这两株名茶还未出生。其地在闽北建阳武夷山，我曾到过那儿，却不曾喝过。我相信香港三百多万善男善女中，喝过那株名茶的，不会超过五个人。从武夷宫入山，远远看见的悬崖，那儿是古代方外人修道之士，崖上有茶树老幼两株。层崖泉水湓汪，茶树赖以荣长。孟春抽芽，崇安县府派兵守护。及时采摘焙制，约可得一斤上下，这都是贡品；大概林森任主席时，可得二两，陈仪省主席可得二两，蒋委员长可能得四两，崇安县长可留二两，刹中方丈可得二两。这便是有名的大红袍。我看陆羽生在现代，也不会有他的份儿的。有人喝过方丈的大红袍，说：方丈出一小瓶，启塞有幽香出，以银匙调茶末四匙，细如粉；水初沸，纹起若蟹眼，即注于盏，裹以巾，约三分钟，去巾，又二分钟，启盖，清芬四溢，注茶于杯，饮之，先苦而后甘，香浓味郁，齿舌生津。他的感受如此。

我到了武夷山，喝不到大红袍，心中毫无怅惘之意。有一回，上龙门（这是黄大仙修道的龙门，不是洛阳的龙门，也不是山西的龙门），山中农妇烹苦丁茶相饷，叶粗大如大瓜片（茶名），其味清甜，有如仙露。又有一回，从南涧回新登，也在山冈上喝了苦丁茶，比之云雾、龙井，不知该放在什么品等，但我一生感受，却以这两回为最深刻。周作人先生五十自寿诗："且到寒斋吃苦茶"，若是"苦丁茶"的话，那真是一种享受了。

东南各地，到处都有好茶。前几年，碧螺春初到香港，并不为海外人士所赏识。这是上品名茶，品质还在龙井之上，我住苏州拙政园时，一直就喝这种本色的茶叶。（龙井的绿叶乃是用青叶榨汁染成的，并非本色。）潮州人喝的铁观音，福州的双熏，都不错。只有祁门红茶，虽为洋人所喜爱，和我一直无缘。这一方面，我乃是陆羽的门徒。

清泉佳茗的条件具足了，余下来的"东风"是"茶具"。好的茶具，不是玻璃，不是浮梁瓷器，而是宜兴紫砂壶，要积古百年旧紫壶，才把好茶好泉的色、香、味都发挥出来。

古今谈茶的，实在只是谈泉水，陆羽茶室的老板，只能皱眉叹气，因为茶室老板所想的和陆羽所说的完全两件事。平心而论，陆羽茶室的龙井，还比较过得去；至于铁观音，那就比潮州馆子差得远了（红茶加糖加柠檬，那就根本不是吃茶，不在谈茶之列）。张宗子笑那些俗人（当然也有雅士在内），会说"浓热满三字尽茶理，陆羽经可烧也"的蠢话；他的朋友赵介臣，喝久了张家的茶，才知道"家下水实进口不得，须还我口去"。这都是趣事。我有一位女生朋友，她笑我不喝咖啡，又说："茶会有什么两样？解渴就是了。"我一言不发，过了一年多，她忽然对我说："茶自有好坏，我家的茶，实在喝不得。"

"茶"并非自古有之，不过晋唐以后，士大夫讲究茶道的，颇有其人。唐赵璘《因话录》，记他的父亲性尤嗜茶，能自煎，对人说："茶须缓火炙，活水煎。"所以，宋苏东坡有"活水还须缓火煎"之句。何谓活水？李时珍说："活水者大而江河，小而溪涧，皆流水也。其外动而性静，其质柔而气刚，与湖泽陂塘之止水不同。"香港的水，都是止水，不管怎么消毒，用以煮茶，总是差一大截。陆羽的头等功夫是品泉，虽是天下第一、第二，难以为据，他所品的惠山泉、趵突泉、虎跑泉，以及茶山寺的陆羽泉都是活水。他做小和尚时期，就是扫叶拾枝煮水，在火候上最有功夫，这才够得上著《茶经》的。

考究茶道的，自有千千万万入迷成瘾的，在笔下写得妙的倒以张宗子为第一（明末清初，浙江绍兴人）。他的友人指引他到南京桃叶渡去找闵老子讨茶喝。那老人推三阻四，他就一味耐着性子赖在那儿。闵老子终于自起当炉，烹茶给他喝。他辨别得出所烹的是阆苑制法的罗岕茶，辨别得出远来的惠泉，辨别得出罗岕的秋采与春茶，闵老子许他为生平所遇见精于茶道的人。这位茶迷，他曾在千里外从无锡运了泉水过江，被萧山脚夫笑为傻瓜；也曾发现了王羲之的禊泉以及阳和岭玉带泉，为士流所赞叹。他确乎分别得出是谁家谁家的井水，于会稽陶溪、萧山北干、杭州虎跑那些名泉以外说出短长来。

当然，我不是陆羽的信徒，也不想做闵老子的知己。有人问我：泉水怎样才是好的？我说："一个甜字足以尽之。"湖北的兰溪，我未到过，昨读苏东坡的《东坡志林》，才知道黄州的兰溪，也叫沙湖，苏氏有《游沙湖小记》。他说他们同游清泉寺，寺在蕲水郭门外二里许，有王逸少（即王羲之）洗笔泉，水极甘，下临兰溪。可见我说的一个甜字，并不很错。我的外家，在刘源，其祖先移居其地，本名桃源，也是桃花源之意。我到外家去，老实不客气，请舅母她们，溪水泡茶莫放糖（外家对我特别客气，总是泡茶加白糖的）。他们问我为什么，我说：溪泉实在够甜了。

二十年前，我曾在刘源村南二里许，买了一口井，井泉之甘美，我以为在虎跑、惠泉之上，只是陆羽、张宗子踪迹未到，有如浣纱溪上的西施。

桃花源

举世无双芦笛岩，彩云宫阙久沉埋。

元和墨迹今犹在，嘉定题诗句亦佳。

梦入太虚皆幻境，神游仙苑拥裙钗。

天开洞府自奇巧，炼石何须问女娲。

——《芦笛岩新洞》

友人S君，昨从桂林东来，谈及桂林市区西北所发现的芦笛岩新洞，比之为"桃花源"。桂林的七星岩，早已驰名远近，芦笛岩风光绮丽，还在七星岩之上。从洞内的墨笔题字，推知唐代已有了游人。明末清初，兵乱迭起，当地人士找到了这么一个避难的所在，便用石块堵塞了洞口，因此，见后欲往，迷不复得路。直到前几年，才被偶然发现，经过了整理，成为桂林新胜境。

"桃源"的传说，一直代表着我国士大夫超现实的美梦。其地"土地平旷，屋舍俨然。有良田美池桑竹之属，阡陌交通，鸡犬相闻。其中往来种作，男女衣着，悉如外人。黄发垂髫，并怡然自乐"。这些描述，就是根据东晋大诗人陶渊明的《桃花源记》而来的。唐代大诗人王维，他就本着这一美梦写了《桃源行》(新乐府)。过去有很长一段时期，有人把这一故事附会到湘西桃源，凿指那是武陵人到过的仙境。其实，这位庐山山边诗人，他一生足迹并没到过湘西，或许不知道有桃源其地。与他同时的刘敬叔在《异苑》中说："元嘉初，武溪蛮人，射鹿，逐入石穴，才容人，蛮人入穴，见其旁有梯，因上梯，豁然开朗，桑果蔚然；行人翱翔，亦不以为怪。此蛮于路斫树为记，其后茫然，无复仿佛。"这可能就是《桃花源记》的雏形。王维《桃源行》说："初因避地去人间，及至成仙遂不还。峡里谁知有人事？世中遥望空云山。"他接受神仙的观念，比陶渊明的避世说法更进一步了(《桃花源记》，《太平御览》列入地仙道部)。

抗战第二年(1938年)夏初，我从徐州西行，到了洛阳。有一天，我们访问了黄河南岸的孟津(武王伐纣，大会诸侯的所在)。途经桃林，友人W君对我说："这才是真实的桃花源。"W君治史，他和陶渊明都是栗里人，熟于掌故，和我谈得很多，我也提出了许多论据。陶渊明，他是东晋初年那位荆州系大军阀陶侃的孙子，当时，扬州系将领和荆州系争霸，实权一直在荆州系将领手中。其间名将有檀道济、桓温、刘裕，都是纵横南北，立下汗马功劳的。桓温、刘裕挥师北征，到过洛阳，西入秦关。那些荆州系军官北征归来，和陶渊明(老长官的儿孙)谈起一路所见景物。北方的士庶，有举族人山避乱的，得山谷之胜，与外间隔绝，不问理乱。这些传说，引起了他的感兴，乃和神仙的幻想结合起来，写成了《桃花源记》，此中就留着避世避地的超现实的美梦。

刘义庆《幽明录》:"汉明帝永平五年,剡县刘晨、阮肇共入天台山取谷皮,迷不得返。……(见)溪边有二女子,姿质妙绝",遂与二女交接,住半年,天气常如二三月,晨、肇"求归甚苦"。既归之后,"亲旧零落,邑屋改异"。我们看来,正是二千年前的东方李迫大梦呢。——《李迫大梦》,美国小说家欧文的小说。

不管真实的桃花源在湘西还是在洛阳,"桃花源"的美梦,总是活在古今文士心头,因此,芦笛岩的发现,也就让大家想起了"桃花源"。我奔驰南北,也时时会走到如桃花源这样的境地。有一回,我从赣南北行,到了宁都。站在旅店阶沿上,抬头便看见西北角上的隆然高冈,店伙告诉我们,那便是有名的翠微山。山离城不过五华里,近得很。我知道明末清初,宁都魏禧兄弟易堂九子,激于民族观念,隐居翠微峰,不肯仕清。——可看《翠微峰记》。那天早晨,我一股子劲要上翠微峰去,吃了早餐便动身,以为往返十华里,午间便可回城。一到峰下,才明白我的想法完全错误:一则从峰脚到冈顶,只有一道三尺宽的石峡可通。石峡两壁,虽有凹处可踏脚,却非脱了皮鞋,换上草鞋,就挨不了那二三十丈高的峡道(登涉身倦,可靠在峡壁上小休)。二则离城虽只有五华里,上到了峰冈,却有十多华里的深广,一往一来,总得大半天挨辛苦。二三十丈的峡壁,自比"尽水源,便得一山,山有小口"够刺激,愈上愈陡,俯视不觉心惊。一上到了冈顶,一片平原,有小溪旷原,清流溅溅,森木茂美。这真是理想的桃花源;当年魏氏兄弟结庐于此,就在峰原上耕种,可以谋几家人的温饱。假使陶渊明知道有这样的胜地,那位刘子骥一定跟着上翠微峰去了。

不过,文士们的美梦也容易破灭的。魏家的隐居生活,一直成为宁都人的里巷佳话,他们或许忘记了三百年前的志士,都是躬亲耕作的。到了1932年，红军到了宁都，城中富商豪绅，便师法易堂九子的法门，上翠微峰去隐居了。他们在峰的东南角上架起了滑车，把牛羊猪鸡以及耕种工具都搬了上去；各家都在峰顶造起了自己的房子，还搬上了三年的粮食，作久居之计。搬上峰去，据说有二百多家，约有一千上下人口。在那样逃世的安排中，他们当然没想到劳动力以及耕稼的方法。这些在城市里生长的老爷、太太、小姐、少爷们，都是手不能提、肩不能挑，不知道如何稼穑的废物，他们都带了足够的金银宝贝，却缺乏生产的能力。他们准备了三年粮食，红军很幽默，就让他们在峰顶上挨了四年，除了三位裹了棉被从峰沿滚下山去的，在南昌活着，其余千把人，都成为翠微峰的伯夷、叔齐了。

他们因为不懂得耕种，第二年就开始吃谷种了；老爷太太们平日享受惯了的，第一年把家畜家禽吃光。那位到南昌去请援的"志士"，他就吃过煮了的皮鞋汤。卓别林在《淘金记》中的场面，他们都经历过了。那位"志士"谈他的饥饿经验，倒是一篇很妙的小说。饿到第七天就是头重脚轻，一晃就是满眼的星，尽是作恶，流苦水。要是没水喝，他们也早完蛋了。

翠微峰那一幕戏，演完了以后，宁都人流传着挖藏的美梦，宁都的财富既已全部搬到峰顶，总该处处都是金银财宝。可是一片平芜，也找不到财宝的踪迹。到如今，只有那破败的魏公祠，还有着断墙，冈原间也有几处白骨，其他只有传奇流传着。真实的"桃花源"，便是如此。

在文人的美梦之中，生存自有着他们的必要条件；一触到现实问题，那美丽的肥皂泡便破灭了。最合桃花源的理想条件的，我所到过的，莫如瑞金（红军曾经在那儿建立红都）。过了红都，经过几重山陵，便展开一片平原，贡水蜿蜒其间，够上生存的基本条件。可是，缺少了食盐，当闽赣边境被隔绝时，便影响士兵民众的健康。那成千在翠微峰上做梦的逃世人，一到了缺少食盐时期，也就浑身无力，连手都举不起来了。因此，文人所设想的率妻子邑人来此，不复出，遂与外人隔绝的生活，实在是不可能的。

我们可以相信，过去几千年间，确乎存在过的"桃花源"境界，乃是过着与人间半隔绝的生活（易堂九子在翠微峰下隐居讲学，也只是半隔绝生活），也就因为世变频仍。历代文士，乐于叙记桃花源型的生活，最主要的一点，他们和现实政治的距离越远，越合上他们的理想。清刘献廷《广阳杂记》载：

> 广东韶州府乳源县，有地曰梅花，潦水峻险，不与外通。居人数百千家，有张、邓二老为之主，皆听其指挥。二老明季诸生，鼎革后不剃发，据险自守，官不得入，而租赋输纳不缺。追呼者山下遥呼之，追租而下，如数不少欠。平西之变，胡国柱过乳源，二老以野服见。事定后，二老已死矣。众以地归朝廷，朝廷以其地建置花县，属广州府。今人所谓梅花洞者，即其地矣，产良马。

这样的桃花源，最合明末遗老的口吻。

又如，黄宗羲（梨洲，浙江余姚人，明末清初大儒）作《两异人传》，说在那大动乱时期，鸿飞冥冥，避地之善者，只有入海的诸士奇和上雁荡山的徐某。他说："温州雁荡山，其上有岩五七区，雁往来其间，因此得名。"黄氏也曾到过那儿，可是欲登其顶，问途而不可得。他听说那位徐姓志士，约其宗族数十人，携牛、羊、鸡、狗、蔬、果之种，耕织之具，资生所需者毕备。攀援而上，剪茅架屋数十间，随塞来路，去之数十年，其亲友莫能得其音尘，不知其生死何如也。这种办法，和魏氏兄弟的隐居翠微峰，十分相近，黄氏便颂其高风。（全祖望《鲒埼亭集》记邵得鲁事，说：邵得鲁，余姚人。"国难大作，……削发为头陀……一日忽入绝谷，不知所向。方茫然求故道不可得，俄而峰回路转，梧桐松竹甚盛，有鸡犬声。趋就之，只一家，中有幅巾者出曰：'客从何来？'则语之以宅里。笑曰：'我亦姚人也，避世居此……仆固孙公硕肤监军陈从之者也。孙公死海上，吾无所依，来此山中，未尝与世上人接也。'因相顾而叹曰：'是真桃源矣'！"）

抗战初期，军部高级指挥，从皖南移到上饶。一日，忽见有古道士装乡人在街上闲逛。他那事事新奇的神情，引起了军方注意，以为是朝鲜人。后来，才知道他们都是封禁山山农，一年难得入城的。封禁山在崇安铅山之东，浦城广丰以西，铜塘山箐险阻数百里，那才是真正的桃花源。毛泽东氏有《如梦令·元旦》词云：

　　宁化、清流、归化，路隘林深苔滑。
　　今日向何方？直指武夷山下。
　　山下，山下，风展红旗如画！

封禁山

　　抗战初期，武汉会战终了了，我便从南昌到了上饶。那时，东南军事中心，还不曾从皖南移到赣东，这一山城，可以说是道地的山谷地区，虽说变成了浙赣线重要车站，还是十分质朴的。我在那儿住了一些时日，从本地人口中，知道有所谓封禁山。（我初以为是风景山。）说是八里封禁山，有如世外桃源。封禁山，究竟怎么一种情况？朋友们也都不曾到过。后来，我看了俞正燮的《癸巳存稿》（俞氏字理初，安徽黟县人，清初博学通儒），有一篇《封禁山说》，倒把我所要知道的，都告诉我了。俞氏说：

　　陕西封禁山为终南里山，绵亘八百余里，地界岐山、凤翔、郿、武功、盩厔、鄠、咸宁、长安、蓝田九县，分段管理，谓之老林，向例封禁。其中子午谷一道亦封禁。乾隆四十年间，以金川军报开此道，较旧驿为近。嘉庆四年十月，议开山内地，斫伐老林，垦田设营。五年四

月,于五朗厅地方立宁陕镇,设总兵,置墩汛,老林量渐
斫伐,地亩拨给流民,其幽仄险峻,人迹罕到之区,查明
封禁。

原来封禁山乃是原始山林区,有如黑龙江和吉林的北大荒,海
南岛的五指山以及台湾的阿里山,都是封禁山。

江西的封禁山,据俞氏说:宋代从现在铅山分水关置驿,直通
崇安,又从现在的广丰、柘阳关置驿,直达浦城,又在崇安铅山之
东、浦城广丰之西,空弃铜塘山箐险阻地数百里,乃是封禁山。到
了抗战初期,铅山通崇安,广丰通浦城,都已修建了公路,已非封
禁之地。只是从上饶远望,那一片崇山峻岭,还是箐险阻地,仍是
封禁山。史载明正统时,处州贼叶宗榴据之,总兵戚继光讨平之,
遂禁冶,设隘,置汛戍,其地曰铜塘,曰张湾,隘曰枫林隘。万历
时,议开冶,守土者奏止之。(为了这一带有铁矿,因此便于冶铸。)
清顺治初,山贼杨文窜入山,奸民请采木植于风景山。十年,江西
巡抚蔡士英,查风景山亦作封景山,乃封禁,奏请复加封禁。康熙
五十九年搜查山中,并无藏匪。雍正三年江西巡抚奏封禁山事宜,
上谕云:"若当开,则不得因循。当禁,则不宜依违。"可是几百年
来,还是一直在半开半封之中。所谓"山贼"其实便是反抗当局的
山中民众,这是游击队的根据地。方志敏发动社会革命,也曾往来
其间的。

抗战长期化,山中所产竹木果实,都是重要物资,山农收入大
增。可是他们绝少入城,所谓物质文明,如电灯电话,在他们心目
中自是奇闻。有一回,宪兵队抓住了一位服装古朴的农人,看他沿
街游荡,到处探头探脑,而语言又不相通。检查他的衣袋,满装着

银票、现洋，初以为日本间谍。后来查知究竟，才知道是封禁山山农。这一消息，等到我听到了，想找他来谈，他已经回封禁山去了。

我初以为朱熹和辛稼轩，该到过封禁山，原来他们往来闽、赣、皖各地，都是走通道（官路），不走捷径的。说起来，还是俞正燮比他们更博通些。我也深恨没到过封禁山！

三访牡丹亭

看了南国剧团的《牡丹亭·还魂记》回来，又听了白云鹏的《拾画》《叫画》，此刻（香港）电台上正在广播上海昆剧团的《游园惊梦》。旧梦重叠，往事堪拾，因作《三访牡丹亭》。这个小题，有人或许以为我三看《牡丹亭》；《牡丹亭》何止三看，十看都不止呢！我说的是和《牡丹亭》有关的几件小事。

《红楼梦》第二十三回，黛玉刚走到梨香院墙角外，只听得墙内笛韵悠扬，歌声婉转，偶然两句吹到耳朵内，明明白白，一字不落，道："原来是姹紫嫣红开遍，似这般都付与断井颓垣！"黛玉听了，倒也十分感慨缠绵，便止步侧耳细听。又唱道，是："良辰美景奈何天，赏心乐事谁家院？"听了这两句，不觉点头自叹，心下自思："原来戏上也有好文章！"再听时，恰唱道："只为你如花美眷，似水流年。"黛玉听了这两句，不觉心动神摇。汤若士的《牡丹亭》就这么感动人心。

二十五年前的一个冬天，我和珂云，翻过了武夷山，沿盯水经南城、金溪到了临川，住在西大街的一家旅寓中。西大街的一端，接上了若士路，汤氏生前作曲的玉茗堂，遗迹犹存。我们徘徊于玉茗堂前，缅怀汤氏生平盛事，无限低回。眼前的玉茗堂，乃是清康熙年间，抚州（即临川）通判陆辂，就汤氏玉茗堂旧址重建的。落成之日，太守以下各郡僚属及郡中名士参加盛会，由吴伶演《牡丹亭传奇》，与会名士，赋诗记盛。南曲全盛时代的情况，一一如在眼前。

《牡丹亭》中那位杜丽娘，梦中看见了赠她一枝柳条的柳生，就此相思成病。她死后葬在梅花树下。其后柳生到来了，丽娘之魂，又和他一见如故，乃复起死回生，结为夫妇。事本传奇，乃理之所必无，而情之所必有，千古女子，都为之颠倒不已。当时，有娄江女子俞二娘，年十七，病床中，爱读《牡丹亭》，终于断肠委顿以死。汤氏哀之，赋诗以悼之云。又有杭州女伶商小玲，以演《牡丹亭》为其最得意的身手，她自己为了失恋所苦，一日演《牡丹亭·寻梦》一出，便死在戏台上。还有一位内江的小姐，读了《牡丹亭》，深喜汤氏是一个多情的人，一心一意想嫁给他，等到她看见了汤氏本人，已是一位白发皤然的老翁，一阵绝望，便投水而死了。

汤若士，生在明嘉靖万历年间，这位大戏曲家，恰和英国大戏剧家莎士比亚同时，也是东西文化史上的佳话。他的"玉茗堂四梦"，《牡丹亭》（即《还魂记》）为最，《邯郸记》《南柯记》次之。《牡丹亭》故事，虽有所本；铺叙曲写，出自他的匠心。写少女怀春情怀，细腻曲折，打入每个少女心坎，此所以永垂不朽也。

我到临川的第三天，军部朋友邀我演讲，我便在玉茗堂前讲《春香闹学》。汤若士的思想，本来受王阳明弟子王艮这一派的影响，但他是脱出了宋明理学家的"唯理观"而入于唯情主义。他的才华，在八股经义文外另开一派，在词曲中散发了光芒。那位老儒陈最良，便代表理学的一面，他就借春香的口来问"窈窕淑女，君子为什么要好好去求"的人情问题。《牡丹亭》证明了汤氏所说"诸公所谈者理，吾之所谈者情，各有千秋，不必相溷"的微义。

1942年秋，我应邀访旧友于赣南大庾（梅岭北）。大庾原是粤赣往来必经的冲要之地。（古代东南人士，有事于岭南的，也都经赣江，上梅岭；王勃作《宴滕王阁饯别序》，也就是随着他的父亲，经南昌碰上那一盛会的。）可是，行色匆匆，很少驻足。那回留大庾三天，住在县署。友人对我说："此《牡丹亭》中杜丽娘游园惊梦，柳梦梅拾画叫画之所也。"我漫然应之，也不做肯定的说法。大庾景物本来不错，现代的大庾，给稀有的钨矿，点缀得更是富庶；但，大庾县署的小园，和《牡丹亭》中的杜家花园，总差那么一截似的。

我回到了赣州，重新把《牡丹亭》看了一遍，且看汤若士，他自己究竟如何交代的？他在题词中说：

> 天下女子有情，宁有如杜丽娘者乎？梦其人即病，病即弥连，至手画形容，传于世而后死。死三年矣，复能溟莫中求得其所梦者而生，如丽娘者，乃可谓之有情人耳。情不知所起，一往而深，生者可以死，死可以生；生而不可与死，死而不可复生者，皆非情之至也。梦中之情，何必非真，天下岂少梦中之人耶？必因荐枕而成亲，待挂冠而为密者，皆形骸之论也。传杜太守事者，仿佛晋武都守李仲文，广州守冯孝将儿女事，予稍为更而演

之。至于杜守收考柳生，亦如汉睢阳王收考谈生也。嗟夫，人世之事，非人世所可尽，自非通人，恒以理相格耳。第云理之所必无，安知情之所必有邪！

这就是说，世人不必拘泥于事迹的如何演变，他所启示的乃是"情之所钟，金石为开"的精神，也就是莎士比亚在《罗密欧与朱丽叶》中的主旨。

那位娄江女子俞二娘，秀慧能文辞，酷嗜《牡丹亭》，幽思其韵，有痛于本词者，十七岁怅愤而死。汤若士许为知己，有《哭娄江女子》诗云："画烛摇金阁，真珠泣绣窗。如何伤此曲，偏只在娄江。何自为情死？悲伤必有神。一时文字业，天下有心人。"王宇泰云："情之于人甚哉！"此语得之。

清焦循（经学名家，江苏扬州人）《剧说》卷二云："明人南曲多本元人杂剧，如《杀狗》《八义》之类，则直用其事。《玉茗》之《还魂记》，亦本《碧桃花》《倩女离魂》而为之者也。又《睽车志》载，士人寓三衢佛寺，有女子与合，其后发棺复生，遁去，达书于父母，父以涉怪，忌见之。柳生、杜女始末全与此合，知玉茗四梦皆非空撰，而有所本也。"《聊斋》所述聂小倩与宁采臣事，也是鬼合复生，如杜丽娘，这也是一往情深的幻设之境。当然，汤若士的伟大处，本不在有无出处，而凿指牡丹亭在大庾，或在衢州，都近于刻舟求剑。吴梅（当代戏曲家）《四梦传奇总跋》云："明之中叶，士大夫好谈性理，而为矫饰。科第利禄之见，深入骨髓。若士一切鄙弃，故假曼倩诙谐，东坡笑骂，为色庄中热者下一针砭。其自言曰：'他人言性我言情。'又曰：'人间何处说相思，我辈钟情似此。'盖惟有至情，可以超生死，忘物我，通真幻，而永无消灭。

否则形骸且虚，何论勋业；仙佛皆妄，况在富贵。"可谓若士身后的知己！

我既于抗战初期，到了汤若士写作《牡丹亭》的玉茗堂，(《临川志》：沙井巷后有玉茗堂，即陆辂复构玉茗祠处。府署西原有玉茗亭，亭前种玉茗花，大如山茶而色白，黄心绿蕊，人以比之琼花。)又在南安（大庾）看了传说中的牡丹亭。胜利之初，从赣东急行，到了杭州，卧病湖滨，病稍愈，便泛舟重访孤山，系舟北麓，在冯小青墓前徘徊久之，这位痴情女子，一直是传奇人物，在传说中，她也是玉茗堂的知音。

蒋瑞藻小说考证续编《疗妒羹》(这是以冯小青为中心的剧曲)，引花朝生笔记，云："女史冯元元，字小青，广陵人。母为女塾师，小青自幼娴习翰墨，年十六，嫁杭州冯生为妾（小青本不姓冯，传说很多，待考）。生固伧父，妻更悍如。小青曲意下之，终不解。后居孤山别业，小青深自敛战。生妻有戚属某夫人，才而贤，尝从小青学弈，怜之，劝他适。小青曰：'我命自薄，他适何益？'夫人重其行，谓曰：'子信如是，吾不子强（勉强之意），虽然，其自爱。即旦夕所须，第告我。'相顾泣下，后夫人从宦远方，小青益复亡聊，未几感疾卒。自归生至卒，凡二年。妻取其遗像及所著书，悉焚之。"小青的身世，就是这么凄绝可怜的。她的遗诗，有二绝句云：

稽首慈云大士前，莫生西土莫生天。
愿为一滴杨枝水，洒作人间并蒂莲。
冷雨幽窗不可听，挑灯闲看牡丹亭。
人间亦有痴于我，岂独伤心是小青。

这两首绝句，也就传诵千古。

小青故事，大概有这么一段影子，文士加以附会敷衍，乃成为西湖佳话。清初女画家顾横波曾替小青摹像，顾氏的丈夫龚鼎孳有《追和小青》天仙子词二首：

> 剑戟横排脂粉塞，鸾凤死偿鸡鹜债。剪红一寸石榴刀，金翠冢，埋香快，白蝶柴烟莲露界。
>
> 才子单传鹦鹉派，碎玉犹存兰蕙概。人间薄福是聪明，怜也在，憎也在，彩笑难容双锦带。

这词不仅是和了小青韵，也是为了小青而作的，怜才悲遇，溢乎言表。小青死后，明清之际，有吴炳的《疗妒羹》、朱京藩的《风流院》、徐野君的《春波影》、陈季方的《情生文》，清中叶有无名氏的《西湖雪》，清末有张道的《梅花梦》（杂剧和传奇），民初有冯春航的《冯小青》，南北诸子，歌咏不绝。天下女子饮恨有如小青者乎？她也可以和杜丽娘同垂不朽了。

小青本有其墓，那是不错的。和她同时的华亭李雯曾作《仿佛行》，那时陈子龙（卧子）亦在座，也写了《仿佛行》，中有句曰："窈碧凝眸孤影通，啼魂无语黄昏路。"又云："我曾洒酒松间墓，悲情遥断草连天。……忽如移我孤山下，咫尺风雨清秋天。"其意甚明，不过，小青墓后来被淹没了，所以清初诗人徐釚，有《载酒放鹤亭求小青墓不得》诗，云："青青芳草瘗红颜，愁对双峰似翠环。多少西陵松柏路，销魂一半是孤山。"今日放鹤亭边的冯小青墓，不独不是道光年间重修的新坟，也不是卜拉木在清光绪年间重修的。这是冯春航、柳亚子诸氏所修的新坟。

赣 南 杂 话

八境台

八境台在赣州东北城上，俯临章贡两水。宋代，江南西路虔州南康郡治赣县，因有虔州八境台之称。苏轼（东坡）曾赋《虔州八境图》诗，前有小序，云：

《南康八境图》者，太守孔君之所作也。（孔宗翰，登进士第，知虔州。）君既作石城，即其城上楼观台榭之所见，而作是图也。东望七闽，南望五岭，览群山之参差，俯章贡之奔流，云烟出没，草木蕃丽，邑屋相望，鸡犬之声相闻。观此图也，可以茫然而思，粲然而笑，慨然而叹矣。苏子曰：此南康之一境也，何从而八乎？所自观之者异也。且子不见夫日乎？其旦如盘，其中如珠，其夕如破璧，此岂三日也哉？苟知夫境之为八也，则凡寒暑、朝夕、雨旸、晦冥之异，坐作、行立、哀乐、喜怒之变，接于吾目而感于吾心者，有不可胜数者矣，岂特八乎？如知夫八之出乎一也，则夫四海之外，恢诡谲怪，《禹贡》之所书，邹衍之所谈，相如之所赋，虽至千万，未有不一者也。后之君子，必将有感于斯焉。

他借此发挥了境由心生的胜义。我们看到的八境台，已经不是孔氏所筑的旧台，也不是辛稼轩所看到的郁孤台，而是在赣州最具现代化的"洋楼"。上面既没有孔氏的遗迹，也没有苏诗辛词，只有吕洞宾的《仙迹图》，还有一副堆砌不十分工整的长联。据说这一摩登新台，乃是由于吕仙示圣，中了两回航空奖券的头奖，因而香火大盛。苏东坡那点诗意，在吕祖面前，也就化为烟尘了。

苏东坡那八首绝句，倒是我们所能体会的，也正如我们体会他的前后《赤壁赋》一般。诗云：

涛头寂寞打城还，章贡台前暮霭寒。
倦客登临无限思，孤云落日是长安。

白鹊楼前翠作堆，萦云岭路若为开。
故人应在千山外，不寄梅花远信来。

却从尘外望尘中，无限楼台烟雨蒙。
山水照人迷向背，只寻孤塔认西东。

回峰乱嶂郁参差，云外高人世得知。

谁向空山弄明月，山中木客解吟诗。

（余略）

有一天，我和同游朋友谈到吕祖点破世人黄粱梦的故事，我说：吕祖究竟叫我们觉悟呢？还是叫我们不觉悟呢？对着汤汤流水，不禁抚然。

"玉树琼花之室"

霜崖先生自谦务杂览，其实，见闻广，有识力，博稽中外，可谓通儒；并不像有些人那么"牙擦擦"，枵无所有的。不过博物君子，也真不容易，霜崖所以自谦者在此。前几天，他在《烟花三月下扬州》中说到扬州后土祠的琼花，他引用了南宋周密《齐东野语》的话，也以为琼花只有扬州那么一树了。《辞海》"琼花"条下也注明是珍异植物。形态与聚八仙大率相类，惟琼花之叶，柔而莹泽；花瓣厚，色淡黄，花蕊与花萼不结子而香云云。

我几次经过扬州，没在那儿停留过，因此没到后土庙看过琼花；但是，我看见过琼花不在扬州而在赣州。赣州的琼花，正是从扬州分种而来的，那是清初阮文达（元）的事。这树琼花，非常茂盛。琼花台后面，有一排房子，上有阮氏的匾额，题为"玉树琼花之室"。假如我的记忆不错的话，前些日子，从伦敦回北京，途经香港的宧乡先生，还是在这琼花室中诞生的。（鑫毅，他是贵州人，却生在赣州，长在汉口。）

琼花盛开时，赣州朋友特地邀我去欣赏一回；我一看就说："我见过。"他们问我："你到过扬州吗？"我说没有，他们说我一定认错了。我再抬头细看那匾额上的小注，才知道这是琼花，天下稀有的珍物，并不是我们认识的绣球花。其实，我说的并不错，《辞海》中所说的"聚八仙""八仙花"，便是绣球花，花与叶完全相同，所不同者绣球花系草本，而琼花则是木本（藤木）。琼花如绿玉，略带淡黄，清香如梅花。二十年前，我先后旅居苏州，寄寓拙政园及网师园，那儿都有很茂美的绣球花，因此，见了琼花，如见故人。正如看见了木棉树以为草本棉花也。

昨晚，我写了这一段随笔；午夜，在床上翻看南宋周煇的《清波杂志》，他也说："琼花海内无二本。唐人谓玉蕊花，乃比其色。许慎说文，琼乃赤玉，与花色不类。煇家海陵，海陵昔隶维扬，亦视为乡里。自幼游戏无双亭，未见其奇异处，不识者或认为聚八仙。"可作注解。

卷八

华中

黄鹤楼

黄鹤楼原为辛氏楼，辛氏市酒山头，有道士数人诣饮，辛不索资，道士临别，取橘皮画鹤于壁，曰："客至，拍手引之，鹤当飞舞侑觞。"遂致富。十年，道士复至，取所佩铁笛数弄，须臾，白云自空飞来，鹤亦飞舞，道士乘鹤去，辛氏即其地建楼，曰辛氏楼。

——《报恩录》

不久以前，台北一份官办的报纸，刊载一封"忠贞之士"从武昌寄到台北去响应"反攻"的公开信，说他已经到了武汉了，武汉是辛亥革命发祥地，只要国军登陆反攻，他就爬上黄鹤楼去举旗响应。台北人士，或许会相信这位忠贞之士，真的从香港到了武汉；我敢说，这位义士一定没到武汉，虽说他是湖北人，这封信一定不是从武昌寄出的。事实上，今日武昌的蛇山头上，并没有黄鹤楼，他如何去上楼举旗呢？

黄鹤楼，建于南北朝年间，距今约一千六百年，登楼览胜，临流寄感；我二十岁那年，就对着"扬子翻黄汉碧流"，不禁怆然泪下。唐代诗人崔颢在楼上题了一首诗云：

>　　昔人已乘黄鹤去，此地空余黄鹤楼。
>　　黄鹤一去不复返，白云千载空悠悠。
>　　晴川历历汉阳树，芳草萋萋鹦鹉洲。
>　　日暮乡关何处是？烟波江上使人愁！

　　这首律诗不完全依照呆板规律的风格，极为唐代大诗人李白所欣赏，甚至于说，有崔颢诗在上，他也搁笔了。他真的不写了吗？并不，他另写一首鹦鹉洲的诗云：

>　　鹦鹉来过吴江水，江上洲传鹦鹉名。
>　　鹦鹉西飞陇山去，芳洲之树何青青。
>　　烟开兰叶香风暖，岸夹桃花锦浪生。
>　　迁客此时徒极目，长洲孤月向谁明。

　　他完全依照崔颢的格调，也是律诗，也是第二联不对（以前的人以为李白写《金陵登凤凰台》诗和崔诗争胜，用的是崔诗原韵，也只是存这么一说而已）。在李白记忆中，他对黄鹤楼的印象是很深的，他的诗，如："一忝青云客，三登黄鹤楼。顾惭祢处士，虚对鹦鹉洲。""我本楚狂人，凤歌笑孔丘。手持绿玉杖，朝别黄鹤楼。""黄鹤西楼月，长江万里情。春风三十度，空忆武昌城。""故人西辞黄鹤楼，烟花三月下扬州。孤帆远影碧空尽，惟见长江天际流。"" 一为迁客去长沙，西望长安不见家。黄鹤楼中吹玉笛，江城五月落梅花。"都是传诵千古的诗篇。

至于里巷所传的"黄鹤楼"，不一定从大诗人的诗篇而来，倒是从《三国演义》和南北曲中的孙刘故事而来。元朱凯有《醉走黄鹤楼》杂剧，南曲及各剧种，都有《刘备过江会孙权》一剧。剧中赵子龙是主角，显出他那威武不能屈的神情。可惜，三国时期，武昌还没有黄鹤楼，编剧把时代弄错了，牛头对不了马嘴的。

1921 年夏天，我从南京西行，初到武汉。那时，我很年轻，不知天高地厚，也不懂得时势有什么变化。船到汉口，那是洋人的租界地区，过江到了武昌，才知道王占元的部队闹了一场兵变（王占元，当时任湖北督军），把全城繁华商业区都烧毁了。我在轮中，读了孔尚任的《桃花扇》，眼前景况，正是：

> 你看城枕着江水滔滔，鹦鹉洲阔，黄鹤楼高，鸡犬寂寥，人烟惨淡，市井萧条。都只把豺狼喂饱，好江城画破图抛，满耳呼号，鼙鼓声雄，铁马嘶骄。（《桃花扇·投辕》）

在那样兵荒马乱的时节，又值秋凉新病，我上了黄鹤楼，就怆然泪下。其后十六年，我重到武汉，恰在南京沦陷之后，戎马倥偬，又是战时景色。那年冬初，武汉沦陷，我的眼前，又看到《桃花扇》所描述的苍凉画面。武汉，自古为四战之地，黄鹤楼一直在战火中历经世变，写不尽家国兴亡新愁旧恨！

武汉三镇，在我们的印象中，汉口最深刻；在过去历史中，汉阳为政治商业中心，军事重心则在武昌。大江西来，汉水北至，蛇龟二山，对峙在大江南北岸，把三镇绾合在一起。龟山，古名翼际山（《水经注》："汉与江合于衡北翼际山。"汉水入江，古在龟水之南，今在龟山之北）。三国南北朝称鲁山，其后亦称大别山。有矶突出江中，名禹功矶，亦名龟首，晴川阁建于矶上，禹王宫建于山顶。山麓有唐代始建的太平兴国寺，寺前古桐，也有一千多年的历史。龟蛇二山之称，盖始于明末，沈钦云："江流湍急，怪石嶙峋，山名大别，与武昌黄鹄山对峙，雄踞江之东西，势若龟蛇环卫。"其后张元芳亦云："登大别，睇晴川，望龟蛇相对，山川绣错，人烟鳞集，洵洋洋大观也。"

蛇山，古名黄鹄山，南朝刘宋诗人鲍照已有《登黄鹄矶》（《水经注》称黄鹄山林涧甚美，山下谓之黄鹄岸，下有湾为黄鹄湾）。黄鹤楼就在蛇山即黄鹄矶的头上，唐代已成为游览的胜地。据那位写记的阎伯埕所说："耸构巍峨，高标茏苁，上倚河汉，下临江流，重檐翼舒，四围霞敝，坐视井邑，俯拍云烟。……极长川之浩浩，见泉山之累累。"（765年刻石）题得十分雄伟。不过，到了宋代，这一黄鹤楼早已不在了。宋代的黄鹤楼，到南宋初，陆放翁入川时，也已荒废。据今存画本看来，那两层楼阁，台阶都有精巧的雕刻。元明各代，建了又废，废了又建，清代又建了好几回。民初，我所登的黄鹤楼，乃是1884年重建的，三层崇楼。"自山以上，直立十八丈，其形正方，四望如一，高壮宏丽，称其山川。"附近还有元代建筑的圣像宝塔，清末修建的奥略楼、抱膝亭、纯阳楼、陶公亭、涌月台、禹碑亭等古迹。

武昌古为江夏，孙权都鄂，改名武昌，即今之鄂城。今之武昌，乃是隋开皇九年徙涂口之江夏县治于鄂城，故有江夏之名。明太祖以江夏为武昌府之首县，江夏遂有武昌之称。武昌本是一城堡，自孙权建城后，逐渐发展，夏口—沙羡城—曹公城—鄂州城—武昌城，乃有今日的规模。

> 鲁口帆樯取次开，扁舟常系鹄矶隈。
> 三春无树非垂柳，五月不风犹落梅①。
> 楼上休夸崔颢句，天涯谁识祢衡才！
> 可怜夙负黄童誉，漂泊翻成异地哀。
>
> ——黄仲则《武昌杂诗》

黄鹤楼，在黄鹄矶上，俯临大江；我们心目中，仿佛走上杭州城隍山（吴山），也仿佛来到南京的燕子矶。仙人跨鹤飞去的传说，于是逐渐演变，从仙人王子安扯到三国蜀相费祎，再扯到比李白迟了一百年的吕洞宾；群众说他是吕洞宾，也就成为千来年的祭奉人物，黄鹤楼旁就有吕祖庙，庙中也还有费仙像。庙中香火很盛，楼阁系木构，因此，几度失火，黄鹤楼也就化为乌有，得群策群力，重新建构，照样香火祭奉，照样有道士做庙祝，沿廊都是看相、算命以及卖吃食、玩耍物品的小贩，跟着游客讨钱的叫花子。上一世纪末期，张之洞做湖广总督，许多文士在他的幕府，附庸风雅，因此，黄鹤楼中有着他们的吟咏联句。

不过，湖北人有一句和黄鹤楼有关的成语，叫作"黄鹤楼上看翻船"，这倒是惊心动魄的一景。浩浩江流，风狂雨骤，可是，人事急于星火，非从武昌到汉口去不可。那时，武昌大智门外黄鹄矶头，自有胆大的赵子龙摇着帆船来渡你过江。只要你有胆子乘，他

---

① "江城五月落梅花"，系李白诗句，"梅花"系"梅花落"曲调。

就有胆子摇，一槽在手，一手拉帆，箭也似的直向汉口；十多里斜飞江面，不到一刻钟便到了对岸。当然，一个浪头把小船（上海人称之为舢板）吞了下去也是常事，就看吕祖照应不照应。在黄鹤楼上看翻船，三分惊骇，三分痛快，三分疑虑，也还有一分同情，这也代表着湖北人的人生哲学。我的一位朋友，就在武汉动乱时代，冒着大雨乘着舢板过江，留着微命到汉口的。

近三四十年，汉口和武昌间的轮渡，半小时、一小时开行一班，北来客从京汉路来，北上客从粤汉路到，就这么交流着。我第一回到北京去，就是乘了轮渡，平安过江的，可是，第三回北行（1957年），我们已经用不着轮渡；汽车从汉口经过汉阳龟山头一直驶往武昌蛇山，火车在大桥中层隆隆往来。因为武汉长江大桥，一头安在蛇山头上，即黄鹄矶边，一头扣在龟山矶上，于是，黄鹤楼又从蛇山头上消失，该休息一些年月了。

先前黄鹤楼地段，修建了广大的蛇山公园，我们往日在黄鹤楼上俯瞰江流，而今可以凭大桥的铁栅远望了。黄鹤楼左边那些古迹，如奥略楼、抱膝亭、纯阳楼、陶公亭、涌月亭、禹碑亭，分别到各处公园中去，还是一一可以找到。只是那位要爬上黄鹤楼去举旗响应的"忠贞之士"，只有空中楼阁可走了。

新的黄鹤楼，筹划十年后建成，仍在黄鹄矶头。

芳草萋萋鹦鹉洲

昔登江上黄鹤楼，遥爱江中鹦鹉洲。

洲势逶迤环碧流，鸳鸯鸂鶒满滩头。

滩头落日沙碛长，金沙熠熠动飙光。

舟人牵锦缆，浣女结罗裳。

月明全见芦花白，风起遥闻杜若香，

君行采采莫相忘。

　　　　　——孟浩然《鹦鹉洲送王九之江左》

　　有人听了我从《击鼓骂曹》谈到祢正平的身世遭遇，他问我："你这么同情祢正平？你上过鹦鹉洲吗？"我笑了，道："古今文士，借祢正平来宣泄他们的胸中不平之气，可是，李白、孟浩然、杜甫，都只'遥爱''远望'鹦鹉洲，他们都没到过那儿。至于我们，连湖北人和武汉三镇的人，都没上过鹦鹉洲，因为这一在南北朝时代的繁荣市场，到了明代，已经不复存在了。江中先后涨起一些沙洲，又不时被淹没掉，往日的鹦鹉洲，可以说是浪淘沙去，有过几度迁变了。所以'芳草萋萋鹦鹉洲'，在我们只是一个幻景。"

这儿，只能让我们讲一段故事：八百年前（南宋孝宗乾道六年），那位诗人陆放翁，奉命到四川夔州就职，途经鄂州（即武昌），郡中友好宴之于南楼，在仪门的南石城上，一曰黄鹤山，制度宏伟，登望尤胜。鄂州楼观为多，而此独得江山之要会。黄山谷所谓"江东湖北行画图，鄂州南楼天下无"是也。下瞰南湖，荷叶弥望。次日，他和章冠之登石镜亭，访黄鹤故址。"石镜亭者，石城山一隅，正枕大江，其西与汉阳相对，只隔一水，人物草木可数。……黄鹤楼旧传费祎飞升于此，后忽乘黄鹤来归，故以名楼，号为天下绝景。崔颢诗最传。而太白奇句，得于此者尤多。今楼已废，故址亦不复存。问老吏云：'在石镜亭南楼之间，正对鹦鹉洲，犹可想见其地。'"又明日黎明，他离鄂州西行，使风，挂帆沿鹦鹉洲南行。洲上有茂林神祠，远望如小山。依他们记叙，看来，黄鹤楼在唐代是登临胜地，士大夫吟赏之场，到了南宋，却已荡然无存。我呢，总算有机会爬上最高楼，比北宋人看得更远；可是，陆放翁、范成大他们所看过的鹦鹉洲，我们这一代已经没有机会看到了。

鹦鹉洲的存在，至少在东汉以上，黄祖和宾客是在洲上弋取了鹦鹉，乃由祢正平即席成赋的。它从东汉到明代，至少已经存在一千四百多年。在"三十年河东，四十年河西"的沙洲迁变史上算得悠久了。接着浮涨起的是刘公洲，它从无到有，又从有到无，四百年间，和鹦鹉洲并存过一些年代。后来刘公洲沉没了，武昌城外靠近鹦鹉洲的江岸，相继涨起了两个沙洲，里面为金沙洲，外面的为白沙洲；而金沙洲借白沙洲的外护，形成了很好的避风塘，商货云集，市面热闹，号称几十万户，和汉口在明末并称为繁荣商埠。后来中洲夹江淤塞，市面就衰落，到了清初，两洲沉入水中。今日的金、白两沙洲又是后来淤成的，和陆地相连，已经不成其为洲了。

鹦鹉洲的沉没，或许和1447年的汉水改道有关，洲是一步一步消沉下去，直到1639年，此洲还有一部分留存，洲上还崩出唐代女子玉箫的坟墓。玉箫是一个年幼痴情女子，她深爱韦皋，皋被其伯父严命调走，玉箫乃长日悲惨以死。这便是后来《鹦鹉洲》剧本的张本，人间悲痛事，不独怀才不遇的祢正平了。

人道是周郎赤壁

大江东去，浪淘尽，千古风流人物。故垒西边，人道是三国周郎赤壁。乱石穿空，惊涛拍岸，卷起千堆雪。江山如画，一时多少豪杰。

遥想公瑾当年，小乔初嫁了，雄姿英发。羽扇纶巾，谈笑间，樯橹灰飞烟灭。故国神游，多情应笑我，早生华发。人生如梦，一樽还酹江月。

———苏东坡《赤壁怀古》

最近，湖北省博物院组织考古队到赤壁去做调查研究，长江中流，以赤壁为名的有七处之多。一千七百年前，曹操和孙吴的赤壁之战，是在湖北嘉鱼。至于因苏东坡这首《念奴娇》而出名的赤壁，那是在湖北黄州，只能称是东坡赤壁（赤壁前后两赋，说的是黄州赤壁）。不过，苏东坡这首词中写的赤壁之战，重心放在周瑜身上，"羽扇纶巾，谈笑间，樯橹灰飞烟灭"，比后来《三国演义》

和舞台上的《赤壁之战》，真实得多。这一场三国命运决定战，本来是周瑜、鲁肃的功劳，和诸葛亮没有多大关系。把羽扇纶巾加在诸葛亮身上，也是十分可笑的。

南宋孝宗乾道六年，诗人陆放翁奉朝命入四川，八月十九日，到了黄州东坡。他写道：黄冈竹楼稍东，便是赤壁矶，也就是茅冈，兀然没有草木。韩子苍诗云："岂有危巢与栖鹘，亦无陈迹但飞鸥。"可是图经及传，都说此矶是周公瑾败曹操之地。长江上，以赤壁为名的很多，还得考证一下。李太白《赤壁歌》云："烈火张天照云海，周瑜于此破曹公。"也并不是指黄州。苏东坡也表示怀疑，《赤壁赋》云："此非孟德之困于周郎者乎？"《怀古乐府》也说："人道是当日周郎赤壁。"都不曾下肯定语。只有韩子苍诗说："此地能令阿瞒走。"倒真以为是周郎赤壁了（黄州人又称赤壁为赤鼻）。

《水经注》："江水左径上乌林南，村居地名也。又东径乌黎口，江浦也。即中乌林矣。又东径下乌林南，吴黄盖败魏武于乌林，即是处也。……江之右岸得蒲矶口，即陆口也。"宋谢叠山云："予自江夏溯洞庭，舟过蒲圻，见石岩有'赤壁'二字，其北岸曰乌林，又曰乌巢，乃沔阳境。有烈火冈，上有周瑜庙。……耕地，得箭镞长尺余，或得断枪折戟。其为周瑜破曹兵处无疑。"《吴志·周瑜传》：建安十三年，"权遂遣瑜及程普等，与备并力逆曹公，遇于赤壁。时曹公军众，已有疾病。初一交战，公军败退，引次江北。瑜等在南岸。"（《文选》章怀太子贤注："刘表传之赤壁山名，在鄂州蒲圻县。"当时，蒲圻县，即今之嘉鱼县。尚有其他四家之说，皆不合事实。）

因此，我们要从历史古迹考求古战场，当然要到湖北嘉鱼去才行。据查，那"赤壁"二字的摩崖石刻，在延伸到长江中去的赤壁山北端的崖壁上；崖壁略带赭色。这"赤壁"二大字，相传为周瑜手笔，并不可信。其实，"赤壁"二字刻石，不仅那明显的一处，大小共有四处。这四处，都是楷书。最大的一处，二字都长一百五十厘米，宽一百零四厘米。刻字上面三十厘米处，另刻有一草书大"鸾"字，字长一百二十厘米，宽七十厘米，年款为洪武乙丑。另有诗文刻石云：

> "月明星稀，乌鹊南飞"，此非曹孟德之诗乎？西望夏口，东望武昌，山川相缪，郁乎苍苍，此非孟德之困于周郎者乎？方其破荆州，下江陵，顺流而东也，舳舻千里，旌旗蔽空，酾酒临江，横槊赋诗，固一世之雄也，而今安在哉！

——苏东坡《前赤壁赋》

1938 年春天，我经过黄州到武昌。那年秋天，又经过嘉鱼到岳阳长沙。无论东坡赤壁或周郎赤壁，都因为军事旁午，没有东坡那么闲情逸致来体会自然景物。唯一的感慨，正如东坡所说的：

> 吾与子渔樵于江渚之上，侣鱼虾而友麋鹿。驾一叶之扁舟，举匏尊以相属。寄蜉蝣于天地，渺沧海之一粟；哀吾生之须臾，羡长江之无穷。

由今看来，一世之雄也正是谈笑间灰飞烟灭，如曹孟德一样，使人有"而今安在哉"之慨。

"羡长江之无穷"的另一面，便是"浪淘尽，千古风流人物"。苏东坡当时，提出孔老夫子的旧感慨："逝者如斯夫。"他对同游的朋友说：

> 客亦知夫水与月乎？逝者如斯，而未尝往也；盈虚者如彼，而卒莫消长也。盖将自其变者而观之，则天地曾不能以一瞬。自其不变者而观之，则物与我皆无尽也，而又何羡乎？且夫天地之间，物各有主，苟非吾之所有，虽一毫而莫取。惟江上之清风，与山间之明月，耳得之而为声，目遇之而成色，取之无禁，用之不竭，是造物者之无尽藏也，而吾与子之所共适。

这么一说，无论嘉鱼赤壁或黄州赤壁，对我们的启示是相同的，东坡对孔老夫子的理会，自比孟老夫子高了一脚的。孟子对"水哉！水哉！何取于水也"的答语，说是"源泉滚滚，不舍昼夜，盈科而后进"，似乎还隔了一层的。

曹操横槊赋诗，以"对酒当歌，人生几何，譬如朝露，去日苦多"开场，而以"月明星稀，乌鹊南飞，绕树三匝，无枝可依"结尾，也正是"逝者如斯夫"的感受。史载波斯国王薛西斯为防止希腊的侵略，把雄厚兵力集中在赫勒斯坪，并在一个山头上搭起宝座，准备从山头检阅雄师。据希罗多德（希腊史学家）说："当他看到整个赫勒斯坪为他的兵舰所遮蔽，阿拜多斯城附近的海岸上平原上，到处挤得水泄不通。薛西斯王起始很欢喜，忽而悲从中来，泫然泪下。他长叹道：'我想到人生的短促，想到了这百万雄兵，同样地化为尘土，我怎能不怆然动怀？'"不也是横槊赋诗的曹孟德吗？斯诺曾说：毛泽东氏以六十四岁的高龄，第一次游着水横渡长江时，曾赋词云："不管风吹浪打，胜似闲庭信步，今日得宽余。子在川上曰：'逝者如斯夫'！"

他接着说："子就是孔子，《论语》的主人翁，他在河岸上思考之余曾说：'整个世界就是像这样，不停地日以继夜地流逝着！'如果仔细地看，我们就会明白，这首词是含有政治意义的，而且绝不是逃避现实的。"

清代史地学家顾祖禹论湖广形胜，在武昌乎？在襄阳乎？抑在荆州乎？他说："以天下言之，则重在襄阳；以东南言之，则重在武昌；以湖广言之，则重在荆州也。……武昌，水要也；荆州，路要也；襄阳，险要也。""湖广居八省之中，最为宏衍，山川险固，中原有事，盖必争之地也。是故襄阳其头颅也；黄蕲，其肘腋也；江陵，其腰腹也。"我们把这一段兵要地理看明白来，赤壁之战的军事形势就可以了然了。（诸葛亮说："荆州北据汉沔，利尽南海，东连吴会，西通巴蜀，此用武之国也。"）

写赤壁之战的军政折冲，自以司马光《资治通鉴》所记最为可信；罗贯中的《三国演义》和戏台上的《借东风》《火烧赤壁》，故意夸张诸葛亮的神通，把周瑜的功劳写到孔明账上去，所铺叙的大多失实。不过《三国演义》第四十九回写周瑜唤集诸将听令：先教甘宁带了蔡中并降卒沿南岸而走："只打北军旗号，直取乌林地面，正当曹兵屯粮之所，深入军中，举火为号。"第二唤太史慈分付："你可领三千兵，直奔黄州地界，断曹操合肥接应之兵。就看红旗，便是吴侯接应兵到。"第三唤吕蒙领三千兵去乌林接应甘宁，焚烧曹操寨栅。第四唤凌统领三千兵，直截彝陵界首，只看乌林火起，以兵应之。第五唤董袭领三千兵，直取汉阳，从汉川杀奔曹操寨中，看白旗接应。第六唤潘璋领三千兵，尽打白旗往汉阳接应董袭。六队船只各自分路去了。正面主力军舰，由黄盖率领向曹操诈降，后面由韩当、周泰、蒋钦、陈武分四队各引战船三百只接应。周瑜自与程普等在大艨艟上督战，徐盛、丁奉为左右护卫。这位写话本的小说家，他参照了史书与地志来安排，倒和当年战局相差不远的（他写诸葛亮的调将遣兵，就不合乎史实了）。

因此，谢叠山说在蒲圻乌林一带，有人耕地，发现了当年的箭镞、断枪折戟，证明了这是古战场。最近的湖北博物院考古队到这一带去调查，可说对了题了。据他们的报告，他们也曾听到当地农民在赤壁发现了铁制兵器。他们到达后，经当地人民公社社员的帮助，查明了那批铁制兵器的发现地点，是在赤壁东南约一里的南屏山上，在地底一米左右深处挖出的。兵器种类，有刀、矛、斧钺、箭镞等多种，其中以箭镞为最多，共三百余件。此外，山上武侯宫道人范诚修也曾挖出了一些。另在南屏山东南约半里的金鸾山（三国时西山），传说是庞统隐居夜读兵书处，也有了一些兵器发现。他们到了武侯宫，经道人的同意，对其中二十四件箭镞进行仔细观察，它的形制计有三棱形、方锥形和四棱形等。其中三棱形的一种，较瘦长，锋利而完整；四棱形的一种，较粗大，不大锋利，都因锈蚀而残缺不全。

关于这批箭镞的制造年代，从它们的形制特点来看，确认为汉魏（三国）时期的遗物。和这批兵器同时出土的，还有东汉晚期的"十二神镜"（铜镜）和五铢钱（铜钱）等物，这更有助于对兵器年代的了解了。而且，这批兵器和铜镜、铜钱的出土，并没发现墓坑和随葬冥器；有一部分铁箭镞是从地下的石缝中找出来，其为赤壁古战场的遗物，更无疑义了。

红豆生南国

红豆生南国，春来发几枝？

愿君多采撷，此物最相思。

——王维《相思》

昨晚，翻看高步瀛的《唐宋诗举要》，又念了王维的红豆诗。他引了《资暇集》的叙记，说："豆有圆而红，其首乌者，举世呼为相思子，即红豆之异名也。其木斜斫之则有文，可为弹博局及琵琶槽。其树也大株而白枝，叶似槐，其花与皂荚花无殊。其子若扁豆，处于甲中，通身皆红。李善云，其实赤如珊瑚（《吴都赋》注）是也。"他又引了李时珍《本草纲目》，说："相思子生岭南，树高丈余，白色，其叶似槐，其花似皂荚，其荚似扁豆，其子大如小豆，半截红色，半截黑色，彼人以嵌首饰。"这两段文字，比以往谈红豆的都更真切些。

隋唐人所说的"江南"与"南国"，本来泛指大江以南；后

红豆生南国　333

来才把江浙一带称为"江南"，而岭南一带，才是"南国"。屈大均《广东新语·木语》，说："相思子朱墨相衔，豆大莹色。山林儿女，或以饰首，宛如珠翠，收之二三年不坏。相传有女子望其夫于树下，泪落染树，结为子，遂以名树。"钮琇《粤觚》也有同样的记叙，说："红豆名相思子，其树之叶如槐。盛夏子熟，破荚而出，色胜珊瑚，粤中闺阁，各杂珠翠以饰首，经年不坏。"因此，我那爱红豆如命的刘大白师，他就说王维所谓南国，指广东而言，而江南不过是它的流寓地（屈氏广东人）。我年轻时所知道的，也就是如此。

抗战中，随人到了广西，在桂林良丰雁山园（广西大学所在地，原系岑春煊的家园。起先桂林人唐岳买山筑园，名雁山园），看到一株两丈多高的红豆树，雁山左近流着相思江，时人就把红豆树边的山崖，称相思崖。此树三年结子一次，豆形很精致；因此，岭南产红豆的说法，不能让广东独占了去，至少广西也可平分秋色。其后，日军从南宁撤退，我们从柳州向昆仑关急进，途次宾阳（黔江），这才找到了相思子的娘家。刘师手中的红豆，他是当作无价之宝的。上海城隍庙寄售的红豆，都是从苏州、江阴两地来，售价银圆两枚。良丰红豆，只是送人，不知什么市价。到了宾阳，那真满地珊瑚，琳琅满目。大约四角钱（毫子）一升，一角钱可以得一酒杯。这中看不中吃的东西，乡农并不看重。我买了好几升，仔细挑选，上好的也有几百粒，随手送人，年轻姑娘们真是欢喜得很，可惜刘师已作古，我无从送他一斗了。

刘师的两颗红豆，乃是江阴友人周刚直所送的；刚直，可说是社会革命的前驱战士，乡绅给他戴上红帽子，被县府捕杀。刚直对刘师说："此物是我故乡乡间所产。老树一株，死而复苏，现在存活的，只有半株。有时不结子，有时结子仅十余粒或百余粒不等。如将此豆作种别栽，又苦于不容易发芽，即使发芽了也不容易长成，望它结子，更不知须等几年，所以此物颇不容易得，实是珍品。"刘师是诗人，他当然高兴极了。大家试想：相思是多么情韵绵邈、趣味深长的一件俊事；是多么情韵绵邈、趣味深长的一个俊名？那么象征相思的红豆，是多么情韵绵邈、趣味深长的一件俊物？不值得我们悠然神往，渴欲一见吗？

刘师获得周兄赠送的双红豆，真是高兴极了，就写了三首《双红豆》，送给周兄，词云：

岁朝初，一封书，
珍重缄将两粒珠，嘉名红豆呼。
树全枯，却重苏，
生怕相思种子无，天教留半株。

望江南，树凋残，
莫作寻常老树看，相思凭此传。
体微圆，色微殷，
星影霞光耀晚天，离离红可怜。

豆一双，人一双，
红豆双双贮锦囊，故人天一方。
似心房，当心房，
偎着心房密密藏，莫教离恨长。

本来，周兄要从《江阴县志》找一段考证文字给他，却也不得抄到。刘师自己就找了几段笔记上的文字，还写了一篇以双红豆为题的随笔（见《旧诗新话》）。

刘师替红豆写考证的文字，曾找了清代词人万红友（名树，阳羡人）的红豆词，词云：

> 拂砌青阴，垂檐绛荚，暖风薰坼；串剪珊珠，琤琤点苔石。鹦哥啄雨，衔不去"诘多"香粒；珍惜，谁唤小梅，僭红儿名色。

万氏还写了《红豆赋》，有云：

> ……其荫也如槐之敷，其结也如豆之腴，其荚维绛，其实则朱，其色炜炜然如屑南海之珊瑚，其质磊磊然如采合浦之明珠；若是物者，即为之查玞瑶，梆车渠，联以冰蚕之缕，而缀诸翠凤之襦，不亦宜乎！
>
> 爰有扶桑小墅，刺桐别院，黎女青鬟，蛮姑素面。抿深翠于林间，检轻红于槭畔；莞榴粒之羞圆，慨荚肥之输茜；混火齐而光揽，匀靺鞨而颜乱；讶丹砂其九还，拟琥珠之一串。戏藏阄而赌胜，裹鲛绡以持荐；偶玫钏之误触，随杏裙而不见；岂徒蓄艳于香闺，实足袭珍乎玉案。

他对红豆的赞颂，乃有红豆词人之称。唐末诗人温庭筠也有"玲珑骰子安红豆，入骨相思知也无"之句。

上面谈到红豆掌故，已有女子树下望夫泪落结子之说。从"相思"一义附会成说，如周亮工《书影》所引客语，谓"相思豆有雌雄，合置醢中，辄相就"。说得太凿，可发一笑。又据钮琇《吴觚·白鸽红豆》，谓："吴门东禅寺白鸽禅师偶拾红豆，种之寺内，指而祝曰：'汝宜速长，但他日不许无故开花；世变有大小，则花开有疏密。'今其树已数围。人所见者，崇祯九年小开，十七年大开，随遭国变。顺治十六年小开，有镇江之扰。康熙十二年复开，是冬滇黔乱作。花如梓，荚小于槐角；霜后荚落，其子深红可爱。"这几乎近于神话，越说越荒唐了。

北行

"南"与"北"

　　最近看了一本以"南"与"北"为题材的喜剧，一位朋友问我"你是南方人，是北方人？"我说："依你说呢？"他笑了。依剧中的说法，我们都是上海佬，上海佬乃是北方人；不过，我相信，没有一个山东、河北、河南的朋友，会把我们当作北方人。剧中用了一句"南国佳人"，那成语中的"南国"，乃是汉水之南，指湖北、湖南的南国，和广东不相干的。而他们举的四大美人，明明有两位是江南人。南宋以后，苏州、成都和福州都是美人的摇篮，当然都是南方人，但照剧中口吻，也都是北方人。其实，依我的算法，从深圳到北京，有五千华里，从北京到海兰泡，或连金，也有五千华里，所以辽金时代，今日的北京乃是南京。北京正当天下之中，也还算不得是北方人。这当然都是闲话。

　　"南"与"北"，这一类封建地域观念，阻碍社会政治的进步，由来已久。《宋史·王旦传》："帝欲相王钦若，旦曰：'……臣见祖宗朝未尝有南人当国者。虽古称立贤无方，然须贤士乃可。臣为宰相，不敢沮抑人。此亦公论也。'真宗遂止，且没后，钦若始大用，语人曰：'为王公，迟我十年作宰相。'"（《曲洧旧闻》载：或谓真宗问王旦，"祖宗时有秘谶，云南人不可作相，此岂立贤无方之义"。）中国的社会经济以及政治文化，本来从西北发展到东南来，黄河流域乃其重心所在，所以帝都一直就在西安。到了北宋，帝都移到了河南开封，经济文化的中心也就南移；北宋新旧党的政治冲突，很明显地有着北方文士排斥南方人的意味。（那时的新党，多系南方人，而反对派的洛党朔党都是北方人。）宋人笔记中说：宋英宗治平中，邵雍与客散步在天津桥上（天津桥在洛阳），闻杜鹃声，惨然不乐，曰："不二年上用南士为相，多用南人专务变更，自此天下多事矣。"又说：宋神宗相陈旭问司马光，外议云何。光曰："闽人狡险，楚人轻易，今二相皆闽人，二参政皆楚人，必援引乡党之士充塞朝廷，风俗何以更得淳厚？"这都是北人排斥南人所造成的空气。其实，到了北宋，晏殊、范仲淹、欧阳修以南人居京朝，为文士的领袖；而王安石行新政以后，政治上重要人物，如蔡确、章惇、蔡京、吕惠卿、曾布、蔡卞、黄潜善、汪伯彦、秦桧、丁大全，都是南人。到南宋以后，不仅经济文化中心移到东南一带，连政治中心也南移了。"北人"心目中之"南"与"南人"，心目中之"北"，其为封建地域观念是相同的。（苏天爵云："宋在江南时，公卿大夫多为吴越士，起居服食，骄逸华靡，北视淮甸，已为极边。当使远方，则有憔悴可怜之色。"）

到了元代，黄河流域的居民，被称为"汉人"，长江以南，都称为"南人"，"蒙""回"以下，"汉""南"都是被征服的；政治中心虽说移到了河北，天下的经济文化中心，依旧在东南地域，江西、浙江、安徽、福建，那是"南人"地区，一切都占了最高的比重。直到 19 世纪，经济文化中心，才移到西南沿海去，洪秀全、康有为、梁启超、孙中山的崛起，乃是历史上所未有的。于是，我们这些"南人"都被今日的"南人"看作是"北方人"，而川、扬、苏的厨菜，都算作是北方菜了。

明末清初那位大学者顾亭林，他是一肚子的民族观念，走遍了东西南北，对关中最感兴趣，要想托终身于华山地区。他对南人有一考语，说他们"群居终日，言不及义"，对北人也有一句考语，说他们"饱食终日，无所用心"。南人文胜质，北人质胜文，他还是欢喜北人的。（不过，他所说的北人，乃是秦晋之士，不是上海佬。）

梁山泊

日落梁山西，遥望寿张邑。

洮河带泺水，百里无原隰。

葭菼参差交，舟楫窅窈入。

划若厚土裂，中含元气湿。

浩荡无端倪，飘风向帆集。

野阔天正昏，过客如鸟急。

——胡翰《夜过梁山泊》

　　1938年夏初，我们从徐州，访孙震将军于柳泉，那是微山湖
的南端。军中友人，指着茫茫湖水，说：这就是北宋末年宋江等
三十六好汉筑寨的梁山泊。我当时默然不语。我想：微山湖虽属兖
州府，但梁山泊必须在梁山附近，接近寿张县才行。而今梁山泊以
黄河改道，已经干涸，古代洪流巨浸，运河船只，经过微山湖通往
梁山泊，那是有的，但微山湖，并非梁山泊。不过，我那时没说什

么，只是这么想而已。《水浒传》，出于说话人之手，他们的历史地理知识，不一定很正确。即如宋江充军到江州去，梁山好汉大闹江州，说九江对岸是无为州；又如林冲充军到沧州，都和实际的地理行程不相合。但，他们说到梁山泊的地理形势，宋江从郓城到梁山，也无不合。可是，宋江在郓城被捕，解往江州，反而要经过梁山，那就不合实情了。

梁山泊在山东兖州寿张县梁山的左近。梁山者，汉梁王行猎之地，故名。上引这首《夜过梁山泊》，乃是我们金华人胡翰奉命到北京去，取道运河，经过梁山泊时所写的。他在船上，傍晚依靠着梁山这一边，远远看见寿张县城。这位诗人，元末明初人，他眼中的梁山泊，还不只百里那么广阔。不过，他脑子中并没有一〇八好汉聚义的影子，因此，他也并不怀古，不曾说到宋江的往事。

《水浒》中，写梁山泊形势的有两段：第一段是林冲投寨，酒保道："此间去梁山泊虽只数里，却是水路，全无旱路。若要去时，须用船去。"第二天，朱贵到水亭上把窗子开了，取出一张鹊画弓，搭上那一枝响箭，觑着对港败芦折苇里面射将去。没多时，只见三五个小喽啰摇着一只快船过来了……二人上岸，进得关来，又过了两座关隘，方才到寨门口。林冲看见四面高山，三关雄壮，团团围定，中间里镜面也似一片平地，平方三五百丈。靠着山口才是正门，两边都是厅房。第二段，是晁盖他们劫得生辰纲，事发相约逃到梁山泊，先到阮家兄弟的石碣村湖荡去会合。这石碣村湖泊正傍着梁山水泊，周围尽是深港水汊，芦苇草荡。他们就凭着这芦苇港汊的水路叉错，把那追捕他们的何涛军队打垮了。后来，他们就摇了六七只船投奔梁山去了。后来团练使黄安带领二千人马，乘驾大小船四五百只去攻打梁山泊，又被他们在芦花荡打得落花流水，官军畏之如虎，不敢再犯了。我相信杭州的说话人，说《水浒》故事的，不一定到过梁山泊；但他们一定到过西湖，也可把西湖幻想作梁山泊，他们所描写的芦苇汊港，实在就是湖墅西溪一带景象。而水浒人物如武松、张顺都要留在西湖边上，和杭州茶楼说书有关的。据清康熙年间，《寿张县志》卷一《方舆志》，称梁山在县治东南七十里，上有虎头崖、宋江寨、莲花台、石穿洞、黑风洞等古迹，志中附梁山图，梁山城寨有十六道城门，宋江寨别有城寨，仿佛是内城。（梁山在北，宋江寨在内。）据曹玉珂《过梁山记》，当地父老告诉他：先前黄河环山夹流，巨浸远汇山足，即桃花之潭，因以泊名，险不在山而在水也。祝家庄，邑西之祝口也。关门口者，李应庄也。郓城有曾头市。晁、宋皆有后于郓云。（曹玉珂，进士，富平县人，康熙六年十月，任寿张知县，颇信《水浒》故事之真实性。）

　　我尝舟过梁山泊，春水方生何渺漠。

　　或云此是碣石村，至今闻之犹褫魄。

　　　　　　——元陆友仁《题宋江三十六人画赞》

　　那年，四月间，我们从徐州西归，途次开封，访商震将军于考城、菏泽（曹州），那才接近梁山泊地区。梁山泊所以成为八百里汪洋巨泽，就因为河决曹州。有几个时期，梁山泊所以干涸，就因为黄河改了道。这部梁山泊变迁史，正和黄河的泛滥起伏有关。

　　清初，有两位大史学家顾祖禹和顾亭林，他们都在考证梁山泊的变迁。祖禹《读史方舆纪要》载东平州："梁山，州西南五十里，接寿张县界。本名良山，汉梁孝王常游猎于此，因改为梁山。《史记》：'梁孝王北猎良山'是也。山周二十余里，上有虎头崖，下有黑风洞。山南即古大野泽。……宋政和中，盗宋江等保据于此，其下即梁山泊也。"又，寿张县条："梁山泊在梁山南，汶水西南流，与济水会于梁山，东北汇合而成泊。《水经注》：'济水北经梁山东'，袁宏《北征赋》所云：'背梁山，截汶波'者也。又为大野泽之下流水，尝汇于此。石晋开运初，滑州河决，浸汴、曹、单、濮、郓五州之境，环梁山而合于汶，与南旺、蜀山湖相连，弥漫数百里。宋天禧三年，滑州之河复决，历澶、濮、曹、郓，注梁山泊。……政和中，剧贼宋江结寨于此。《金史》：'赤盏晖破贼众于梁山泊，获舟千余。'又'斜卯阿里亦破贼船万余于梁山泊。'盖津流浩衍，易以凭阻也。既而河益南徙，梁山泊渐淤。金明昌中，言者谓黄河已移故道，梁山泊水退地甚广。于是遣使安置屯田，自是益成平陆。今州境积水渚湖，即其余流矣。"顾亭林《日知录》引《五代史》及《宋史》，大略相同。"熙宁八年，河大决于澶州曹村，北流断绝，河道南徙，汇于梁山张泽泊，分为二派，一合南清河入于淮，一合北清河入于海。河又自东而南矣。元丰以后，又决而北，议者欲复禹迹，而大臣力主回东之议。降及金、元，其势日趋而南不可挽，今之河，非古之河矣。"他又引据《元史·河渠志》，谓："黄河退涸之时，旧水泊污地，多为势家所据。忽遇泛溢，水无所归，遂致为害。由此观之，非河犯人，人自犯之。"顾氏行山东巨野、寿张诸邑，古时潴水之地，无尺寸不耕，而忘其昔日之为川浸矣。顾氏指那寿张令修志，乃云："梁山泊仅可十里，其虚言八百里，乃小说之惑人耳。"其人并五代、宋、金史而未之见。顾氏确定梁山泊原有八百里那么大，那些书生之论，十分可笑的。

随着黄河水流，一直泛滥无定，河道代有变更，梁山泊也是时广时污，中经贾鲁一番彻底疏凿整理，还是定不了黄河的河道。我们且看元诗人袁桷的《过梁山泊》诗："大野潴东原，狂澜陋左里。交流千寻峰，汇合谷百水。量深恣包藏，神静莫比拟。碧澜渺无津，绿树失其涘。扬帆鸟东西，击楫鸥没起。长桥篙师歌，短渡贩夫止。天平云覆幕，湾回路成砥。鹰坊严聚屯，渔舍映渚沚。……高桅列鱼贯，远吹生凤觜，前奔何无休，后进复不已。远如林鸟旋，疾若坡马驶。"

这首诗是元泰定帝时写的，他眼中的梁山泊，已经有着《水浒》所说八百里汪洋的情势了。元武宗后，河水时时溃决，梁山泊自然而然又汇为大湖了。

元戏曲家高文秀《双献功》杂剧，有"寨名水浒，泊号梁山，纵横河港一千条，日下方圆八百里"语；这位东平的作家，他的记忆中有这么一个轮廓，这是《水浒》的蓝本。

> 天南地北，问乾坤何处可容狂客。借得山东烟水寨，来买凤城春色。翠袖围香，鲛绡笼玉，一笑千金值。神仙体态，薄幸如何销得？
>
> 回想芦叶滩头，蓼花汀畔，皓月空凝碧。六六雁行连八九，只待金鸡消息。义胆包天，忠肝盖地，四海无人识。闲愁万种，醉乡一夜头白。
>
> ——宋江《题壁词》

北宋都城开封，梁山泊离开开封只有四五百华里，可是，宋仁宗年间，就有一位叛军首领王伦在那一带横行，朝廷束手无策，剿抚两难。（这位王伦，和林冲所火拼的王伦，未必是一人。可能，说话人托之于里巷传说的王伦，奉为寨主的。）神宗年间，郓城知州蒲宗孟，治群盗很残酷，他的传中，就说梁山泊素多盗。徽宗年间，许几知郓州，任谅提点刑狱，也是一贯穷治盗匪，他们的传中，也说梁山泊渔者习为盗，大概都是阮小二、阮小七一流人物。到了宋室南迁，金兵入了山东，虽是梁山泊水涸，战船不得进，那一带的啸聚的盗群一直没有断过。明清以来，梁山泊好汉，最有名的那一位，便是《宋史》都有记载的及时雨宋公明（江）。宋江在梁山泊称霸以后，曾潜入开封，伏处在歌妓李师师的深闺中，还写了如上的题壁词。这位歌妓，既是词人柳永的爱人，又是宋徽宗的宠姬，和宋公明也有香火缘，也算得一代名女人了。

说话人谈梁山泊故事的，叫《水浒》，"浒"音虎，即"滨"之意，"水浒"，即水上英雄的故事。袁桷《过梁山泊》诗："飘飘愧陈人，历历见遗址。流移散空洲，倔强寻故垒。"过去七八百年间，在士大夫的记忆中，梁山泊英雄是了不得的。林冲、鲁智深、吴用、武松、李逵，这些人的印象，和曹操、刘备、孙权、孔明、鲁肃、张飞、赵子龙、周瑜，一样深刻的。而《水浒传》也实在写得生动，使人百读不厌。

可是，这群水上英雄，他们都在陆上打天下；而说话人口舌风云，在讲台上叱咤雷雨，听起来若有其事，仔细考校了去，实在经不起推究。《水浒》中的第一件大事，便是"智取生辰纲"。北京大名府梁中书，收买了十万贯庆贺生辰礼物，要送到东京去贺他岳丈蔡京的生辰。他看中了青面兽杨志（他是提辖），着他押运了去。《水浒》十六回载，杨志对梁中书说："今岁途中盗贼又多，此去东京，又无水路，都是旱路，经过的是紫金山、二龙山、桃花山、黄泥冈……"正和当年驿程相反。这是第一大漏洞。"大闹江州"，又是《水浒》一大关节。可是，宋江在郓城被捕，被押解到江州去，既非走水路，又倒向东北，经过梁山泊，本无此理。而宋江西南行，又不经过开封，更无此理。他们走了十多天，居然过了揭阳岭，岭的那边，倒是浔阳江。浔阳江乃是湖北安徽交界处，已经过了九江。岂不是乱窜了一阵子，要从上流倒回来。这是第二大漏洞。皖北的无为州，在庐州府，还在安庆的东边，而九江却在安庆的西边，并非在无为州的对江。梁山好汉把宋江救了，等在江边，又去无为州杀了黄文炳一家，也是不可能的。这是第三大漏洞。

洛阳小住

渑池行

洛阳西行，约一百公里，便到了渑池；这是历史上有名的城市。秦王、赵王相会于此，秦王凭着他的强大军力要挟取赵王的宝璧，那位有胆识的蔺相如，不屈不挠保全了这方璧玉，完成了外交上大胜利，便是渑池之会。

这些古代名城，如邯郸、安阳、渑池、孟津早已衰落，在我们眼中，还不及江南的小县市呢。我到渑池时，那时正当抗战初期，卫立煌的司令部，在黄河北岸的垣曲。我的幼弟，管运输工作，住在河南岸的渑池，我从洛阳去看他，别有滋味在心头。北宋年间，苏东坡和他的弟弟苏子由曾寄宿在渑池县寺中，题诗于奉闲的壁上。后来子由曾赋渑池怀旧诗，东坡也和了一首诗云：

人生到处知何似？应似飞鸿踏雪泥。

泥上偶然留指爪，鸿飞那复计东西。

老僧已死成新塔，坏壁无由见旧题。

往日崎岖还记否？路长人困蹇驴嘶。

（东坡自注：往岁马死于二陵，骑驴至渑池。）

　　这首诗的前四句，流传得很广；"雪泥鸿爪"，已经成为成语了。当时和我们兄弟之间的情景也十分相似。其后，四弟由豫西而入关中，再转到桂林，我们是在桂林重逢的。其后，他又从桂西转赴印度楠木加，再归昆明，又辗转于贵阳、重庆、西安之间，后来又回到洛阳、郑州，再转到南京，那已经是抗战胜利了。我呢，也是在各战线上转来转去，直到战后，在南京重逢，已是白发满头相对看了。四弟，先后曾在桂林、独山、贵阳、昆明、重庆、西安、洛阳、郑州、南京、杭州安过家，结果，一处家都不曾留下，近年又转到了南京，正如苏东坡所说的"我本无家更安往，故乡无此好湖山"。我呢，几乎过了二十年流浪生活，总把他乡作故乡，而梦中总有那么一个故乡的，我曾写过一首诗："溪山总是家乡好，牛背烟云入梦来。犹是挂钟尖畔月，晦明风雨逐人开。"也是四弟所爱念的。

　　在我的生活意识中，"怀古"与"怀旧"，都是属于"执着"的一面；我们到了渑池，当然不会因为它那崎岖的狭巷减少了思古的幽思，走到黄河边上，对着浩浩长波，自有逝者如斯之感。不过，在我的记忆中，还是杜甫所写的"露从今夜白，月是故乡明。有弟皆分散，无家问死生"那种情绪呢。

周公庙

我旅居北京，曾写过一首《读苏诗有怀周公庙》的小诗，诗云：

> 甚矣吾衰久，周公入梦迟。
> 蟠桃应再熟，禾黍自披离。
> 海晏看今日，河清亦可期。
> 南来双翠凤，振翮玉门西。

我所怀的周公庙，在洛阳西郊，去西工的途中，和苏东坡所赋的周公庙诗，地点也不相同；他所说的周公庙，在陕西岐山西北七八里，"庙后百许步，有泉依山，涌洌异常，国史所谓润德泉，世乱则竭者也"。苏诗云：

> 吾今那复梦周公，尚喜秋来过故宫。
> 翠凤旧依山硉兀，清泉长与世穷通。
> 至今游客伤离黍，故国诸生咏雨蒙。
> 牛酒不来乌鸟散，白杨无数暮号风。

周公原是我国历史上的理想政治家，而天下统一，河清海晏，凤鸟南去，也是太平盛世的征象。我个人的感受，和苏公当年大有不同，因此，我的乐观气氛，把二千年前的理想境界罩住了。

中日战争发生的第二年，我们到了洛阳。那时的洛阳，和东都时期的洛阳大不相同，而今日的洛阳，或许比全盛时期的洛阳还更阔大些。我所见的洛阳，正如杨炫之所写的："城郭崩毁，宫室倾覆，寺观灰烬，庙塔丘墟，墙被蒿艾，巷罗荆棘。野兽穴于荒阶，山鸟巢于庭树。游儿牧竖，踯躅于九逵；农夫耕稼，艺黍于双阙。麦秀之感，非独殷墟，黍离之悲，信哉周室。"不过，他们看到的，乃是战乱后的景况，我们所见的，则是敌机轰炸的惨情。总之，这一个名城，看起来，有如芜城了。

那年，我们到了洛阳，便和周公庙结了小缘，其时，云病下了，而且是很棘手的伤寒症。洛阳防空窑洞，深达二三十丈，虽很稳安舒适，对于病人却是苦事。郜军长把我们介绍到军医院去，其地便是周公庙。庙殿古旧，大概和岐山古庙差不多。（唐以前，周公与孔子并尊，宋、元、明才把孔子定于一尊。）庙有大园林，原为农业试验场，战时为军医院，一片浓荫，正是防空去处。我们时常在桃树下席地而卧，看敌机横空而过。苦中作乐，也谈谈孔子梦见周公的往事。中国的知识分子，只敢梦周公，不敢梦文王，此所以"秀才造反，三年不成"也。

窑洞

三十年前，法商的华北美术公司，勾结地方豪绅，盗取了河南浚县的战国七座墓葬。（浚县在淇水北岸，《诗》所谓"淇水汤汤"是也。）等到中央研究院知道消息，墓中宝物，都已偷运到巴黎去了。不过，中央研究院的就地整理，并非无所得的，至少，了解了古代的宫殿的形式。

且说这个"宫"字，实在并非建筑在地上的，"宀"这是指地上一堵墙，加上一批瓦，原形是"冂"；挖到地下的房子，即是窑洞，前面这"○"是客厅，后面是卧室的"○"，古代北方的房子，即所谓"窑洞"，即是这个样式。传说中的王宝钏十八年寒窑，并不如一般人所想象的山洞那么简陋的。（薛平贵传说，史无其人，也无其事，可能从北欧传说演变过来的。）

我们到了华北，才看到了黄河水系所冲积的黄土层；四五十丈深，那是常事。在洛阳，挖土窑，只要二十块钱就可以挖三十丈深、二十丈见方的地窖；土地很干燥，就不怕潮湿。夏冷冬温，真是好住处。抗战时，用作防空洞。我们到过的西工防空室，曲折转回，成"卍"字形，深三四十丈，搭了木架，安了椅桌，倒是可以"乐而忘忧"的。那防空室，总可容一千多人，装了电灯，往来很便利。后来，洛阳的长壕，一直通到潼关，可以和西安相连接。一则，泥土纯净，容易挖掘；二则，地下往来运输，可以兼顾河防。这在我们南方人心目中，是不容易了解的。（我的在真如新木桥的住宅，十九路军蔡廷锴将军在园中造了一所三丈深的防空洞，等到战后一看，大半给水浸了，无法留人，还冬眠了几条蛇，这和洛阳的窑洞大不相同。）旧戏台中，王宝钏和薛平贵都在窑门横楣上碰了额角，也是南方人的想象，不合北方的实情。

山西人挖窑洞藏宝，便是把银锭熔化了，倒到洞中去，凝成一大片，有如矿山，连贼伯伯看了，也为之摇头，有"莫奈何"之称。这也是南方富户所罕见的。

洪洞县

——苏三起解

"苏三离了洪洞县……"

这一句曼声绕梁的曲词，我们真是耳之熟矣，《起解》《会审》处处闻。我们听了梅兰芳的《苏三起解》《三堂会审》，也听了李雅琴（田汉女弟子）的《三堂会审》，各有各的特长。其他，有写不尽的《苏三》演出。

我的一位四川朋友邹君，他是孙震部队的参谋长。他们那一军在抗战初期，曾经赶赴山西前线，到了晋东、晋南。他送给我一批战地照片，特别提到了一张，乃是晋南洪洞县，便是苏三的大家，她从那儿起解到太原府去的。

关于玉堂春的故事，首见于明代话本小说《警世通言》（第二十四卷），这几百年间，有几种演变，一种是从《王公子奋志记》演变而成乾隆年间《真本玉堂春全传》，那是弹词的蓝本；一种从话本演变而为戏曲，便是京戏的蓝本。在话本京戏里，王景隆（京戏作金龙），字顺卿，年方十七岁。他的父亲名琼，号思竹，南京金陵人氏。他的仇家是刘瑾，正德年间人。弹词里的王公子名鼎，字顺卿，父亲王炳，与严嵩作对，嘉靖年间人。京戏里，王金龙在戏的开始就是去赶考；弹词里的赶考却在顶后面。京戏里王金龙是玉堂春的第一个客人，弹词里她早已是京城里的名妓。京戏里的坏人是沈延林（戏考作沈洪，与话本小说同）；而弹词里等于他的地位的方争却是一个具豪侠气的。京戏里是用"面"毒，弹词里则用酒。京戏的最后是会审，弹词里只有王鼎一人来翻案。京戏里，在审判时，苏三已经看到了王金龙；弹词里是玉堂春回到方家以后，听王凤报知，才恍然。"怪不得问官的声音到耳里很熟呢。"其他枝枝节节，各种搭凑不同的多得很。好在我们并不写考证。

究竟玉堂春有无其人其事，还是出之于文士的虚构呢？一位清末民初在司法界工作的许世英氏（静老，安徽人，今年九十岁），他以黑龙江高等司法厅厅丞身份参加华盛顿国际司法会议，历访欧洲各国回来。清廷又派他到山西任提法使，主管山西全省的司法。他那时很年轻，颇想于改革司法有所作为。后来才明白清廷所谓"新政"，只是一种门面作用，而山西又是偏僻的地区，并不适宜于新政的"样子间"，因此，什么都不能变革。他说他在北京做小京官时，最大的消遣是看京戏，玉堂春这个故事，使他产生了很大兴趣；在那崇尚礼教的时代，妓女的地位很低贱，为人所不齿；至于和妓女谈爱情，更是礼教所不容。虽说古今文士也把狎妓当作风流韵事，仍标榜着"目中有妓，心中无妓"的酸话。王金龙居然不爱乌纱爱美人，他的违反礼教传统的大胆，实属不可思议。因此，他推想这或许是编剧的伪托。

许氏到了山西，既无事可做，便着手司法文献的考古，从洪洞县调查全卷来看，原来果真有王金龙、苏三其人，而且苏三真的受了屈，由王金龙把案子平反过来，苏三恢复了自由，果然嫁了王金龙。不过，王金龙因此被参丢了官，以后不知所终。苏三的芳冢只有一片荒草，一个土馒头，并无碑记可寻。

《警世通言》（话本）二十四卷，玉堂春有一段自白，说她的父亲叫周彦亨，山西大同城里有名人士。（大同，山西北边大城市，《游龙戏凤》中的李凤姐，便是大同人，香港的电影导演，才把她搬到南边来的。）她本来姓周，又何以名苏三呢？原来，她们家境中落，被卖到妓院中去；妓院中的王八，叫苏淮，老鸨叫一秤金。在她上面还有两个粉头，叫翠香、翠红，她排行第三，所以京戏里有苏三这个名字。那位王公子，在京中收齐了欠账，偶然遇到了她，就被她的美色所迷，替她梳栊，替她还债、买衣服、打首饰、造百花楼。老仆劝诫不听，问他讨了盘缠先自回南京去了。

不管说话人在弹词中的线索，和舞台上的安排有怎样的不同，观众心目中，只有两件事：苏三从洪洞县起解以后，接上来便是热闹的三堂会审（戏肉），也不管当年审判的是否只有王金龙一个人。在剧情发展上，三堂会审，凸出了性格矛盾的戏剧性，观众就这么批准了。

《起解》和《会审》中的苏三，她的角色是吃重的，她几乎一个人唱到底；因此，陪着她的崇公道和坐在上面审判她的三位大员，要配搭得好，才使我们听了过瘾。"起解"以后，苏三离了监狱，出了洪洞城门，因为天热，枷也除了，她一路对崇公道追叙她的案情，缓步而行。行路一场，台上只有两个人。原板一段，旦角每次唱完一句，就有他的说白。如果他说得太多，观众听了，会嫌他太啰唆的；说得太少呢，一来显得枯燥无味，二来唱的人，也没有休息。他要说得不多不少恰到好处，让台下听了，又觉得轻松有趣。因此，扮演崇公道的绿叶，都是一代的名丑。

《三堂会审》，坐在当中的王金龙，是八府巡按。这是明代故事。明代的制度，"巡按"乃是临时差遣，代表皇帝执行职权；因此，他虽是五品官，地位却很尊贵，坐在当中。坐在右边的刘秉义（蓝袍），是主理刑法的主管官，相当于后来的高等法院院长，二品官；他的职位比王金龙高，可以对他不客气，说些讽刺的话。坐在左边的潘必正（红袍），是山西行政长官，相当于后来的民政厅厅长，二品官，也比王金龙职位高；可是，他是老奸巨猾，世故极深的旧官僚，有时对王公子还说两句同情的话。剧情就在这几种不同性格的线索中发展起来。

这出戏，剧作者把重心放在从苏三嘴里说出她跟王金龙过去的关系，把一个堂而皇之的审案人，拉进来变成了案中人物，这一下就凭空添出了许多生动的穿插。她一开头就唱："玉堂春，跪至在，都察院"（倒板），刘秉义便开了追问旧事的开头："玉堂春是哪个替你起的名字？"接着有问必答，一路说下去，说到赠送王金龙三百两银子为止。王金龙心中，不愿意她当着许多人面前提起他俩的旧事，但两位陪审官，一一要问，王金龙怕听，也只好听。一步紧一步，后来逼迫到王金龙实在压不住自己的情感，就当堂脱口而出，叫起："玉堂春，我那……"就在这一高潮上，王金龙的病复发，把僵局解开来了。这样，观众的心中都明白案情了，他俩的复合，乃是意想中的事，台上就不演下去了。

我们看了玉堂春，该想起旧俄19世纪大小说家托尔斯泰的《复活》了吧。那小说的主人公是尼赫留道夫，他早年曾爱过一个女孩子，后来他从军去了，也就弃之不顾了。她因此堕落了。到了后来，尼赫留道夫做了某法庭的陪审官，恰好她也因犯了杀人罪的嫌疑，到法庭上来。他见到了她，突然由灵魂里榨出极痛苦的苦液来。他于是开始变了，竭力要挽回以前的过失，把她从堕落的深渊里救起，她被判决流放到西伯利亚去，他牺牲了一切也跟了去。他要求和她结婚，但她拒绝了，另嫁了别个男人。大体看来，不也是西方的苏三起解吗？

卷十

北
疆

长城、天下第一关

　　1956 年夏天，我初到北京，行色匆匆，不及到居庸关看长城；那年秋天，重到北京，总算上了居庸关，从居庸关到八达岭，山峰重叠，真是天险。那年回到香港，看到法国人摄制的《长城内望》，便是那一段景色。万里长城，西起嘉峪关，东迄山海关，蜿蜒一万二千里，居庸关只是一隅，可惜没有飞越追寻的机会。其后二年春天，从北京出关往安东，车过山海关，恰好是夜半，没看到长城。回程是黎明，车进了长城才停，也看不清楚山海关的面貌。又明年，出关的车子在山海关站加水加煤，有三刻钟停留，我们才赶忙下车看了旧日的榆关。旧关比新关较北一点，那是公路通道；关门上有"天下第一关"五个大字。这几个大字，并不是王羲之手笔；三国西晋年间，这一带已经是东胡民族游牧区，长城作用已不存在。东晋年代，王室南移，南方文士更没有接近边塞的机会。王羲之一直在江南过流亡生活，他有机会写"兰亭"，绝不会有人请他写"天下第一关"的。依字体看，大概是明代人写的。明燕王称帝，移都北京，这才修整边塞，重筑长城，据查，乃是明中叶萧显的手笔。

关的边上有孟姜女庙，这也和苏小小坟、武松墓一样，"事出有因，查无实据"。同车的朋友说我是"打破砂锅问到底"的人，在我说来，这是史家的"求证"。最早的传说，乃是《孟子》和《礼记》，说杞梁之妻，善哭其夫而变国俗；这位杞梁之妻，依史载，她是应对齐王，语言很得体的妇人。可是过了三四百年，这一传说，到了西汉，就变成"杞梁之妻，就其夫之尸于城下而哭之（这个城，乃是齐国的城，并非万里长城）。真诚感人，道路过者莫不为之陨涕，十日而城为之崩"。（刘向《列女传》）都是从"善哭"的"善"字生出来的文章。再过六七百年，到了唐代，这位杞梁之妻，已经有了名字，齐城也变成了秦始皇的万里长城，说"良已死，并葬城中。仲姿既知，悲咽而往，向城号哭，其城当面一时崩倒"。那时《孟子》的注疏，就引了这一传说。再过五六百年，到了明代，就完成了孟姜女万里寻夫的故事，杞梁之妻变成了"彼美孟姜"的孟姜，而杞梁也姓了范，或万，所以姓万者，说他一人可抵万人也。清刘开广《列女传》："杞植之妻孟姜，植婚三日，即被调至长城，久役而死。姜往哭之，城为之崩，遂负骨归葬而死。"孟姜女的轮廓就是这么演变而成的。

长城，始于战国时期相互的防御作用，后来移此防御方式于边疆，乃有万里长城之建筑。我们只要看看居庸关，便可明白大规模的堡垒战在古代兵争中的作用。董说《七国考》："战国之世，各有长城，秦昭王筑长城以备边。楚有长城，又有捍关以拒巴。赵肃侯筑长城以备边，齐宣王乘山岭之上，筑长城，东至海，西至济州，以备楚。燕筑长城，自造阳至襄平，置上谷渔阳右北平辽东以拒敌。魏之长城，自惠王筑也。考《竹书纪年》，梁惠成王十二年，龙贾帅师筑长城于西边。"《泰山纪》云:"泰山西有长城,缘河经泰山,千余里,至琅琊台入海。"(《日知录》也列举这些史事。)这些长城,都是战国各国间的边防长城,孟姜女要哭长城,本来用不着跑得那么远的。到了秦始皇,统一天下,使蒙恬将十万之众北击胡,悉收黄河南地,因河为塞,以筑四十四县城,……起临洮至辽东万余里,这才是我们所传说的万里长城。秦代以后,历代时有修治,这是东方的马其诺防线。

1958 年 3 月 18 日黎明,我们的车子从沈阳南归过了山海关。天气晴朗,日出东海,普照平原,心神为之一快。当时我曾写了一首小诗:

> 红日一轮高,浓霜天下白。
>
> 轻车过唐山,平原入津析。
>
> 舆书已混同,天涯若咫尺。
>
> 百二有雄关,滔滔渤海碧。
>
> 书生议纵横,群疑自可释。

这首小诗,在我自己心胸中,有着许多意思。二十五年前,那时恰好是抗战的第二年,武汉会战前夕,《大公报》汉口版,发表了一篇由张季鸾执笔的社论《抗战到底》,他说这个"底"字,是以"长城"为界。这话当然是政府当局所授意,有着试探的意味。这也可以代表汉族的传统的模糊概念,长城以南乃汉族的天地,必须保留着的;长城以外,那就属于四夷的世界。虽说满族把关外嫁到关内来了,心中总觉得以长城为界,守住了山海关,也就够了。可是,一位边疆学史地专家告诉我们:长城内各地,即所谓"中国本部"，面积约百五十万平方英里，人口在四亿～五亿，而长城以外各地及西藏，面积共三百万平方英里，人口约四千五百万人。换言之，长城外的面积较长城内大了一倍，而人口只占十分之一，而长城外各地人口的三分之二，都是汉人。我们站在山海关车站上，不能不想到这一问题，使我们乐观的是，"舆书已混同，天涯若咫尺"，并不是以长城为界了。

秦始皇整理长城以后的汉族区域轮廓，约略是以长城内为界，而历史上伸缩性最大的，正是以燕长城为底子的辽东部分。或许二千三四百年前的燕长城，要伸到沈阳附近，山海关并不是终点。过去二千年间，天下第一关的作用，远不如居庸关之大，对我们东南人士的井蛙之见，是最好的讽刺。（流放到关外去的东南文士，都是从山海关进出的，因此，他们的诗文，替东南人士铸成了这么一种概念。）

朋友们，请你们在山海关前站一回，你且想：从关内到关外去的，都是这么乘北宁路出关的吗？朋友们，你想错了。二十五年前，东北四省人口约三千二百万人，其中山东人有二千一百万以上，河北人约七八百万人。那些山东人，大部分都是从青岛、芝罘下船，到了大连营口上岸的。一部分河北人，从北宁路出关，大部分也是从天津乘船到营口大连的。他们已经到了关外，成家立业，可是，他们并未看见过天下第一关。而今，东北三省人口约六千三百万人，其中山东人三千一百多万，河北人约一千五百万人，他们很少经过天下第一关，却在关外生根。（今日关外满族人，约有五十多万人，在关外占的比例是很低的。）这么一想，天下第一关，在舆书混同的时期，正如居庸关一样，只能算是怀古者的吟叹对象了！

再回想一下，二千五百年前，燕国自筑长城，自造阳（河北怀来）延长至襄平（辽宁辽阳西北），置上谷、渔阳、右北平、辽西、辽东五个郡，辽南各地都在燕国疆域之中。即是说，辽南乃是关内并非关外。到了西汉武帝，徙乌桓（东胡部族）于五郡塞外（燕长城以外）；如战国燕、秦前事，辽东半岛南端属于山东建置之中。从山东半岛经过庙岛列岛和旅大海岸开辟了航线。山东人北行，就从羊头洼（旅顺老铁山麓）和金州湾登岸，再从辽东走廊北上。我相信山东、河北人的关外观念，就和我们东南人士大不相同了（汉代东辽郡已有五万五千九百多户，二十七万二千多人口了）。

> 燕山之地，易州西北，乃金坡关（即紫荆关）；昌平之西，乃居庸关；顺州之北，乃古北关；景州（今遵化）东北，乃松亭关；平州（今卢龙）之东，乃榆关（山海关）；榆关，金人来路也。自雄州东至榆关，并无保障，沃野千里，北限大山，重岗复岭中。五关惟居庸、榆关，可通饷馈。松亭、金坡、古北，止通人马，不可行车。……盖天设之险，宋若尽得诸关，则燕山一路可保矣。
>
> ——《金国节要》

天下形势，时势迁变，代有不同，自古长城的最大假想敌，是"匈奴"，后来是"蒙古"，所以明永乐帝说："居庸关路狭而险，北平之襟喉也，百人守之，万夫莫窥，必据此乃可无北顾忧。"永乐二年，北边告警，居庸、倒马、紫荆以迄天寿山、潮河川、白羊口，并为戍守要地。紫荆关，宋人又谓金坡关。蒙古攻居庸，金人拒守，不能入；蒙古主乃趋紫荆关，败金兵于五回岭，遂拔涿、易二州，遣别将自南口反攻居庸，破之。那是一种军事形势。敌人自东北来，无论东胡、辽、金、清，才将防守重心移到榆关。满人入关统治了中国，榆关形势，又不十分重要。直到日本军阀推行大陆政策，进占沈阳，虎视华北，榆关又成为兵争要地。到了今日，山海关只是历史上的名胜，不再成为军事重要据点，所以，"天下第一"之说，也是代有不同的。

倒过形势来看，过去二千五百年间，我们对于辽东，一直是攻取的，而不是退守的，军事要点在"海"不在于"山"，重心放在山东半岛上（长城起不了什么作用）。辽东半岛的海岸曲折而多变化。从普兰店湾起环绕金州半岛到大沙河口，沿岸山崖耸立，有很多港湾：普兰店湾、金州湾、大连湾，此外还有双岛湾、羊头窑、旅顺口、大窑湾和小窑湾等港湾多处。环海则岛屿罗列，除了大陆边缘的九十三个岛屿，最重要的岛屿群是长山列岛，正当山东半岛到朝鲜半岛航道的要冲（长山列岛由大小岛子和砣子组成）。——有人在那儿喊反攻大陆，他们必须明白，台方军队必须有攻占长山列岛的能力，才谈得上海军据点，必须从秦皇岛登陆，才算得上反攻，这样，台方必须有三百万兵和运输这三百万兵的海上供应线，才可以做做看；如今呢，连做梦都做不成。因此，我们看辽东形势，重点却在金州。

我们出了关，到了沈阳，再折向东南，走向辽东沿岸，其纬度和天津、北京相平行，那才和"思古之幽情"相结合。隋唐全盛时期，安北、安南、安西、安东这边缘的据点，标记当时的疆域。我们到了安东，便到了鸭绿江，过了江，便到了朝鲜新义州。这就有了薛仁贵征东的英雄史迹，摩天岭、亮甲山，以及唐太宗驻跸过的凤凰山，在那一时期，辽东半岛乃是隋唐王朝和高句丽王朝逐鹿之地；隋唐大军几次都是海上跨过，在金州扎营，打到了鸭绿江，过江直入平壤的。到了甲午战争前，吴长庆的庆军，首先从浦口移到山东登州，也是跨海到了金州；后来中日战争开始，也都是辽东半岛，沿岸的战斗，如大东沟、影壁山也正是我们走过的地方。从关外看东北，辽南是二区域，那是和中国本部社会政治发生了最悠久的社会政治文化关系的地区。一到了北满，满州人本来把长白山区当作他们的发源地，以柳边为长城，不让汉人插足的，至于松花江区域，乃是满人和蒙古人争霸的地区。到今日，一切都变了意义了。

万里长城万里长

万里长城，从嘉峪关到榆关，东西五千五百里。可是曲折山谷之间，全长共一万二千里。我们上了月球，用天文望远镜，回看地球，唯一可以看到的人工建筑，只有这一万里长城，这是人类文化史上的奇迹。

那天下午，我有机会看到了榆关（山海关）景物，那"天下第一关"的横额，显现在眼前。额上并无下款，不过，说出于萧显之笔是不错的。有人说是徐文长的手笔，从字体上看，并不很像。不过，明代大修长城，那一段是戚继光驻防时所筹建的。徐文长也曾到过塞上，后来李如松统军防守辽东，徐文长曾经和他有过往来，不能说是没有渊源。我最近看了一些徐文长文献，倒唤起了对万里长城的旧梦。

明代三百年间，大半段的北方外患是蒙古后裔，即所谓俺答入寇，因此河北宣化乃是边防重镇。而居庸关、独石口、古北口这一段长城最为吃重。到了后半段，外患移到东北一线，来寇是满洲人，边防重镇移到山海关内外，即所谓辽东防线。而从明初到明中叶二百年间，沿海倭寇，一直起伏着。因此，防蒙古、防倭寇、防辽东，就是这些军事将领，而徐文长则是戚继光幕府的人。

明万历四年（1576年）夏天，徐文长应宣化巡抚吴兑之请，到宣化去做幕中谋士（吴兑原是文长幼年同学，那时是边防重臣）。他过了北京，便向居庸关进发（这是我们今日游长城的行程，也是庚子那年，西太后带着光绪帝逃难往怀来，由宣化转大同的行程）。他写《上谷歌》七首，乃是记行诗，诗云：

少年曾负请缨雄，转眼青袍万事空。
今日独余霜鬓在，一肩舆坐度居庸。

居庸卵石一何多，大者如象小如鹅。
千堆万叠无他事，东掷西抛只蹶骡。

八达高坡百尺强，径连大漠去荒荒。
舆幢空日山油碧，戍堡终年雾嗅黄。

个个健儿习战车，重重壁垒铁围赊。
尽教上谷长千里，只用中丞两臂遮。

塞外河流入塞驰，一般曲曲作山溪。
不知何事无鱼鳖，一石惟容五斗泥。

昨闻居庸剑戟过，今朝流水是洋河。

无数黄旗呵过客，有时青草站鸣驼。

橐驼本是胡家物，拽入人看似拽牛。
见说辽东去年捷，夺得千头与万头。

顾祖禹《读史方舆纪要》称："居庸关在昌平州西北二十四里，延庆州东南五十里，关门南北相距四十里；两山夹峙，下有巨涧，悬崖峭壁，称为绝险。《吕氏春秋》《淮南子》皆曰：'天下九塞，居庸其一也，亦谓之军都关。'《地记》：'太行八径，其第八径为军都。'"明成祖曰："居庸关，路狭而险，北平之襟喉也；百人守之，万夫莫窥，必据此乃可无北顾忧。""居庸之险不在关城，而在八达岭。"

居庸关，明洪武元年（1368 年），大将军徐达所建，城跨两山，周 13 里，高 4 丈 2 尺。距关里许，有一过街的云台，于元泰定年间所筑，塔上原为泰安寺，寺已久毁，塔形也不可考，仅余塔基，如城门。全部用石块砌成，下基东西长 26.84 米，南北深 17.57 米，上顶东西长 24.4 米，南北深 14.73 米，石台下砌成一道卷门，宽 6.32 米，高 7.27 米，长 17.57 米，通车马往来。云台的雕刻非常精美，刻着交叉金刚杵组成的图案：象、猛虎、卷叶花和大蟒神，正中刻着金翅鸟王。洞内两壁四端，刻着四大天王，神态十分雄伟。这都是石块拼集而成的整浮雕。

我们在居庸关的南北口间踯躅往来，乃与辽、金、元、明、清的往史相神会。云台东西壁各一，各分上下两部，上部横列，面积占十分之四；下部竖行，占十分之六。上部横列分三层，上层五列，为兰咱梵字；中层三列，为加嘎尔字；下层四列，是吐蕃字，皆由左而右。下部竖行，分四段，由左向右，第一段为元朝国书，即八思巴所制新蒙古字；第二段畏吾儿字，即旧蒙古字，皆由左向右读。其由右向左第一段为中国汉字；第二段唐古字，即唐古特西夏国书，皆由右向左读。其兰咱、加嘎尔、元国书、畏吾儿四种，奉宽氏，有释音，其西夏国书，罗福成氏有释文。（我想，徐文长当年经过那儿时，奇和塔一定还存在，不过，他的诗文中，不曾提到过。我们所看到的云台，也在同一题名的影片中有特写镜头，读者诸君可参看细读。）这些少数民族的文字，借此可以重新研究起来，有如西方学者研究的古埃及文。

到了居庸关，已到了旧察哈尔的延庆县（西太后母子出奔时，在这一段上最为狼狈），我们就觉得一番塞外气象。我到北京时，城中就很少看到骆驼和骡马，在居庸关便和这些塞外动物擦肩而过。此关，秦代已经筑成了，因此，这儿也有孟姜女的遗迹，正如山海关有孟姜女庙。北齐时名纳款关，唐代名蓟门关。元代始名居庸关，在这儿屯军，防卫大都。徐达筑城。从南口到北门，关分四重，每十五里为一关。关南群峰起伏，重峦耸翠，为燕京八景之一，曰"居庸叠翠"（乾隆有御碑）。关的西边有白凤冢，那便是传说中的李凤姐埋葬之地。李凤姐乃是宣化府一小镇上的酒家女，那位胡闹荒唐的混蛋皇帝微服出巡，宠幸此女，携之入京，中途得病，死在关上的。旧剧中所谓《梅龙镇》《游龙嬉凤》，便是这一故事（海外有一影片《江山美人》，说李凤姐是江南美人，又是胡闹）。关后有五鬼头，山有洞口，终年流水潺潺，同泄涧下，崖下刻有"弹琴峡"三大字。其东门外有望京石，这都是京中人士游踪所及的。

车到青龙桥，这一小镇，便是京绥路重要转折点。车道凿山穿洞而过，长达一千二百余尺，当时为全世界最长山洞之一。那一带，四壁飞崖，下临深涧，车行崖上，纡曲回折。车行至此，首尾倒转，前后推动，成"人"字形，再行前进。当平绥路初建时，洋人的说法，中国修建这铁路的工程师尚未出世，哪知詹天佑先生便用极经济极短暂的工夫把它修建起来了（今青龙桥车站有詹氏铜像矗立其前）。

从青龙桥西行二里许，便到了八达岭，这便是北门锁钥。岭下悬崖，刻有"天险"二字。这是万里长城的最高峰，纵横起伏，有如长蛇。洋人看万里长城，这是把这一段留作样品（岭下今有陈列馆及招待所）。八达岭居高临下，形势险要，古代谈边境的防守，都重视这一天险。岭的东西，设两关城，相背而立，东曰居庸外镇，西曰北门锁钥，都是明弘治十八年所建筑的（1505年）；1953年，重新修整，已经完整如新了。这一段长城，从北门锁钥城台的南北两侧起，依山上筑城墙，高低不一，平均约7.5米。靠墙的里面，设置女墙，靠墙的外边，设置垛口；垛口上有望口和射洞，这都是配合着当年的城堡战而构成的。从墙线上，隔不多远，就有一种堡垒式的台子，建造在山脊的高处转角或险要地段。台高低不等，高的是敌楼，乃望官兵的住宿所在（这都是从影片中看到的）。

为了抵御北方的敌人，居庸关在兵要地理上，一直连着西北的长城线看的。《明史·王崇古传》："自河套以东宣府大同边外，吉囊弟俺答、昆都力驻牧地也。又东，蓟、昌以北，吉囊、俺答主土蛮居之，皆强盛。……起嘉靖辛丑扰边者三十年，……患视陕西四镇尤剧。"即是说从延安到居庸关这数千里间，长城外，原是蒙古人的残余势力。因此，那一带民间传说，一直是北方抗辽的故事，而以杨家将为中心。北宋的御外力量，一开头就很薄弱，燕云十六州，一直是辽的天下；宋太宗中箭身亡以后，一直到金代辽兴，在北方并没有打过胜仗。不过，民间传说，包括说书、戏曲，都把抗辽英雄渲染得有声有色。在居庸关附近，有"五郎像""六郎影"和"穆桂英点将台"，若有其事的。依穆桂英的年代，应该提早到唐末五代初，不会在北宋初。还有她的战迹，杨家将的事，也只能姑妄言之，即算有其事，他们也到不了居庸关的。不过，根深蒂固的民间传说是不容易剖辨的，我们在影片中还可看到上述这几样遗迹。

我们还是随着徐文长的行踪，回到现实的边塞去吧！徐文长到宣化后，就巡行边塞各地，还写了几十首边上词。词云：

其一《盘山远眺》
立马单盘俯大荒，提鞭一一问戎羌。
健儿只晓黄台吉，大雪山中指账房。

其二《汤泉》
十八盘南甃沸汤，燕京楼子待梳妆。
当时浴起萧皇后，何似骊山睡海棠。
（十八盘山有汤泉，云是辽后入浴处。）

其三《十八盘山》
十八盘山北去赊，顺川流水落南涯。
真凭一堵边墙土，画断乾坤作两家！

其四《龙门山》
四壁龙门铁削围，枉教邓艾裹毡衣。

莫言虏马愁难度，即使胡鹰软不飞。

其五《龙门湾》
胡儿住牧龙门湾，胡妇烹羊劝客餐。
一醉胡家何不可，只愁日落过河滩！

其六《黄杨山》
石牙欲豁转成含，近顶如脐着一庵。
谷口进来三万丈，数株松柏似江南。

其七《苦迷湾》
巉崖立马苦迷湾，破寺饥僧路懒攀。
除却黄椒千万片，一株松盖塔儿山。

其八《早渡银洞岭》
银洞高高岭百盘，峰峦插笋倚天班，
凭谁唤起王摩诘，画作贤人晓过关。

　　这些镜头，和影片中的长城连接起来，使我们可以完整地了解边塞的景象。这些地方，今日便是内蒙古自治区，牧羊姑娘的草原了。

　　过去半个世纪的万里长城，有着种种不同的意义。我们这一辈和这一世纪一同生长的人，都会记得榆关之失，并未经过战斗。而喜峰口之战、南口之战，都在敌军和我军共此天险以后才展开的。因此，万里长城的作用，和法国的马其诺防线差不多。

一位军事家说：历代万里长城之修筑，主要是对付游牧民族骑兵战术而来。现代摩托化骑兵已经把城堡送入博物馆中去，而飞机、飞弹与核战争，也把"天险"意义降低到约等于零，我们眼前的万里长城，也只是故宫博物院以外的一种古物。新中国修整这一段长城，也只是表示我们先民的军事技术如何进步而已。今日边塞最重要的发展，乃是把包头建设为新的钢铁中心，在长城以外，增加畜牧与农业的生产呢！

宁古塔、尚阳堡

　　一位朋友，抄了顾贞观寄吴汉槎的两首《金缕曲》给我，要我谈谈对东北的印象。他是从梁启超谈诗歌之情绪格式的讲稿转抄了来的，梁氏引作奔进式的例子。这两首词，当时流传很广，很有名，而且感人。成容若看了这两首词，慨然自任，说："山阳思旧之作，都尉河梁之计，并此而三矣；此事三千六百日中，弟当以身任之。"不过，词虽写得很好，但东南文士所带给我们对于关外边塞印象，并不真实。

　　那一案件，便是清顺治十四年（丁酉）所谓南闱科场狱案。——给事中参奏江南主考方猷等，弊窦多端，物议沸腾。刑部审实，正副主考斩绞，同考官谴责尚阳堡。举人方章钺等俱革去举人，其中就有那位苏州名士吴兆骞（汉槎），各打四十大板，家产籍没入官，并流徙宁古塔。东南文士对关外本来十分隔膜，由于那几场大案，许多文士流放宁古塔、尚阳堡等地，这几处关外城堡，才为时人所共知。有如黄龙府，今吉林农安，岳飞并未到过，只因他有过"与诸公黄龙痛饮尔"的豪语，大家才这么流传的。

吴汉槎，吴江人，从小就有才名。明亡后，东南文士，免不了有家国之思。他赋性激昂，真情流露，更有说不出来的一种悲感。那回，他出来应江南乡闱，不幸就遭了奇祸。当被囚入京复试时，愤激得不能下笔，交了白卷。皇帝生气了，判他远戍宁古塔，对这件冤屈案子，他的亲友也都十分愤激。著名大诗人吴梅村就写了《悲歌赠吴季子》。诗云：

人生千里与万里，黯然销魂别而已。
君独何为至于此；
山非山兮水非水，生非生兮死非死。
……
绝塞千山断行李，
送吏泪不止，流人复何倚！
彼尚愁不归，我行定已矣。
八月龙沙雪花起，橐驼垂腰马没耳。
白骨皑皑经战垒，黑河无船渡者几。
前忧猛虎后苍兕，土穴偷生若蝼蚁。
大鱼如山不见尾，张鳍为风沫为雨。
日月倒行入海底，白昼相逢半人鬼。
噫嘻乎悲哉！
生男聪明慎勿喜！仓颉夜哭良有以。
受患只从读书始，君不见，吴季子！

汉槎犯罪流戍关外，生活当然十分艰苦，梅村知契深情，诗也写得很激奋。但诗中的边塞景况，还是隋唐诗文中的西北景色。我们一到了尚阳堡，觉得和江南风物并无不同，梅村的诗笔，可见并不真实。

当时，汉槎出了关，在冰雪天地中受了一段很长时间的历练，先后在关外二十三年。有一回，他从宁古塔被遣到乌拉（即吉林）去给兵差，半路被召回，又是一番经历。他有一封长信写给顾贞观，贞观看了，也十分激动，便以词作答，词云：

> 季子平安否？便归来，生平万事，那堪回首！行路悠悠谁慰藉，母老家贫子幼。记不起从前杯酒。魑魅搏人应见惯，总输他覆雨翻云手。冰与雪，周旋久。
>
> 泪痕莫滴牛衣透。数天涯依然骨肉，几家能够？比似红颜多薄命，更不如今还有。只绝塞苦寒难受。廿载包胥承一诺，盼乌头马角终相救。置此札，君怀袖。

这首词，念得很熟的很多。可是，贞观虽注入了真情感，但关外实景，他并无所知，写的都是泛泛话头。

1958年春天，我第一次出关。一觉醒来，便睡过了尚阳堡。第二年夏天，第二次出关，越过了长春进入北满，到了松花江上的吉林（满人所谓"乌拉"）和哈尔滨。（"哈尔"也是满洲语，意即"网"，"哈尔滨"原是晒网之场。）也远远在宁古塔和黄龙府的北边（南北满以长春为界线）。行箧中带着清代文士的诗文，看看他们的印象，真是十分可笑。这种可笑的观念，不独东南人士对东北如此，即中古西北人士对西南的蛮瘴地观念也是如此。今日海外论客的"北大荒"观念，也是如此。其实哈尔滨、吉林，原在"北大荒"地区之中，今日的佳木斯，也如当年的哈尔滨，成为繁荣的城市了。

我们知道，从北京到黑龙江的极北边境漠河，也不过二千公里，至于尚阳堡乃在辽宁境内，离北京不及一千公里；即在吉林境内的宁古塔，也不过一千五百公里。可是，清代文士怎么说呢？无名氏《研堂见闻杂记》云：

> 按宁古塔，在辽东极北，去京七八千里，其地重冰积雪，非复世界，中国人亦无至其地者。诸流人虽名谪遣，而说者谓至半道为虎狼所食，猿狄所攫，或饥人所啖，无得生也。向来流人俱徙尚阳堡，地去京师三千里，犹有屋宇可居，至者尚可活，至此则望尚阳堡如天上矣。

给他们这么夸张形容，难怪东南文士把关外当作黑色地狱，视为畏途了。（依他的里程核算，宁古塔该在东西伯利亚的境内了。）

那位流放到宁古塔的吴汉槎，有一回，在家信中提及吉林途中云：

> 今年正月初五日，副都统因大将军卧病，忽发遣令，遣儿与德老两家，立刻往乌喇地方。此时天寒雪大……以初六平明起身登车，雪深四尺，苦不可言。山草皆为雪掩，牛马无食，只得带豆料而行，一车所载不过三百斤……行至百里，人牛俱乏……若过沙林则千里无人，虽有银亦无处可雇矣。行至三日，将军命飞骑追回。倘再行两日，到乌稽林，雪深八九尺，人马必皆冻死……

此信即与上回长城影片《雪地情仇》参看，夏梦、姜明他们是在吉林（即乌拉）近郊拍摄雪景的。（古代的吉林，比宁古塔更荒寒，那是事实。）后来，吴汉槎得赦回乡，他的儿子吴振臣记述他入关时景况：

山海关即秦之长城第一关也。有一岭，出关者称凄惶岭，入关者称为欢喜岭。岭下有孟姜女庙。是夕宿于岭下，两大人各述当时出关景况，今得到此，真为欢喜，明日进关，气象迥别。又七日至京师，与亲友相聚，执手痛哭，真如再生也。

这种情绪，哪是我们所能了解的？可是东北关外，真如他们所说冰天雪地，人迹不到吗？一位东南学者汤尔和（浙江绍兴人，他和蔡元培交好，曾任北京医专校长），他翻译俄中东路局的《黑龙江省志》，在序文中说：我们江南人总以为苏、杭乃是人间的天堂，风景秀丽、物产丰富。而满族发源地，吉林东北长白山区，土地肥沃，才是人间乐园。

本来，家国兴亡之感，可泣可歌的悲壮故事，写在诗人的篇什之中，串在传奇说部的线索里，该是多么激奋人心。但我们站在松花江上，江山如此多娇，清代文士的噩梦，只能写在南柯账上；即上一代半个世纪所受的铁蹄下创痕，也已用鲜血洗去，让我们重新写起。我们在"松花江上"泛舟，念着"我的家在东北松花江上"的歌词，想到那"哪年哪月，才能够回到我的家乡"的结句，不禁莞尔微笑。到了今天，连我们东南人都到东北松花江上去了，关外的人自不必说了。

一部东北垦殖史,三百年后的我们,在踏着向尚阳堡、宁古塔途中,有着新的体验。朱明末代,努尔哈赤发迹东北,做了建州酋长;崇祯年间,几度入关,在山西、直隶、山东一带,先后俘虏了八十万人。这是迁民第一时期。到了清兵入关,顺治六年,定都北京,立了圈田,设官庄制度,把关中人民,移置到宁古塔一带,设立官庄,分给田地令他们耕种。这是迁民第二时期。康熙年间,由于科场文字狱和通海反叛,把那罪犯及家属流戍到东北去,他们很多在关外落家(康熙十五年,流谪到宁古塔去。宁古塔附近有金家宅,乃是金圣叹的后代)。这是迁民第三时期。由今看来,他们都是垦发东北的前驱战士,有如美国的西部,开发东北便是这么进入黎明期。建州的满洲人,虽说精于骑射,在文化传统上毕竟太薄了。汉人一到,山川生辉。吴振臣《宁古塔纪略》云:

> 近来汉官到后,日向和暖,大异曩时。满洲人云:此暖系蛮子带来,可见天意垂悯流人,回此阳和。

当年,高级工农社会人士把生活技术带到东北去,开了游牧民族的眼界。可是满洲人一切起居服用,都很简陋,杨宾《柳边纪略》云:

> 陈敬尹为余言,我于顺治十二年流宁古塔,尚无汉人;满洲富者,绩麻为寒衣,捣麻为絮。贫者衣狍鹿皮,不知有布帛,有之自予始。予曾以匹布易稗子谷三石五斗。有拨什库得余一白布缝衣,元旦服之,人皆美焉。今居宁古塔者,衣食粗足,皆服绸缎,天寒披重羊裘或猞猁

狼皮，惟贫者乃服布；而敬尹则至今犹布袍，或着一羊皮缎套耳。

就在清初文士流放到宁古塔的时期，满人的文化生活突然改进了。吴汉槎与顾舍人书云：

> 宁古塔自康熙丁巳后，商贩大集，南方珍货，十备六七。街肆充溢，车骑照耀，绝非昔日陋劣光景。流人之善贾者，皆贩鬻参貂，景金千百，或至有数千者。惟吾侪数子，以不善会计，日益潦倒，然弟亦不能弃捐笔与酒削卖浆，逐锥刀之利，短褐藜羹，任之而已。

杨宾《柳边纪略》云：

> 凡东西关之贾者，皆汉人。满洲官兵贫，衣食皆向熟贾赊取，俟月饷到乃偿直。是以平居礼貌，必极恭敬；否则恐贾者之莫与也。况贾者皆流人中之尊显而儒雅者，与将军辈皆等夷交；年老者且弟视将军辈，况下此者乎！

他们笔下，又带给我们东北另一番景象！